KNAUR✴

ANNA HUSEN

My Dearest Lovers

The Heygate Girls

Roman

KNAUR

Besuchen Sie uns im Internet:
www.droemer-knaur.de

Originalausgabe November 2024
© 2024 Knaur Verlag
Ein Imprint der Verlagsgruppe
Droemer Knaur GmbH & Co. KG, München
Alle Rechte vorbehalten. Das Werk darf – auch teilweise –
nur mit Genehmigung des Verlags wiedergegeben werden.
Die Nutzung unserer Werke für Text- und Data-Mining
im Sinne von § 44b UrhG behalten wir uns explizit vor.
Redaktion: Birgit Förster
Covergestaltung: Guter Punkt, München
Coverabbildung: Sarah Borchart / Guter Punkt und Getty Images
Abbildungen im Innenteil von stock.adobe.com:
KatyaKatya (Ornamente), Lukas (Rose)
Satz und Layout: Adobe InDesign im Verlag
Druck und Bindung: CPI books GmbH, Leck
ISBN 978-3-426-28466-7

2 4 5 3 1

*Für das Mädchen, welches immer dachte,
seine Träume seien nichts wert, und
das trotzdem niemals aufgegeben hat.
Ich würde dir gerne sagen, dass sich
alles lohnen wird. Jedes Scheitern,
jedes Verzweifeln. Jede Träne.
Denn schau, wo wir jetzt sind.*

Kapitel 1

Lübeck, Februar 1860

*D*as Klirren der Gläser ließ meine Glieder vibrieren. Besteck kratzte auf Porzellan, und der Duft von frischem Brot erfüllte den aufgeheizten Salon. Die stickige Luft wurde zerrissen von einem hitzigen Gespräch zwischen meinem Vater und seinem Geschäftspartner über eine neue Handelsroute zwischen Deutschland, Großbritannien und Frankreich. Mein Vater erzählte, dass der Weinhandel mit Frankreich gut lief, doch sein Gesprächspartner war der Ansicht, man würde sich durch diese vertiefenden Handelsbeziehungen schneller abhängig machen von den anderen Ländern, allen voran England, das durch den Export von Stahl und Eisen große Summen einnahm.

Ich versuchte, dem Gespräch zu lauschen, doch neben mir saß Hilde, meine beste Freundin aus Kindertagen, die mir mit ihrem Geplapper über ihren Verlobten Heinrich Arnolds ein Ohr abkaute.

»Er ist ein wahrer Gentleman! Er hat mir heute ein Blumenbouquet zukommen lassen mit einer Einladung zum Ball bei den Arnolds, auf dem er mich allen als seine zukünftige Ehefrau vorstellen wird! Kannst du dir das vorstellen, Lu? Ich werde in einer großen Villa in Travemünde leben, die feinsten Kleider tragen und bald selbst Gesellschaften geben!«

Und ein schweigender Schatten an seiner Seite sein, ein elegan-

tes Ding, das er zur Schau stellen kann. Mit dem er vor seinen
Freunden und Geschäftspartnern angeben kann, und dann wirst
du Kinder gebären und alt und grau werden, ohne jemals etwas
erlebt zu haben.

Diese Worte lagen mir auf der Zunge, verbrannten meine
Kehle, und am liebsten hätte ich sie in die Welt hinausge-
schrien, doch ich biss mir eilig auf die Unterlippe und zwang
mich zu einem Lächeln. Ich hatte viel über die Frauenbewe-
gungen gelesen, die sich seit einiger Zeit in den größeren
Städten bildeten. Von den Frauen, die dafür kämpften, in der
Ehe auch einen Beruf ergreifen zu können, eigenständig zu
leben, ohne sich an einen Mann zu binden. Doch davon wollte Hilde nichts wissen.

Wir waren seit Kindertagen beste Freundinnen, wie Feuer
und Wasser, doch nun ... war es anders. Seit ihre Eltern ihre
Verlobung bekannt gegeben hatten, sprach Hilde von nichts
anderem als von ihrem Verlobten. Davon, wie wunderbar es
werden würde, wenn sie endlich verheiratet sei.

»Das klingt wirklich ... schön«, entgegnete ich lahm und
musste an mich halten, um das Gesicht nicht zu einer Grimasse
zu verziehen, wobei ich ohnehin das Gefühl hatte, auf eine sau-
re Zitrone gebissen zu haben.

Für mich klang eine Ehe einfach nicht so vielversprechend,
sondern eher wie ein Gefängnis. Doch ich wollte Hilde nicht
die Stimmung vermiesen oder ihre Vorfreude mindern.

»Schön?« Hilde zog eine ihrer fein gezupften Augenbrauen
in die Höhe und musterte mich eingehend. »Es ist wunderbar,
Lu! Ich werde bald meinem Elternhaus entfliehen und einen
eigenen Haushalt führen. Endlich kein Ausgehverbot mehr am
Abend und all die Freiheit, die ich mir gewünscht habe.«

»Freiheit? Das nennst du Freiheit?«, rutschte es mir nun
doch heraus, und meine Stimme stolperte beinahe. Ein Zittern
erschütterte meinen Körper, und mein Magen rumorte. In mir

schien eine ungezügelte Wut zu blubbern, die mir sehr bekannt vorkam.

»Wie bitte?«Hilde sah mich verständnislos an und stellte ihr Weinglas etwas zu heftig wieder auf dem Tisch ab, sodass die kostbare rote Flüssigkeit auf das gestärkte Tischtuch schwappte. »Was meinst du damit, Lu?«

Verdammt, dass du auch niemals deine Klappe halten kannst, tadelte ich mich selbst und versuchte mich an einem entschuldigenden Blick, während meine Handinnenflächen feucht wurden.

»Gar nichts, Hilde«, begann ich zögernd und legte ihr eine Hand auf den Arm. »Du wirst eine wunderbare Ehe haben und eine großartige Mutter werden, aber für mich ist das nichts.« Ich versuchte, den Worten die Schärfe zu nehmen, und lächelte sie an.

Ich sah Hilde an der Nasenspitze an, dass sie mir kein Wort glaubte. Ihre Wangen waren gerötet, und sie schob sich mit einer fahrigen Bewegung eine braune Haarsträhne hinters Ohr. Gott, sie kannte mich leider zu gut, um mir diese Worte abzunehmen, und Zorn brodelte erneut in meinem Inneren auf, denn ich wusste beim besten Willen nicht, wie ich mich aus dieser Situation wieder herausmanövrieren konnte.

»Denkst du etwa, du verdienst etwas Besseres als eine Ehe mit einem guten Mann?«, zischte mir Hilde ungewöhnlich heftig zu und verschränkte die Arme vor der Brust.

Ja, dachte ich, sprach es aber nicht aus, sondern senkte den Kopf in der Hoffnung, dass Hilde es auf sich beruhen lassen und meine Worte nur als Trotzreaktion betrachten würde, denn sie heiratete bald und ich eben nicht.

Stattdessen sah ich auf das Foto herab, das ich immer sorgsam in meinem Retikül aufbewahrte. Die Ränder des Papiers waren ausgefranst, das Bildnis beinahe verblasst, aber es war mein Beweggrund, niemals zu heiraten.

Es zeigte meine Mutter und meinen Vater am Tage ihrer Hochzeit. Glücklich und zufrieden standen sie eng umschlungen vor der Kirche, und meine Mama schien mit der Sonne um die Wette zu lächeln. Sie sah wunderschön aus, die weizenblonden Haare waren zu einem Zopf geflochten, und ihre grünen Augen schienen zu strahlen, als wäre sie der glücklichste Mensch der Welt.

Tränen brannten hinter meinen Lidern, und ich biss mir auf die Unterlippe. Langsam hob ich wieder den Blick, versuchte, mich auf das Dinner zu konzentrieren, und schaute in das Gesicht meiner Mutter, so, wie es jetzt war.

Da war nichts mehr von diesem Lächeln, diesem Strahlen, das die ganze Welt hätte blenden können. Nein, mir gegenüber saß eine in sich zusammengesunkene Frau, die in ihrer Suppe löffelte und sich bewegte wie eine kaputte Maschine. Ihre Haut war zerknittert, weiß wie Papier. Schatten flirrten unten ihren Augen, und die weizenblonden Haare waren nun stumpf und glanzlos. Ein raues Husten entrann ihrer Kehle, und ihr ganzer Körper wurde von einem Zittern erschüttert.

»Liebling?«, fragte mein Vater besorgt.

Er legte eine Hand auf Mutters Rücken, und ich musste den Blick abwenden, konnte nicht hinsehen, weil mich alles daran zerbrechen ließ. Mein Herz in immer kleinere Fetzen zerriss, bis nichts mehr von mir übrig war. Diese vermaledeite Tuberkulose fraß meine Mutter von innen heraus auf, und es bekümmerte mich, dass sie all ihr Strahlen durch diese Krankheit eingebüßt hatte.

Zudem schien sie in der Ehe mit meinem Vater all ihren Antrieb verloren zu haben. Ich erinnerte mich noch daran, wie meine Mutter in meiner Kindheit war. So voller Tatendrang und Elan. Sie hatte ihn sogar auf Handelsreisen begleitet, doch ich hatte leider nie mitgedurft. Meine Eltern hatten mich oft allein gelassen. Dafür zürnte ich meinem Vater, denn er war mir fremd. Behandelte mich eher wie Luft, wie ein unwissendes Mädchen.

Und dann war meine Mutter irgendwann plötzlich krank geworden, ihre Lunge war schwach, und sie wurde von Tag zu Tag erschöpfter. Ich wusste nicht, ob sie sich auf einer dieser Reisen angesteckt hatte, aber ich vermutete es. Jedenfalls hatte ich das Gefühl, dass diese Reisen mir meine Mutter geraubt hatten. Und danach hatte sie kaum mehr Zeit für mich gehabt wegen der Krankheit, die sie so erschöpfte. Ich glaubte, dass sie in dieser Ehe unglücklich war, und so unglücklich wollte ich nicht werden. Auf keinen Fall wollte ich mein eigenes Strahlen verlieren und das bloße Anhängsel eines Mannes werden.

»Willst du ihr nicht helfen?«, flüsterte Hilde mir zu, und ich zuckte zusammen.

Es war totenstill am Tisch geworden, alle Gespräche waren versiegt, kein Geschirr klapperte mehr, und die Luft fühlte sich zäh wie Marmelade an. Ich wollte schon aufstehen, doch da ebbte das grässliche Husten ab, und meine Mutter erhob die Hand.

»Setz dich … wieder … Liebes«, krächzte sie und hielt sich ein Tuch vor den Mund.

Ich konnte das Blut sehen, das an ihren Mundwinkeln klebte. Ohnmacht und Wut vermischten sich in meinem Inneren zu einer gefährlichen Masse, die zu explodieren drohte. Ich wollte hier nicht sein, ich wollte keine gehobene Konversation führen, und vor allem wollte ich nicht, dass Mama sich für solche Abende aus ihrem Bett quälte. Nur um neben meinem Vater eine gute Figur zu machen, um das Bild einer sittsamen Ehefrau aufrechtzuerhalten.

»Aber …«, begann ich unsicher, ich erinnerte mich daran, dass Mama mir heute vor dem Essen etwas hatte sagen wollen, doch dann waren wir unterbrochen worden, weil Hilde früher als verabredet in unserem Haus erschienen war. So gerne würde ich meine Mama in ihr Schlafzimmer begleiten, sie fragen, was sie mir hatte erzählen wollen, und einen ruhigen Abend mit ihr verbringen.

Doch mit einem Tisch voller Gäste war das nicht mehr als ein Wunschtraum.

Herr Rahms, der Geschäftspartner meines Vaters, und seine Frau Regina. Hildes Eltern, Berthold und Sieglinde, die ein großes Stadthaus außerhalb von Lübeck besaßen. Hildes Vater war in der Politik der Stadt tätig, er war ein einflussreicher Mann mit verkniffenem Gesichtsausdruck, der nun genüsslich seinen Wein trank und so tat, als würde er von dem ganzen Dilemma nichts mitbekommen.

»Es ist alles in Ordnung, mein Engel«, wisperte meine Mutter und setzte sich wieder aufrecht hin. Sie zwang sich zu einem Lächeln, das jedoch ihre Augen nicht erreichte, und erneut machte mein Herz einen unangenehmen Stolperer, und mein Magen zog sich zusammen.

Ich wünschte, meine Mutter hätte meinen Vater niemals geheiratet. Ich wünschte, sie hätte ihr Lächeln behalten, diese Freiheit, von der sie immer sprach, die jedoch nur in ihrer Vergangenheit existiert hatte. Ich konnte mich noch an wenige glückliche Augenblicke in meiner Kindheit mit meiner Mutter erinnern, in denen sie gelacht hatte.

Doch irgendwann war sie mir fremd geworden, weil sie so selten zu Hause gewesen war. Als dann ihre Krankheit immer heftiger geworden war, hatte sie ihr Lächeln komplett verloren.

»Nun …« Mein Vater räusperte sich und setzte sich ebenfalls wieder auf seinen Stuhl. »Dann sollten wir vielleicht jetzt die frohe Kunde verlauten lassen, oder nicht, mein Liebling?«

Er schenkte meiner Mutter ein hinreißendes Lächeln, doch all das war nichts weiter als eine Scharade, ein bloßes Theaterspiel für unsere Gäste. Meiner Mutter würde es besser gehen, wenn sie sich ausruhen könnte und nicht hier sitzen müsste. Doch so einfach waren die Umstände leider nicht.

Obwohl ich glaubte, dass Mama nicht glücklich war, schien mein Vater sie doch zu lieben. Seine dunkelblauen Augen glänzten vor Zuneigung, kleine Lachfältchen zierten seine Haut, und er strich sanft mit dem Daumen über Mutters Hand. Die Ehe war ein wirklich kompliziertes Ding.

»Welche frohe Kunde, Herr Farber?«, fragte Hilde neugierig und schien unseren kleinen Zwist schon wieder vergessen zu haben.

»Nun ...«, Papa hob sein Glas und prostete mir zu, »unsere liebe Lucie wird in England ein Mädcheninternat besuchen, genau dasselbe, an dem ihre Mutter war und dort ihren zukünftigen Mann – mich – kennenlernte und ehelichte.«

»Wie bitte?«, würgte ich hervor, und meine Hände fingen an zu zittern, das Weinglas entglitt mir und zerbrach auf dem Tisch, die Flüssigkeit sickerte in die gestärkte Tischdecke.

»Oh, wie wundervoll!«, säuselte Hilde neben mir und warf mir einen koketten Blick zu. Sie schien sich wirklich für mich zu freuen, dass ich heiraten würde, obwohl Übelkeit meine Kehle emporstieg und sich die Welt vor meinen Augen drehte. Doch gleichzeitig konnte ich Hildes Freude verstehen. Wir waren unser ganzes Leben lang dazu erzogen worden, eine Ehe mit einem guten Mann anzustreben. Ihre Freude war ehrlich, und ich wollte ihr nicht zürnen, weil sie mich nicht verstand, denn wir waren immer noch Freundinnen.

Ich hab's dir doch gesagt, dass du auch irgendwann heiraten wirst. Du hast sowieso keine Wahl, wisperte eine gehässige Stimme in meinem Kopf.

»Ja, oder nicht?« Vater schien gar nicht zu bemerken, dass alles in mir aufschrie, dass ich brodelte wie ein Vulkan und mich kaum noch etwas an diesem Tisch, in diesem Haus halten konnte.

Das kann er nicht ernst meinen. Er kann mich nicht einfach so fortschicken, er kann …

Doch, er kann.

Diese Gewissheit wurde mir plötzlich bewusst, als hätte jemand eine Faust in meinen Magen geschlagen, ich keuchte erschrocken auf und zerknitterte die Fotografie meiner Eltern.

»Das ist wirklich eine wunderbare Neuigkeit«, stimmte Herr Rahms zu. »Wir haben unsere jüngste Tochter auch nach England geschickt, dort ist die Bildung für junge Damen exquisit, und zudem lernen sie auch noch alles Wertvolle, um in die höhere Gesellschaft aufgenommen zu werden.«

»Daran ist gar nichts wundervoll«, presste ich zwischen zusammengebissenen Zähnen hervor und erhob mich. Ich stieß mit dem Knie gegen die Tischplatte, doch der Schmerz war nichts im Vergleich zu der Enttäuschung, die sich in meinem Herzen einnistete und mich in Finsternis ertrinken ließ.

»Was hast du gerade gesagt?«, fragte mein Vater und bemühte sich um einen strengen Tonfall. Er zog die schwarzen Augenbrauen zusammen und neigte den Kopf zur Seite. »Du solltest dich freuen, mein Kind, denn das ist eine einzigartige Möglichkeit. Außerdem wirst du den jungen Mann, den du ehelichen wirst, bestimmt …«

»Ich werde niemanden heiraten!«, platzte es aus mir heraus, und ich schüttelte heftig den Kopf. »Ich werde nicht nach England fahren, um mich von euch verschachern zu lassen wie ein Pferd!«

Totenstille senkte sich über den Salon. Man hätte eine Stecknadel fallen lassen können, und es wäre das lauteste Geräusch der Welt gewesen. Mein Herzschlag pochte dröhnend in meinen Ohren, und es war, als würde es mir den Brustkorb herausreißen. Ich biss mir auf die Unterlippe, schmeckte Blut auf meiner Zunge und konnte nur wie in Trance den Kopf schütteln.

»Lucie …« Es war die Stimme meiner Mutter, die die Stille durchschnitt wie eine Schere einen Faden.

Ich konnte sie nicht ansehen, nein, ich wollte nicht in ihr Gesicht blicken. Dieser Ausdruck von Trauer machte mich schwach, er machte mich verletzlich, und in diesem Augenblick wollte ich kein Herz mehr besitzen.

»Bitte … sieh mich an, mein größter Schatz …«

Ich drehte den Kopf zu ihr, auch wenn ich es nicht wollte. Mein Körper gehorchte mir nicht mehr. Alles fühlte sich taub an, meine Kehle zog sich zusammen, und wenn es einen Moment in meinem Leben gab, in dem ich am liebsten im Erdboden versunken wäre, dann war es dieser.

»Was?«, fragte ich mit zittriger Stimme. »Warum willst du mich fortschicken? Gerade jetzt, wo deine Krankheit jeden Tag schlimmer wird!«

Es war nicht gerecht, ihr diese Dinge an den Kopf zu werfen. Das wusste ich, doch ich konnte nicht anders. Mein Mund sprach, bevor mein Kopf denken konnte.

»Aber genau deswegen will ich doch, dass du nach Southend-on-Sea gehst und dort die *Heygate Boarding School for Girls* besuchst. Ich habe dort die beste Zeit meines Lebens verbracht und Freundinnen gefunden, die selbst jetzt noch immer alles für mich tun würden. Du wirst deinen zukünftigen Ehemann kennenlernen und dort eine wunderbare Zeit haben. Es ist mein letzter Wunsch für dich, ehe ich …« Sie ließ den Satz auströpfeln, sprach nicht weiter, und das musste sie auch nicht.

Ehe ich sterbe.

Das hatte sie sagen wollen. Dass dies vielleicht das letzte Mal war, dass wir Zeit zusammen verbrachten, bevor meine Eltern mich fortschickten.

»Lucie, es ist der Wunsch deiner Mutter, deswegen …«

»Nein!«, unterbrach ich meinen Vater und erschrak selbst über die Schärfe in meiner Stimme.

Normalerweise konnte ich mich gut kontrollieren, diese brodelnde Wut über die Ungerechtigkeit unserer Gesellschaft im Zaum halten. Ich war in der Lage, eine angepasste Frau zu sein, so wie die Welt es sich von mir wünschte. Aber nicht in diesem Moment, vielleicht sogar niemals wieder.

»Ich werde nicht dorthin gehen. Ich lasse mich nicht von euch fortschicken und mit irgendeinem Mann verheiraten«, schrie ich wutentbrannt und rannte aus dem Salon hinaus.

Ich hörte noch die Rufe meines Vaters, seine aufgebrachte Stimme kam beinahe ins Stolpern, doch ich ignorierte all das. Im Flur stieß ich mit unserem Dienstmädchen Mimi zusammen, das eine große Platte mit Süßspeisen in den Händen trug, die nun mit einem ohrenbetäubenden Knall zu Boden fiel.

»Fräulein Lucie!«, rief Mimi schockiert. »Was ist denn los? Ist Ihnen nicht wohl?«

»Ich … ich …«, stammelte ich wirr und bückte mich, um die Scherben aufzuheben, doch Mimi hielt meinen Arm fest und schüttelte sanft den Kopf.

»Sie sind ja so aufgewühlt, Fräulein Lucie, lassen Sie das. Sie werden sich noch an den Scherben schneiden. Ich mache das schon …« Sie deutete die Treppe hinauf, schien ganz genau zu wissen, weshalb ich aus dem Salon geflohen war.

»Aber ich kann dir doch helfen, ich habe doch …«

»Es ist schon in Ordnung, Fräulein Lucie. Gehen Sie nur«, forderte Mimi mich nochmals auf, und ich nickte unter Tränen, dankbar, dass sie mich auch ohne weitere Worte verstand.

Ich rannte nach oben in mein Zimmer, knallte die Tür hinter mir zu und rutschte daran hinunter.

Ich werde niemals heiraten, dachte ich entschlossen und ballte die Hände zu Fäusten. *Niemals im Leben, und wenn ich dafür meinem Zuhause den Rücken kehren muss.*

Kapitel 2

Lucie

*I*ch wusste nicht, wie lange ich in der Dunkelheit meines Zimmers auf der gepolsterten Fensterbank gesessen und in die Nacht hinausgestarrt hatte. Auf die glitzernden Lichter Lübecks und das reißende Wasser der Trave, welches ich von hier aus sehen konnte. Die Umrisse des imposanten Holstentors schimmerten in der Nacht, und ein Vogel flog vorbei. Ich hatte nur gehört, wie mein Vater im Flur unsere Gäste verabschiedet hatte und das dumpfe Knallen der Haustür, aber ich hatte jegliches Zeitgefühl verloren.

Erneut stiegen Tränen in meine Augen, als ich daran dachte, dass ich nach England gehen müsste, daran, dass meine Eltern mich verheiraten wollten und ich meine Familie verlassen würde. Dass nichts mehr so war wie bisher. Plötzlich klopfte es an meiner Tür, und ich zuckte erschrocken zusammen.

Ich wollte nicht öffnen, wollte mit niemandem sprechen. Doch als es erneut klopfte, erhob ich mich und tapste über den weichen Teppich zur Tür und öffnete diese. Nur um im nächsten Augenblick wieder zurückzuschrecken.

»Mutter …«

Da stand sie. Mir gegenüber, mit einem winzigen Lächeln auf den Lippen. Die weizenblonden Haare zu einem dicken Zopf gebunden, der über ihrer Schulter hing. Sie hatte sich umgezogen, trug nun ein dunkelblaues Hauskleid ohne jegliche Finesse oder Verzierungen, das um ihren viel zu dünnen Körper schlackerte wie ein Sack.

»Darf ich hineinkommen?«, fragte sie, und ihre Stimme war nur ein Hauch, ihre Worte kaum zu hören.

»Na… natürlich …«, stammelte ich überrumpelt und machte ihr Platz. Dass Mutter hier war und nicht Vater, um mich auszuschimpfen, bedeutete, dass sie versuchte, die Wogen zu glätten. Dass sie mich in Schutz nahm für mein unflätiges Benehmen. Denn Vater war mit Sicherheit fuchsteufelswild und hätte mich am liebsten gleich zur Rede gestellt.

Sie ging zu der gepolsterten Fensterbank und setzte sich darauf. Unschlüssig schloss ich die Tür wieder, wusste aber nicht, ob ich mich überwinden konnte, zu ihr zu kommen.

Ich war so wütend auf sie. Und doch liebte ich sie über alles und wollte ihr keinen Kummer bereiten. Die Tuberkulose zerrte an ihr, schien alle Lebenskraft aus ihr zu saugen.

»Magst du dich zu mir setzen?«, fragte sie vorsichtig, geradeso, als ob sie zu wissen schien, dass die Antwort »Nein« lauten könnte.

Ich nickte schweigend und ließ mich ebenfalls auf die Fensterbank nieder. Starrte durch die Scheibe hindurch, an deren Ecken sich kleine Eiskristalle gebildet hatten. Es hatte zu schneien begonnen, und eine winzige Schicht von weißem Pulverschnee lag auf den Straßen, glitzerte im blassen Licht der Straßenlaternen, und urplötzlich fröstelte es mich.

»Du zürnst mir, oder?«

Ja, wollte ich schreien, blieb aber dennoch stumm. Wie so viele Male in meinem Leben. Wie so oft, wenn ich eigentlich in Tränen ausbrechen und alles verfluchen wollte.

»Ich …«, setzte ich an, zuckte dann aber doch nur schweigend mit den Schultern. Was hätte ich auch sagen sollen? Diese Angelegenheit war schon entschieden worden, lange bevor ich etwas daran hätte ändern können.

Ich musste gehorchen oder weglaufen, aber was wäre das für ein Leben? Ich konnte nichts, ich war nichts, niemand mit gesundem Menschenverstand würde mich für irgendeine Tätigkeit einstellen.

»Das ist in Ordnung«, sprach meine Mutter weiter und legte mir ihre eiskalte Hand aufs Bein.

Wie ein Kuss des Winters kribbelte die Kälte auf meiner nackten Haut. Ob überhaupt noch Wärme in ihr existierte?

»Ich verstehe einfach nicht, warum ich nicht hierbleiben darf«, brach es nun doch aus mir heraus, und ich schniefte in den Ärmel meines Nachtkleides – ziemlich undamenhaft, aber nun war alles einerlei.

»Wir wollen dich damit nicht bestrafen, mein Engel. Es soll ein Geschenk sein.«

»Geschenke mag man für gewöhnlich, aber ich mag dieses überhaupt nicht«, antwortete ich trotzig.

»Du wirst lernen, es zu mögen«, erwiderte meine Mutter zaghaft. »Und du wirst auch deinen zukünftigen Ehemann mögen, vertrau mir. Ich würde dich doch mit keinem Mann verbinden, der nicht gut für dich ist.«

Dass es keinen Mann gab, der jemals gut für mich sein würde, sagte ich lieber nicht. Denn alle Männer taten das Gleiche: Sie unterdrückten ihre Ehefrauen, nahmen ihnen jede Entscheidung ab, und sie mussten gehorchen und Kinder bekommen, damit es Erben gab. Ich hatte Vater und Mutter nie laut streiten hören, aber ich glaubte zu wissen, dass Vater genauso war. Sonst hätte Mutter heute nicht wieder am Tisch mit uns sitzen müssen, obwohl es ihr deutlich schlechter ging.

»Glaubst du mir etwa nicht?«, bohrte meine Mutter weiter, und ich fragte mich nicht zum ersten Mal, ob dies das Antlitz der Frau war, die sie früher einmal gewesen sein musste. Die starke Elizabeth Norton, die auf den Fotografien aus ihrer Kindheit wild und unberechenbar aussah. Mit den unzähmbaren Locken, die wie die Sonne glänzten und die ich von ihr geerbt hatte.

»Ich will dir glauben, Mama.« Meine Worte zitterten, und ich musste an mich halten, um nicht Hals über Kopf das Zimmer zu verlassen. Ich wollte mich dieser Situation entziehen und gleichzeitig all meine brodelnden Gefühle laut in die Welt hinausschreien.

»Aber du tust es nicht«, stellte meine Mutter mit einem sanften Lächeln fest. »Das kann ich verstehen. Die *Heygate Boarding School* ist ein renommiertes Internat, ich bin mir sicher, dass du dich dort wohlfühlen wirst und neue …«

»Ich will aber nicht dorthin!«, würgte ich zwischen zusammengebissenen Zähnen hervor und erhob mich.

Meine Glieder kribbelten, und ich konnte nicht länger still sitzen, lief im Raum auf und ab wie ein wild gewordenes Tier. Meine Schritte hallten an den Wänden des Zimmers wider, und aus den Augenwinkeln sah ich, wie meine Mutter mich beobachtete. Sie wirkte fast schon amüsiert.

»Was ist?«, fragte ich aufgebracht. »Machst du dich über mich lustig?«

So redet man nicht mit seiner Mutter, murrte eine Stimme in meinem Kopf, und ich versuchte, mich an meine Erziehung zu erinnern. Doch all die Stunden in gutem Benehmen schienen wie weggeblasen, alles ergab keinen Sinn mehr. Es war, als würde mein Leben wie Sand zwischen meinen Fingern zerrinnen.

»Lucie …« Mutter fuhr sich durch ihr Haar und lehnte sich gegen die Fensterscheibe. »Du warst immer schon ein stürmisches Kind, das sich schwer im Zaum halten konnte. Und dann wiederum warst du oft sehr ruhig und in dich gekehrt. Als würden sich ständig zwei Seiten in dir nicht einigen können.«

Ich schnaubte und verschränkte die Arme vor der Brust. Doch so ungerne ich es zugeben wollte, meine Mutter hatte recht, wie so oft.

»Was willst du damit sagen?«, fragte ich und ließ mich auf mein Bett nieder, das leise quietschte.

»Dass du Zeit brauchst, um diese neue Situation zu verarbeiten, und deswegen wirst du auch nicht allein nach Southend reisen.«

Ich legte die Stirn in Falten und neigte den Kopf fragend zur Seite. Für eine winzige Sekunde keimte Hoffnung in mir auf, doch als ein Husten den schlanken Körper meiner Mutter erschütterte, zerbrach dieses Gefühl wie eine auf dem Boden zerschellte Vase.

»Wer wird mich begleiten?«, fragte ich misstrauisch, auch wenn sich die Antwort schon in meinem Kopf zu formen schien.

»Ava wird mitkommen«, erwiderte meine Mutter, und ich musste ein Stöhnen unterdrücken.

Nicht meine Schwester, dachte ich genervt und ließ mich rittlings aufs Bett fallen, drehte mich um und vergrub das Gesicht in den Kissen. Ava lebte in Hamburg mit ihrem Ehemann und den Kindern, und nun würde sie hierherkommen und mich in dieses vermaledeite Internat begleiten.

»Warum Ava?«, nuschelte ich und lauschte auf die Schritte meiner Mutter, die näher kamen.

Das Bett quietschte erneut, und dann strich ihre Hand über meinen Rücken. »Ich kann dich leider nicht begleiten, und dein Vater hat wichtige Geschäfte zu erledigen. Aber Ava kann dir gute Ratschläge erteilen, sie wird dich auch auf die Zeit im Internat vorbereiten und auf deine Hochzeit …«

»Ich verstehe …«, erwiderte ich und erhob mich, sah meine Mutter eingehend an und zog sie dann in meine Arme. »Ach, Mama …«, wisperte ich mit tränenerstickter Stimme. »Ich fürchte mich ganz schrecklich.«

Es war, als hätten diese Worte lange in mir gebrodelt, denn es fühlte sich an, als würde eine schwere Last von mir abfallen. Jetzt, da ich das erste Mal ehrlich zu mir selbst war.

»Das weiß ich doch«, wisperte meine Mutter mir ins Ohr,

und als sie sich von mir löste, strich sie mir über die Wange und lächelte dieses eine Lächeln, das sie mir als kleines Mädchen immer schon geschenkt hatte. »Aber genau deswegen musst du gehen, mein Engel. Weil die Dinge, vor denen du dich fürchtest, genau die sind, die du tun musst. Wenn du Angst vor etwas hast, ist es der richtige Weg. Meinst du, du kannst mir in dieser Hinsicht vertrauen?«

Die Worte ergaben keinen rechten Sinn in meinen Ohren, aber ich nickte trotzdem. Vielleicht, weil ich meiner Mutter immer vertraut hatte. Weil sie diejenige war, die meinen Wissensdurst angefacht und die nicht mit mir geschimpft hatte, wenn ich mit einem schmutzigen Kleid nach Hause kam oder sie mit tausend Fragen über die Welt löcherte. Und weil sie diejenige war, die ich glücklich sehen wollte.

»Ich vertraue dir, aber ich habe Angst, dass es bei unserem Abschied das letzte Mal sein wird, dass ich dich sehe …«, murmelte ich und zog meine Mutter erneut in meine Arme, sog ihren Duft nach frisch gewachsener Wäsche und Rosen tief in meine Nase ein.

»Das ist mir bewusst, mein Schatz«, erwiderte meine Mutter dicht an meinem Ohr. »Und ich kann dir nicht versprechen, dass dies nicht so sein wird. Doch es ist mein letzter Wunsch, dass du meine Heimat kennenlernst. Dass du diesen Weg gehst und dich auch von deinem Vater und mir löst. Ich möchte nicht, dass du ständig nur an mich denkst, sondern dein eigenes Leben lebst. Ich will dir damit ein wenig die Last nehmen, die du auf deinen Schultern trägst. Verstehst du mich?«

Ich hatte ihren Worten gelauscht und glaubte mit einem Mal, etwas mehr zu verstehen.

Es bedeutete meiner Mutter die Welt, dass ich ihre Heimat kennenlernen würde, auf dem Weg ihrer Vergangenheit und in ihren Fußstapfen wandern würde. Ich würde dieses Internat für sie besuchen, nicht für mich. Und obwohl daran nichts richtig war, obwohl diese Tatsache all meinen Wünschen widersprach, würde ich es tun.

Ihr letzter Wunsch.

Weil ich meine Mama wenigstens noch einmal glücklich sehen wollte.

»Warum musstet ihr es beim Dinner schon allen erzählen?«, wagte ich zu fragen, und meine Mutter löste sich kurz von mir, stupste mir auf die Nase. »Ich wollte vorher mit dir sprechen, aber Hilde kam zu früh. Und du kennst doch deinen Vater, er hängt immer alles gerne an die große Glocke.« Sie verdrehte die Augen. »Ich wollte es dir ganz in Ruhe sagen, aber manchmal lässt sich dieser Sturkopf nicht überzeugen. Wir wollen dir wirklich nichts Böses. Morgen früh möchte dein Vater noch mal mit dir sprechen, aber nun gehst du schlafen und freundest dich mit diesem Gedanken an, in Ordnung, mein Engel?«

Ich nickte schluchzend, sie zog mich wieder in ihre Arme, und wir verweilten in dieser Umarmung voller Tränen und sanfter Worte, die mich jedoch nicht zu beruhigen vermochten, denn eine eisige Stimme in mir sprach:

Damit ist das Problem mit diesem zukünftigen Ehemann aber noch nicht geklärt.

Der nächste Morgen kam viel zu schnell, und ich ließ mir von Mimi das Frühstück aufs Zimmer bringen, um die Konfrontation mit meinem Vater noch ein wenig vor mir herzuschieben, aber schließlich stand ich vor der Tür seines Büros und klopfte mit zittrigen Händen an.

»Herein!«, erschallte die raue Stimme meines Vaters aus dem Zimmer, und mit klopfendem Herzen trat ich ein.

Die Tür gab einen protestierenden Laut von sich, und ich schloss sie sorgsam hinter mir, verschränkte meine Finger hinter dem Rücken und senkte brav den Kopf.

»Du wolltest mich sprechen?«

Es roch nach Zigarren im Zimmer, der kalte Rauch wirbelte durch die Luft, und meine Nase fing an zu jucken. Ich verabscheute diesen Gestank, der sich mit dem herben Geruch des sündhaft teuren Alkohols vermischte, der auf Papas Schreibtisch stand.

»Ja, bitte setz dich, Lucie.«

Ich tat, wie mir geheißen, und während mein Vater noch auf einem Dokument herumkritzelte, sah ich mich in seinem Arbeitszimmer um. Riesige Regale zierten die Wände links und rechts von uns, die vollgestopft waren mit Büchern zu allerlei Themen. Ich hatte mich als Kind hin und wieder hier hineingeschlichen und alles erkundet, doch als Papa mich einmal erwischt hatte, sagte er nur: »*Diese Bücher sind nichts für Mädchen, als Frau brauchst du solche Dinge nicht zu wissen.*«

Als Kind hatte ich nicht verstanden, warum er das zu mir gesagt hatte. Warum ich nicht wissen sollte, wie der menschliche Körper funktionierte oder wie Häuser gebaut wurden. Doch nun, wie ich hier vor ihm saß, war es mir natürlich klar.

Eine Frau sollte solche Dinge nicht wissen, uns wurde eingeredet, dass unsere Gehirne ohnehin viel zu klein waren, um all diese komplizierten gesellschaftlichen Themen zu verstehen. Dabei war das kompletter Unsinn, denn es gab sehr wohl Frauen, die den Männern bewiesen, dass sie genauso klug waren wie sie. In anderen Ländern der Welt würden Frauen sogar bald studieren dürfen, doch hier nicht. Und ich sowieso nicht.

Deswegen hatte mich Papa wohl auch nie auf die Reisen mit meiner Mutter mitgenommen. Weil ich unwissend bleiben sollte. Ein Mädchen, das heiraten und eine gute Ehefrau sein sollte. Ich zürnte Papa, dass er mir Mama so lange Zeit in meiner Kindheit entrissen hatte. Und tief in meinem Inneren glaubte ich auch, dass sie sich auf den Reisen mit Tuberkulose angesteckt hatte. Auch wenn das vermutlich überall hätte geschehen können – aber ein Teil von mir wollte meinem Vater die Schuld geben, so ließ es sich einfacher leben, der Schmerz eher ertragen.

»Nun …« Papa legte den Füllfederhalter zur Seite und verschränkte die Hände auf dem Tisch ineinander. »Deine Mutter hat gestern schon mit dir gesprochen, und ich bin froh, dass du zur Besinnung gekommen bist.«

»Zur Besinnung«, rutschte es mir heraus. Vater zog eine Augenbraue hoch und betrachtete mich eingehend, doch er schimpfte mich nicht aus, was ungewöhnlich war.

»Jedenfalls …«, sprach er nach einiger Zeit des Schweigens weiter, »bin ich froh, dass du nun ohne Widerstand nach Southend reisen wirst. Denn es ist das Beste für dich.«

Ich biss mir auf die Unterlippe, damit kein freches Wort über meine Lippen kam. Ich wollte nicht mehr streiten, dafür fehlte mir die Kraft.

»Ava wird in einigen Tagen kommen und mit dir noch ein paar Besorgungen erledigen, bevor ihr nach Hamburg reisen und dort ein Dampfschiff nach London nehmen werdet.«

Ich nickte schweigend. Was hätte ich auch sagen sollen? Ich war die zweite Tochter der Familie, und man wollte mich ebenso gewinnbringend verheiraten wie meine Schwester. Sie hatte einen reichen Kaufmann aus Hamburg geehelicht und lebte nun in einer wunderschönen Villa an der Alster, hatte schon zwei Kinder und war die geborene Ehefrau.

»Beim Sommerball in London wirst du deinen zukünftigen Ehemann kennenlernen, und ich bin mir sicher, dass ihr euch wohlgesinnt sein werdet.«

»Das kannst du nicht wissen, Vater«, würgte ich hervor, weil ich das Gefühl hatte, wenigstens irgendetwas sagen zu müssen, um mich doch noch gegen diese Ungerechtigkeit zur Wehr zu setzen.

»Denkst du denn, wir suchen dir irgendeinen Mann aus, der

nicht unseren Ansprüchen genügen wird?«, fragte Vater mit ungewöhnlicher Schärfe in der Stimme, sodass ich zusammenzuckte.

»Das meine ich nicht …«, setzte ich an und räusperte mich. Unruhig rutschte ich auf dem Stuhl hin und her. »Es geht doch nicht nur um die Ansprüche, die dieser Mann erfüllen wird. Ich kenne ihn gar nicht, woher soll ich wissen, ob ich ihn jemals lieben kann?«

Woher soll ich überhaupt wissen, was Liebe ist, wenn niemand mit mir je darüber redet, was dieses große Wort bedeutet?

Diese Fragen sprach ich nicht aus, denn an Vaters Gesichtsausdruck bemerkte ich, dass selbst meine Worte davor zu viel gewesen waren. Spott funkelte in seinen blauen Augen, und er verzog das Gesicht zu einer Grimasse.

»Liebe?« Seine Stimme klang beinahe höhnisch in meinen Ohren, und Wut köchelte in meinem Inneren. »Lucie, Liebe entwickelt sich mit der Zeit, es ist nichts, was sofort da ist. Außerdem …«

»Außerdem muss ich den jungen Mann auch nicht lieben?«, unterbrach ich ihn und erhob mich. »Weil ich sowieso nur die vorzeigbare Frau an seiner Seite sein soll? Seine Kinder gebären und ansonsten unsichtbar in seinem Schatten stehen soll?«

»Lucie!« Die Faust meines Vaters donnerte auf den Tisch, und ich kniff die Augen zusammen, wich einige Schritte zurück und legte eine Hand auf meine Brust, mein Herz schlug wie wild.

»Bitte entschuldige …«, murmelte ich und versuchte mich an einem winzigen Lächeln, das jedoch von meinen Lippen zu tropfen schien.

»Genau das meine ich, wenn ich sage, dass es dir guttun wird, nach Southend zu gehen. Dort wirst du zur Besinnung kommen und lernen, was sich für eine junge Frau gehört. Obwohl ich dachte, dass wir dich gut erzogen haben.«

»Das habt ihr auch …«, setzte ich an und zuckte mit den Schultern. *Doch ich bin einfach nicht so, wie ihr mich haben wollt. Ich bin ein Mädchen voller Gegensätze.*

»Nun …« Vater schüttelte matt den Kopf, zog sein Jackett glatt und ging um den Tisch herum zu mir. »Anscheinend haben wir uns nicht genug Mühe gegeben.«

Er legte mir eine Hand auf die Schulter, und ich schaute zu ihm hoch, bemühte mich, eine stolze Haltung zu bewahren und nicht zu zeigen, wie sehr mich diese Entscheidung meiner Eltern ins Gefühlschaos stürzte.

»Ich verstehe einfach nicht, wie ihr mich an jemanden verheiraten wollt, den ihr selbst nicht mal kennt.«

»Oh, ich habe mit deinem Zukünftigen korrespondiert, er scheint ein gescheiter und ehrbarer Mann zu sein«, erwiderte Vater und strich mir über die Wange. »Sei nett zu ihm, und benimm dich im Internat, du wirst schon sehen, dass alles gut wird.«

Ich werde ihn zum Teufel jagen, dachte ich grimmig, nickte aber folgsam.

»Nun denn …« Vater drehte sich schwungvoll um und klatschte in die Hände. »Ich habe dir bereits alle Informationen zur *Heygate Boarding School for Girls* herausgesucht, schau sie dir an. Und poliere dein Englisch in den nächsten Wochen ein wenig auf, das wäre alles.«

Er reichte mir einen dicken Ordner mit einem Stapel Papieren darin und machte eine abschließende Geste, doch ich bewegte mich nicht vom Fleck.

»Ich will auch mit ihm korrespondieren.«

Wer hatte das gesagt?, fragte ich mich im gleichen Augenblick, als diese Worte aus meinem Mund rutschten und mit einem Rumpeln zu Boden fielen.

»Bitte?« Vater sah mich irritiert an und legte den Kopf schräg, Verwunderung schien in seinen Augen zu blitzen. »Mit wem?«

»Mit meinem zukünftigen Ehemann«, antwortete ich und verzog das Gesicht zu einem spöttischen Grinsen. »Du durftest ihn schon besser kennenlernen als ich, deswegen bin ich nun am Zug.«

Ich fühlte mich nicht halb so selbstbewusst, wie ich mich gab, und außerdem hatte ich immer noch keine Ahnung, wer da eigentlich sprach. Denn ich wollte diesen Kerl zum Teufel jagen, egal, ob er ein Lord oder Earl war, egal, ob er ein großes Herrenhaus besaß. Ich wollte ihn nicht heiraten.

Doch irgendetwas in mir schien zu flüstern: *Versuch es doch wenigstens, es wird leichter, wenn du die Herausforderung annimmst. Wenn du ihn kennenlernst.* Und ich glaubte, dass es das Wispern meines Herzens war.

»In Ordnung, das halte ich für eine gute Idee«, stimmte mein Vater mir zu und nahm einen Brief von seinem Schreibtisch. »Hier steht die Adresse, und du kannst auch gerne lesen, was mir der junge Arthur geschrieben hat. Ich bin sicher, er wird dir gefallen. Er studiert Medizin.«

Ich konnte nicht anders, als meinen Vater ein wenig dümmlich anzulächeln, während meine Hände feucht wurden und mein Herz mir bis zum Hals schlug.

Medizin, dachte ich versonnen und beobachtete Vater dabei, wie er den Brief in den Ordner schob. *Er hat alles, was ich will. Die Freiheit, studieren zu können, nach der ich mich sehne.*

»Ich danke dir, Vater …«, sagte ich noch, bevor ich das Büro mit eiligen Schritten verließ und zurück in mein Zimmer ging. Meine Schritte hallten gespenstisch auf dem leeren Flur wider, und ich stieß die Tür zu meinen Gemächern auf, warf den Ordner aufs Bett und mich gleich daneben.

Und während ich den Brief meines zukünftigen Ehemanns – *Arthur Smith* – hervorzog, dachte ich daran, dass ich diese Reise wirklich als eine neue Herausforderung betrachten sollte.

Kapitel 3

Lucie

Lübeck, März 1860

*D*ie Heygate Boarding School for Girls *ist eine exquisite Schule für höhere Töchter, die dazu dient, die Frauen perfekt aufs Leben vorzubereiten und ihnen …*

Ich brach ab, das Pamphlet über das Internat zu lesen, als ich hörte, wie die Türglocke klingelte und im nächsten Augenblick auch schon die quietschende Stimme meiner Schwester Ava im Flur erschallte.

»Oh, nein …«, flüsterte ich und verdrehte die Augen.

Sie war da. Meine perfekte Schwester, die sofort alles zum Strahlen brachte, sobald sie einen Raum betrat. Die jeden Mann in ihren Bann ziehen konnte, aber doch nur Augen für Reinhold, ihren Ehemann, hatte. Ihre hohe Stimme huschte durch die Türritze, und ich erhob mich mit langsamen Bewegungen aus dem Bett.

Es würde keine Minute dauern, bis …

»Kleine Schwester! Wie schön, dass wir uns endlich wiedersehen.« Die Tür wurde aufgestoßen, kalte Luft fegte hinein, und da stand schon Ava.

Ihre blonden Haare waren zu einem Dutt hochgesteckt, ein kleiner blauer Hut in moderner Schräglage zierte ihren Kopf, und sie trug ein passendes, blaues Kleid dazu, welches mit Applikationen verziert war. Nicht unbedingt ein Reisekleid, aber sehr chic, das musste ich zugeben. Ihre grünen Augen strahlten, und im nächsten Moment zog sie mich stürmisch in ihre Arme.

»Ich habe dich vermisst, Kleines«, flüsterte sie mir zu, und der süßliche Duft ihres Parfums stieg mir in die Nase.

»Ich dich auch«, nuschelte ich wahrheitsgemäß, denn auch wenn meine Schwester für meinen Geschmack viel zu viel redete, liebte ich sie von ganzem Herzen, und ich vermisste sie seit ihrem Umzug nach Hamburg jeden Tag.

Ava löste sich von mir und zog eine ihrer perfekt gezupften Augenbrauen in die Höhe. »Du siehst erschöpft aus, dein Teint ist ganz blass«, stellte sie fest, legte eine Hand unter mein Kinn und drehte meinen Kopf von links nach rechts.

»Ich bin immer so blass«, erwiderte ich spitz und riss mich los, denn ich wollte ungern zugeben, dass Ava recht hatte. Ich fühlte mich elend; und seit ich erfahren hatte, dass ich mein Zuhause bald verlassen würde, schlief ich schlecht. Albträume plagten mich und ließen mich mitten in der Nacht schweißgebadet und mit klopfendem Herzen hochschrecken.

»Mhm …«, machte meine Schwester wenig überzeugt und lächelte mich an. »Gibt es etwas, das du mir erzählen willst, Kleines?«

Ich schüttelte den Kopf und setzte mich gemeinsam mit Ava auf mein Bett. Meine Finger glitten über die Prospekte über das Internat, und die Buchstaben – schwarz auf weißem Grund – brannten sich in meinen Kopf.

»Hast du etwa Angst?«, fragte Ava überrascht und legte ihre Hand auf meine Schulter.

»Ich hab keine Angst!«, rief ich wütend, biss mir jedoch sofort schuldbewusst auf die Unterlippe. Ich wollte meine Schwester nicht anschreien, das hatte sie nicht verdient.

Doch zu meiner Überraschung lachte Ava auf und zog mich erneut in ihre Arme. »Ich sehe schon, der Haussegen hängt wirklich schief. Kein Wunder, dass Mama mich so dringend gebeten hat, hierherzukommen.«

»Mama hat dich darum gebeten?«, fragte ich irritiert und

verweilte noch ein wenig länger in der Umarmung meiner Schwester, denn ihre Nähe beruhigte mein aufgewühltes Herz wenigstens für einige Sekunden.

»Natürlich hat sie das, Kleines …« Ava strich zärtlich über meine Wange und erhob sich langsam. Ich hasste es, wenn sie mich »Kleines« oder »Winzling« nannte, auch wenn sechs Jahre Altersunterschied zwischen uns lagen. Aber gleichzeitig liebte ich es auch. Denn ich war als Kind wahrlich ein Winzling gewesen, und selbst jetzt reichte ich Ava kaum bis zur Schulter. Ava, die mehr Zeit mit meiner Mutter verbracht hatte als ich. Als Mama noch nicht so krank gewesen war, da hatte Ava mit ihr Ausflüge unternehmen können. Doch mir war dies fast immer verwehrt geblieben. Vermutlich dachten wir deswegen so unterschiedlich von unseren Eltern.

»Vater wollte dich nur mit Mimi nach England reisen lassen, aber Mama kennt dich besser …« Sie zuckte unbekümmert mit den Schultern und ergriff meine Hände, um mich auf die Füße zu ziehen.

Mich betrübte immer noch, dass mein Vater Mimi, mein Dienstmädchen, mit mir nach Southend schicken wollte, denn er entriss sie ihrer Familie, mit der sie zusammen am Hafen in Lübeck lebte. Doch Mimi schien davon weniger betrübt als ich, was ich noch nicht richtig verstand. Natürlich würde sie in Southend mehr verdienen, denn dort war sie nicht nur mein Dienstmädchen, sondern half auch im Internat. Aber irgendetwas stimmte nicht mit ihr. Sie war unruhig, machte Fehler bei ihrer Arbeit und schien mit etwas zu kämpfen, doch auf meine Nachfrage hatte sie nur lächelnd abgewinkt, dass sie aufgeregt wegen der Reise sei.

»Und nun hören wir auf damit, Trübsal zu blasen, in Ordnung? Wir machen jetzt einen Spaziergang an der Untertrave, und du erzählst mir, was dich bekümmert, und ich …« Ava tippte sich gegen das Kinn und grinste mich schelmisch an.

»Ich erzähle dir alles über die Vorzüge einer Ehe. Immerhin habe ich dazu nun Zeit, da sich das Kindermädchen um meine Kleinen und mein Mann sich um alles andere kümmert.«

»Ihh …« Ich verzog das Gesicht, und Bitterkeit legte sich auf meine Zunge.

Ich wusste natürlich, was in der Hochzeitsnacht zwischen Mann und Frau passierte. Nicht von meinen Eltern, denn darüber sprach man nicht, doch Mimi hatte es mir erzählt. Man mochte es kaum glauben, aber mein Dienstmädchen war meine einzige Vertraute in diesem großen Haus, seit Ava ausgezogen und Mutters Krankheit immer schlimmer geworden war.

Die Menschen am Hafen, wo Mimi wohnte, sprachen über derlei Dinge viel offener, und so hatte ich irgendwann den Mut gefasst, sie danach zu fragen. Außerdem trieb ich mich oft genug im Heiligen-Geist-Hospital herum und war auch schon auf der Geburtsstation gewesen, wo ich mit einer Hebamme hatte sprechen können. Ich hatte mich als Mimi ausgegeben, wenn ich die Geburtsstation besuchte. Denn mein Dienstmädchen hatte eine alte Freundin, die Hebamme war und mich bereitwillig mit auf die Station genommen hatte. Es interessierte kaum jemanden von den Ärzten, was auf den Geburtsstationen vor sich ging, und man war für jede helfende Hand dankbar.

»Ach, so schlimm ist das nicht.« Ava zwinkerte mir zu und zog mich stürmisch mit aus dem Zimmer die Treppe hinunter in den Flur.

»Ich mache mit Lucie einen Spaziergang an der Untertrave, wir sind zum Abendessen zurück!«, rief sie überschwänglich und wartete gar nicht auf eine Antwort von Mutter und Vater, sondern ging rasch mit mir gemeinsam auf die Straße.

»Müssen wir nicht …?« Ich zeigte zur geschlossenen Haustür, doch Ava zuckte nur mit den Schultern.

»Weißt du, was noch einer der Vorteile ist, wenn man eine verheiratete Frau ist? Man braucht nicht mehr die Erlaubnis seiner Eltern, wenn man das Haus verlassen möchte.« Sie hakte sich bei mir unter, und wir gingen die Holstenstraße hinunter zur Trave.

»Aber die deines Mannes«, murrte ich, doch Ava winkte nur lächelnd ab.

»Reinhold lässt mir viel Freiraum, das gebe ich zu. Aber viele Männer sind so, gerade Kaufleute sind dankbar, wenn ihre Frauen das Lesen und Rechnen beherrschen und sich mit ihnen über ihre Arbeit unterhalten können.«

»Das mag bei Reinhold stimmen, aber nicht bei allen Männern«, begehrte ich auf und dachte daran, wie Vater Mutter und mich immer aus seinen wichtigen Gesprächen heraushielt, so tat, als ob wir ohnehin nicht verstehen würden, über was er sprach. Als wären wir auf den Kopf gefallen. »Außerdem heirate ich keinen Kaufmann, sondern einen Lord oder so was Ähnliches.«

»So etwas Ähnliches?« Ava betrachtete mich schmunzelnd und zog eine Augenbraue hoch. »Hast du dich etwa noch gar nicht mit ihm beschäftigt?«

Ich zuckte mit den Schultern, wir waren am Ufer der Trave angekommen, und ich ließ den Blick schweifen. Das blaue Wasser glitzerte verführerisch in der Sonne. Auf den Wiesen hatten es sich einige Familien zum Picknicken gemütlich gemacht, und ein Dampfschiff fuhr laut röhrend an uns vorbei. Auf der anderen Seite der Trave wurden Waren von Lagern zur Eisenbahn transportiert. Lübeck war erst vor einigen Jahren ans Streckennetz angeschlossen worden, doch nun florierte der Handel mit Waren aus aller Welt. Weiter hinten erstreckte sich der Hafen, die schäbigen Baracken und großen Häuser mit winzigen Wohnungen für riesige Familien. Rechts von uns, auf Höhe der Marienbrücke, standen Kaufleute in Reih und Glied vor dem imposanten Backsteingebäude des Hauptzollamtes – es schien, als würde eine sanfte Ruhe über Lübeck liegen. Als würde die Welt den Atem anhalten und die Zeit einfrieren.

»Lucie?«, riss meine Schwester mich aus meinen Gedanken, und ich wandte hastig den Blick vom Hafen ab, obwohl ich unwillkürlich an Mimi denken musste. Ihre Familie wohnte am hintersten Ende der Stadt beim Hafen, dort, wo feine Damen wie Ava und ich niemals hingehen würden. Denn in allen Ecken lauerte dort Gefahr, wenn man in solch hübschen Kleidern umherlief.

»Ich habe meinem zukünftigen Ehemann geschrieben, aber bisher ist noch kein Brief zurückgekommen …«, entgegnete ich und ließ mich mit Ava auf einer Bank nieder. »Vielleicht interessiere ich ihn gar nicht.«

»Höre ich da Wehmut aus deiner Stimme?« Ava stieß mir leicht ihren Ellenbogen in die Seite, und ich schüttelte entrüstet den Kopf.

»Natürlich nicht, das ist mir ganz recht. Ich will ohnehin nicht heiraten.«

»Ach, Lucie …« Ava seufzte schwer und ergriff meine Hand. »Du bist doch ein kluges Mädchen, du weißt, wie unsere Welt funktioniert.«

Das wusste ich. Ich sprach fließend Englisch, Französisch und konnte ebenso lateinische Texte lesen und verstehen. Ich war gut im Rechnen und Schreiben, selbst in Geografie und den wenigen Naturwissenschaften, in denen wir in der höheren Töchterschule unterrichtet worden waren. Trotzdem würde ich niemals studieren können. Ich würde keine Ärztin werden oder Wissenschaftlerin, denn es gab kaum Berufe, die Frauen ergreifen konnten, wenn man von Lehrerin, Gouvernante oder Hebamme mal absah. Und den armen Frauen aus dem Hafenviertel, die arbeiten mussten, weil ihre Familien sonst verhungerten.

Das Leben war himmelschreiend ungerecht.

»Nur weil ich weiß, wie die Welt funktioniert, bedeutet das nicht, dass ich es gut finden muss«, gab ich murrend zurück und starrte auf die Trave.

»Du bist viel zu klug für diese Welt.« Ava räusperte sich und drückte meine Hand. »Weißt du, Mama und Papa wollen nur, dass du gut versorgt bist.«

»Aber mich fragt niemand, was das für mich bedeutet!« Meine Antwort war etwas zu laut, sodass eine Dame, die mit einem kleinen Mädchen am Ufer spazieren ging, sich zu mir umdrehte und mir einen giftigen Blick zuwarf.

Sofort stieg Hitze in meine Wangen, und ich senkte beschämt den Blick. Auch wenn ich manchmal explodierte wie ein Vulkan, zog ich nicht gerne die Aufmerksamkeit anderer Menschen auf mich. Ich hasste es, im Mittelpunkt zu stehen, und in England würde mir nichts anderes übrig bleiben, als genau diese Situationen zu überstehen.

»Aber du …« Zögerlich sah Ava mich an, als ich mich zu ihr drehte, und ich musterte meine wunderschöne Schwester eingehend.

Im Gegensatz zu ihr war ich ein Schatten. Ihre Gesichtszüge waren ebenmäßig, während meine Nase zu klein und meine Stirn zu groß geraten war. Feine Strähnen ihrer blonden Locken umschmeichelten ihr Gesicht, wo meine Haare kaum zu bändigen waren und immerzu in alle Richtungen abstanden. Sie war freundlich und liebevoll, wusste immer, was sich für eine Dame gehörte. Die perfekt angepasste Frau. Ich beneidete sie darum, dass ihr Herz und ihr Kopf nicht im Konflikt miteinander standen.

»Ich was?«, bohrte ich nach, als Ava nicht weitersprach.

»Du könntest dort glücklich werden, Lu. Hast du daran einmal gedacht?«

Mein Mund klappte auf, während es erneut in mir zu brodeln begann, doch kein einziges Wort drang über meine Lippen. Daran hatte ich tatsächlich nicht gedacht, weil die Wut viel zu stark und präsent war.

»Was – außer Mama und Papa und vielleicht deiner Freundin Hilde – hält dich hier?«, fragte Ava weiter und ließ mich erst gar nicht zu Wort kommen. »Ist es nicht das, was du wolltest? So weit weg von Lübeck zu kommen wie eben möglich? Die Welt entdecken? Diese Möglichkeiten hast du in Southend, und wie ich höre, sind die Lehrerinnen im Internat auch recht modern und aufgeschlossen.«

Ist es nicht das, was du wolltest?

Avas Worte hallten wie eine sanfte Melodie in meinen Ohren wider, und ich musste den dicken Kloß, der sich in meinem Hals gebildet hatte, mühsam hinunterschlucken.

»Ich weiß doch gar nicht, was ich will«, wisperte ich leise und starrte hinab auf meine Hände. Tränen tropften von meinen Wangen, und es war, als würde die Welt für einen kurzen Augenblick innehalten, sich nicht mehr drehen.

»Ach, Kleines …« Ava zog mich in ihre Arme und wischte die Tränen von meinen Wangen fort. »Genau das ist es doch, was ich meine. Dein Leben fängt doch jetzt erst so richtig an. Deswegen ist es gut, dass du diesen neuen Ort kennenlernst.«

Ich schniefte unfein und verweilte noch einen Augenblick in der Umarmung meiner Schwester, dann löste ich mich zaghaft von ihr. »Wenn du meinst …«, setzte ich an, und mein Blick glitt wehmütig über Lübeck hinweg. »Ich werde aber trotzdem nicht einfach irgendeinen Kerl heiraten. Wenn er mir nicht freundlich erscheint, dann können Mama und Papa das vergessen.« Trotzig rieb ich mir über die Wangen.

Ein Schmunzeln lag auf Avas Lippen, und sie strich mir über den Arm. »Du wirst mit Sicherheit das Richtige tun, Kleines«, entgegnete sie, doch in meinen Ohren klang es immer noch, als hätte ich ohnehin niemals eine Wahl gehabt.

Kapitel 4
Lucie

Lübeck, März 1860

In den folgenden Tagen schleppten mich Ava und meine Mutter – wenn es ihr gut genug ging – zu allen möglichen Läden in der Lübecker Altstadt. Ich wurde komplett neu eingekleidet für meinen Aufenthalt in Southend-on-Sea, obwohl ich erfahren hatte, dass wir Mädchen eine Art Internatsuniform tragen würden.

»Warum brauche ich so viele neue Kleider, wenn ich eh nur Uniform tragen werde?«, murrte ich, als wir erneut den Laden einer ansässigen Schneiderin betraten und ich mich zum gefühlt hundertsten Mal auf das Podest stellte, damit sie Maß nehmen konnte.

»Weil du auch in Southend unterwegs sein wirst, und dafür brauchst du neue Kleider«, erklärte mir Ava zum ebenfalls hundertsten Mal, doch dieser Einwand wollte mir nicht in den Kopf.

»Aber ich habe hübsche Kleider.« Auf einen Wink der Schneiderin streckte ich meine Arme nach links und rechts aus.

»Aus denen du fast herausgewachsen bist.« Ava trank genüsslich einen Schluck Limonade, die ihr das Mädchen, das eine Lehre in der Schneiderei machte, eingeschenkt hatte.

Ich murmelte etwas Unverständliches und ließ die Prozedur über mich ergehen, obwohl all dies so unglaublich belanglos erschien.

»Außerdem …« Ava erhob sich schwungvoll und stieß dabei gegen den kleinen Tisch, der nahe der Sessel stand, auf denen sie und Mutter saßen. Dabei wankte das Glas Limonade gefährlich hin und her, fiel zum Glück jedoch nicht um. »… ist heute Morgen ein Brief für dich angekommen!« Sie zauberte einen weißen Umschlag aus ihrem Retikül hervor und reichte ihn mir mit einem Zwinkern.

»Hast du etwa schon reingeguckt?«, fragte ich misstrauisch und tippelte von einem Fuß auf den anderen, während die Schneiderin meine Hüfte erneut ausmaß.

»Nein, aber die Adresse spricht für sich.«

Ich schaute auf den Umschlag hinab und zog scharf die Luft ein. Der Brief stammte aus England, das bedeutete …

Nein, warum hat er mir denn geantwortet?, dachte ich unzufrieden, während ich das Briefpapier hervorzog. Ich hatte bis zum Schluss gehofft, dass mein zukünftiger Ehemann genauso wenig Lust auf mich hatte wie ich auf ihn. Dass er mir niemals antworten und dieses ganze Dilemma in Vergessenheit geraten würde. Doch dieser Traum zerplatzte leider.

Ich seufzte leise, als ich begann, den Brief zu lesen. Seine Schrift war gestochen scharf und klar, kein Gekritzel, wie ich es von den meisten Jungen kannte. Auch seine Wortwahl schien hochtrabend, aber dennoch freundlich. Und dieser letzte Satz stach wie ein Messer in mein ohnehin schon kaputtes Herz.

Ich freue mich, bald Ihre Bekanntschaft zu machen, Fräulein Lucie. Es wird mir eine Ehre sein, Sie in Southend herumzuführen, auf den Bällen in London mit Ihnen zu tanzen und Sie von mir als Ihrem zukünftigen Ehemann zu überzeugen.

Wider Willen musste ich schmunzeln. Das klang freundlich und nicht arrogant. Er wollte mich von sich überzeugen, schien zu wissen, dass man eine Dame erobern sollte, auch wenn die Verlobung bereits feststand.

»Und?«, fragte Ava neugierig. »Was schreibt dein Zukünftiger?«

Ich schnaubte und steckte den Brief zurück in den Umschlag. »Ich glaube, das geht dich gar nichts an.«

Ein Laut des Erstaunens entglitt Avas Kehle, dann jedoch begann sie zu lachen. »Du bist wahrlich ein freches Ding, Lu!«

»Lass sie …« Mutter lächelte mich an, und in ihren Augen schienen Tränen zu schimmern. »Der erste Brief des zukünftigen Ehemannes ist nur für die Augen der Ehefrau bestimmt.«

Ich will ja gar nicht seine Ehefrau werden, dachte ich schnippisch, sprach es aber nicht aus, um die in den letzten Wochen geglätteten Wogen nicht erneut aufzuwühlen. Avas Anwesenheit hatte meinen Vater besänftigt, und sie schien auch mein Herz zu beruhigen. Meine Schwester war mein Anker in diesem Sturm auf rauer See.

»In Ordnung …« Die Schneiderin, Frau Herbst, räusperte sich und schob ihre Brille ein Stück die Nase hoch. »Das Kleid benötigt noch minimale Korrekturen, aber Sie sollten es morgen schon abholen können. Haben die Damen noch weitere Wünsche?«

Ich zuckte mit den Schultern und stieg vorsichtig vom Podest, mein Blick streifte meine Mutter. Sie schaute auf das gefaltete Papier herab, das sie in der Hand hielt. Dort hatte sie sorgsam notiert, welche neuen Kleider ich brauchte.

»Nein, ich denke, dass wir dann alles haben. Ein neues Reisekleid, zwei neue Flanierkleider, wenn du in Southend mit deinen Mitschülerinnen unterwegs sein wirst, und dieses wunderschöne Ballkleid.« Sie deutete auf das schillernde blaue Kleid, das nach der neuesten Mode aus Frankreich geschneidert war, und ich nickte schweigend.

Ich fühlte mich wie verkleidet. Das Mädchen, welches ich in dem meterhohen Spiegel sah, das war nicht ich. Ich trug diese modernen Kleider nur ungerne, fühlte mich erdrückt von dieser Last auf meinen Schultern. Nein, ich war das Mädchen, das sich von Mimi ein einfaches Kleid ausborgte, seine weizenblonden Haare unter einem Tuch versteckte und sich heimlich auf der Geburtsstation des Heiligen-Geist-Hospitals herumtrieb, weil Mimis Freundin mir bereitwillig Eintritt in diese faszinierende Welt gewährte. Das war ich, nicht dieses Mädchen, welches mir entgegenblickte.

Aber ich würde niemals die sein können, die ich sein wollte.

»Wunderbar!« Frau Herbst klatschte in die Hände und winkte das Mädchen zu sich. »Hilf Fräulein Lucie aus dem Kleid, und dann erledigst du die Anpassungen.«

»Sehr wohl, Frau Herbst.« Das Mädchen bedeutete mir, ihr zu folgen, und ich tat, wie mir geheißen.

Die Schneiderin hatte ein kleines Vermögen an uns gemacht, und nicht zum ersten Mal fragte ich mich, ob dies nicht alles zu teuer war. Ob Vaters Geschäfte im Salzhandel und mit weiteren Waren so florierten, dass er mich einmal komplett neu einkleiden konnte.

»Ah!« Eine der Nadeln, die Frau Herbst benutzt hatte, um das Kleid anzupassen, bohrte sich in meine Hüften, und ich verzog das Gesicht. Ich hatte mich unbedacht bewegt und nicht daran gedacht, dass das Kleid noch voller piksender Dinger war.

»Oh! Ich bitte vielmals um Verzeihung, gnädiges Fräulein, es tut mir …«

»Schon gut«, unterbrach ich sie mit einem Seufzer und lächelte sie an. »Ich habe mich bewegt, das kann doch mal passieren, nicht deine Schuld.«

Das Mädchen senkte den Blick und arbeitete stumm weiter. Ihre Finger zitterten wie Espenlaub, und ich hatte das ungute Gefühl, dass sie heute noch von Frau Herbst ausgeschimpft werden würde.

Es hätte nichts daran geändert, weil Sie die Tochter des Haus-

40

herrn sind. Sie sind dafür nicht verantwortlich, sondern ich. So ist der Lauf der Dinge.

Mimis Worte hallten in meinem Kopf wider, die sie zu mir gesagt hatte, als ich die Gläser umgestoßen hatte an dem Abend, als Vater mir offenbart hatte, dass ich heiraten musste. Sie hatte gesagt, dass es immer die Schuld der Bediensteten sein würde, wenn ein Fehler passiert, niemals die der feinen Herrschaften. Traurig betrachtete ich das Mädchen vor mir. Selbst hier war es immer das Gleiche. Ich hatte mich bewegt, und dadurch waren die Nadeln verrutscht, doch das Mädchen würde die Schimpfe bekommen. Wir waren wahrscheinlich alle nur ein Spielball unserer Lebensumstände.

»So, fertig. Ich helfe Ihnen jetzt aus dem Kleid.« Sie erhob sich und schnürte das Kleidungsstück auf, ich stakste vorsichtig heraus.

Dann trat ich hinter dem Paravent hervor und sah Mutter sowie Ava an. »Wir können uns auf den Weg nach Hause machen.«

»Ich werde nach Hause gehen«, korrigierte mich Ava. »Mama wollte gerne noch einen Spaziergang mit dir machen.«

Ich sah zu meiner Mutter, die mir ein beinahe scheues Lächeln schenkte und mir ihre Hand hinhielt. Nur mit Mühe ergriff ich die ihre, nachdem ich meinen Hut zurechtgerückt hatte.

»In Ordnung, bis später, Ava«, sagte ich und verabschiedete mich von meiner Schwester auf dem Gehsteig.

Die Schneiderei war an der Untertrave gelegen, und bis zu uns nach Hause in die Holstenstraße war es nur ein kurzer Weg. Doch stattdessen lotste mich meine Mutter ins Innere der Stadt, vorbei an den prächtigen alten Bauten und den schmalen Häusern, den Gängen und Höfen, die es überall in Lübeck gab und in denen reiche Mädchen wie ich sich niemals verlieren sollten. Denn dort wohnten die armen Menschen der Stadt und nutzten teilweise sogar die Gänge, die zu den Innenhöfen führten, welche von Häusern umschlossen waren, um dort zu leben.

»Du scheinst die letzten Tage tief in Gedanken versunken gewesen zu sein«, bemerkte meine Mutter mit einem Lächeln, während wir die Beckergrube hinaufgingen, wo sich das imposante Stadttheater befand, und den Geibelplatz ansteuerten, vorbei an der prächtigen Jakobikirche, die majestätisch in den Himmel ragte. Ich konnte leisen Gesang aus dem Inneren der Kirche vernehmen, und ein wehmütiges Lächeln streifte meine Züge.

»Ich werde Lübeck vermissen«, gab ich leise zu, während wir den gemütlichen Marktplatz erreichten, auf dem heute reges Treiben herrschte.

Ich wusste immer noch nicht, warum meine Mutter mit mir spazieren gehen wollte. Früher hatten wir das oft getan. Dann hatte sie statt meiner Gouvernante mich von der höheren Töchterschule abgeholt. Sie ging dann mit mir durch die Straßen Lübecks, kaufte Naschwerk und erzählte mir vieles über die Geschichte der Stadt.

Doch dann hatte sie meinen Vater oft auf Handelsreisen begleitet, und ich war allein zurückgeblieben – Ava hatte damals schon eine Schule in Hamburg besucht.

Und seit ihre Tuberkulose immer schlimmer geworden war, waren unsere Augenblicke der Zweisamkeit noch seltener geworden. Und bald würde es sie gar nicht mehr geben.

»Southend ist wirklich schön, es wird dir dort gefallen«, bemerkte meine Mutter, als wir vor dem Heiligen-Geist-Hospital stehen blieben.

Das Krankenhaus bestand aus drei aneinandergereihten, schmalen Spitzdachhäusern, und der rote Backstein glänzte im blassen Sonnenlicht. Vier Türme mit grünen Dachschindeln zierten das Gebäude, und die kleinen Fenster schienen frisch geputzt worden zu sein, denn sie funkelten mit der Sonne um die Wette. Vor dem Eingang herrschte ein geschäftiges Treiben, Menschen verließen und betraten das Krankenhaus. Ärzte in weißen Kitteln schwirrten umher, Verletzte wurden hineingebracht, und selbst aus einiger Entfernung konnte ich den Schrei eines Babys hören.

Ein unangenehmes Kribbeln huschte über meine Glieder, und ich linste zu meiner Mutter, die immer noch schweigend dastand. Ob sie wusste, dass ich mich hier schon oft herumgetrieben hatte? Dass ich in Mimis Kleidung das Krankenhaus betreten hatte? Ich war durch die Gänge gehuscht, hatte Mimis Freundin und die anderen Hebammen mit Fragen gelöchert und war sogar bei einer Geburt dabei gewesen.

Niemand hatte mich wegschicken wollen, als ich meine Hilfe angeboten hatte, und ich war dankbar gewesen, dieses kleine Wunder mitzuerleben.

Aber das durfte niemand wissen. Auch wenn Hebamme ein für Frauen doch recht angesehener Beruf war, würde ich ihn niemals ergreifen dürfen. Denn das gehörte sich nicht für eine Tochter aus reichem Hause.

»Mimi!«, hörte ich da auf einmal eine Stimme, und der Schock fuhr mir in die Glieder, als eine junge Frau mit einem Bündel in den Armen winkend auf mich zulief.

Oh, was mache ich jetzt nur?, dachte ich verzweifelt, als mir bewusst wurde, wer diese Frau war.

»Agathe …«, wisperte ich peinlich berührt und löste mich eilig von meiner Mutter.

Sie war die Frau, bei deren schwerer Geburt ich hatte assistieren dürfen. Doch sie wusste weder, dass meine Familie Geld besaß, noch, dass ich nicht Mimi hieß.

Agathe blieb vor uns stehen und strich sich eine dunkelbraune Haarsträhne hinters Ohr. Ihr Blick huschte zwischen meiner Mutter und mir hin und her, dann lächelte sie uns höflich an.

»Wie schön, dass ich dich hier wiedersehe. Ich war mit meinem kleinen Benno gerade bei der Hebamme. Es geht ihm wunderbar!« Sie reichte mir das kleine Bündel, und ich erhaschte einen Blick auf Benno.

Ein schwarzer Haarflaum zierte den winzigen Kopf des Kindes, die Augen waren geöffnet, und ich verlor mich in diesem tiefen Blau. Benno gluckste zufrieden und ergriff meinen Finger, als ich ihm über die Wange strich.

»Das ... das freut mich sehr, Agathe ...«, stammelte ich, und Angst schien all meine Sinne zu betäuben, doch meine Mutter sagte kein Wort, sondern beobachtete das Schauspiel schweigend.

Agathe hatte bei Bennos Geburt viel Blut verloren, und der Winzling hatte Probleme beim Atmen gehabt, aber nun schien es ihm blendend zu gehen.

»Mich ebenso. Edgar, mein Mann, ist auch sehr erleichtert. Ich werde ihn nun auf der Baustelle besuchen und danach noch auf den Markt gehen. Ich wünsche dir einen schönen Tag, Mimi. Gott behüte dich dafür, dass du bei der Geburt so geholfen hast!« Agathe nickte meiner Mutter freundlich zu, wirbelte auf dem Absatz herum und lief zum Geibelplatz.

Ich stand wie vom Donner gerührt da, unfähig, auch nur ein einziges Wort zu sagen. Doch als ich mich panisch zu meiner Mutter umdrehte, schenkte sie mir nur ein wissendes Lächeln.

»Hast du gedacht, dass ich wirklich nicht weiß, wo du dich herumtreibst?«, fragte sie und hakte sich erneut bei mir unter.

Gemeinsam setzten wir uns auf eine der Bänke gegenüber dem Heiligen-Geist-Hospital. Unruhig knetete ich meine Finger ineinander, und mein Blick huschte immer wieder zu meiner Mutter. Wie ruhig sie dasaß, geradezu gelassen. Sie sah heute beinahe gesund aus, auch wenn dieser Anblick täuschte.

»Du ...«, setzte ich an, doch sie hob die Hand und unterbrach mich.

»Ich habe es deinem Vater nicht erzählt ...«, führte sie aus und strich sanft über meine Wange. »Er wäre fuchsteufelswild geworden, wenn er gewusst hätte, dass du dich im Krankenhaus herumtreibst, denn das ist …«

»… kein Ort für junge Damen wie mich«, beendete ich den Satz mit einem Schnauben und schlug die Beine übereinander.

Mama nickte nur schweigend und schaute auf das Krankenhaus. Wehmut schien über ihre Gesichtszüge zu huschen, dann drehte sie sich wieder zu mir, und ein merkwürdiges Funkeln spiegelte sich in ihren blauen Augen wider.

»Mimis Namen zu benutzen war allerdings wirklich schlau.«

Ich zuckte nur mit den Schultern, wusste nicht, was ich sagen sollte. Eine Welle des schlechten Gewissens schwappte über mich hinweg, und meine Kehle zog sich zusammen. Hatte sie mich nur deswegen hierhergeführt? Um mir zu sagen, dass sie dieses kleine Geheimnis kannte und es Vater nicht erzählt hatte?

»Weißt du, Lu …« Mama verschränkte ihre Hand mit meiner und seufzte leise. »Ich möchte, dass du glücklich bist in Southend. Das ist mein allergrößter Wunsch. Dass du dort ein Leben führen kannst, welches du liebst. Meinst du, dass das möglich ist?«

Ein Teil von mir wollte ihr an den Kopf werfen, dass es niemals möglich sein würde. Dass ich meine Heimat nicht verlassen wollte und dass ich wütend auf meine Eltern war. Ihnen vielleicht niemals verzeihen würde, dass sie mich abschoben, um einen Mann zu heiraten, den ich nicht kannte.

Doch die Wut schaffte es nicht, überhandzunehmen. Sie köchelte in mir vor sich hin, und meine Gedanken waren klar wie die aufgehende Sonne an einem Frühlingstag.

»Ja …«, flüsterte ich heiser und drückte die Hand meiner Mutter. »Ich glaube, das ist möglich.«

In diesem Augenblick wusste ich nicht, ob meine Worte eine Lüge waren. Ob ich wirklich jemals glücklich sein würde. Ich wusste nur, dass ich meiner Mutter keinen Kummer bereiten wollte. Dass sie glücklich sein sollte, und dafür würde ich dieses eine Mal versuchen, meine Wut hinunterzuschlucken. Für sie, nicht für mich.

Aber das war in Ordnung. In Southend hätte ich noch genug Gelegenheit, wütend zu sein und mich gegen all diese Konventionen zu wehren. Denn dort würde ich ohne meine Eltern sein, und vielleicht, ganz vielleicht, war das ein winziges Stück dieser Freiheit, nach der ich mich sehnte.

Kapitel 5

Lucie

Lübeck, April 1860

Beinahe schüchtern klopfte es an meiner Tür, und ich schaute irritiert auf, während ich »Herein« rief. Dann wandte ich mich schon wieder diesem großen, braunen Ungetüm von Koffer vor mir zu.

»Fräulein Lucie?« Mimi trat ein, knickste vor mir und verschränkte höflich die Hände vor dem Körper. »Störe ich?«

»Nein, komm herein …« Ich schüttelte den Kopf, und meine Finger streiften über die Kleidung im Koffer, ein Schauer rieselte über meinen Rücken.

»Ihr Vater schickt mich, um Euch beim Packen zu helfen.«

Ich verkniff mir ein Lachen und schaute auf. »Ich glaube, ich brauche keine Hilfe mehr.« Mein Vater hatte Mimi in den letzten Tagen immer wieder einige Besorgungen machen lassen, weil ihm auch noch unzählige Dinge einfielen, die ich für meine Reise brauchte. Außerdem schickte er sie beinahe jeden Tag zu mir, um mir beim Packen zu helfen, obwohl es gar nicht so viel gab, was ich mitnehmen wollte.

»Sind Sie sicher, Fräulein Lucie?« Mimi ließ den Blick durch das Chaos in meinem Zimmer schweifen, und ein Schmunzeln huschte über ihre Züge.

Ich zuckte mit den Schultern und ließ mich nach hinten sinken, stützte die Arme auf dem Boden ab und seufzte kläglich. Mein Blick huschte im Zimmer herum. »Ich weiß einfach nicht, was ich außer Kleidung mitnehmen soll … was ich dort brauche …«

Sehnsucht erfüllte mein Herz, während ich mich in meinem Zimmer umsah. Die vollgestopften Bücherregale, die Erinnerungsstücke von Papas Reisen mit den Handelsschiffen, alte Fotografien. All das gehörte zu mir und irgendwie doch nicht. Ich wollte loslassen, aber es fiel mir unsagbar schwer.

»Mhm …« Mimi tippte sich gegen das Kinn und kniete sich zu mir auf den Boden. »Wenn dieses Haus jetzt sofort anfangen würde, Feuer zu fangen, was würden Sie auf jeden Fall retten?«

Irritiert sah ich mein Dienstmädchen an, dann jedoch verstand ich ihre Frage. »Nur Papas Mitbringsel und die Fotografien«, antwortete ich ehrlich und erhob mich langsam. Ich nahm die wenigen Dinge aus dem Regal und drehte mich zu Mimi um. »Alles andere ist ersetzbar.«

»Sehen Sie, dann haben Sie doch Ihre Antwort gefunden.«

»Was …?«, setzte ich an und räusperte mich. »Was würdest du mitnehmen?«

Für einen Augenblick verschwand der Glanz aus Mimis Augen, und ihre Mundwinkel zogen sich nach unten. Ich bereute meine Frage sofort und wollte mich entschuldigen, doch da lächelte Mimi mich schon wieder an.

»Die Schnitzfigur, die mein Bruder mir gemacht hat, als wir noch Kinder waren. Das Halstuch meiner Mutter und die Muschelkette, die mir meine kleine Schwester gebastelt hat. Das sind die Dinge, die mir am Herzen liegen.«

Ich erwiderte Mimis Lächeln und kniete mich neben sie, ergriff ihre Hände und sah ihr tief in die Augen. »Wir werden diese Reise gemeinsam meistern«, versprach ich. »Ich schwöre, dass ich gut auf dich achtgebe, Mimi.«

»Das ist sehr großzügig von Ihnen, Fräulein Lucie.«

Erst jetzt fiel mir auf, dass tiefe Schatten unter Mimis Augen lagen und sie fahrig über ihr Kleid strich. Ich neigte den Kopf fragend zur Seite und berührte Mimi sanft am Arm.

»Geht es dir gut, Mimi? Ist etwas mit deiner Familie?«

Eilig schüttelte sie den Kopf und wollte sich schon erheben, doch meine Hand umklammerte ihren Arm.

Sie schaute mich lange an, presste die Lippen aufeinander und schüttelte erneut so heftig den Kopf, dass ihre Dienstmädchenhaube verrutschte. »Nein, es ist nichts«, würgte sie hervor.

Ich ließ ihren Arm los. Irgendetwas war anders an ihr. Ihr Gesicht wirkte ausgemergelt, und als sie sich erhob, da huschte ein schmerzhafter Ausdruck über ihre Züge, und sie hielt sich die Hüfte.

»Mimi, es ist doch irgendetwas.« Ich erhob mich ebenfalls, doch Mimis Gesichtsausdruck war wie versteinert.

»Ich kann nicht darüber reden, Fräulein Lucie. Bitte hören Sie auf zu fragen. Ich muss selbst eine Lösung dafür finden.«

Was meinte sie damit? Tausend Gedanken stoben durch meinen Kopf, und ich streckte zaghaft die Hand nach ihr aus, doch Mimi trat unwillig einen Schritt zurück.

»Mimi …«, murmelte ich leise und ließ die Hand sinken. Ich kannte sie schon mein Leben lang. Seit ich laufen konnte, war Mimi an meiner Seite gewesen. Wir waren zusammen aufgewachsen, waren irgendwie auch Freundinnen geworden, obwohl uns Welten trennten. Ihr Leben war so anders als meines. Es bekümmerte mich, dass sie mir nicht erzählen wollte, was sie betrübte.

»Ich komme schon klar«, flüsterte Mimi erstickt und schlang die Arme um ihren Körper. »Es ist immerhin auch meine Schuld, deswegen werde ich das schaffen. Bitte machen Sie sich keine Sorgen, Fräulein Lucie.«

Ich räusperte mich und schaute auf das Chaos um mich herum, spürte instinktiv, dass ich Mimi nicht weiter bedrängen sollte. Dass sie mir wirklich auf keinen Fall erzählen wollte, was sie bedrückte. Aber ich sorgte mich um sie. Immerhin würde sie bald ebenfalls ihre Familie verlassen.

»Du kannst dich mir jederzeit anvertrauen, wenn du willst, Mimi. Das weißt du, oder?« Ich trat auf sie zu und ergriff ihre Hände, versuchte mich an einem zuversichtlichen Lächeln. »Es ist meine Pflicht, gut auf dich achtzugeben in Southend.«

»Das ist sehr freundlich von Ihnen, Fräulein Lucie, das weiß ich sehr zu schätzen. Aber diesen Weg muss ich wohl allein beschreiten.«

Ich nickte. »In Ordnung, wann immer du mit mir sprechen willst, ich bin da. Aber bitte, sei nicht so förmlich, Mimi. Das ist nicht mehr nötig.«

Mimi wiegte den Kopf hin und her, dann nickte sie zaghaft. »Wenn du es so wünschst, Lucie …«

Ich stieß erleichtert die Luft aus und zog sie in eine schnelle Umarmung. Mimi versteifte sich ein wenig in meinen Armen, dann jedoch strich sie sanft über meinen Rücken.

»Wir werden dort bestimmt viele Abenteuer erleben«, flüsterte Mimi mir zu, löste sich dann eilig von mir und erhob sich. »Wenn du meine Hilfe nicht mehr brauchst, gehe ich jetzt zu Madame Huber, sie möchte noch mal mit mir über mein Benehmen in Übersee sprechen.«

Sie verdrehte die Augen, und wir fingen beide an zu kichern wie kleine Mädchen. Mein Herz fühlte sich frei an, ein wenig gelöst. Ich erhob mich ebenfalls und klopfte den Staub von meinem Kleid, der in meinem Zimmer herumwirbelte.

Mimi verließ mein Zimmer und ließ mich in dieser drückenden Stille zurück. Unruhig streifte ich durch den Raum, schaute mir ein letztes Mal all die Dinge an, die ich jeden Morgen gesehen hatte.

Dann setzte ich mich auf die gepolsterte Fensterbank und blätterte durch den Prospekt des Internats. Ich konnte es mir immer noch nicht vorstellen, dass ich in wenigen Tagen mit dem Dampfer von Hamburg nach London fuhr und dann diese Schule besuchen würde und dass dort ein Mann auf mich wartete.

Ich schauderte und klappte die Broschüre wieder zu. Meinen Kopf an die Fensterscheibe gelehnt, schaute ich über die Türme und Häuser von Lübeck hinweg und öffnete dann das Fenster. Ich schloss die Augen und lauschte den Geräuschen dieser Stadt, die so lange meine Heimat gewesen war und von der ich mich nun verabschieden musste.

Ein dumpfes Geräusch weckte mich. Ich schreckte hoch, Schweiß rann meinen Nacken hinab, und das Herz schlug mir bis zum Hals. Dunkelheit flirrte vor den Fenstern meines Zimmers, und ich hievte mich mit einem Ächzen aus dem Bett.

Irgendetwas hatte mich aus diesem dumpfen Traum aufgeschreckt. Auf Zehenspitzen schlich ich zur Tür und öffnete sie vorsichtig. Der Flur lag in Dunkelheit da, nur einige Gaslampen brannten an den Wänden. Ich lauschte in die Finsternis und konnte nach einiger Zeit die Stimmen meiner Eltern vernehmen.

Warum sind sie noch wach?, fragte ich mich verwirrt und tapste aus dem Zimmer.

Die Kälte des Bodens drang durch meine Füße in meine Glieder hinein, und ich fröstelte, rieb mir mit den Händen über meine nackten Arme und schlich verschlafen die Treppe hinunter. Im Büro meines Vaters brannte noch Licht, die Tür war einen Spaltbreit geöffnet, und ich konnte die gedämpften Stimmen meiner Eltern hören.

»Du hättest sofort zu mir kommen sollen, Elizabeth, als du es bemerkt hattest. Es kann nicht angehen, dass unsere Tochter in der schäbigen Kleidung eines Dienstmädchens durch die Gegend läuft und sich auf der Geburtsstation eines Krankenhauses herumtreibt.« Die polternden Worte meines Vaters ließen mich zusammenzucken, und ich presste mich gegen die Wand, wollte wieder nach oben rennen und gleichzeitig diesem Gespräch lauschen.

Ich hörte, wie meine Mutter mit der Zunge schnalzte, dann ein klirrendes Geräusch, als klackerte ihr Ehering gegen ein Glas. »Sebastian, genau deswegen habe ich es dir eben nicht erzählt.«

Wider Willen musste ich lächeln, denn irgendwie war meine Mutter doch meine Verbündete gewesen.

»Sie hätte sich in Gefahr bringen können!«, brauste mein Vater auf, und ein Rumpeln war zu vernehmen, so, als hätte er mit der Faust auf den Tisch geschlagen.

»Sebastian, bei aller Liebe, wir reden von einem Krankenhaus, nicht von den Gängen und Höfen in Lübeck oder den Baracken am Hafen.« Mamas Stimme war fest, ihre Worte klar und nicht verzerrt durch ein Husten. Es schien ihr wirklich ein wenig besser zu gehen. Das gab mir Hoffnung, dass dies kein Abschied für immer sein würde.

»Es ist …«

»Bitte, lass uns nicht streiten, Liebster«, unterbrach Mama ihn, und ich vernahm ein Rascheln. Sie war vermutlich aufgestanden.

Kurz erfüllte Schweigen das Zimmer, dann sprach meine Mutter wieder. »Es ist doch nichts dabei, du solltest deiner Tochter nicht das verbieten, weswegen du dich in deine Frau verliebt hast, oder nicht?«

Ich zog scharf die Luft ein, und mein Körper erstarrte. Was meinte meine Mutter damit? Ich verstand kein Wort, der Satz ergab keinen Sinn in meinem Kopf. Zersplitterte in einzelne Wörter, die sich nicht zusammensetzen lassen wollten.

»Nein …« Die Stimme meines Vaters war plötzlich weich geworden, er klang traurig, irgendwie wehmütig. »Da hast du recht, Liebling, aber ich …«

Er stockte, und mein Atem beschleunigte sich, als ich hörte, wie seine Schritte sich in Richtung Tür bewegten. Ich zögerte keine Sekunde und huschte zum Treppenaufgang, kauerte mich dahinter und verharrte in der Finsternis.

Die Tür zum Büro wurde geöffnet, Licht erhellte den Flur, und ein Zittern stob durch meinen Körper. Ich hielt die Luft an und hoffte, dass mein Vater sein Büro nicht verlassen würde.

»Was ist los, Sebastian?«, fragte meine Mutter, und ich linste hinter dem Treppenaufgang hervor.

Papa stand im Türrahmen, das goldene Licht aus dem Büro erhellte seine linke Gesichtshälfte und den Körper. Ich konnte sehen, dass seine Augenbrauen ernst zusammengeschoben waren, und mein Herz hämmerte so laut in meiner Brust, dass ich dachte, er müsste es hören.

»Es ist nichts …«, antwortete Vater und drehte sich wieder um. »Ich scheine mir eingebildet zu haben, dass ich ein Geräusch gehört habe.«

Erleichtert stieß ich die angestaute Luft aus meinen Lungen und hörte, wie die Tür mit einem protestierenden Laut ins Schloss fiel. Ich blieb noch einen Augenblick in der Dunkelheit, dann huschte ich wieder nach oben in mein Zimmer.

Was hatte meine Mutter damit gemeint? Er solle mir nicht das verbieten, weswegen er sich in Mama verliebt hatte? Ich wusste nicht, was sie meinte, hatte nicht mal eine Ahnung, warum Vater sich in Mama verliebt hatte.

Ich verstand nichts mehr, fuhr mir durch die Haare und schloss die Augen. Mein Atem ging rasselnd, während ich versuchte, die Worte meines Vaters zu verstehen, aber es gelang mir nicht.

Vielleicht findest du deine Antworten in Southend, flüsterte eine Stimme in meinem Inneren, und erschrocken öffnete ich die Augen.

Doch vor mir war nichts als Dunkelheit, und tausend Gedanken schlingerten wie verworrene Fäden durch meinen

Kopf. Langsam erhob ich mich und ballte meine Hände zu Fäusten. Vielleicht würde ich in Southend wirklich Antworten finden, vielleicht sogar etwas Neues über mich lernen. Aber ich wollte verdammt sein, diesen Arthur zu heiraten, ohne zu wissen, ob er ein guter Mann war.

»Ich werde dich sehr vermissen, mein Engel.« Meine Mutter zog mich sanft in ihre Arme, strich über meine Wangen und hauchte mir einen Kuss auf die Stirn.

»Ich dich auch, Mama …«, flüsterte ich heiser und bemühte mich tapfer darum, die Tränen zurückzuhalten, die in meinen Augen brannten wie Feuer.

Wir standen vor unserem großen Stadthaus in der Holstenstraße, ein Bursche hievte gerade unsere Koffer auf eine Droschke, die uns nach Hamburg bringen sollte, wo Ava, Mimi und ich einen Dampfer besteigen würden.

Mama und Papa würde ich hier verabschieden, denn es ging Mutter im Moment wieder schlechter, und eine Reise nach Hamburg würde erst mal nicht infrage kommen. Doch tief in meinem Inneren betete ich dafür, dass sie mich vielleicht eines Tages noch in Southend besuchen könnte. Dass es ihr besser gehen würde mit der Zeit.

Doch dieser Wunsch ist nichts als Schall und Rauch, schoss es mir schmerzhaft durch den Kopf, als ein Husten Mamas schlanken Körper erschütterte.

Ich konnte nicht anders und umarmte meine Mutter erneut, presste mich an sie wie ein kleines Kind, welches man den ersten Tag der Amme übergab. »Bitte pass gut auf dich auf, Mama …«, flüsterte ich, und nun fand doch eine Träne den Weg über meine Wange.

Mutter strich mir übers Haar und löste sich langsam von mir, sie wischte die Träne mit ihrem Daumen weg und lächelte matt.

»Du sollst auf dich aufpassen, Lucie«, murmelte sie zärtlich.

»In Southend wartet ein neues Leben auf dich, und es wird überwältigend sein.«

Ich nickte und presste die Lippen aufeinander. Noch immer fragte ich mich, was meine Mutter mit diesen Worten gemeint hatte, als sie im Büro meines Vaters mit ihm gesprochen hatte. Dass wir uns ähnlicher waren, als ich glaubte. Dass man mir nicht verbieten könnte, was sie auch getan hatte. Welches Geheimnis umwob bloß die Vergangenheit meiner Mutter?

»Ich verspreche es.« Ich schniefte unfein und wischte mir über die Wangen. »Ich werde euch keine Schande machen und Arthur Smith eine gute Ehefrau sein.«

Mama lächelte beinahe schelmisch und strich mir eine Haarsträhne aus dem Gesicht. »Da bin ich mir sicher, aber vergiss nicht, dass du dort dein Leben auch genießen darfst.«

Ich will es nicht genießen, ich will alles hassen und mit meiner Wut zerstören, lag mir auf der Zunge, doch ich verschränkte nur die Hände artig vor dem Körper und nickte erneut.

Dann wandte ich mich meinem Vater zu, der schräg hinter meiner Mutter stand. Ich wusste nicht recht, was ich ihm sagen sollte, denn zwischen uns war immer ein Graben gewesen. Wir hatten uns nie wirklich unterhalten, uns nie Gefühle offenbart, und anscheinend würde das immer so bleiben.

»Auf Wiedersehen, Vater …«, sagte ich daher nur und senkte den Kopf.

Er legte eine Hand unter mein Kinn und zwang mich, ihn anzusehen. »Schau mich an, Lucie, senk nicht den Kopf, wenn du mit mir sprichst …«

Ich war überrascht über diese Worte, denn sie passten nicht zu meinem harten Vater, der sonst nie Gefühle zeigte. Doch jetzt funkelten seine Augen verräterisch, und ich erkannte mich in diesem dunklen Blau selbst wieder.

»Ich werde euch keine Schande machen«, sagte ich mechanisch und wie auswendig gelernt.

»Das wissen deine Mutter und ich doch. Pass nur gut auf dich auf, und sei nett zu Arthur Smith, wir sind sicher, dass er dir gefallen wird.«

Eine hübsche Vase gefällt einem auch, wollte ich sagen, doch ich biss mir eilig auf die Zunge.

»Da bin ich mir auch sicher. Auf Wiedersehen, Vater. Ich werde euch sehr vermissen«, antwortete ich stattdessen und war noch überrumpelter, als mein Vater mich kurz in seine Arme zog und mein Haar küsste.

Vielleicht gab ich ihm zu Unrecht die Schuld an allem. Natürlich konnte meine Mutter sich überall angesteckt haben, aber zumindest hatte er sie mir entrissen. Das konnte und wollte ich ihm nicht verzeihen. Außerdem schickte er mich nun fort und trennte uns wieder voneinander.

Er löste sich eilig von mir und schob mich sanft zu Ava. »Wir werden dich auch vermissen, schreib uns, Lucie, und geh diesen Weg voller Hoffnung.«

»Das werde ich.« Ich ergriff Avas Hand, die sie mir reichte, und stieg in die Kutsche ein.

Ich war verwirrt von Vaters Worten und hätte mich am liebsten wieder in die Arme meiner Mutter geworfen, aber ich winkte ihnen tapfer zu, als die Droschke sich in Bewegung setzte. Schaute nicht zurück, sondern nach vorn. Weil es das Einzige war, was mir übrig blieb. Weil ich mich mit Händen und Füßen dagegen wehren konnte und am Ende doch in Southend ankommen würde.

Deswegen wollte ich wenigstens in Southend meinen Weg selbst bestimmen, auch wenn ich noch nicht wusste, wie.

Dich werde ich auch vermissen, du wunderschönes Lübeck. Ich glaube, ich werde keinen anderen Ort jemals meine Heimat nennen, dachte ich, bis unser Stadthaus außer Sichtweite war und ich einen letzten Blick auf die Trave und das Holstentor erhaschen konnte.

Kapitel 6
Lucie

Hamburg, Ende April 1860

*E*in scharfer Wind fegte über das Deck hinweg, und ich musste meinen neuen hellblauen Hut festhalten, damit er mir nicht davonflog. Meine freie Hand klammerte sich an die Reling, und ich ließ den Blick über den Hamburger Hafen schweifen.

Die Menschen am Pier erschienen ganz klein, winzig wie Ameisen, und einige von ihnen winkten dem großen Dampfer zu, der mich und Ava nach London bringen würde.

Ich stieß einen Seufzer aus und überlegte noch, ob es Sinn ergeben würde, wenn ich mich jetzt von Bord ins rauschende Wasser der Elbe stürzen würde. Vielleicht würde ich den Sturz überleben, und dann wäre ich frei, müsste nicht nach Southend und dort jemanden heiraten, den ich nicht kannte. Doch bevor ich ernsthaft darüber nachdenken konnte, ob dies eine gute Idee war, umfasste mich jemand von hinten, und Avas Stimme drang an mein Ohr.

»Ist das nicht aufregend, Lu?«, säuselte sie und stellte sich neben mich. »Bald legen wir ab, und du wirst deine neue Heimat kennenlernen! Und deinen zukünftigen Ehemann.«

In meinen Ohren klangen die Worte meiner Schwester hohl und sorgten dafür, dass sich ein unangenehmer Knoten in meinem Magen zusammenzog.

»Das klingt wirklich wunderbar«, erwiderte ich mit einem

Hauch von Ironie in der Stimme und unterdrückte den Impuls, die Augen zu verdrehen.

»Lu!« Meine Schwester stieß mir ihren Ellenbogen in die Seite und zog ihre fein gezupften Augenbrauen zusammen. »Wenn du dich so vor deinem Zukünftigen benimmst, dann will der dich vermutlich gar nicht heiraten.«

Genau das ist mein Plan, erwiderte ich, sprach die Worte aber nicht laut aus, denn das musste Ava nicht wissen. Ich liebte meine Schwester zwar von ganzem Herzen, aber ich wusste natürlich, dass sie auch als eine Art Aufpasserin mitgekommen war. Denn Mutter ging es zu schlecht, und Vater hatte seine Geschäfte.

Ava würde meinen Eltern alles berichten und die ersten Wochen gemeinsam mit mir in Southend sein. Sie hatte sich ein Zimmer in einer kleinen Pension gemietet und würde mit Sicherheit ein Auge auf mich haben.

»Mhm …«, machte ich also unbestimmt und zuckte zusammen, als ein Ruck durch das Dampfschiff ging und ein dröhnendes Geräusch die neblige Morgenluft zerschnitt.

»Wir legen ab!«, rief Ava, und obwohl ich ihre Freude kaum teilen konnte, huschte nun doch ein Lächeln über meine Lippen.

Aufregung kribbelte in meinen Gliedern, und ich schloss kurz die Augen, schnupperte die salzige Seeluft und spürte die Vibration des Schiffes unter meinen Füßen. Ich wollte immer noch nicht nach Southend, aber auf eine merkwürdige Weise hatte ich mein Schicksal akzeptiert.

Vielleicht würde ich dort sogar jemanden finden, der mich versteht, vielleicht würde ich eine echte Freundin finden. Nicht so eine, wie Hilde es war. Nein, eine richtige Freundin, der ich alles erzählen konnte, vor der ich mich nicht hinter meiner Wut …

»Schau nur, die Menschen winken uns sogar zu!«, riss Ava mich aus meinen Gedanken, und ich sah sie an.

Betrachtete die feinen Gesichtszüge meiner Schwester eingehend und schmiegte mich dann an sie.

»Was ist das jetzt?«, fragte Ava mich irritiert und legte ihr Kinn auf meinem Kopf ab. Sie war immer noch beinahe einen Kopf größer als ich. Als Kind hatte mich das fuchsteufelswild gemacht, denn ich war immer »die Kleine«, egal, worum es ging.

Doch in diesem Augenblick schien mein Herz meine Schwester zu brauchen, sich nach Sicherheit zu sehnen.

»Darf ich meine Schwester nicht gernhaben?«, nuschelte ich und verschränkte meine Hände mit denen von Ava.

Sie strich mit ihrer freien Hand über meinen Rücken, während der Dampfer sich langsam in Bewegung setzte und der Hamburger Hafen nach einiger Zeit in weiter Ferne lag. Das Rauschen des Meeres hinter uns, das Gekreische der Möwen über unseren Köpfen – all die Geräusche erfüllten mich mit einem merkwürdigen Gefühl, welches ich nicht recht benennen konnte. Der salzige Geschmack auf meiner Zunge schmeckte süß, irgendwie nach einem Neuanfang.

Vielleicht hatten all die Heldinnen in den Geschichten, die ich so gerne las, dasselbe Gefühl gehabt, wenn sie einen neuen Weg beschritten, wenn das, was vor ihnen lag, voller Ungewissheit war, sie sich aber trotzdem nicht fürchteten.

Und zum allerersten Mal, seit meine Eltern erwähnt hatten, dass sie mich nach Southend ins Internat schicken würden, brodelte diese tief vergrabene Wut nicht in mir. Nein, sie war ganz ruhig, als würde sie abwarten, was geschehen würde, um dann anschließend weiterhin still zu bleiben oder zu explodieren wie ein Vulkan.

Das Geklapper von Geschirr erfüllte den imposanten Speiseraum mit den gestärkten Tischdecken und den Kronleuchtern, die mit den Perlenketten der Damen um die Wette zu funkeln schienen.

Wortfetzen surrten wie Pfeile durch die Luft, und ich nippte an meinem Glas Champagner, hörte der Unterhaltung, die Ava mit einem Ehepaar führte, welches aus Hamburg stammte, aber in London lebte, nur mit halbem Ohr zu.

Ein Teil von mir verabscheute diesen ganzen Prunk, der nur zur Schau stellte, dass all diese Menschen Geld hatten. Sie wollten gesehen werden hier im Saal, wollten zeigen, dass sie etwas Besonderes waren.

Ich musste unwillkürlich an Mimi denken, die in meiner Kajüte auf mich wartete und mit den Passagieren der dritten Klasse im Unterdeck zu Abend gegessen hatte. Ich wusste, dass sie nicht mit mir hier an einem Tisch sitzen konnte, aber es erschien mir trotzdem ungerecht. Außerdem hätte mich Mimis Anwesenheit beruhigt, mich irgendwie geerdet.

»Lucie?« Ava legte eine Hand auf meinen Arm, und ich zuckte erschrocken zusammen.

Ich hatte ihrem Gespräch mit dem Ehepaar an unserem Tisch nicht gelauscht und blinzelte meine Schwester nur verwirrt an. »Ja?«, fragte ich gedehnt, und meine Schwester schien ein wissendes Kichern zu unterdrücken und wandte sich dann wieder dem Ehepaar zu.

»Bitte entschuldigen Sie, meine Schwester scheint ein wenig nervös zu sein, weil sie bald in Southend auf das Internat gehen wird«, erklärte Ava den Herrschaften, deren Namen mir entglitten waren.

Irgendwas mit Bach oder Buche, glaubte ich, doch ich wagte es nicht, den Mund zu öffnen, denn wenn ich sie falsch ansprach, wäre das ziemlich unhöflich gewesen.

»Keine Sorge, Fräulein Lucie!«, sagte der Mann und prostete mir zu. »Sie werden die Zeit dort sicherlich genießen. Unsere Tochter hat die *Heygate Boarding School* ebenfalls besucht und dort eine wunderbare Zeit verbracht, nicht wahr, Bertha?«

Seine Frau nickte und tupfte sich mit einer Serviette über die

Lippen. »Genau, unsere Maria hat dort Freundinnen fürs Leben gefunden. Sie lebt mit ihrem Ehemann in London und engagiert sich für die Gesellschaft. Sie sind dort gut aufgehoben, junges Fräulein! Und Southend ist einer der schönsten Orte in England.«

Ich nickte schweigend und unterdrückte den Impuls, die Augen zu verdrehen. Nur weil es anderen Mädchen dort gut ging, bedeutete das nicht, dass ich mich dort ebenfalls wohlfühlen würde.

»Das klingt wirklich … wunderbar«, stammelte ich und senkte den Blick, hoffte, dass sie denken würde, ich wäre nur schüchtern und nicht verärgert über die Tatsache, dass ich ins Internat musste.

»Sehen Sie, Herr und Frau Bachlein, Lucie ist wirklich nervös, obwohl sie in Lübeck auf die höhere Töchterschule gegangen ist und dort Klassenbeste war.« Ava zwinkerte mir zu, doch obwohl dies positiv gemeint war, schoss mir Hitze in die Wangen, und ich war peinlich berührt.

Meine Bildung nützt mir in dieser Welt ohnehin nichts, hätte ich am liebsten gesagt, doch ich biss mir auf die Zunge. Dies war nicht der richtige Augenblick, um einen Streit vom Zaun zu brechen.

»Dann sind Sie wahrlich eine fleißige junge Dame«, entgegnete Herr Bachlein. »Das wird Ihren zukünftigen Ehegatten sicherlich freuen.«

Oh, wir haben sogar über meine Verlobung geredet? Das ist mir tatsächlich komplett entgangen. Ich räusperte mich und trank einen Schluck Wein.

»Ja, das hoffe ich sehr«, erwiderte ich mit zuckersüßer Stimme und zwang mich zu einem koketten Lächeln. »Ich freue mich wirklich, seine Bekanntschaft zu machen. Es ist schön, dass ich die Heimat meiner Mutter kennenlernen kann und dort mit meinem Mann leben werde. Ein kleines Abenteuer …«

Frau Bachlein musterte mich für den Bruchteil einer Sekunde mit einer säuerlichen Miene, doch dann lächelte sie wieder freundlich. »Das trifft es gut, aber passen Sie auf, dass Sie nicht über die Stränge schlagen. Junge Frauen tendieren ja dazu, mehr von der Welt zu fordern, als ihnen zusteht.«

»Nun, das hat auch nachvollziehbare Gründe, immerhin wollen Frauen wie ich nicht so enden wie …«, setzte ich an, und plötzlich brodelte die Wut erneut in mir, begann gefährlich zu köcheln, und mein Nacken prickelte.

»Meiner Schwester ist dies natürlich bewusst, solche Dinge hat sie in der Schule in Lübeck gelernt. Genau deswegen wird sie sich an der Schule natürlich zu benehmen wissen«, unterbrach meine Schwester meine Worte und legte mir eine Hand aufs Bein.

Ihr Blick sprach Bände, und der Druck ihrer Hand sorgte dafür, dass ich mich langsam beruhigte. Ava wusste genau, dass ich explodiert wäre, wenn sie mich nicht aufgehalten hätte.

Junge Frauen tendieren ja dazu, mehr von der Welt zu fordern, als ihnen zusteht.

Frau Bachleins Worte hämmerten sich wie ein schmerzhaftes Mantra in meinen Kopf, während ich die Kiefer so fest aufeinanderpresste, dass meine Zähne knirschten.

Gott, ich wollte dieser Frau so viele Dinge entgegenschleudern, aber ich konnte nicht. Durfte nicht. Obwohl es so vieles an ihren Worten gab, was mich wütend machte.

Ich will nicht zu viel von dieser Welt. Ich will einfach nur die gleichen Freiheiten wie die Männer, ich will selbst entscheiden, wen ich heirate, was ich tue und welchen Beruf ich ergreife. Ich will …

»Nun, würden Sie uns bitte entschuldigen?«, sagte Ava und legte ihr Besteck sorgsam zur Seite. »Meine Schwester und ich haben noch einige Angelegenheiten zu besprechen, außerdem wird ihr Dienstmädchen sie nach Southend begleiten, und auch sie muss noch Anweisungen erhalten.«

»Löblich, dass Sie an Ihrer Eltern statt alles für Ihre Schwester in die Hand nehmen«, säuselte Frau Bachlein. »Gerade das Personal muss strikte Anweisungen erhalten, sonst tanzt es einem auf dem Kopf herum.«

Ich zog scharf die Luft ein und ballte meine Hände zu Fäusten, doch Ava zog mich nur hastig auf die Füße und nickte freundlich. »Da haben Sie recht, Frau Bachlein. Wir sehen uns beim morgigen Frühstück.«

»Sehr gerne, es hat uns gefreut, Ihre Bekanntschaft zu machen, die Damen.« Herr Bachlein schenkte sich noch ein Glas Wein ein und nickte uns zu.

Ich sagte nichts, ließ mich nur von Ava aus dem Speisesaal führen und stolperte ihr mehr oder weniger elegant hinterher. Wir liefen durch die geräumigen Flure und stiegen die Treppen zu unserer Kajüte, wobei eher Suite das richtige Wort wäre, hinauf. Ava schloss die Tür auf, ihre Schultern bebten, und eine Welle des schlechten Gewissens erfasste mich, als wir ins Zimmer traten.

»Fräulein Lucie, Madame Ava …«, setzte Mimi an, die gerade unsere Kleidung sortiert hatte, und wollte schon auf uns zugehen, doch da wirbelte meine Schwester herum, als ich die Tür hinter uns schloss.

»Kannst du nicht ein einziges Mal versuchen, dich zusammenzureißen?« Ihre Stimme klang harsch, und ich wich erschrocken einen Schritt zurück, denn so viel ungezügelte Verärgerung kannte ich von Ava normalerweise nicht.

»Aber … ich hab doch *fast* gar nichts gesagt«, versuchte ich mich zu rechtfertigen, doch Ava hob die Hand.

»Nein, aber du warst kurz davor. Das habe ich dir an der Nasenspitze angesehen. Du weißt genau, dass du all diese Dinge, die du ungerecht findest, vor Mimi oder mir aussprechen kannst, aber nicht vor einem Ehepaar, welches wir hier gerade erst kennengelernt haben. Du wolltest Frau Bachlein an den Kopf werfen, dass du nicht so werden willst wie sie.«

»Weil es die Wahrheit ist«, erwiderte ich und verzog das Gesicht zu einer Grimasse.

»Lucie!« Ava schnappte nach Luft, doch ich konnte sehen, wie ein Grinsen an ihren Lippen zupfte. Wider Willen, aber meine Schwester kannte mich immerhin ganz genau. »Langsam mache ich mir Sorgen, dass du deinen Zukünftigen vergraulen wirst.«

Ertappt biss ich mir auf die Unterlippe und wich dem bohrenden Blick meiner Schwester aus.

»Ich fasse es nicht …« Ava seufzte und ließ sich auf das große Bett fallen, sie legte eine Hand auf ihre Stirn und wirkte beinahe überfordert mit der Situation.

»Ähm …« Mimi verschränkte die Hände vor der Brust und sah Ava an. »Soll ich den Damen vielleicht eine Tasse Tee zubereiten? Das hilft für gewöhnlich, wenn das Gemüt aufgewühlt ist …«

Ich verkniff mir ein Lachen und hielt mir die Hand vor den Mund, doch auch Ava grinste mein Dienstmädchen an. »Das hast du sehr diplomatisch ausgedrückt, Mimi. Manchmal glaube ich, du solltest vielleicht an meiner Schwester statt auf dieses Internat gehen.«

»Gott bewahre!«, rief Mimi aus und begann damit, auf der kleinen Herdplatte im Nebenzimmer Wasser aufzusetzen. »So ein Ort wäre für mich noch weniger etwas als für Ihre Schwester, Madame Ava. Dort sind mir die Leute viel zu fein, und meine derbe Sprache würde auffallen.«

»Ha«, machte ich und setzte mich auf eine der Chaiselongues in unserer Suite. »Das ist nicht wahr.«

Mimis Sprache war alles andere als derb. Sie redete nicht ansatzweise wie ein Mädchen, welches am Hafen geboren war. Nein, dafür war sie schon viel zu lange in unserem Haushalt angestellt.

Mimi zuckte nur lächelnd die Schultern und schenkte Tee in

zwei Tassen. Ava hatte sich zu mir gesetzt und schlug die Beine übereinander. Der Stoff ihres hellblauen Kleides raschelte leise, und ich konnte meiner Schwester ansehen, dass sie angespannt war.

»Dir ist bewusst, dass ich Mutter und Vater berichten soll, wie deine erste Zeit am Internat ist? Wie du dich anstellst und benimmst, wie du gegenüber deinem …«

»Ja, natürlich ist mir das bewusst.« Seufzend nahm ich meine Tasse Tee in die Hand und sog den herrlichen Duft genüsslich ein. »Ich werde mich schon benehmen.«

Lüge, wisperte eine leise, gemeine Stimme in meinen Gedanken, und Kälte legte sich auf meine Glieder.

Ich hatte immer noch keine Idee, was ich in Southend tun sollte, wenn ich diesem Arthur gegenüberstand. Wie ich mich verhalten sollte. Doch ich war mir sicher, dass ich mich nicht beherrschen konnte, dass ich ihn am Ende anschreien würde, wenn er die gleichen Vorstellungen von Frauen hatte wie Frau Bachlein.

»Das will ich hoffen …« Ava schnaubte und trank ebenfalls ihren Tee. Ich konnte ihr ansehen, dass sie mir nicht glaubte. Ihre Augenbrauen waren zusammengeschoben und ihre Nase gekräuselt. So hatte sie mich, als wir Kinder waren, immer angesehen, wenn ich etwas verbockt hatte.

»Ich versprech's«, murmelte ich in meine Teetasse.

»Tu das lieber nicht.« Ava lehnte sich auf ihrem Sessel zurück und schloss die Augen. »Lügen ist eine Sünde.«

»Seit wann bist du denn so gläubig?«

Ava antwortete nicht, und ich sah zu Mimi, die geschäftig im Hintergrund einige Arbeiten verrichtet hatte. Doch diese schüttelte nur stumm den Kopf. Sie hatte recht, ich sollte mein loses Mundwerk im Zaum halten, wenn ich nicht noch mehr Ärger bekommen wollte. Wenn meine Zeit in der *Heygate Boarding School* nicht schon vorbei sein sollte, noch bevor sie überhaupt angefangen hatte.

»Ich werde mir wirklich Mühe geben«, versuchte ich meine Schwester zu besänftigen, und Ava schlug die Augen auf.

Gott, wie ich sie beneide, dachte ich traurig, und mein Herz schmerzte bei diesem Gedanken. Warum konnte ich nicht so angepasst sein wie meine Schwester? Warum fiel es mir nur so schwer zu akzeptieren, dass ich diese Welt nicht ändern konnte?

»Das ist immerhin ein Anfang, Kleines.« Ava prostete mir zu und lachte leise auf. »Du wirst das schon schaffen.«

Ich nickte schweigend und ließ meinen Blick aus dem Fenster schweifen. Der Dampfer schaukelte ein wenig, und ich erhob mich, schaute über das Meer hinweg, welches tiefblau vor uns lag.

Vor dir liegt so viel, wisperte die unbekannte Stimme in mir, und ich legte meine Hand an die Fensterscheibe, meine Finger tänzelten über das Glas, und ein winziges Lächeln huschte über meine Züge, ein merkwürdiges Gefühl sandte einen Schauer über meinen Rücken.

Ja, ich konnte nur hoffen, dass ich in Southend fand, wonach ich suchte. Auch wenn ich nicht einmal sagen konnte, was es war, das mir fehlte. Doch ich würde es finden, egal, wie lange es dauern mochte.

Kapitel 7

Lucie

Nahe Southend-on-Sea, Mai 1860

Der Zug ratterte auf den Schienen, fuhr vorbei an satten grünen Feldern, kleinen Dörfern und Blumenwiesen, die in den buntesten Farben leuchteten. Ich hatte meinen Kopf auf meine Hand aufgestützt und konnte mich nicht losreißen von diesem Anblick. Gestern waren wir in London angekommen und hatten eine Nacht in einer Pension verbracht, bevor wir heute den Zug nach Southend bestiegen hatten.

Die Stadt war wild und laut gewesen. Voller Menschen und so hektisch, dass mir der Schweiß ausgebrochen war. Ganz anders als Hamburg und irgendwie auch wieder nicht. Fuhrwerke und Droschken waren durch die Straßen gefahren, Kinder auf dem Gehsteig umhergelaufen, Bettler hatten vor den Häusern gehockt, und einige Seitenstraßen hatten bestialisch gestunken. Überall war die Armut greifbar gewesen, stand mit ihren finsteren Farben und den engen Gassen im Kontrast zu dem Reichtum, der anscheinend bei einigen Menschen im Überfluss vorhanden war. Ich hatte noch nie so viele Frauen in prunkvollen Kleidern gesehen, mit kecken Hüten, die mit Federn verziert waren, und bewaffnet mit Sonnenschirmen, um ihre zarte Haut zu schützen.

Ich war dankbar gewesen, als wir am Bahnhof in den Zug gestiegen waren, obwohl ich wusste, dass ich noch einige Male in diese Stadt zurückkehren würde, um an Bällen für die jungen Damen und Herren der feinen Gesellschaft teilzunehmen. Dort würde ich Arthur kennenlernen, und schon jetzt grauste mir davor, denn ich war noch dazu eine miserable Tänzerin. Wobei, das könnte auch von Vorteil sein. Vielleicht wollte er mich dann doch nicht heiraten.

»Fräulein Lucie, möchten Sie etwas?« Mimis Stimme drang wie durch Watte zu mir hindurch, und ich drehte mich zu ihr.

Sie balancierte einen Picknickkorb auf den Beinen und hielt mir einen kleinen Teller hin, auf dem ein Sandwich und Obst drapiert waren. Ich hatte eigentlich keinen Hunger, aber da ich heute Morgen schon auf das Frühstück verzichtet hatte, nahm ich den Teller nun doch.

»Vielen Dank, Mimi.«

Sie nickte mir zu und reichte Ava ebenfalls einen Teller, dann richtete sie ihre Aufmerksamkeit wieder auf mich. »Sind Sie schon nervös, Fräulein Lucie?«

Mimi wollte nur ein wenig Konversation betreiben, doch ihre Frage sorgte dafür, dass sich ein unangenehmer Knoten in meinem Magen zusammenzog und ich nur lustlos an einem der Brote herumknabberte.

»Ein wenig«, nuschelte ich und wollte den Blick wieder abwenden. Unwillkürlich musste ich an Mama denken, und Wehmut erfasste mich. Ich verstand immer noch nicht, dass sie mich einfach so hatte gehen lassen. Dass sie in Kauf nahm, dass ich sie vielleicht nie wiedersehen würde. Tränen brannten in meinen Augen, wenn ich mir vorstellte, dass sie zu Hause war und vielleicht bald sterben könnte.

Ich wollte so dringend etwas an dieser ganzen Situation ändern, aber ich konnte es nicht. Selbst vor meiner Abreise war es mir nicht gelungen, meinem Vater endlich ins Gesicht zu sagen, dass ich ihm zürnte. Dass ich ihm vorwarf, mir die Mutter nicht nur ein-, sondern gleich zweimal entrissen zu haben. Dass die Tuberkulose vielleicht durch die Reisen schlimmer geworden war, selbst wenn sie sich nicht dort angesteckt hatte – ich wäre einfach gerne bei ihr gewesen und nicht allein.

»Lu?« Meine Schwester legte mir eine Hand aufs Bein und sah mich besorgt an. »Alles in Ordnung? Du bist plötzlich sehr blass um die Nase.«

»Alles gut«, antwortete ich abweisend. »Ich bin nur froh, wenn wir endlich ankommen. Ich bin müde vom Reisen.«

Die Worte kamen mir leicht über die Lippen, obwohl sie eine glatte Lüge waren. Ich hätte alles dafür getan, um weiterzureisen, niemals in Southend anzukommen und diesen Weg nicht zu gehen. Aber was sollte ich schon tun? Diesem mir vorgezeichneten Weg konnte ich nicht entfliehen.

»Du hast Glück«, sagte Ava und deutete aus dem Fenster. »Man kann schon das Meer sehen.«

Überrascht schaute ich hinaus, und meine Finger glitten über die Fensterscheibe, als ich einen Streifen Blau hinter all den Feldern sehen konnte. Mein Herz begann heftig zu schlagen, und nun begann diese vertraute Aufregung doch in meinem Körper zu kribbeln.

»Ist das Southend?«, fragte ich ehrfürchtig. Ich hatte Bilder von dem Kurbad gesehen, doch mit einem Mal war die Realität dieses Ortes mir so nah, dass mir dieser Augenblick die Luft zum Atmen nahm. Ich wollte alles an diesem Ort verabscheuen, doch ich konnte es nicht.

»Das ist Southend«, erwiderte meine Schwester mit einem spitzbübischen Lächeln. »Wir werden bald im Bahnhof ankommen und dann mit der Droschke zum Internat fahren.«

Schweigend schaute ich nach draußen, während der Zug ein lautes Quietschen von sich gab und das imposante Bahnhofsgebäude in mein Blickfeld geriet. Geschäftigkeit erfasste das Zugabteil, und während ich hastig aufaß, begann Mimi damit, das Essen und die Getränke wieder einzupacken. Unser Gepäck war in einem anderen Abteil untergebracht, und ein Page würde sich am Bahnhof darum kümmern, dass es zur Droschke gebracht wurde.

Als der Zug mit einem weiteren ohrenbetäubenden Quietschen zum Stehen kam, erhob ich mich auf wackligen Beinen, die sich wie Pudding anfühlten. Die Türen des Zuges öffneten sich zischend, und ich folgte Ava und Mimi hinaus auf den Bahnsteig. Meine Hand wanderte in die Tasche meines Mantels, befühlte die alte Fotografie meiner Eltern, die ich immer sorgsam bei mir trug.

Dies war das Leben, welches sich meine Mutter für mich gewünscht hatte. Und auch wenn ich es nicht verstand, war ich mir in den Tiefen meines Herzens sicher, dass sie einen Grund haben musste, weswegen sie mich nach Southend geschickt hatte.

Der Bahnsteig war regelrecht überfüllt mit Menschen, und ich musste mich geradezu durchs Gedränge kämpfen, bis wir das Gebäude verlassen konnten. Die Sonne schien kräftig vom strahlend blauen Himmel, und ich drehte mich einmal um die eigene Achse. Der rote Backstein des Bahnhofsgebäudes funkelte in der Sonne, und eine riesige Uhr zierte die Fassade. Überall um uns herum liefen Menschen durch die Gegend, Droschken ratterten über die Straße. Kinder rannten lachend an uns vorbei, und ich konnte den salzigen Geruch des Meeres riechen, hören, wie sich die Wellen am Strand brachen, und mein Herz schien für einen Moment zur Ruhe zu kommen.

»Dort ist unsere Droschke.« Ava fasste mich am Arm, denn sie hatte anscheinend gemerkt, dass ich mich bei all dem Trubel um uns herum in meinen eigenen Gedanken verloren hatte.

Ich stolperte ihr hinterher, und gemeinsam stiegen wir in das Gefährt. Die angespannten Pferde wieherten laut, als sich die Droschke in Bewegung setzte und eine kleine Straße entlangfuhr. Ich drückte mir die Nase an der Scheibe platt, als der Strand in Sichtweite kam und wir links abbogen.

»Das ist die Uferpromenade«, klärte mich Mimi auf, die in London einen kleinen Reiseführer von Southend erworben hatte. »Und dort können Sie den …«

»Der Pier«, unterbrach ich sie, als dieser in Sichtweite kam, und meine Stimme war nur noch ein Hauch im Wind.

Wie schön, dachte ich entzückt, wollte vor meiner Schwester aber auf keinen Fall zugeben, dass mich Southend in dem Augenblick um den Finger gewickelt hatte, als ich den Strand erblickt hatte.

Der Pier zog sich bestimmt einen Kilometer, wenn nicht noch länger ins Meer, und er war riesig. Davor war ein imposantes Gebäude zu sehen, welches zum Pier führte. Ein großes, breites Monument mit einem runden Eingangstor, dunklen Backsteinen und einem schwarzen Dach. Der Pier war mehrere Meter breit, und ich konnte kleine Buden darauf erkennen, die anscheinend Speisen und Spielzeug verkauften. Das Holz war dunkel und glänzte in der Sonne und …

»Ist das eine Schiene?«, fragte ich Mimi und deutete auf die silberne Schneise, die sich links auf dem Pier erstreckte.

»Ja.« Mimi nickte eifrig und zeigte mir das Bild im Reiseführer. »Es ist eine kleine Bahn, die von Pferden gezogen wird, um die Besucher und Waren von einem Ende des Piers zum anderen zu bringen!«

Das war außergewöhnlich, ich hatte noch nie eine Pferdebahn gesehen und konnte mich einfach nicht von diesem Anblick losreißen.

»Können wir nicht haltmachen?« Flehend sah ich meine Schwester an, die erst den Kopf schütteln wollte, dann jedoch ergeben seufzte. Sie klopfte an die Wand der Droschke, und das Gefährt kam mit einem Ruck zum Stehen.

Ehe Ava noch ein Wort sagen konnte, stolperte ich hinaus und sah nur kurz zum Kutscher, über dessen Gesicht bloß ein wissendes Lächeln huschte.

»Der Pier ist wirklich eindrucksvoll, oder, junges Fräulein?«, fragte er und zwinkerte mir zu.

»Ja«, erwiderte ich atemlos. »Ich will nur kurz schauen, ich beeile mich.«

»Nur die Ruhe, Fräulein. Ich parke die Kutsche.«

»Ich danke Ihnen!«, rief ich noch, bevor ich über die Promenade zum Pier lief. Ich raffte meinen Rock zusammen, und der Wind fegte durch meine Haare, Möwen flogen kreischend über meinem Kopf umher. Am Strand spazierten Familien entlang, Kinder badeten im seichten Wasser, welches eigentlich noch viel zu kalt sein musste, doch das schien sie nicht zu stören. Kleine Schiffe fuhren im Wasser umher, und ich konnte Fischer erkennen, die gerade einen Fang gemacht hatten.

Das Meer glitzerte blau, und sanfte Wellen türmten sich am Strand, Gischt spritzte auf, und ich ging zum Pier, verlangsamte meine Schritte und sog jedes Detail in mich auf. Das Geländer links und rechts vom Pier war ebenfalls aus Holz, welches in einem sanften Beige gestrichen war, und er maß bestimmt über fünf Meter in der Breite. Es gab genug Platz, um auf dem Pier zu flanieren, und für die Pferdebahn, die ich in der Ferne erkennen konnte. Es war eine kleine Bimmelbahn mit leuchtend roten Waggons, die laut hupte und anscheinend die große Attraktion hier war. Meine Absätze klackerten auf dem Holz, während meine Finger über das Geländer strichen.

Ich passierte die ersten Buden, der süße Geruch von Naschwerk und anderen Leckereien drang in meine Nase. Von irgendwoher spielte eine fröhliche Musik, und es gab sogar eine Spielbude mit Dosenwerfen. Dieser ganze Ort strahlte eine Fröhlichkeit aus, die ich noch nie zuvor erlebt hatte. Ich stellte mich ans Geländer und ließ den Blick über den Strand schweifen, er reichte weiter, als ich sehen konnte, und auf der Promenade davor gab es viele kleine Kaffeehäuser, Restaurants und imposante Hotels, deren Messingschilder wie Spiegel glänzten.

Hier hast du also gelebt, Mama, schoss es mir durch den Kopf, und ich holte die Fotografie heraus und strich ehrfürchtig über das Gesicht meiner Mutter. Ob sie hier genauso glücklich gewesen war wie auf dem Bild? Ich konnte es mir vorstellen, denn dieser Ort erfüllte selbst mich, die immerzu versuchte, alles zu verabscheuen, mit Freude und mit einer Ruhe, die meinen Zorn im Zaum hielt.

»Ist es nicht wunderschön hier?« Mimi tauchte plötzlich neben mir auf und stellte sich neben mich.

Ihr rotes Haar umschmeichelte ihre feinen Gesichtszüge wie Flammen, und ihre Wangen waren gerötet. Sie trug ihre Dienstmädchenhaube nicht und sah so glücklich aus, wie ich sie noch nie zuvor gesehen hatte.

»Ja«, antwortete ich und drehte mich um, lehnte mich gegen das Geländer, lauschte den Wellen und den Klängen dieses Ortes. »Ich kann gar nicht glauben, dass dies nun mein Zuhause ist.«

Natürlich war ich mit meinen Eltern schon in Travemünde am Strand gewesen, ich hatte sogar – in züchtiger Kleidung – in der Ostsee gebadet, doch Southend war *anders.* Ich konnte es kaum in Worte fassen, nein, ich konnte diesen Ort nur betrachten und dem lauten Pochen meines Herzens lauschen, das mir zu sagen schien, dass dieser Ort meine Heimat werden könnte.

»Wo ist Ava?«, fragte ich und kniff die Augen zusammen, um meine Schwester im Trubel auf der Promenade zu erkennen, doch es war unmöglich, herauszufinden, wo sie abgeblieben war. Dafür war es viel zu voll.

»Sie wartet bei der Kutsche«, erwiderte Mimi und ergriff vorsichtig meine Hand. »Wir sollten zurück zu ihr gehen.«

»Schon?«, fragte ich und zog einen Schmollmund, meine Stimme klang wie die eines kleinen Kindes, aber ich war noch nicht bereit, diesen Pier zu verlassen. Mich dem zu stellen, wovor ich am meisten Angst hatte: der *Heygate Boarding School.*

Wie würden die anderen Mädchen auf mich reagieren? Wie waren die Lehrer und Lehrerinnen an dieser Schule? Würde ich dem Unterricht folgen können? All diese Fragen stoben wie Glühwürmchen durch meinen Kopf.

»Sie werden sicherlich noch viele Gelegenheiten haben, Southend zu erkunden. Wie ich höre, schätzt man es im Internat, dass die jungen Damen sich hier in die Gesellschaft einfügen. Sie dürfen an den Wochenenden mit ihren Mitschülerinnen Southend besuchen, sogar während der Woche, wenn sie sich gut benehmen.«

»Siehst du, genau da wird wohl das Problem liegen.« Ich seufzte tief, und ein Grinsen huschte über meine Züge.

Mimi lachte leise und sah sich verstohlen um. »Ich bin mir sicher, dass Sie das schaffen und im Internat eine schöne Zeit haben werden.«

Ich verzog das Gesicht und folgte Mimi wohl oder übel vom Pier zurück zur Promenade. Ich war mir da nicht so sicher, denn ein Problem blieb, und es trug den Namen *Arthur Smith*. Vielleicht war mein zukünftiger Ehemann sogar genau hier in einer Gruppe junger Männer in langen Hosen und weißen Hemden, die lachend über den Pier spazierten und mir ein schelmisches Lächeln zuwarfen. Dieser Gedanke erfüllte mich mit Unwohlsein, und ich schlang meine Arme um mich, wandte mich hastig von den Männern ab und schloss zu Mimi auf.

Mein Dienstmädchen musterte mich irritiert, doch sie sagte nichts, als wir bei der Kutsche ankamen. Ava lehnte davor, in der Hand eine kleine Papiertüte, und lächelte mich an.

»Warst du einkaufen?«, fragte ich misstrauisch.

»Postkarten für Mama und Papa, du solltest ihnen auch schreiben. Und …« Ava zauberte eine weitere Tüte hervor und reichte sie mir. »Fruchtbonbons.«

»Schmeckt wirklich gut«, antwortete ich, nachdem ich mir

ein Stück Naschwerk in den Mund gesteckt hatte, um ja nicht auf die Spitze mit den Postkarten eingehen zu müssen, und stieg gemeinsam mit Ava und Mimi wieder in die Droschke.

Sehnsüchtig sah ich erneut aus dem Fenster, als wir weiterfuhren. Die Häuser, die die Straßen säumten, waren prächtig. Die Hotels in Weiß gestrichen, mit blauen Fensterläden und maritimen Figuren verziert. Immer wieder unterbrachen Blumenbeete und kleine Wiesen mit Bäumchen darauf die mit hellen Steinen gepflasterte Promenade.

Wir fuhren an einem noblen Hotel vorbei, welches den Namen *The Arcade* trug. Es war ein weißer, kastenförmiger Bau mit einer Turmkuppel über der ersten Etage. Rundbogenfenster zierten das Gebäude, und helle Markisen boten den Gästen Schutz vor der Sonne. Gerade hievte ein Kofferträger einige Gepäckstücke von einem Wagen, und Kellner liefen auf der Terrasse umher.

»Es ist so anders als unser Zuhause«, murmelte ich und sah meine Schwester an. »Ich kann kaum glauben, dass Mama hier gelebt hat.«

Ava lächelte wissend. »Zu Mutters Zeit war es in Southend noch ein wenig ruhiger. Doch seit das Kurbad an die Bahnschienen angeschlossen wurde, hat es sich rapide entwickelt.«

Ich nickte schweigend, als die Kutsche wieder nach links abbog und wir uns von der Promenade in Richtung Ortskern bewegten. Es ruckelte leicht in der Droschke, als diese sich einen schmalen Waldweg entlangschraubte, und urplötzlich wurde die Sonne von einem dichten, grünen Blätterdach verschluckt. Wehmütig schaute ich aus dem Fenster, doch der Strand und der Pier wurden immer kleiner, bis ich sie am Ende durch die Bäume gar nicht mehr erkennen konnte.

»Gleich erreichen wir die *Heygate Boarding School*«, informierte mich Ava, und urplötzlich war mir eiskalt, und gleichzeitig wurden meine Handinnenflächen feucht.

Ich setzte mich gerade hin und starrte auf meine in sich verschränkten Finger hinab. Mein Herz schlug gegen meine Rippen, und mein Atem beschleunigte sich. Jetzt war sie wieder da, diese vermaledeite Aufregung, die ich am Pier hatte vergessen können.

Nun gab es wirklich kein Zurück mehr. Kein Umdrehen und einfach Weglaufen, jetzt war ich gezwungen, mich meinem Schicksal zu stellen.

Die Kutsche kam mit einem Ruck zum Stehen, und die Pferde wieherten leise. Ich wagte es immer noch nicht aufzuschauen, als sich Mimis Hand auf meine legte. Vorsichtig linste ich zu ihr, und sie schenkte mir ein aufmunterndes Lächeln.

»Ein Abenteuer, oder nicht?«, wisperte sie mir zu. »Gemeinsam?«

Bei ihren Worten quoll mein Herz über vor Dankbarkeit, und ich fragte mich, womit ich Mimi als mein Dienstmädchen und meine Freundin nur verdient hatte.

»Ja, gemeinsam«, erwiderte ich und stieg mit wackligen Beinen aus der Kutsche aus.

Ich drehte mich um die eigene Achse und stockte; jedes Wort, welches ich für dieses Internat hätte benutzen können, blieb mir im Hals stecken. Überwältigt stand ich da und ließ den Blick über die Internatsgebäude schweifen.

Ein großer Torbogen, auf dem *Heygate Boarding School for Girls* in ein Messingschild eingraviert war, führte zu einer kleinen Parkanlage, dahinter erstreckten sich drei mehrstöckige Gebäude. Das mittlere war das größte von ihnen und war mit zwei Durchgängen mit den anderen beiden verbunden. Alle waren aus dunkelrotem Backstein, und unzählige Fenster zierten die Front. Die kleineren Gebäude links und rechts besaßen jeweils zwei Rundtürme, in denen sich anscheinend weitere Zimmer befanden.

Alle Gebäude zusammen waren so groß wie mehrere Stadthäuser in der Holstenstraße in Lübeck, allein die schiere Masse schien mich zu erschlagen.

»Bist du festgewachsen, oder können wir hineingehen?«, fragte Ava mich und legte eine Hand auf meine Schulter. Meine Schwester war zwar nie auf einem Internat, aber sehr wohl auf einer imposanten Schule in Hamburg gewesen und schien deswegen wenig beeindruckt.

Ich schaute nach unten auf meine Füße, und es fühlte sich tatsächlich so an, als wären diese am Boden festgefroren. Meine Beine waren taub, und vorsichtig versuchte ich, einen Fuß vor den anderen zu setzen. Ich hatte das Gefühl, ich würde gleich umfallen, denn dieser Ort erschlug mich. Schwappte wie eine Welle über mich hinüber und nahm mir die Luft zum Atmen.

Wir gingen durch das große Eingangstor, und ich schaute mich um. In der Parkanlage erstreckten sich auch Gemüse- und Blumenbeete zwischen den grünen Wiesen. Einige Mädchen, die blaue, hochgeschlossene Kleider und beige Schürzen darüber trugen, knieten in den Beeten, pflanzten Setzlinge ein oder gruben Karotten aus, und siehe da, der Zorn begann langsam in mir zu köcheln, als ich das sah.

Hier soll ich also lernen, was Hausarbeit bedeutet, dachte ich schnippisch und verschränkte die Arme vor der Brust. *So was Lächerliches, als ob irgendeines der Mädchen hier jemals ein Gemüsebeet bepflanzen wird, wenn es einen Earl oder einen reichen Kaufmann heiratet.*

Ich spürte die Blicke der Mädchen auf mir und das Flüstern hinter vorgehaltener Hand, während wir den Weg zum Hauptgebäude entlanggingen. Ein eisiger Schauer rieselte über meinen Rücken, und Hitze schoss mir in die Wangen. Ich hasste es, beobachtet zu werden. Die Neue zu sein.

Mein Atem beschleunigte sich, je näher wir dem Hauptgebäude kamen, aus dem gerade eine Frau hinaustrat. Sie trug ein hellblaues Kleid, welches nach der neuesten Mode geschneidert war mit eckigem Ausschnitt und langen Ärmeln. Ihre Haare waren zu einem strengen Dutt zusammengebunden, und sie zog die Augenbrauen hoch.

»Sie müssen die Familie Farber sein«, sagte sie, und ihr Englisch klang hart wie geschliffener Stahl in meinen Ohren, die Worte ein wenig hölzern, beinahe grob, auch wenn ihre Gesichtszüge sanft waren.

»Das ist korrekt«, antwortete Ava. »Mein Name lautet Ava Hambach, ich bringe Ihnen meine Schwester Lucie und ihr Dienstmädchen Mimi.« Sie deutete auf mich, und ich trat einen Schritt vor, verschränkte die Arme vor dem Körper und deutete ein Nicken an.

»Es freut mich … Sie kennenzulernen«, sagte ich und verhaspelte mich beinahe, denn die englischen Worte schmeckten fremd auf meiner Zunge, obwohl ich schon mit dem Kutscher englisch gesprochen hatte. Doch das hier war anders.

»Die Freude ist ganz unsererseits, Miss Farber. Mein Name ist Abigail Ham, ich werde Ihre Lehrerin in Literatur und Fremdsprachen sein und betreue die Mädchen in Ihrem Jahrgang.« Sie lächelte mir freundlich zu, sah sich dann um und winkte ein jüngeres Mädchen herbei, das gerade mit einem Korb zu den Beeten unterwegs war.

»Susanne!«, rief sie. »Komm bitte her.«

Das Mädchen legte die Stirn in Falten, ließ ihren Blick von mir zu Mrs Ham wandern und stellte den Korb dann in der Nähe der Beete ab, bevor sie zu uns lief.

»Ja, Mrs Ham?«, fragte sie und musterte mich neugierig.

»Dies ist Lucie Farber, unsere neue Schülerin aus Deutschland. Sei so gut und bring sie in ihr Zimmer. Sie wohnt gemeinsam mit Miss Hastings im obersten Stock des Turms. Ich werde indessen ihre Schwester und ihr Dienstmädchen herumführen und den Kutscher anweisen, wo er das Gepäck hinbringen soll. Erzähl ihr auch ein wenig über unser schönes Internat, ja?«

Susanne seufzte leise, nickte dann aber. »Sehr gerne, Mrs Ham. Können Sie den anderen Mädchen dann mitteilen, dass ich später wiederkomme?« Sie deutete zum Gemüsebeet, und die Lehrerin nickte.

»Das tue ich gerne, Susanne.«

Ich sah alarmiert zwischen meiner Lehrerin und dem jüngeren Mädchen hin und her, war noch nicht bereit, mich von Ava und Mimi zu trennen, auch wenn es nur für kurze Zeit sein würde.

»Ich …«, setzte ich an, doch Ava warf mir einen raschen Blick zu, schüttelte kaum merklich den Kopf.

»Komm mit«, forderte mich Susanne auf und streckte die Hand aus. »Dein Zimmer wird dir gefallen. Es ist das schönste in ganz Heygate.«

Ich brauche kein schönes Zimmer, ich will gar nicht hier sein, murrte eine wütende Stimme in mir, doch ich verkniff mir den Kommentar und folgte Susanne ohne Widerstand.

Sehnsüchtig schaute ich über die Schulter zurück zu Mimi, die mir noch zuwinkte, ehe ich gemeinsam mit Susanne das Hauptgebäude betrat. Es roch nach Zitronen und Minze, der dunkle Holzboden schien frisch gewischt, denn er glänzte in der Sonne, und ich drehte mich einmal um die eigene Achse. In dieser Eingangshalle war es ruhig, ich hörte nur dumpfe Schritte über mir, und mein Blick fiel auf die imposante Treppe vor uns, die in die oberen Stockwerke hinaufführte. Links und rechts von der Halle gingen zwei Gänge ab, wahrscheinlich in die beiden Nebengebäude mit den Türmen, die ich von außen schon gesehen hatte.

Neben der Treppe war ein kleiner Tresen, hinter dem einige Bücherregale standen und an dem zwei Mädchen saßen und Unterlagen sortierten. Sie hatten nicht aufgeschaut, als wir die Halle betreten hatten, und waren anscheinend in ein Gespräch vertieft.

»Die Treppe nach oben führt zu unseren Klassenräumen, du wirst noch einen Lageplan bekommen, damit du dich nicht verirrst«, klärte mich Susanne auf und zeigte auf den kleinen Tresen. »Dort kannst du immer hingehen, wenn du Fragen hast. Für dich wird auch ein Mäppchen mit allen wichtigen Informationen vorbereitet worden sein.«

Ich nickte schweigend und legte eine Hand auf meine Brust, um mein schlagendes Herz zu beruhigen. Mein Nacken kribbelte unangenehm, und der Geruch nach Minze kitzelte in meiner Nase.

Susanne lächelte wissend und schob ihre Brille ein Stück höher auf die Nase. »Du musst nicht aufgeregt sein«, wisperte sie mir zu und hakte sich bei mir unter. »Hier sind wirklich alle nett ...«

Diese plötzliche Nähe ließ mich erstarren, doch ich wollte das Mädchen auch nicht wegstoßen. Sie war jünger als ich, wahrscheinlich vierzehn Jahre alt, ihre Wangen waren rosig, und durch die großen Brillengläser funkelten mich grüne Augen an. Ihre braunen Haare waren zu einem Kranz um den Kopf geschlungen, und sie deutete noch einmal zur Treppe.

»Hinter der Treppe geht es zur Bibliothek, dort kannst du einfach hineingehen und dich umschauen. Es gibt kleine Leseecken, und einige der Mädchen hier sind dafür zuständig zu notieren, welche Titel ausgeliehen werden, und können dir bei Fragen weiterhelfen. Im oberen Geschoss sind unter anderem noch das Tanz- und Musikzimmer und der Speisesaal. Und hier ...«, sie deutete auf den Gang rechts von uns, »... geht es zu den Zimmern der älteren Mädchen, also auch zu deinem.«

»Der älteren Mädchen?«, fragte ich verwirrt, während Susanne mich mit sich durch den Gang zog. Meine Worte hallten gespenstisch in dem eher spärlich beleuchteten Gang wider, und Susanne drehte sich zu mir um.

»Im linken Gebäude wohnen die Mädchen von zwölf bis fünfzehn Jahren, im rechten die von sechzehn bis achtzehn Jahren. Ihr habt Einzelzimmer und sogar ein eigenes Badezimmer, welches ihr euch nur zu zweit teilen müsst.« Sie klang ein wenig neidisch bei diesen Worten und verdrehte die Augen. »Ich wohne drüben, und dort teilen wir uns zu zweit ein Zimmer und zu viert einen Aufenthaltsraum, ebenfalls zu viert ein Badezimmer, und im Gegensatz zu euch haben wir nur Waschschüsseln und keine Badewanne.«

»Badewanne?«, platzte es aus mir heraus, und ich schlug peinlich berührt die Hand vor den Mund, denn meine Worte hallten an den Wänden wider, schraubten sich die kleine Turmtreppe hinauf und schienen ein ewig währendes Echo zu erzeugen.

Susanne kicherte leise und führte mich die Rundtreppe hinauf. Die Wände waren mit winzigen Fenstern gespickt, die nur ein spärliches Licht auf die Treppe warfen. Staub wirbelte auf, und ich unterdrückte ein Husten.

»Toll, oder?«, griff Susanne meine Frage wieder auf. »Ja, die habt ihr sogar, immerhin werdet ihr doch einmal im Monat richtig hübsch gemacht für die Bälle und rauschenden Feste in London.«

Ich verzog das Gesicht zu einer Grimasse und war dankbar, dass es im Treppenaufgang so duster war. Denn ich hatte nicht die geringste Lust darauf, mich für einen Ball hübsch machen zu lassen, um Arthur zu treffen.

Wir hatten das oberste Stockwerk erreicht, und helles Sonnenlicht blendete mich. »Hier hinten ist dein Zimmer, dort wirst du mit Amabel wohnen.« Susanne nahm meine Hand und zog mich mit zu einer Tür.

Der Turm war größer, als ich von außen vermutet hatte, die Treppe nahm nur einen winzigen Teil ein, sodass auf der Etage drei Türen waren, die anscheinend alle zu Zimmern führten.

Mit meinem schlechten Orientierungssinn würde ich mich hier bestimmt verlaufen, das wusste ich jetzt schon.

Susanne stieß die Tür schwungvoll auf, die ein leises Quietschen von sich gab, und wir standen in einem Vorraum, von dem zwei Zimmertüren abführten.

»Willkommen in deinem neuen Reich!«, rief Susanne eine Spur zu begeistert, während meine Handinnenflächen feucht wurden und ich mich misstrauisch umsah.

Eine Chaiselongue stand vor der breiten Fensterfront, davor zwei kleine Beistelltische, auf denen Kerzen drapiert waren und einige Bücher lagen. Links und rechts säumten zwei große, gut gefüllte Bücherregale die Wand. Es hingen sogar einige Landschaftsbilder an den Wänden, und mit langsamen Schritten steuerte ich das Zimmer an, auf das Susanne deutete.

Mein Zimmer.

Vorsichtig stieß ich die Tür auf, ging aber nicht über die Schwelle. Ich konnte mich nicht bewegen, es war, als würde eine unsichtbare Macht mich zurückhalten. Ich wollte hier nicht sein, wollte hier nicht leben, aber ich war trotzdem hier.

Doch bevor ich auch nur einen Schritt in das Zimmer machen konnte, hörte ich ein Poltern und wirbelte herum. Der Kutscher stand im Türrahmen. Sein Gesicht war hochrot, und er trug meine Koffer mit sich.

»Darf ich eintreten, Miss?«, fragte er, und ich machte ihm bereitwillig Platz. Er brachte die Gepäckstücke in mein Zimmer, und ich sah zu Susanne, die mir ein aufmunterndes Lächeln schenkte.

»Dann lass ich dich jetzt allein, um deine Sachen auszupacken. Amabel wird sicherlich auch gleich hier sein und …«

»Was ist mit mir?«, erklang da eine Stimme hinter Susanne, und eine junge Frau trat ins Zimmer.

Ich hielt den Atem an und musterte sie eingehend. Schweißperlen glänzten auf ihrer Haut, ihr schwarzes Haar war zu einem Zopf geflochten, der kranzförmig um ihren Kopf geschlungen war. Sie trug die gleiche Uniform wie Susanne und Tanzschuhe. Alles an ihr schien mich für einen Augenblick magisch anzuziehen. Haselnussbraune Augen musterten mich eingehend, und sie zog die Stirn in Falten, ein winziges Lächeln kräuselte sich um ihre Lippen, das jedoch sofort wieder verschwand, als sie die Koffer in meinem Zimmer bemerkte.

»Du bist also meine neue Mitbewohnerin?«, fragte sie und trat zu mir.

»Ja«, piepste ich und fühlte mich unglaublich klein neben ihr, irgendwie unbedeutend. Sie überragte mich um einige Zentimeter, und ihr Blick war so klar, beinahe durchdringend, als könnte sie tief in meine Seele blicken.

»Nun ...« Sie räusperte sich. »Ich bin Amabel Hastings, es freut mich, dich kennenzulernen.«

»Mein Name ist Lucie Farber«, antwortete ich, und als ich ihre dargebotene Hand ergriff, war es, als würde sie mich mitten hinein in dieses neue Leben ziehen, welches ich von nun an mein Eigen nennen würde.

Kapitel 8

Amabel

Es freut mich, dich kennenzulernen.

Hatte ich das gerade wirklich gesagt? War diese Lüge so leicht über meine Lippen gekommen, dass die Worte klangen, als wären sie die Wahrheit? Als würde ich mich wirklich freuen, dass ich mich nun mit einer neuen Mitschülerin herumschlagen musste? Dass ich nicht mehr allein in meinem Turmzimmer war und wahrscheinlich auch noch Kindermädchen für die Neue spielen müsste?

Gott, ich war so eine gute Lügnerin geworden in den letzten Jahren, und es grauste mir davor, dass ich so weitermachen würde. Dass irgendwann jede Lüge zu einer Wahrheit werden würde.

Ich musterte Lucie Farber eingehend, als sie meine Hand ergriff. Ihr Händedruck war fest, ihre Haut jedoch weich und zart. Die Berührung sandte einen Schauer durch meine Glieder, und Hitze schoss in meine Wangen.

Lucie hatte blondes, lockiges Haar, welches zu einem Dutt aufgetürmt war, der gefährlich schief auf ihrem Kopf hin und her wankte. Einige Strähnen umrahmten das blasse Gesicht, Haut, weiß wie Papier, doch ihre Wangen waren rosig. Ihre grünblauen Augen huschten unruhig umher, und sie konnte mich kaum ansehen. Sie musste wahrlich aufgeregt sein, doch als sie meine Hand schüttelte, da lächelte sie erfreut, und die Anspannung schien aus ihrem Körper zu weichen.

»Ich lasse euch dann allein«, informierte Susanne uns, die schweigend danebengestanden hatte.

»Ja, ich danke dir, dass du unsere neue Mitschülerin herumgeführt hast«, entgegnete ich.

»Sehr gern, viel Spaß, Lucie!« Das Mädchen winkte uns noch zu und verließ dann mit eiligen Schritten das Zimmer, geradeso, als würde ihre Anwesenheit uns stören, was natürlich ausgemachter Blödsinn war.

Ich räusperte mich und ließ Lucies Hand los. Sie verschränkte die Arme vor der Brust und sah sich im Vorraum um. »Ich …«, setzte sie an und brach sogleich wieder ab.

Herrgott, konnte sie nicht mal einen Satz zu Ende sprechen? Und musste ihre Stimme so hoch sein, ihre Worte so weich wie Federn? Sie machte mich jetzt schon völlig wahnsinnig.

»Kann ich dir beim Auspacken helfen?«, bot ich an und hätte mich am liebsten sofort dafür geohrfeigt. Ich hatte selbst genug zu tun, vor allem, da Mrs Ham für morgen einen Französischtest angekündigt hatte und mir diese sperrige Sprache immer noch nicht leicht von der Hand ging.

Lucie Farber war mitten im Schuljahr hergekommen, aber dies war keine Seltenheit bei uns im Internat, trotzdem würde sie diesen Test mit ziemlicher Sicherheit nicht mitschreiben müssen.

»Das wäre sehr freundlich von dir …«, antwortete Lucie zögerlich. »Aber ich will dich nicht aufhalten, denn du willst dich vielleicht erst umkleiden.«

»Wie bitte?«, platzte es aus mir heraus, und ich zog verärgert die Augenbrauen zusammen. »Wieso sollte ich …?«

»Die Tanzschuhe.« Lucie deutete auf meine Fußspitzen, und ein schiefes Lächeln zierte ihr wunderschönes Gesicht. Moment, was hatte ich da gerade gedacht?

»Du warst tanzen, nehme ich an«, sprach Lucie weiter und klang mit einem Mal selbstbewusst und ruhig. »Und es ist nicht sehr bequem, in diesen Schuhen im Alltag herumzulaufen. Außerdem scheint deine Tanzstunde sehr lang gewesen zu sein, denn du bist etwas außer Atem und …«, sie zuckte mit den Schultern und lief rot an wie eine Tomate, »… dir scheint warm zu sein …«, flüsterte sie hinter vorgehaltener Hand und wandte eilig den Blick ab.

Ich starrte Lucie an, und mein Mund öffnete sich, doch kein Laut drang aus meiner Kehle. Stattdessen sah ich sie an, schloss meinen Mund wieder und öffnete ihn erneut, doch immer noch musste ich aussehen wie ein Fisch auf dem Trockenen.

Und dann geschah etwas Merkwürdiges, denn wider Willen entschlüpfte ein heiseres Lachen meiner Kehle, und ich schüttelte belustigt den Kopf.

Lucie sah mich entgeistert an, ihre feinen Augenbrauen waren zusammengeschoben, und sie biss sich auf die Unterlippe.

»Habe ich …?«, begann sie, doch ich hob die Hand, um sie zu unterbrechen.

»Nein, alles gut …« Meine Stimme zitterte ein wenig, doch ich konnte mir das Lachen nicht verkneifen. »Du hast recht, ich war tatsächlich tanzen, und mir ist auch warm.«

Ich wischte mir die Schweißperlen von der Stirn und lächelte sie an. »Aber ich helfe dir gerne beim Auspacken, dann kann ich dir auch gleich ein wenig mehr über das Internat erzählen und wie der morgige Tag aussehen wird.«

Und dieses Mal waren meine Worte keine Lüge.

Sie nickte begeistert und ergriff meine Hände. »Ich danke dir, Amabel!«

Ich unterdrückte den Impuls, mich ihr zu entziehen, und genoss für einen winzigen Augenblick diese Berührung, die wie ein Funkenregen über meine Haut huschte. Gemeinsam mit Lucie betrat ich ihr Zimmer, welches ein wenig modrig roch, und öffnete das Fenster.

Sie stemmte die Hände in die Hüften und sah sich um. Ihr Blick streifte die Erkernische, in der das Bett eingelassen war, die dunkelblauen Vorhänge davor und den kleinen Beistelltisch. Dann sah sie zur rechten Seite des Raumes, an der der Schreibtisch und ein Kleiderschrank sowie ein weiteres Regal standen.

Für den Bruchteil einer Sekunde huschte Traurigkeit über ihre Gesichtszüge, und ich konnte es ihr nicht verdenken. Es musste hart sein, so weit fort von zu Hause und dann hier in einem Internat. Mrs Ham hatte mir berichtet, dass meine neue Mitbewohnerin aus Deutschland kam, das erschien mir sehr weit weg.

Als ob dies hier dein Zuhause wäre, murmelte eine schnippische Stimme in meinem Kopf, die ich jedoch geflissentlich ignorierte.

Ich kniete mich zu Lucie auf den Boden, und sie öffnete den dunkelbraunen Lederkoffer. Es kamen einige wunderschöne Kleider zum Vorschein, die sie jedoch mit wenig Sorgfalt hervorholte.

»Damit werde ich also meinen Zukünftigen beeindrucken müssen«, presste sie zwischen zusammengebissenen Zähnen hervor, und ich horchte auf.

»Du bist verlobt?«, fragte ich neugierig und musste an John denken, meinen Verlobten.

»Noch nicht«, spuckte sie aus und warf eines der Kleider achtlos aufs Bett. »Aber ich soll meinen zukünftigen Verlobten bald kennenlernen, Arthur Smith, irgendein Lord aus London.«

»Arthur Smith?«

»Kennst du ihn etwa?« Ein neugieriger Tonfall hatte sich in Lucies Stimme geschlichen.

»Seine Familie besitzt einen Landsitz hier in Southend und einen in London, daher ist mir der Name geläufig«, erwiderte ich.

»Mhm …«, machte Lucie unbestimmt und erhob sich. »Vielleicht lernt er in London eine andere junge Dame kennen, dann muss ich ihn nicht heiraten.«

»Du ... du willst nicht heiraten?« Meine Stimme überschlug sich fast, und obwohl ich Lucie irgendwie nett fand, schwappte nun Wut über mich hinweg wie eine heiße Welle.

»Nein, will ich nicht.« Lucie hatte gerade die Schranktür geöffnet, warf eines der Kleidungsstücke hinein und drehte sich dann mit vor der Brust verschränkten Händen zu mir um. »Ich will niemals heiraten und mich nicht an einen Mann binden, sein Anhängsel werden und nur ein hübsches Ding sein, das er vorführen kann.«

Sie schleuderte mir diese Worte mit einer Wucht entgegen, die mich aufkeuchen ließ, und eilig rappelte ich mich hoch.

»Wie kannst du so etwas sagen?« Ich ballte die Hände zu Fäusten. »Es ist das größte Glück für eine Frau zu heiraten! Einen Mann an der Seite zu haben, der einen beschützt und Sicherheit gibt. Du wirst in Reichtum leben und all die schönen Dinge bekommen, die du dir wünschst, und ...«

»Ich will aber keine schönen Dinge!«, rief Lucie, und ihr Gesicht wurde rot, als wäre irgendetwas in ihrem Inneren explodiert. Wie ein Vulkan, der gefährlich brodelte, stand sie vor mir, und mein Herz begann zu flattern.

»Was meinst du damit?« Ich versuchte, das Zittern aus meiner Stimme zu verbannen, doch es misslang mir kläglich. Gott, ich war noch nie jemandem begegnet, der mich innerhalb weniger Minuten so aus der Fassung gebracht hatte wie Lucie Farber.

»Ich will nicht heiraten, ich will frei sein. Frei in dem, was ich tue, denke und fühle. Ich will niemals so eine Ehefrau werden wie meine Mutter!« Bei dem letzten Wort verzogen sich ihre Gesichtszüge zu einer schmerzhaften Grimasse, und Tränen funkelten in ihren grünblauen Augen. Sie wandte sich von mir ab, und ein zartes Schluchzen hallte an den Wänden des Zimmers wider.

Ich stand wie vom Donner gerührt da, unfähig, auch nur ein

Wort zu sagen. Doch meine Beine bewegten sich von allein, ich ging auf Lucie zu, streckte die Hand nach ihr aus, wollte ihre bebende Schulter berühren, doch kurz bevor ich bei ihr war, schien mich etwas zurückzuhalten.

Nein, wieso wollte ich sie trösten? Wieso wollte ich, dass es ihr gut ging? Ich kannte sie nicht einmal. Sie war eine Fremde, und mit ihren Worten brachte sie mein Weltbild ins Wanken.

»Du solltest dankbar sein, dass deine Eltern dich mit einem Lord verheiraten wollen. Du wirst ein gutes Leben haben, und das ist mehr, als die meisten Frauen von sich behaupten können«, sagte ich deswegen, verschränkte die Arme vor der Brust und ging einige Schritte zurück. »Eine gute Ehefrau zu sein, ist immerhin das, was man uns hier beibringt. Wofür wir geboren wurden ...«

Du nicht, wisperte eine Stimme tief in mir, die mein Herz mit einer kalten Hand zu umfassen schien, doch ich hörte ihr nicht zu.

»Du bist wie alle anderen!«, zischte Lucie mir zu, als sie sich umdrehte. »Wie all diese dummen Frauen, die nichts im Kopf haben außer schönen Kleidern und Prunk! Männern und mit wem sie den nächsten Tanz vollführen dürfen. Ich wusste, dass ich es hier hassen würde!«

Sie stürmte an mir vorbei, schlug die Tür hinter sich zu und ließ mich allein mit all der blubbernden Wut und der zischenden Stille, die durch die Luft waberte. Ich konnte mich nicht bewegen, nur auf den leeren Fleck starren, an dem Lucie eben noch gestanden hatte.

Tausend Gedanken schwirrten mir durch den Kopf wie Glühwürmchen, und die Welt schien zu wanken. Ich wusste nicht, ob ich ihr hinterherlaufen sollte, doch eines wusste ich ganz genau: Lucie Farber würde mein Leben gehörig durcheinanderwirbeln.

Kapitel 9

Lucie

Blasse Sonnenstrahlen fielen durch die Vorhänge meines Zimmers, und ich hievte mich mühsam hoch. Die Müdigkeit klebte wie Marmelade an mir, und ich streckte mich mit einem Seufzer. Sah mich in *meinem* Zimmer um, und ein mulmiges Gefühl rieselte über meinen Rücken.

Der Streit, den ich mit Amabel gestern hatte, steckte mir noch in den Knochen. Ich fühlte mich ausgelaugt und erschöpft. Zu allem Überfluss würde ich heute schon am Unterricht teilnehmen.

Es klopfte an meiner Zimmertür, und ich zuckte erschrocken zusammen.

»Ja?«, krächzte ich und schwang die Beine übers Bett, meine Finger huschten über die weiche Bettdecke, als Mimi in mein Zimmer trat.

»Guten Morgen, Fräulein Lucie«, begrüßte sie mich mit einem kleinen Knicks und lächelte mich freundlich an. »Haben Sie gut geschlafen?«

»Nein«, antwortete ich und fuhr durch meine wilden Locken, die mal wieder in alle Richtungen abstanden.

Mimi zuckte mit den Schultern und ging auf mich zu. Sie balancierte eine Waschschüssel auf den Armen und stellte sie auf der Kommode ab. »Ich habe Sie extra ein wenig früher geweckt, weil ich mir gedacht habe, dass Sie am ersten Schultag etwas mehr Zeit haben wollen. Und falls es Sie beruhigt: Ich hatte auch keine gute Nacht.«

Das konnte ich mir denken. Nach meinem Streit mit Amabel war ich die Treppen hinuntergestürmt und geradewegs Ava und Mimi in die Arme gelaufen. Mein Dienstmädchen war schon schwer beschäftigt damit, sich mit ihren neuen Pflichten in der *Heygate Boarding School* bekannt zu machen. Und Ava sprudelte über vor Freude und Begeisterung.

Meine Schwester hatte mit mir die Bibliothek und das Musikzimmer besucht, ich hatte von Mrs Ham meinen Stundenplan bekommen, und dann half mir Mimi, meinen Koffer auszupacken. Mit Amabel hatte ich kein weiteres Wort gesprochen.

Nicht beim gemeinsamen Essen im großen Speisesaal, in dem alle Mädchen ihre Speisen einnahmen und bei dem Ava meine Zimmernachbarin mit Fragen gelöchert hatte. Aber auch nicht, als wir uns in das Zimmer zurückzogen, nein, sie hatte mich wie Luft behandelt. Was nur logisch war, nachdem meine Gefühle mich übermannt hatten und ich sie angeschrien hatte. Noch immer nagte das schlechte Gewissen an mir, und ich wollte mich bei Amabel entschuldigen, doch irgendetwas in mir sträubte sich dagegen.

Selbst als wir am Abend nach dem Essen noch Besuch von unseren Zimmernachbarinnen Clary und Cecily bekommen hatten, hatte Amabel sich in Schweigen gehüllt.

Dafür waren Clary und Cecily freundlich zu mir gewesen und hatten mich mit Fragen zu meinem Leben in Lübeck überhäuft. Clary hatte dunkelbraunes, seidiges Haar und war mit einem Earl in Yorkshire verlobt, den sie bald ehelichen würde. Sie war hochgewachsen und mit ihren hellgrünen Augen und den Grübchen auf den Wangen eine Schönheit und Frohnatur. Cecily, mit dunkelblonden Haaren und beinahe schwarzen Augen, war ein wenig schüchterner. Sie sprach mehrere Sprachen fließend, ihr Vater war wie meiner ein Kaufmann, und er hatte Cecily mit auf seine Handelsreisen genommen, seit sie ein kleines Mädchen war. Sie war ebenfalls verlobt. Wir hatten noch einige Zeit miteinander gesprochen, bis die Müdigkeit mich überkommen hatte.

»Geht es Ihnen gut, Fräulein Lucie?«, durchbrach Mimi meine Gedanken, und ich erhob mich langsam.

»Ja …«, wisperte ich und stellte mich an die Kommode.

Mimi half mir aus dem Nachtkleid, reichte mir ein Handtuch und holte meine Schuluniform hervor, während ich mich wusch. Sie half mir schweigend in Chemise und Korsett, dann in das hochgeschlossene, blaue Kleid, welches mir wie angegossen passte, obwohl die Kleider nur in Einheitsgrößen hergestellt worden waren. Mimi band das Kleid am Rücken zu und legte mir dann ihre Hände auf die Schultern.

»Bereit?«, fragte sie, und ich drehte mich zu ihr um.

»Ich glaube nicht«, antwortete ich vage und fuhr mit der Zungenspitze über meine Lippen.

»Sie werden das wunderbar machen, Fräulein Lucie. Ich flechte nur Ihre Haare, und dann …«

Die Tür zu meinem Zimmer wurde mit Schwung aufgestoßen, und plötzlich stand Amabel da. Sie war schon angekleidet, ihre schwarzen Haare glänzten wie Seide und waren zu zwei seitlichen Zöpfen geflochten. Einige Haarsträhnen umrahmten ihr Gesicht wie Schatten, und ein kleines Lächeln zupfte an ihren Lippen.

»Amabel …«, flüsterte ich und wollte einen Schritt auf sie zugehen, doch meine Beine bewegten sich nicht.

Ich brauchte diese wunderschöne, grazile Frau nur anzusehen, und mein Herz schlug stolpernd in meiner Brust. Sie ging auf mich zu, und jeder ihrer Schritte war federnd, wie ein Tanz.

»Du bist schon wach«, sagte sie und schaute kurz zu Mimi, die schweigend knickste und einen Schritt zurücktrat.

»Ja, ich …« Meine Stimme versiegte, und ich senkte den Blick. »Amabel, ich wollte dich gestern nicht so anschreien. Ich habe nicht …«

»Schon gut«, unterbrach sie mich und klang dabei unwirsch und verständnisvoll zugleich. Als würde sie meine Gefühle verstehen können, aber es nicht so recht wollen. »Wir scheinen verschiedene Meinungen in Bezug auf das Heiraten zu haben, aber das ist in Ordnung. Ich würde mich trotzdem freuen, wenn wir uns arrangieren könnten.«

Arrangieren könnten.

Die Worte hallten wie ein monotones Mantra in meinem Kopf wider, und ich unterdrückte den Impuls, die Augen zu verdrehen. Wie unfassbar nüchtern das klang. Als ob wir niemals zueinanderfinden könnten wegen unserer unterschiedlichen Sichtweisen. Wie Frauen von mächtigen Männern, die einander nicht ausstehen konnten, aber trotzdem Feste zusammen ausrichteten. Es hörte sich so an, wie mein Leben einmal werden würde.

»Ich denke, das könnten wir hinbekommen«, antwortete ich mit brüchiger Stimme und verknotete meine Finger ineinander.

Gott, ein winziger Teil von mir – derjenige, der nicht konstant alles an Heygate hasste – hatte wirklich geglaubt, hier Freundinnen zu finden, hatte sich nach menschlicher Nähe gesehnt. Doch das war auch nur ein Trugschluss gewesen, ein Luftschloss, das ich mir erbaut hatte.

»Das freut mich«, erwiderte Amabel geschäftsmäßig und nickte mir zu. »Ich warte im Vorraum auf dich; wenn dein Mädchen dich fertig zurechtgemacht hat, können wir gemeinsam frühstücken.«

»Sie ist nicht *mein* Mädchen«, presste ich zwischen zusammengebissenen Zähnen hervor, und Mimi zuckte erschrocken zusammen.

»Fräulein Lucie, Sie müssen nicht …«

»Doch, das muss ich.«

Amabel neigte den Kopf fragend zur Seite, und ihre dunklen

Augenbrauen schossen in die Höhe. »Was ist sie denn dann, wenn nicht dein Mädchen? Oder bist du allein in dein Kleid geschlüpft?«

Meine Hände ballten sich zu Fäusten, und Hitze kribbelte in meinem Nacken. »Mimi gehört nur sich selbst. Bezeichne sie nicht so herabwürdigend als *mein* Mädchen. Sie ist vielleicht meine Bedienstete, aber sie verdient trotzdem Respekt.«

Die Worte waren meinen Lippen entschlüpft, bevor ich überhaupt über sie hatte nachdenken können, und ich schlug mir erschrocken die Hand vor den Mund. Gott, woher kam diese unbändige Wut in mir nur? Wieso brodelte der Zorn so tief in mir?

»Entschuldige …«, sagte Amabel und strich sich über ihr blaues Kleid. Sie wirkte ehrlich getroffen von meinen Worten und sah zu Mimi, die mit hängendem Kopf und roten Wangen neben mir stand. »Ich habe das nicht despektierlich gemeint, es ist …«

»Schon gut.« Ich hob meine Hand und schnitt ihr das Wort ab. »Du hast recht, wir werden nicht darüber hinauskommen, mehr zu tun, als uns zu arrangieren. Das reicht auch.«

Die Worte fühlten sich verbrannt in meinem Mund an, und Tränen stiegen mir in die Augen. Ich machte einfach alles kaputt, egal, was ich tat, es war immer das Falsche. So viele Menschen hatten Mimi schon vorher als *mein* Mädchen bezeichnet, weil sie es eben war. Aber in diesem Augenblick war mir die Ungerechtigkeit dessen so bewusst geworden, dass ich nicht an mich halten konnte.

Herr im Himmel, dieses Internat zerrte schon jetzt an meinen Nerven, sodass ich noch unkontrollierter war als zu Hause. Ich würde hier nicht eine Woche mit diesem losen Mundwerk überleben, ohne Strafarbeiten aufgebrummt zu bekommen oder noch schlimmer: Die Lehrer würden meine Eltern über mein Verhalten informieren. Ich musste mich am Riemen reißen.

»Lucie, ich habe nicht …«, setzte Amabel erneut an, und ich blinzelte die Tränen fort.

»Ich weiß.« Meine Kehle zog sich zusammen, und die englischen Wörter verhakten sich auf meiner Zunge, es fiel mir schwer zu sprechen, alles war mir in diesem Augenblick zu viel. »Es war meine Schuld. Mimi wird mir mein Haar flechten, dann gehen wir gemeinsam zum Frühstück.«

Amabel betrachtete mich noch einige Sekunden, dann nickte sie schweigend und verließ das Zimmer. Als die Tür ins Schloss fiel, gaben meine Beine nach, und ich sank zusammen. Ein hemmungsloses Schluchzen entrann meiner Kehle, und sofort war Mimi neben mir, strich mir sanft über den Rücken.

»Es ist alles ein wenig zu aufregend, oder?«, fragte sie und lächelte schwach.

»Wie … wie kannst du nur so ruhig bleiben? Wie kannst du das alles so hinnehmen, als wäre es nichts? Dieser neue Ort, deine neue Stellung … du akzeptierst es einfach so.«

Mimi ergriff meine Hände und half mir hoch, sie drehte mich um und begann vorsichtig, meine Locken zu kämmen, während ich die Tränen von meinen Wangen fortwischte.

»Ach, Fräulein Lucie …« Mit geschickten Fingern begann sie, mir einen seitlichen Zopf zu flechten, den sie mit Spangen feststeckte. »Mein Leben hat nie mir gehört, ich habe immer getan, was andere von mir verlangt haben. Um meine Familie zu ernähren, meine Mutter und Geschwister zu unterstützen … es ist so, wie es ist. Ich kenne es nicht anders.«

Ich nickte schweigend und biss mir auf die Unterlippe. Mimi konnte all das so leicht hinnehmen, und ich scheiterte schon daran, ein vernünftiges Gespräch mit Amabel zu führen. Ich benahm mich wie ein kleines Kind, schaffte es nicht, meine Gefühle zu kontrollieren.

»Es tut mir leid«, wisperte ich in die Stille zwischen uns und drehte mich zu Mimi um, als sie fertig mit meinen Haaren war.

»Entschuldigen Sie sich nicht bei mir, Fräulein Lucie. Sprechen Sie mit Fräulein Amabel, auch wenn Sie das vielleicht nicht so sehen, sie scheint mir sehr freundlich, und es schadet nicht, eine Freundin am Internat zu haben.« Sie zwinkerte mir zu und sammelte die Handtücher zusammen. »Ich muss jetzt weitermachen mit meinen anderen Arbeiten, wir sehen uns zum Mittagessen. Ihre Schwester wird dann auch aus der Pension hierherkommen …« Mimi knickste erneut und verschwand dann eilig aus meinem Zimmer.

Ich stieß einen tiefen Seufzer aus, straffte die Schultern und folgte ihr hinaus in den Vorraum. Amabel saß mit überkreuzten Beinen auf der Chaiselongue und las in einem Buch. Als ich näher trat, hob sie den Blick und sah mich mit diesen haselnussbraunen Augen voller Wärme an.

»Ich bin fertig«, murmelte ich und strich mir eine Haarsträhne aus dem Gesicht, die sich störrisch aus dem Zopf gelöst hatte.

»Du siehst hübsch aus«, bemerkte Amabel, legte das Buch zur Seite und erhob sich.

»Hübsch?«, krächzte ich, und Hitze schoss in meine Wangen, mein Herz pochte heftig gegen meine Rippen, und ich wandte peinlich berührt den Blick ab.

»Ja, hübsch.« Amabel ergriff meine Hand und sah mir tief in die Augen, ein merkwürdiges Kribbeln huschte durch meine Glieder, und mein Atem ging stoßweise.

Was passiert hier?, fragte ich mich alarmiert, wollte mich dieser Berührung entziehen und tat es doch nicht, weil Amabels Hände so zart waren und meinen Zorn zu beruhigen schienen.

»Ich möchte mich nochmals entschuldigen«, sagte Amabel sanft. »Ich habe diese Worte nicht böse gemeint, weder das, was ich heute, noch das, was ich gestern gesagt habe.«

»Du musst nicht …«

»Doch, ich muss. Es ist nicht gerecht von mir, dich so zu behandeln. Für dich ist das alles hier neu, und ich sollte dich dabei unterstützen, dich zurechtzufinden. Ich möchte dich besser kennenlernen, Lucie, auch wenn unsere Ansichten über die Ehe so verschieden sind.« Sie zuckte mit den Schultern und schenkte mir ein schiefes Lächeln.

Was sollte ich sagen? Ich war dankbar, dass sie sich entschuldigt hatte, doch gleichzeitig hatte ich Angst, zu viel von mir preiszugeben. Es war mir unangenehm, wie ich mich in Amabels Nähe fühlte, und doch … ich wollte eine Freundin haben hier im Internat, ich wollte nicht allein sein.

»Ich möchte dich ebenfalls besser kennenlernen«, antwortete ich mit piepsender Stimme. »Vielleicht verstehe ich dann auch, warum du die Ehe als etwas Gutes ansiehst.«

Für den Bruchteil einer Sekunde zog sich eine Wolke vor die goldene Sonne, und ich bildete mir ein, dass auch über Amabels Gesicht ein Schatten huschte. All die Wärme war fort aus ihren braunen Augen, und ein Beben erschütterte ihren Körper.

»Ja«, antwortete sie eilig und ließ meine Hände los. »Und nun lass uns in den Speisesaal gehen, sonst bekommen wir am Ende kein Frühstück mehr.«

Verwirrt sah ich ihr nach und folgte Amabel dann eilig durch den Flur. Wir gingen die gespenstische Treppe im Turm hinunter, und von überallher konnte ich geflüsterte Worte vernehmen. Als ich gestern im Internat angekommen war, hatten die meisten Mädchen Unterricht gehabt, doch nun waren sie alle unterwegs, liefen schwatzend durch die Flure und musterten mich neugierig.

Mich, die Neue an der Heygate Boarding School.

Wir erreichten das Hauptgebäude, und Amabel führte mich die Treppe hinauf, ich hielt den Kopf gesenkt, wollte nicht, dass mich irgendjemand ansprach, doch das misslang mir kläglich, als wir den Treppenaufgang erreicht hatten.

»Miss Amabel! Ist das Ihre neue Mitschülerin?«

Ich hob den Kopf und sah, wie eine ältere Dame in einem beigen Kleid auf uns zukam. Ihre grauen Haare waren zu einem Dutt zusammengebunden, und sie trug eine Brille auf der Nase. Falten zierten die Haut um ihre Augen, doch in ihrem Blick glänzte der Schalk.

»Mrs Ristman!«, begrüße Amabel die Dame, die anscheinend eine Lehrerin an der *Heygate Boarding School* war, denn sie hielt mehrere Bücher im Arm, und alle Mädchen, die an uns vorbeigingen, grüßten sie höflich. »Ja, dies ist Lucie Farber aus Deutschland.«

Mrs Ristman kam mit langsamen Schritten auf mich zu und musterte mich eingehend.

»Es … es freut mich, Ihre Bekanntschaft zu machen«, stammelte ich.

»Nun, die Freude ist ganz meinerseits, junge Dame. Ich habe schon Ihre Mutter unterrichtet.«

Mein Mund klappte auf, und ein Schauer lief mir über den Rücken, als ich an Mama denken musste. »Sie kennen meine Mutter?«

Mrs Ristman schnalzte mit der Zunge und machte eine wegwerfende Handbewegung, ein Lächeln huschte über ihre Züge, und sie beugte sich zu mir. »Natürlich, und Sie sind ihr wie aus dem Gesicht geschnitten. Ich bin gespannt, ob Sie auch so eine kleine Rebellin sind, wie sie es war«, wisperte mir die Lehrerin zu.

»Was?«, hauchte ich und hatte das Gefühl, jemand hätte mir eine Faust in den Magen gerammt. Ich wollte Mrs Ristman noch eine weitere Frage stellen, doch sie wirbelte herum und hob die Hand zum Abschied.

»Viel Spaß, Mädchen!«, rief sie und ging mit eiligen Schritten davon. »Wir sehen uns im Unterricht.«

Ich stand bewegungslos im Flur und blickte der Lehrerin verwirrt hinterher. »Was war das?«, murmelte ich und sah aus den Augenwinkeln, wie Amabel neben mich trat.

»Ach …« Sie schüttelte den Kopf und schürzte die Lippen.
»Mach dir nichts aus ihren Worten, Mrs Ristman ist ein wenig
schrullig. Sie ist seit fast vierzig Jahren hier als Lehrerin angestellt, und …« Amabel zuckte mit den Schultern und schien
nach den richtigen Worten zu suchen.

»Du meinst, sie ist etwas verwirrt?«, half ich Amabel aus,
während sie sich bei mir unterhakte und wir den Flur entlang-
spazierten.

»Das könnte man so sagen.« Amabel wiegte den Kopf hin
und her, und ihre braunen Augen glänzten schelmisch.

»Trotzdem …« Ich schaute über die Schulter zurück, doch
Mrs Ristman war nicht mehr da. »Sie hat über meine Mutter
gesprochen …«

Amabel sah mich von der Seite an, doch sie erwiderte nichts.
Schien zu verstehen, dass ich meinen eigenen Gedanken nachhing. Als wir den Speisesaal betraten und ich vom Lärm und
dem Geklapper des Geschirrs schier erschlagen wurde, da
dachte ich an meine Mama. An Mrs Ristmans Worte.

*Ich bin gespannt, ob Sie auch so eine kleine Rebellin sind, wie
sie es war.*

Ich hatte nicht die geringste Ahnung, was die alte Dame damit gemeint hatte. Ihre Worte schienen mir unlogisch, denn
meine Mutter war alles andere als eine Rebellin. Oder? Während Amabel mich zu einem Tisch führte, an dem meine zukünftigen Mitschülerinnen saßen, und ich auch Susanne, die
mich am ersten Tag herumgeführt hatte, in der Menge entdeckte, da schwor ich mir, herauszufinden, was die Lehrerin mit ihren Worten gemeint hatte.

Wenn ich schon hier war, an diesem Ort, an dem meine Mutter so viel Zeit verbracht hatte, dann könnte ich auch auf ihren
Spuren wandeln.

Kapitel 10

Lucie

Heygate Boarding School, Juni 1860

Ein heftiger Sturm tobte vor den Fenstern, zerrte an den Ästen der Bäume und wirbelte die grünen Blätter über den Hof. Ich starrte gedankenverloren hinaus, hörte Mrs Ham nur mit halbem Ohr zu, und eine plötzliche Wehmut erfasste mich. Ich war nun fast vier Wochen auf der *Heygate Boarding School,* und entgegen meiner Erwartung hatte ich mich gut eingelebt.

Ich hatte schnell Freundschaft mit Cecily und Clary geschlossen, und auch zu Amabel hatte sich mein Verhältnis merklich gebessert. Wir waren ebenfalls Freundinnen geworden, ziemlich gute Freundinnen, wenn man es genau betrachtete.

Der Unterricht in Heygate war nicht anders als in der höheren Töchterschule, die ich in Lübeck besucht hatte. Wir wurden in Fremdsprachen, Geografie und Geschichte sowie Literatur und Mathematik unterrichtet. Dazu kamen noch der Benimmunterricht, die Tanzstunden und einige Stunden im Sticken und Häkeln. Wir lernten alles, was die zukünftigen Frauen der feinen Gesellschaft wissen mussten. Wie man einen Ball oder eine Feier ausrichtete, welche Blumen für welche Anlässe geeignet waren und wie man einen Haushalt führte. Kurzum: wie man eine perfekte Ehefrau war.

Der Unterricht begann morgens um 8 Uhr für alle Mädchen, sowohl die Älteren als auch die Jüngeren. Die Jüngeren, wie Susanne, hatten jedoch nach der Mittagspause meist keinen Unterricht mehr oder nur noch ein paar Stunden, während wir Älteren fast immer auch nachmittags Unterricht hatten. Um 16 Uhr begann dann die Freizeit, die viele Mädchen in der Bibliothek oder im Freien verbrachten. Zusätzlich gab es hinter dem Internatsgebäude noch Stallungen, und wir konnten Reitunterricht nehmen.

Meine Schwester Ava würde noch heute Southend verlassen, und nach dem Unterricht würde ich mich noch einmal mit ihr treffen, doch …

»Miss Farber? Langweile ich Sie?«

Ich zuckte zusammen und stieß mit dem Schienbein gegen den Tisch, als ich mich zu Mrs Ham umdrehte. Leises Gekicher huschte durch den Klassenraum, aber es war nicht bösartig, sondern klang fast mitleidig. Denn wenn ich eines in den letzten Wochen gelernt hatte: Hier an der *Heygate Boarding School* waren die Mädchen füreinander da, hier versuchte man, jeden Streit ohne gemeine Worte zu lösen. Hier waren alle gleich, egal, woher sie stammten. Denn viele Schülerinnen hier kamen aus anderen Ländern, lernten gemeinsam am Internat und hatten sich zu Gemeinschaften verschworen, die einander immer unterstützen würden.

Ich erhob mich und atmete zittrig aus; während ich den Blick über die Tafel schweifen ließ, strömte Erleichterung durch meine Glieder.

»Nein, Mrs Ham, das tun Sie nicht. Doch mir sind die Speisen in Frankreich vertraut, da mein Vater mich einmal auf eine seiner Handelsreisen mitgenommen hat«, antwortete ich auf Französisch und zählte danach einige der Dinge und Speisen auf, die ich in Frankreich kennengelernt und probiert hatte.

Ich konnte Mrs Ham an der Nasenspitze ansehen, dass sie sich ein wenig ärgerte, dass ich dem Unterricht hatte folgen können, obwohl ich kaum zugehört hatte. Sie räusperte sich, nachdem ich geendet hatte, und bedeutete mir, mich wieder zu setzen.

»Nun gut, ich scheine Sie wirklich zu unterfordern, doch trotzdem sollten sich Ihre Klassenkameradinnen kein Vorbild an Ihnen nehmen, Mademoiselle Farber.«

»Ich bin mir sicher, das tun sie auch nicht«, antwortete ich mit zuckersüßer Stimme und setzte mich wieder hin.

Es war totenstill im Klassenzimmer geworden, man hätte eine Stecknadel fallen hören können. Alle Augen waren auf Mrs Ham gerichtet, die einige Sekunden brauchte, um sich wieder zu fangen. Dann drehte sie sich zur Tafel um und notierte einige französische Vokabeln, die bei einem feinen Dinner von Vorteil sein könnten.

»Hast du ein Glück, dass du so gut Französisch sprichst«, wisperte Amabel mir hinter vorgehaltener Hand zu.

Ich zuckte mit den Schultern und grinste sie an. »Ich helfe dir gerne bei den Hausaufgaben.«

Amabel verdrehte die Augen und seufzte theatralisch. »Kaum zu glauben, dass hinter diesem liebevollen Blick so eine Rebellin steckt.«

Ich unterdrückte ein Kichern und bemühte mich, meine Aufmerksamkeit auf den Unterricht zu lenken. Nicht, dass Mrs Ham mir am Ende doch noch eine Strafarbeit aufbrummte. Denn auch das hatte ich in den letzten zwei Wochen gelernt: Mrs Ham war ein kleiner Drache in Form einer zierlichen Frau. Sie war darauf bedacht, dass alle Schülerinnen sie mit Respekt behandelten, und war der Meinung, dass man durch eine Strafe mehr lernte als durch feinfühlige Erklärungen. Es verging kein Tag, an dem nicht irgendein Mädchen bei ihr nachsitzen musste, den Nachmittag mit ihr in der Bibliothek verbrachte oder irgendeine unliebsame Hausarbeit erledigte, wie die Beete zu jäten oder Instrumente im Musikzimmer zu entstauben. Aber dann gab es wieder Augenblicke, in denen Mrs Ham wirklich freundlich war und Rücksicht auf die Gefühle der Mädchen nahm – sie erschien mir deswegen manchmal ein wenig seltsam.

»Ich bin keine Rebellin«, murmelte ich und stieß Amabel in die Seite.

Sie neckte mich mit diesem Wort, seit Mrs Ristman das über meine Mutter gesagt hatte. Noch immer hatte ich nicht verstanden, was die rüstige Lehrerin damit gemeint hatte, aber ich hatte meiner Mama einen Brief geschrieben, jedoch noch keine Antwort erhalten.

»Rede dir das gerne ein.« Schmunzelnd begann Amabel, die Vokabeln von der Tafel abzuschreiben, und ich beobachtete sie dabei verstohlen. Sie war das, was einer Freundin hier im Internat am nächsten kam, obwohl ich immer noch das Gefühl hatte, dass so viel Unausgesprochenes zwischen uns stand.

Sie war liebevoll und freundlich, half mir bei jeder Frage und hatte mich in die Klasse eingeführt, doch es gab Augenblicke, in denen sie abweisend und verschlossen war. Dann sprach sie kaum ein Wort mit mir, und wenn doch, dann knisterte die Luft zwischen uns, und unsere verschiedenen Denkweisen prallten aufeinander. Innerhalb dieser kurzen Zeit hatten wir schon drei weitere handfeste Streitereien über die Pflichten einer Ehefrau gehabt, und zwar immer, wenn Amabel Post erhalten hatte.

Ich hatte bis jetzt nicht herausgefunden, was in diesen Briefen stand, die sie erhalten hatte, aber ich wusste immerhin schon, dass Amabel verlobt war. Mit einem Lord, der in London studierte und ebenfalls Ländereien in Southend besaß. Aber wie er hieß, ob sie ihn schon näher kannte, das hatte ich nicht von ihr erfahren. Sie wollte nicht darüber sprechen, aber ich wurde das Gefühl nicht los, dass irgendetwas an dieser Verlobung sie beschäftigte.

»Sag mal …«, flüsterte ich ihr zu und schrieb ebenfalls die

Vokabeln in mein Heft, um wenigstens etwas gewissenhaft zu wirken. »Weißt du, ob es eine Chronik der Schülerinnen des Internats gibt?«

Amabel zog die Augenbrauen zusammen, und das goldene Sonnenlicht malte ein Muster auf ihre Haut. Sie sah schön aus, wenn sie in Gedanken versunken war. Dann hatte sie etwas an sich, das ich nicht recht benennen konnte, doch mein Herz machte einen kleinen Hüpfer in meiner Brust.

»Wieso willst du das wissen?«, nuschelte sie und senkte hastig den Blick, als Mrs Ham zu uns schaute.

Ich tat es ihr gleich, starrte auf mein Heft und wartete, bis unsere Lehrerin sich einer anderen Schülerin zuwandte, die eine Frage hatte.

»Ich …« Unruhig strich ich eine imaginäre Falte aus meinem blauen Kleid. »Heute Morgen hat mich Susanne angesprochen …«

»Und?«, fragte Amabel neugierig und lehnte sich ein Stück zu mir herüber, tat so, als ob sie eine Frage an mich hätte zu einer besonders schwierigen Vokabel.

»Sie hat mir ein Mädchen vorgestellt, deren Mutter gemeinsam mit meiner Mama auf die *Heygate Boarding School* ging …«

»Ich habe immer noch nicht die geringste Ahnung, worauf du hinauswillst, Sonnenblume …«, wisperte Amabel mir zu, und ich verdrehte die Augen bei diesem Spitznamen, den sie mir aufgrund meines blonden Haares gegeben hatte.

Gerade als sich Mrs Ham erneut uns zuwandte, dröhnte der Gong durch die Flure, und die meisten Mädchen erhoben sich eilig, dankbar, den Nachmittagsunterricht hinter sich gebracht zu haben.

Ich blieb mit Amabel sitzen und wartete, bis fast alle Mädchen den Klassenraum verlassen hatten. Nur Clary und Cecily gesellten sich zu uns.

»Wollt ihr nicht zum Nachmittagstee mitkommen?«, fragte

Clary und warf ihr dunkelbraunes Haar elegant über die Schulter. »Ich habe gehört, dass dein Dienstmädchen Mimi wieder diese wundervollen Marzipantörtchen gebacken hat.«

Ich musste lächeln bei diesen Worten. Mimi hatte sich viel schneller und besser in Heygate eingelebt als ich. Sie hatte sich sofort mit den anderen Bediensteten angefreundet, und die Hausdame Mrs Rubens hatte Mimis Talent für die Zubereitung von erlesenen Süßspeisen entdeckt. Deswegen war sie meistens mehr in der Küche beschäftigt als mit den üblichen Hausarbeiten.

»Ich passe«, sagte ich jedoch und zuckte mit den Schultern. »Amabel wollte mir helfen, ein Buch in der Bibliothek zu suchen, ich finde mich dort immer noch nicht zurecht.«

Cecily lachte leise auf und hakte sich bei Clary unter. »Du bist viel zu gewissenhaft, Lucie! Aber wir heben euch ein Törtchen auf, falls ihr doch noch Hunger bekommt.«

»Danke schön!«, rief Amabel ihnen hinterher und drehte sich dann zu mir.

»Lügen gehört sich nicht für eine feine Dame«, rügte sie mich, und ihre Worte klangen auswendig gelernt, aber auch bitterernst gemeint.

»Verschon mich mit deinen Benimmratschlägen.« Ich verdrehte die Augen und ergriff Amabels Hände. »Sag schon, findet man eine Chronik der ehemaligen Schülerinnen?«

»Warum willst du das wissen? Was hat die Freundin von Susanne erzählt?«

Ich sah mich verstohlen um und lauschte den weit entfernten Schritten, dann legte sich Stille über den Flur, und ich seufzte leise. »Die Freundin heißt Mathilda, und sie hat mir erzählt, dass ihre Mutter und meine Mutter zusammen in eine Klasse gingen und meine Mama als Schülerin viel Zeit in Southend verbrachte, und da habe ich mich gefragt, ob es eine Chronik gibt. Denn du hast mir erzählt, dass alle Schülerinnen sich in eine Liste eintragen müssen, wenn sie nach Southend gehen ...«

Verständnislos sah Amabel mich an, doch dann huschte so etwas wie Erkenntnis über ihre feinen Gesichtszüge, und sie drückte meine Hand.

»Du willst wissen, wo in Southend deine Mama gewesen ist, richtig?«

Ich nickte schweigend und musste wieder an sie denken. An meine geliebte Mama, und es war, als könnte ich hören, wie ihr raues Husten durch die Türritze drang. Ihr blasses Gesicht entstand vor meinem inneren Auge. Eine schmerzhafte Sehnsucht erfüllte mich, und ich musste die Tränen wegblinzeln, die über meine Lider zu schwappen drohten.

»Lucie …« Zärtlich berührte Amabel mich an der Schulter, ihre Finger wanderten meinen Hals hinauf und wischten die Tränen weg, die ich nun doch nicht mehr aufhalten konnte. Sie ließ sie in ihrer Handfläche verschwinden und strich mir über die Wange. Diese Berührung war wie das Kitzeln einer Feder, und ich keuchte überrascht auf.

Für einen Augenblick schien die Zeit zwischen uns stehen zu bleiben. Alle Geräusche verblassten, und das goldene Sonnenlicht schien auf uns herab. Dann, als hätte man den Moment wie einen Faden mit einer Schere durchtrennt, war es vorbei. Amabel erhob sich eilig und wandte sich von mir ab, doch ich hatte die sanfte Röte auf ihren Wangen erkennen können.

»Nun lass uns nicht hier Wurzeln schlagen«, sagte sie leichthin und schaute mich über die Schulter hinweg an. »Wir nehmen jetzt unseren Tee zu uns, und heute Abend zeige ich dir die Chroniken …«

»Wieso erst …?«, setzte ich an und musste mich beeilen, Amabel zu folgen, denn sie war schon aus dem Klassenzimmer auf den Flur gegangen.

»Weil du heute noch eine Verabredung mit deiner Schwester hast, oder nicht?« Amabel neigte den Kopf schräg und zwinkerte mir zu. »Und …«, sie senkte ihre Stimme, und ein verschlagener Ausdruck huschte über ihre Züge, »… weil die Chronik eigentlich nicht für Schülerinnen zugänglich ist, zumindest nicht ohne Erlaubnis.«

Ich starrte sie mit offenem Mund an, und urplötzlich erfasste mich Kälte. »Das bedeutet …« Ich zögerte und schlang die Arme um mich. Es war gespenstisch still im Flur, als Amabel mir tief in die Augen blickte und abzuwarten schien, was ich sagen würde. »Es ist verboten?«

Heiße und kalte Schauer überkamen mich gleichzeitig, während diese Worte in meinem Kopf pochten wie ein Hammerschlag.

»Traust du dich etwa nicht?«, fragte Amabel herausfordernd und grinste mich an.

»Doch, natürlich!«, schleuderte ich ihr hitzig entgegen und verschränkte die Arme vor der Brust. Ich wusste, dass sie diese Worte nicht als Angriff gemeint hatte, doch irgendwie hatte ich das Gefühl, mich verteidigen zu müssen.

»Nun denn … wir treffen uns um Mitternacht in unserem Vorraum, Sonnenblume.« Sie deutete einen läppischen Knicks an und war schneller verschwunden, als ich auch nur etwas erwidern konnte.

Für einige Sekunden stand ich verloren im Flur, wie jemand, der zwar auf der Suche war, aber niemals etwas gefunden hatte. Doch dann ballte ich die Hände zu Fäusten und reckte das Kinn nach oben.

Ich hatte mir geschworen, mutig zu sein. Herauszufinden, welches Geheimnis hinter Mrs Ristmans Worten über meine Mutter steckte, und genau das würde ich tun.

»Lucie, träumst du?«, rief Ava und wedelte mit der Hand vor meinem Gesicht herum.

Ich zuckte erschrocken zusammen und sah meine Schwester

an, die mir gegenübersaß und sich genüsslich ein Stückchen Torte in den Mund steckte.

Ich seufzte leise und schob das Briefkuvert unsicher mit meinen Fingern über den Tisch. Ich hatte endlich Post von Mama erhalten, doch ich fürchtete mich, ihre Worte zu lesen. Angst hielt mein Herz fest umklammert, dass sie mir offenbaren würde, dass es ihr schlechter ging und sie …

»Lucie!« Ava stupste mich an, und ich schüttelte unwillig den Kopf, konnte mich kaum auf das Gespräch mit meiner Schwester konzentrieren.

»Entschuldige, ich war nur in Gedanken und …« Ich ließ den Satz auströpfeln, und ein kleines Lächeln huschte über Avas Lippen.

»Du scheinst dich besser eingelebt zu haben, als ich erwartet hatte. Und deine Mitbewohnerin Amabel ist auch sehr nett, findest du nicht?«

»Was?« Hitze kitzelte meinen Nacken, und ich strich mir eine Haarsträhne hinters Ohr. Immer wenn Amabel zur Sprache kam, immer wenn sie mir nahe war, war es, als würde mein Herz stillstehen, mein Atem sich beschleunigen. Und ich hatte keine Ahnung, was mit mir los war.

»Wieso siehst du so erschrocken aus?« Ava fuchtelte mit der Gabel in der Luft herum und zog ihre Augenbrauen zusammen. »Habe ich etwas Falsches gesagt?«

»Nein, du hast recht, Amabel ist nett, aber ich glaube, dass unsere Ansichten sehr verschieden sind.«

»Gegensätze ziehen sich an, oder nicht?« Ava zuckte mit den Schultern und trank einen Schluck Kaffee.

»Ja, vielleicht …«, antwortete ich ausweichend und ergriff die Hand meiner Schwester.

Ich wollte in diesem Augenblick nicht über Amabel reden, und Avas unbedachte Worte sorgten dafür, dass sich ein dumpfer Knoten in meinem Magen zusammenzog. Ich mochte sie, mehr als jede andere an dieser Schule, und doch verunsicherte mich ihr Verhalten. Bei jedem Streit, den wir hatten, sorgte ich mich, dass sie nie wieder ein Wort mit mir reden würde. Diesen Gedanken konnte ich kaum ertragen, denn sie war mir sehr wichtig geworden in diesen zwei Wochen. Wie ein Fels in der Brandung, mein Anker, der mich an der *Heygate Boarding School* hielt und dafür sorgte, dass ich mich in diesem reißenden Meer nicht verlor.

Und gleichzeitig konnte ich meinen Mund nicht halten, immer wenn wir über die Ehe sprachen. Immer wenn unsere Ansichten, die so grundverschieden waren, aufeinanderprallten wie Schwerter bei einem Kampf.

»Nun …« Ava schaute auf die Uhr in dem kleinen Café an der Promenade in Southend, in dem wir es uns gemütlich gemacht hatten.

Mrs Ham hatte mir überraschenderweise bereitwillig die Erlaubnis erteilt, meine Schwester zu begleiten. Vermutlich aber auch nur, weil sie wusste, dass mir ein Abschied bevorstand. Der letzte Abschied, den ich noch durchstehen musste, bevor dieses neue Leben in Southend wahrhaftig für mich begann.

»Gibt es noch etwas, was ich für dich tun kann, bevor ich zum Bahnhof abreise?«

Meine Schwester sprach das Thema offen an, und ich konnte nicht anders, als meine Finger mit den ihren zu verschränken. Meine Kehle war wie zugeschnürt. Ich hatte diesen Abschied vor mir hergeschoben, ihn verdrängt, weil ich damit nicht leben konnte. Ich würde Ava schrecklich vermissen, und es quälte mich, dass ich nun allein sein würde. Ohne einen Bezug zu meiner Heimat.

»Weißt du …?« Zögernd sah ich sie an und räusperte mich. »Weißt du, was Mama hier in ihrer Zeit am Internat so getan hat?«

Ich hatte ewig überlegt, ob ich Ava darauf ansprechen sollte, aber irgendetwas hatte mich zurückgehalten, und in diesem Moment begriff ich auch, was. Ava legte die Stirn in Falten, und Überraschung zeichnete sich auf ihren Gesichtszügen ab.

»Was soll sie gemacht haben? Sie ist ins Internat gegangen, hat gelernt und in Heygate gelebt. Irgendwann haben ihre Eltern mit Vaters Eltern gesprochen, und ihre Verlobung wurde bekannt gegeben. Habe ich irgendetwas vergessen?«

Ja, alles, wollte ich erwidern, doch ich biss mir auf die Unterlippe. Ich wollte nicht mit Ava darüber sprechen, dass ich Vater zürnte, weil er mir die Mutter entrissen und sie mit auf Reisen genommen hatte. Während ich nicht mitkommen durfte und sie deshalb als Kind so selten gesehen hatte. Und insgeheim glaubte ich doch irgendwie, dass sie sich lieber hätte schonen sollen wegen dieser Krankheit.

»Nein, so meine ich das nicht«, antwortete ich also und sah mich in dem gemütlichen kleinen Kaffeehaus um.

Feine Damen und Herren saßen an den Tischen, genossen ein leckeres Stück Kuchen oder eine frische Tasse Kaffee. Der herbe Geruch des Getränks wirbelte in der Luft umher, und meine Nase kitzelte. »Glaubst du nicht, dass Mama hier auch irgendetwas Spannendes getan haben könnte? Dass sie nicht immer …?« Ich biss mir auf die Unterlippe, denn ich bemerkte, dass ich nicht zu Ava durchdrang. Sie verstand nicht, was ich meinte, und ich wollte ihr nicht auf die Nase binden, dass Mrs Ristman Mama als *Rebellin* bezeichnet hatte.

»Lucie, ich habe keine …«, setzte Ava an, unterbrach sich jedoch, als ich einen Luftzug hinter mir spürte und Mimi neben uns auftauchte.

Sie trug einen Stoffbeutel über dem Arm, und ihre Wangen waren gerötet. »Ich habe noch ein wenig Proviant für Sie besorgt, Madame Ava«, informierte sie meine Schwester und reichte ihr den Beutel.

»Hab vielen Dank, Mimi, dann ist es wohl nun Zeit für den

Abschied.« Sie erhob sich, und ich folgte ihr aus dem Kaffeehaus, nachdem wir bezahlt hatten.

Die Sonne schien golden vom Himmel, der strahlend blau mit dem Meer um die Wette leuchtete. Das Wasser hatte sich durch die Gezeiten ein wenig zurückgezogen, sodass der Sand feucht und beinahe endlos vor uns lag. Kinder liefen über den Sand, und Möwen flogen kreischend über unsere Köpfe hinweg. Auf dem Pier spazierten die Menschen umher, und einige Passanten bestiegen gerade die Pferdebahn, die zum Ende des Piers führte.

»Ich glaube«, flüsterte ich heiser, »dass dies wirklich mein neues Zuhause werden könnte.«

»Das glaube ich für dich mit.« Ava zog mich in ihre Arme, küsste mich auf die Wange und strich über meine Schultern. »Und wenn du deinen zukünftigen Verlobten kennenlernst, wirst du sicher dein Herz an ihn verlieren.«

Oder an jemand anders.

Der Gedanke zuckte wie ein Blitz durch meinen Kopf, und das Bildnis einer Person zeigte sich vor meinem inneren Auge. Mein Herz pochte, doch ich schob das Bild hastig zur Seite. Diesen Gedanken durfte ich mir nicht erlauben, das war falsch, ein Unding.

»Du ... du hast bestimmt recht«, murmelte ich mit zittriger Stimme und umarmte Ava so fest, dass sie überrascht aufkeuchte.

»Nicht weinen, Kleines«, wisperte sie mir zu. »Alles wird gut.«

Sie löste sich von mir und wandte sich an Mimi. »Pass gut auf meine kleine Schwester auf. Wirst du das für mich tun, Mimi? Du weißt, wie leicht sie mit ihrem stürmischen Gemüt in Schwierigkeiten gerät.«

Mimi lächelte Ava wissend an und nickte freundlich. »Das werde ich, Madame Ava. Ich passe gut auf Fräulein Lucie auf und sorge dafür, dass sie ihr stürmisches Gemüt im Zaum hält.«

Bei diesen Worten beobachtete ich mein Dienstmädchen genaustens. Äußerlich schien sie ruhig, ihr Lächeln musste für jeden anderen echt aussehen, aber nicht für mich. Es war ein zerbrochenes Lächeln, welches ein wenig auf ihren Lippen verrutschte, und ihre Hand zitterte. Als ob Mimi etwas sehr bekümmern würde, doch ich hatte keine Ahnung, was es war.

»Sehr gut.« Ava klatschte in die Hände und küsste mich auf die Stirn. »Auf Wiedersehen, kleine Schwester. Ich wünsche dir eine gute Zeit.«

Ich nickte unter Tränen, denn meine Kehle war wie zugeschnürt. Doch ich wollte stark sein, damit dieser Abschied mich nicht in Stücke riss. Ava stieg in eine Kutsche ein und winkte uns noch zu. Dann wieherten die Pferde laut auf, als das Gefährt sich in Bewegung setzte und meine Schwester langsam aus meiner Sichtweite verschwand.

Ich seufzte tief, und meine Schritte führten mich wie von selbst zum Pier. Meine Absätze klackerten auf dem Holz, und ich zog gierig den Geruch des Meeres ein. Salz klebte auf meiner Haut, und eine verlorene Träne rann meine Wange hinab.

»Wollen Sie den Brief Ihrer Frau Mama nicht öffnen, Fräulein Lucie?« Mimi stellte sich neben mich an die Brüstung und deutete auf den Umschlag, den ich immer noch in meinen Händen hielt.

Ich zuckte mit den Schultern, öffnete den Brief dann aber doch mit zittrigen Fingern. Doch bevor ich das Papier herauszog, schaute ich erneut zu Mimi.

»Bekümmert dich etwas?«, fragte ich vorsichtig, doch Mimi wich meinem Blick aus.

»Nein, es ist alles in Ordnung.« Ihre Stimme war hart wie geschliffener Stahl, die Kälte in ihren Worten ließ mich erzittern.

»Du weißt, dass du mir alles erzählen kannst, Mimi, oder?«

Sie fuhr sich mit der Zunge über die Lippen, und ganz kurz

dachte ich, dass sie es mir sagen würde. Doch sie schüttelte eilig den Kopf, bevor sie sich von der Brüstung abstieß.

»Lesen Sie den Brief Ihrer Mutter, ich werde noch einige Besorgungen machen und warte am Kutschstand auf Sie.« Mimi wandte sich ab und ließ mir keine Gelegenheit, sie zurückzuhalten, und ich starrte ihr verwirrt hinterher. Ihre schmale Gestalt zitterte, doch sie drehte sich noch einmal kurz zu mir um und winkte mir zu. Für den Bruchteil einer Sekunde war die Zeit erstarrt, als Mimis Hand zu ihrem Bauch wanderte und ihr Gesicht sich zu einer schmerzverzerrten Grimasse verzog. Dann wirbelte sie herum und hastete zu einem Gemischtwarenladen.

Wie festgefroren stand ich am Pier und verstand die Welt nicht mehr, sie musste auf jeden Fall etwas verheimlichen, doch ich hatte keine Ahnung, was es war.

Dumpf erinnerte ich mich an den Augenblick, als wir noch zu Hause waren und es Mimi ziemlich schlecht gegangen war, und ich fragte mich, ob ihr Verhalten jetzt etwas damit zu tun haben könnte. Doch in den letzten vier Wochen hatte ich nichts bemerkt, da hatte Mimi sich ganz normal verhalten.

Es betrübte mich, dass sie nicht mit mir darüber reden wollte, da konnte ich auch gleich den Brief meiner Mutter öffnen und mein Herz noch mehr quälen.

Ich zog das schneeweiße Papier hervor, meine Augen huschten über die Zeilen, und die fein geschwungene Schrift meiner Mutter bohrte sich in mein Innerstes.

Meine liebe Lucie,
ich bin froh, dass du dich gut in Southend und Heygate einge-
lebt hast. Ich hoffe, du wirst viele Freundschaften schließen
und dass Arthur Smith dein Herz berühren kann. Ich wünsche
mir, dass du dort genauso viel Freude hast, wie ich hatte, mein
Engel. Lass dich von Heygate und den flüsternden Gemäuern

verzaubern, erkunde den Park bei Nacht und die Bibliothek in der Dunkelheit. Das habe ich auch getan, mein Engel, Heygate war das größte Abenteuer meines Lebens. Ich liebe dich, Lucie, und ich hoffe, dass du meine Entscheidung, dich an diese Schule zu schicken, mit der Zeit ein wenig mehr verstehst. Gib auf dein Herz acht, Lucie.

In Liebe

Deine Mama

Ich schniefte unfein und wischte mir mit dem Ärmel über die Wangen. Mama hatte nicht darüber gesprochen, wie es ihr ging, ob ihre Krankheit schlimmer geworden war. Doch das ließ mich mutmaßen, dass dies der Fall war, denn sonst würde sie nicht schweigen. Ich sorgte mich schrecklich um sie, wäre am liebsten bei ihr gewesen, aber das war nicht möglich. Und Mama schien zu wollen, dass ich hier mein Glück fand, auch ohne sie, was jedoch noch mehr schmerzte.

Ein Schluchzen erschütterte meinen Körper, und meine Hände fingen an zu zittern, der Brief glitt mir aus den Fingern, als eine Windbö das Papier erfasste, und segelte davon.

»Nein!«, rief ich entsetzt, raffte meine Röcke und lief dem Stück Papier hinterher, welches ins Meer zu segeln drohte.

Aber das durfte ich nicht zulassen, denn wenn ich nicht einmal auf die Briefe meiner geliebten Mama aufpassen konnte, wie sollte ich dann auf mein Herz achtgeben?

Ich rannte an fein gekleideten Damen und Herren vorbei, die mir einen pikierten Blick zuwarfen, während der Brief zum Ende des Piers segelte und drohte über die Brüstung zu wehen und im Meer zu versinken. Ich wollte schon aufgeben, als eine Gestalt das Schriftstück im letzten Augenblick ergriff und sich suchend umsah.

»Das ist mein Brief!«, rief ich etwas zu laut und kam vor dem jungen Mann zum Stehen.

Ich stützte die Hände auf die Knie ab, keuchte erschöpft und hob dann den Blick. Mein Gegenüber trug eine graue Hose und eine dunkle Jacke, eine Schiebermütze mit Flicken war tief in sein Gesicht geschoben, und ich konnte nur einige dunkelrote Haarsträhnen erkennen, die darunter hervorlugten.

»Bitte schön, Miss …« Er reichte mir den Brief, und ich ergriff das Stück Papier mit zittrigen Händen, presste Mamas Worte an meine Brust. Die Stimme des jungen Mannes vor mir klang rau wie das stürmische Meer, und mein Herz machte einen seltsamen Hüpfer.

»D-danke …«, stammelte ich und betrachtete mein Gegenüber genauer.

Die Kleidung, die er trug, war abgenutzt und alt, er musste einer der Arbeiter auf den Schiffen sein, die tagtäglich hier am Pier anlegten. Aber seine Haltung passte nicht zur Kleidung. Nein, so wie er dastand, mit den gestrafften Schultern und dem durchgedrückten Rücken, wirkte er eher wie der Spross einer Adelsfamilie, nicht wie ein einfacher Arbeiter.

»Passen Sie das nächste Mal besser auf Ihren Brief auf, Miss«, sagte er und nickte mir zu, bevor er an mir vorbeiging.

Ich starrte ihm mit offenem Mund hinterher und ergriff sein Handgelenk. Wenn er ein Adliger in fadenscheiniger Kleidung war, dann waren seine Worte zwar nicht höflich, aber wohl angemessen. Doch wenn er nur ein einfacher Arbeiter war, dann benahm er sich nicht seinem Stand angemessen mir gegenüber, die klar ersichtlich eine feine Dame der Gesellschaft war.

»Wie reden Sie mit mir?«, fragte ich zwischen zusammengebissenen Zähnen, während die altbekannte Wut über mich hinwegzuschwappen drohte.

Der junge Mann neigte den Kopf zur Seite, und ich konnte den Anflug eines Schmunzelns auf seinen Lippen erkennen.

»Ich rede mit Ihnen wie mit jemandem, der nicht gut achtgibt auf die Dinge, die ihm augenscheinlich am Herzen liegen.

Denken Sie immer daran, dass es vieles gibt, was uns lieb und teuer ist. Ich empfehle mich und wünsche Ihnen noch einen schönen Tag.« Er riss sich von mir los, lächelte erneut und stapfte dann mit eiligen Schritten davon.

Erschrocken und etwas vor den Kopf gestoßen sah ich ihm nach. Konnte meinen Blick nicht von diesem Kerl lassen, der mein Herz schneller schlagen ließ. Ob wegen seiner offenen Frechheit mir gegenüber oder seiner ganzen Haltung, das konnte ich nicht sagen. Ich starrte ihm nur hinterher, bis er mit der Menschenmenge am Pier verschmolzen war.

Dann sah ich hinab auf Mamas Brief und strich diesen glatt, ließ den Blick über das Meer schweifen und atmete gierig die salzige Seeluft ein.

Vielleicht hält Southend doch noch einige Überraschungen für mich bereit, dachte ich und seufzte leise. *Vielleicht gibt es hier mehr, als ich mit bloßem Auge erkennen kann.*

Ich setzte mich auf eine Bank am Ende des Piers und genoss den Trubel um mich herum, während ich mir fest vornahm, diesen komischen Kerl anzusprechen und nach seinem Namen zu fragen, sollte ich nochmals auf ihn treffen, denn er hatte meine unstillbare Neugier geweckt.

Kapitel 11

Amabel

Unruhig tippelte ich von einem Fuß auf den anderen und wartete darauf, dass sich Lucies Zimmertür endlich öffnete. Ich hatte keine Ahnung, warum ich ihr vorgeschlagen hatte, in die verbotene Abteilung der Bibliothek zu gehen. Aber ihr Blick war so entsetzlich traurig gewesen, ihre Tränen hatten sich in mein Herz gegraben, und auch wenn ich es nicht zugeben konnte, ich musste immer wieder an diesen Augenblick denken. Wie meine Hand über ihre Wangen strich und meine Finger nicht aufhören konnten, sie zu berühren.

Nein! Ich durfte diese Gedanken nicht zulassen, ich musste … ich konnte nicht …

Mit einem Quietschen öffnete sich plötzlich die Tür, und Lucie schaute neugierig hinaus. Das dämmrige Licht der Gaslampe, die ich angeschaltet hatte, erhellte ihre Gesichtszüge, um die die Schatten der Nacht herumflirrten. Ihre blonden Haare ergossen sich wie die Strahlen der Sonne über ihre Schultern, und ich wischte meine feuchten Hände an meinem Kleid ab.

»Wartest du schon lange?«, flüsterte Lucie, und ihre Stimme klang heiser, als hätte sie viel geweint.

Sie tapste aus ihrem Zimmer und rieb sich über das Gesicht, sie schien aufgeregt und gleichzeitig müde zu sein.

»Nein, ich bin auch gerade erst aufgestanden«, antwortete ich und wunderte mich nicht einmal, wie leicht diese Lüge über meine Lippen glitt. Weil ich Lucie aus einem mir unerfindlichen Grund nicht beunruhigen wollte, weil sie wegen mir kein schlechtes Gewissen haben sollte.

»Mhm …« Lucie fuhr unsicher durch ihr Haar und spielte mit einer Strähne herum. »Was machen wir jetzt?«

»Du hast noch nie in deinem Leben etwas Verbotenes getan, oder?«, fragte ich und reichte ihr die zweite Gaslampe.

»Wenn du wüsstest«, antwortete sie trotzig und schob die Unterlippe vor. Sie sah aus wie ein kleines, unschuldiges Mädchen, und ich konnte mir kaum vorstellen, dass sie die Wahrheit sprach.

»Was denn?« Neugierig sah ich sie an und öffnete leise die Tür, die in den Flur führte.

Lucie folgte mir hinaus, sie ging auf Zehenspitzen und sah mich ebenso neugierig an. »Ein Geheimnis von mir gegen eines von dir.« Ihr Lächeln war keck, als würde sie am Rande einer Klippe stehen und wäre bereit, das Gefährliche zu wagen.

»In Ordnung«, antwortete ich nach einiger Zeit und winkte sie zur Treppe. Sie schlich hinter mir her, während wir still und heimlich ins untere Geschoss huschten.

Eine geruhsame Stille zog sich durch die dunklen Gänge, irgendwo draußen hörte ich ein Käuzchen schreien, ein Knistern in den Bäumen, ein Flattern im Wind.

Das Licht der Gaslaterne warf helle Schatten auf den Boden, während ich Lucies warmen Atem in meinem Nacken spüren konnte. Dieser Augenblick erfasste mich seit langer Zeit mit einer Welle des Glücks.

Seit meine letzte Mitbewohnerin vor über zwei Jahren Heygate verlassen hatte, war ich allein gewesen. Nicht einsam, nicht ohne Freunde hier im Internat, aber allein. Weil es so leichter gewesen war, sich nicht noch mal zu binden, nicht noch mal traurig zu sein, wenn all die Freude einem wie Sand zwischen den Fingern zerrann.

Ich hörte ein dumpfes Geräusch, dann tippelnde Schritte,

und hielt abrupt an. Lucie knallte gegen mich und unterdrückte einen Schrei. Ich schaute über die Schulter und sah, wie sie sich die Nase rieb. Tränen schimmerten in ihren Augen, es musste ordentlich wehgetan haben, in mich hineinzulaufen.

»Was ist denn los?«, zischte sie empört, und für wenige Sekunden bekam ich wieder das Mädchen zu sehen, das mich bei unserem ersten Treffen angeschrien hatte. Diese beinahe arrogante Haltung, die jedoch nichts weiter als eine Maske war. Lucie war liebevoll und impulsiv, voller Leidenschaft.

»Hörst du das nicht?«, wisperte ich zurück.

Lucie schloss kurz die Augen und lauschte intensiv, nun schien sie auf die Schritte zu hören, die aus dem Flur kamen, der zu den Zimmern der jüngeren Mädchen und der Dienstmädchen führte. Sie hielt die Luft an, und ein Schock huschte über ihr Gesicht, als eine Gestalt in der Dunkelheit zu erkennen war.

»Was machen wir jetzt?«, fragte sie tonlos, und ich spürte, wie ihr Körper zitterte.

»Sch«, machte ich nur und legte den Finger auf die Lippen.

Die Gestalt hielt ebenfalls eine Gaslampe in der Hand, ihre Schritte waren schnell, beinahe ein wenig gehetzt, und endlich konnte ich erkennen, dass es ein Dienstmädchen war. Doch nicht irgendeines, sondern …

»Das ist Mimi«, hauchte Lucie neben mir plötzlich, und ich nickte nur schweigend, ich hatte sie auch erkannt.

Ihr feuerrotes Haar glänzte im schwachen Licht der Lampe, sie trug keine Haube und nur ein schlichtes, schwarzes Kleid ohne Schürze. Ihr Körper zitterte, denn es war merklich kalt in der Halle. Sie schaute sich verstohlen um, dann huschte sie zur Haupttür, blickte noch einmal über die Schulter zurück und schlich hinaus. Dumpf fiel die dicke Tür ins Schloss, und das Geräusch ließ einen Schauer über meinen Rücken rieseln.

»Was war das denn?« Lucie war vorgetreten, und ihr Gesicht

war zu einer skeptischen Grimasse verzogen. »Was macht Mimi denn da?«

Ich schüttelte nur stumm den Kopf, denn ich hatte auch nicht die geringste Ahnung. Die Dienstmädchen gingen natürlich später als die Schülerinnen zu Bett und waren vor ihnen auf, um die ersten Arbeiten im Haushalt zu erledigen. Aber mitten in der Nacht sollte auch von ihnen keine auf den Beinen sein.

»Ich muss wissen, was sie …« Lucie wollte schon zur Tür rennen, doch ich umfasste ihr Handgelenk und hielt sie zurück.

»Du kannst nicht mitten in der Nacht über das Gelände rennen«, zischte ich ihr zu, und sie sah mich verständnislos an.

»Aber sich in die Bibliothek zu schleichen ist in Ordnung?«, konterte sie mit schneidender Stimme.

Ein Lächeln huschte über meine Lippen, und ich ließ ihren Arm los. »In Ordnung, dann raus. Aber ich werde dich nicht begleiten, Lucie.«

Ich presste die Lippen fest aufeinander und wandte mich ab. In die Bibliothek würde ich mit ihr gehen, aber ich würde keine Sekunde draußen verbringen. Nicht in dieser Finsternis, die dort zu flüstern schien. Nicht, wenn die ganze Welt selig schlief, nein, dafür hatte ich zu viel Angst. Da gab es zu viele Erinnerungen, die sich in meinem Kopf festsetzten und meine Glieder lähmten.

Lucie neigte den Kopf zur Seite und ergriff meine Hand, ganz sachte verschränkte sie die Finger mit meinen und lächelte vorsichtig. »Ein Geheimnis von mir gegen eines von dir …«, erinnerte sie mich an unser kleines Versprechen inmitten der Stille. »Willst du mir erzählen, warum du nicht nach draußen möchtest? Dann erzähle ich dir, was ich Ungehöriges in meiner Heimat getan habe …«

Ich schluckte schwer und fuhr mir unruhig durchs Haar. Ein Teil von mir wollte es ihr erzählen, doch ein anderer hielt mich zurück, sorgte dafür, dass all die Worte, die ich gerne gesagt hätte, sich auf meiner Zunge verhakten. Nur ein erbärmliches Krächzen entrann meinen Lippen.

»In Ordnung, dann fange ich an. Lass uns in die Bibliothek gehen«, flüsterte Lucie und lehnte sich zu mir herüber. »Du kannst mir stattdessen auch gerne erzählen, warum du immer so schlechte Laune hast, wenn dich ein Brief in einem dieser wertvollen Umschläge und auf dem sündhaft teuren Briefpapier erreicht.«

Ich zog scharf die Luft ein, Lucies Worte kitzelten meine Haut mit einer wundervollen Wärme, doch meine Glieder waren im selben Augenblick wie gelähmt.

Sie hat es bemerkt, schoss es mir durch den Kopf, und eine merkwürdige Unruhe erfasste mich. Lucie war eine bessere Beobachterin, als ich gedacht hatte. Und sie hatte mich anscheinend sehr genau beobachtet, was mein Herz noch einen Tick schneller schlagen ließ. Meine Kehle war trocken wie eine Wüste, und ich fuhr mir über die Lippen.

»Das tust du immer, wenn du nervös bist«, murmelte Lucie und deutete auf meinen Mund. »Und dann ziehst du die Augenbrauen zusammen, sodass eine steile Falte auf deiner Stirn ist, Amabel …«

Die Art, wie sie meinen Namen aussprach, ließ die Zeit erstarren, mich erstarren. Ich konnte nur in Lucies grünblaue Augen schauen und mich in diesem tiefen Ozean verlieren. Ich wollte mich zu ihr lehnen, wollte sie berühren und …

Ein lautes Knacken ließ uns aufschrecken, und wir fuhren auseinander. Draußen kreischte ein Vogel auf, und ein scharfer Wind rüttelte an den Fensterläden. Lucie hatte sich eine Hand auf die Brust gelegt und sah sich gehetzt um.

»Wir sollten lieber in die Bibliothek gehen, sonst schlagen wir hier noch Wurzeln …«, scherzte sie und zog mich sanft mit sich.

Vergessen schien die Angst, die sie noch vor wenigen Minuten gehabt hatte. Vergessen die Sorge um ihr Dienstmädchen Mimi.

Oder sie lenkt sich nur ab, murmelte eine Stimme in meinem Kopf, während ich Lucie folgte. Ihr feiner Duft nach Rosen und Früchten kitzelte in meiner Nase, und ich ließ ihre Hand nicht los, als wir die in Dunkelheit getauchte Bibliothek betraten.

Die Regale erhoben sich bis zur Decke, thronten hoch über uns, und der Geruch von alten Büchern, der Zauber zwischen den Seiten, erfüllte die Luft.

»Wo müssen wir hin?« Lucie sah mich erwartungsvoll an, und ich räusperte mich.

Versuchte, diesen wohligen Schauer von meinen Gliedern abzuschütteln, diese Gedanken an Lucies Lippen, an ihre warme Haut zu vertreiben. Ich durfte das nicht, das war ganz und gar unmöglich.

»Hier lang …« Ich winkte sie zu mir, und wir steuerten eine kleine Tür an, die von der großen Bibliothekshalle abführte.

Ich hörte Lucies Schritte hinter mir, und als ich den kleinen Dietrich aus der Tasche meines Kleides hervorzauberte, hörte ich, wie Lucie scharf die Luft einzog. Sie stand ganz dicht bei mir, bettete ihren Kopf auf meine Schultern, und ein geisterhaftes Grinsen huschte über ihre Züge.

»Du steckst wirklich voller Geheimnisse, Amabel …«

Ihre Worte hallten in meinem Kopf wider, während ich die Tür aufsperrte, und als wir in den kleinen Nebenraum gingen, da war es, als würden wir eine neue Welt betreten, die nur uns beiden gehörte.

Kapitel 12

Lucie

Was war bloß los mit mir? Warum schlug mein Herz so schnell, warum waren meine Hände so feucht, und warum konnte ich mich trotzdem nicht von Amabel lösen? Ich vermisste ihre weiche Hand schon in der Sekunde, als sie mich losließ.

Ich verstehe das alles nicht, dachte ich verwirrt, und obwohl sich alles in meinem Kopf drehte, wusste mein Körper genau, was er tat. Ich bettete meinen Kopf auf Amabels Schulter und flüsterte ihr zu, dass sie eine Menge Geheimnisse hatte. Und sie lächelte, Gott, dieses Lächeln war so wunderschön. Schöner als alles, was ich bisher in meinem Leben gesehen hatte.

Nein!, rief eine empörte Stimme in meinem Kopf, als Amabel mich in den Nebenraum hineinzog und die Tür hinter uns schloss. *Das darfst du nicht! Du darfst solche Dinge nicht fühlen, Frauen sollten nicht …*

Amabel stellte die Gaslampe auf den Tisch in der Mitte, und ich ließ den Blick schweifen. Den winzigen Raum säumten hohe Regale, in denen fein säuberlich nebeneinander handbreite Bücher mit ledernem Einband standen. Es roch nach Staub und Moder, und meine Nase kribbelte.

»Ganz schön dunkel hier …«, murmelte ich und folgte Amabel zu einem der Regale.

»Wenn wir das Licht einschalten, könnte uns jemand bemerken. Mrs Ham ist dafür bekannt, einen leichten Schlaf zu haben«, erwiderte sie und ließ ihre filigranen Finger über die Buchrücken gleiten.

Ich nickte schweigend, denn ich konnte mir bildlich vorstellen, wie Mrs Ham schlaftrunken mit einem weißen Nachtkleid durch die Flure des Internats geisterte. Bei dieser Vorstellung wurde mir urplötzlich kalt, und ich unterdrückte ein Niesen.

»Wann war deine Mutter in Heygate?«, fragte Amabel und drehte sich zu mir um.

Ich tippte mit dem Finger gegen mein Kinn und dachte einen Augenblick nach. Meine Mama war nun Mitte vierzig, ich wusste, dass sie seit ihrem vierzehnten Lebensjahr auf Heygate zur Schule gegangen war. Mit zwanzig hatte sie Papa geheiratet.

»Sie müsste von 1829 bis 1835 hier gewesen sein, ich glaube, wir sollten nach 1835 Ausschau halten, denn ich kann mir kaum vorstellen, dass Mama schon mit vierzehn Jahren eine Rebellin war …«

»Du würdest dich wundern, was wir alles nicht über unsere Eltern wissen«, warf Amabel ein und nahm eines der Bücher aus dem Regal.

Ich zog fragend eine Augenbraue hoch und legte eine Hand auf ihre, als sie das Buch öffnen wollte. »Geheimnis gegen Geheimnis«, wisperte ich ihr zu. »Oder wollen wir das noch länger hinauszögern?«

Mein Herz schien zu flattern, als sie mir tief in die Augen sah und leise aufseufzte.

»Die Briefe, die ich erhalte, sind von meinem Verlobten.«

Also doch. Ich hatte es mir gedacht, doch es war mir schleierhaft, wieso Amabel danach immer so unleidlich war. Immerhin war sie es doch, die eine Ehe als das höchste Ziel einer Frau bezeichnete und mir etwas von Undankbarkeit an den Kopf geworfen hatte.

»Das …«, setzte ich an, doch sie schüttelte vehement den

Kopf. Ihre schwarzen Haare umrahmten ihre Züge wie Schatten, und sie drückte meine Hand. »Nun dein Geheimnis.«

Ich hatte noch so viele Fragen, aber ich musste einsehen, dass ich wirklich nur gefragt hatte, von wem die Briefe stammten, nicht, warum sie deswegen oft so traurig wirkte.

»Ich habe mich in meiner Heimat ins Krankenhaus geschlichen, auf die Geburtsstation. Ich habe Mimis alte Kleidung getragen. Eine Freundin von ihr ist Hebamme und hat mich hineingelassen. Ich wollte mehr über die Geburt von Kindern und die Medizin lernen.«

Amabel stieß zischend Luft aus ihren Lungen und ließ meine Hand abrupt los. »Du hast was?«, fragte sie beinahe entsetzt und verzog das Gesicht.

»Wieso findest du das so schlimm?« Ich verschränkte meine Arme vor der Brust und funkelte sie angriffslustig an. »Ich dachte, dass du so versessen auf die Ehe bist! Kinder zu bekommen, gehört doch wohl dazu, was ist falsch daran, wenn ich wissen will, wie eine Geburt vonstattengeht und wie Hebammen arbeiten?«

»Solche Dinge sollten eine feine Lady nicht interessieren, und sie sollte auch nicht die Aufgaben einer Hebamme übernehmen wollen!«

Ach? Jetzt waren wir wieder wohlerzogene Damen, nachdem wir uns aus unseren Zimmern geschlichen hatten und hier nachts in der Gegend herumstreunten wie Katzen? Herr im Himmel, diese Frau machte mich wahnsinnig.

»Und wieso nicht?«, hakte ich nach und konnte meine Wut kaum im Zaum halten. »Denkst du nicht, dass Hebammen wertvolle Arbeit leisten? Dass es wichtig ist, dass auch junge Mädchen …«

»Nein!«, unterbrach mich Amabel heftig, und ihre Hand knallte auf die Tischplatte. »Solche Dinge haben uns nicht zu interessieren. Wir bekommen nur … wir sollen nur …«, stammelte sie und lief rot an.

Ich konnte ein Kichern nicht unterdrücken und verstand mit einem Mal, was Amabels Problem war. »Es ist dir peinlich«, stellte ich fest und seufzte leise. »Hast du etwa Angst davor, Kinder zu bekommen?«

Eine unangenehme Stille breitete sich zwischen uns aus, die gefährlich zu knistern schien, wie ein Scheit, das nur langsam Feuer fing. Die Luft im Raum war stickig, und als Amabel mit der Hand auf den Tisch geschlagen hatte, war Staub aufgewirbelt, der nun langsam zu Boden rieselte.

»Ja«, wisperte sie plötzlich und schlug die Hand vor den Mund. »Ich habe Angst davor und dass mein Verlobter …« Sie hielt inne und biss sich auf die Unterlippe. »Das tut alles nichts zur Sache. Wir haben unsere Geheimnisse ausgetauscht, nun lass uns herausfinden, welche Orte deine Mutter in Southend besuchte.«

Sie will nicht darüber sprechen, stellte ich ernüchtert fest und schüttelte kaum merklich den Kopf. Ich hatte gedacht, dass ich ein Sturkopf wäre, dass nur ich dazu neigen würde, zu impulsiv zu sein, aber Amabel schien es manchmal genauso zu gehen, obwohl sie immer so tat, als wäre sie eine gute Anwärterin auf die Ehe.

Doch ich wollte diesen Streit nicht vertiefen, also ging ich zu ihr. Sie schlug das Buch auf und suchte das richtige Jahr, meine Augen flogen über die Zeilen, und ich keuchte auf, als ich den Namen meiner Mama las.

Elizabeth Norton.

»Das ist sie«, murmelte ich, und meine Finger tänzelten über das vergilbte Papier, über die schon leicht verblasste Tinte.

Die meiste Zeit schien meine Mutter nur einige der üblichen Institutionen in Southend besucht zu haben: das Theater, einige Kaffeehäuser, ein Hotel, in dem sie vermutlich an einem Ball teilgenommen hatte, den Arzt in Southend und …

»Was ist das *Magdalena's House?*«, fragte ich Amabel und hob den Blick.

Sie zuckte bockig mit den Schultern und presste die Lippen fest aufeinander. »Weiß nicht …«, antwortete sie abweisend.

»Veralbere mich nicht«, raunte ich ihr zu und trat noch ein Stück näher an sie heran, spürte, wie ihr Atem über meine Haut strich und ihre dunkelbraunen Augen sich verengten.

»Es ist …« Sie wich meinem Blick aus und fuhr in einer hektischen Bewegung über die Ärmel ihres Kleides. »Ein Haus, in dem ledige Frauen wohnen …«

»Was?« Verwirrt sah ich Amabel an und verstand nicht im Geringsten, was sie meinte.

»Das heißt *Wie bitte?*«, korrigierte sie mich mechanisch und schlug das Buch wieder zu. »Wir sollten zurück auf unsere Zimmer gehen, nicht dass Mrs Ham wirklich noch hier durch die Gegend läuft.«

Sie stellte das Buch sorgsam zurück ins Regal und strich sich fahrig über ihr Kleid.

»Du kannst doch jetzt nicht …«, setzte ich an, aber Amabel schüttelte nur den Kopf.

»Ich kann … ich habe dir gesagt, dass ich dir die Chroniken zeige, aber was du damit anfängst, ist deine Sache.«

»Was ist bloß los mit dir?« Meine Stimme schwoll zu einem Tosen an, und ich ballte die Hände zu Fäusten. »Warum bist du so? In einem Augenblick nett und freundlich, willst über die Stränge schlagen und Verbotenes tun, und im nächsten Moment lehnst du alles ab, willst nicht mit mir sprechen und verurteilst mich für das, was ich tue!«

Amabel starrte mich entgeistert an, und ihre Lippen verzogen sich zu einem traurigen Lächeln. Schweigend zuckte sie mit den Schultern und ging an mir vorbei.

»Es gibt eine Menge, was du nicht verstehst, Lucie, und das ist auch in Ordnung, aber für Vertrauen ist es noch zu früh …«, murmelte sie und öffnete die Tür, die zurück in die Bibliothek führte.

Sie ließ mich einfach in dieser stickigen Kammer stehen, ihre hastigen Schritte entfernten sich immer weiter, bis nur noch ein dröhnendes Echo zurückblieb. Ich stand da wie festgefroren und wusste nicht, was ich tun sollte. Was mit Amabel los war. Tausend Gedanken stoben wie Glühwürmchen durch meinen Kopf, aber nichts ergab Sinn.

Dann finde ich eben allein heraus, was das Magdalena's House *ist,* dachte ich trotzig.

Ich stapfte wütend zurück in den Flur, verharrte einen Augenblick vor der Eingangstür und musste an Mimi denken. Ein weiteres Geheimnis, welches sich vor mir verborgen hielt. Was hatte sie nur so spät in der Nacht hier zu suchen, warum hatte sie das Internat verlassen, und wo war sie hin?

Ich nahm mir vor, dieses Thema gleich morgen anzusprechen, und dann würde ich um Erlaubnis bitten, nach Southend zu gehen, um das *Magdalena's House* zu besuchen. Ich würde schon herausfinden, was meine Mutter dort getan hatte.

Und nichts würde mich aufhalten.

Kapitel 13

Lucie

Die Tür zu meinem Zimmer öffnete sich langsam, und Mimi steckte den Kopf hinein.

»Sie sind schon wach, Fräulein Lucie?«, fragte sie überrascht und zog die Augenbrauen zusammen.

»Ja«, antwortete ich knapp und erhob mich.

Mimi sah erschöpft aus, was kein Wunder war, wenn man bedachte, dass sie nachts unterwegs gewesen war. Tiefe Schatten lagen unter ihren Augen, und sie wirkte fahrig, geradezu angespannt.

»Ist etwas nicht in Ordnung, Fräulein …?«, begann sie, doch ich hob die Hand, um Mimi zu unterbrechen.

»Wo warst du gestern Nacht?«

»Was?« Mimi starrte mich entgeistert an und knetete unruhig ihre Hände. »In meinem Bett, wo sollte ich …?«

»Mimi …« Ich massierte mir die Nasenwurzel mit den Fingern und stieß einen Seufzer aus. »Bitte lüg mich nicht an, ich dachte, wir vertrauen einander …«

Schweigend senkte Mimi den Kopf und sah auf ihre Fußspitzen, ein Zittern huschte durch ihren schlanken Körper, und dann brach ein Schluchzer aus ihr heraus.

»Ich kann es Ihnen nicht sagen, Fräulein Lucie«, wimmerte sie erstickt und hob den Kopf. »Ich will Ihnen keine Unannehmlichkeiten bereiten …«

»Aber Mimi …« Im Nu war ich bei ihr und ergriff ihre Hände. Sie fühlten sich so anders an als meine. Schwielig und voller

Hornhaut, die Hände eines hart arbeitenden Dienstmädchens.
»Ich bin immer für dich da, du kannst …«

»Nein.« Resolut entzog Mimi mir ihre Hände und biss sich
so heftig auf die Unterlippe, dass ein Tropfen Blut ihr Kinn hinabrollte. »Diese Schande muss ich selbst tragen, denn ich habe
das Unrecht selbst zu verantworten.«

»Was … was meinst du damit?«

Ein schrecklicher Gedanke kam mir in den Sinn, Kälte hielt
mich umklammert, und mein Blick wanderte von Mimis Brust
zu ihrem Bauch, auf dem eine ihrer Hände lag.

»Bist du etwa …?«

»Miss Farber! Sie sollten schon angekleidet sein!« Mrs Ham
kam wie ein Wirbelsturm in mein Zimmer, sah von Mimi zu
mir und runzelte ihre fein gezupften Brauen. »Was steht Ihr
Dienstmädchen hier so untätig herum? Husch, husch … mach
deine Herrin präsentabel, wir fahren heute nach Southend!«

Ich starrte die Lehrerin mit offenem Mund an und war wie
vor den Kopf gestoßen. Nach Southend? Was hatte ich verpasst?
Heute war Freitag und ein ganz normaler Unterrichtstag, oder
nicht?

»Ich … verstehe nicht … recht«, druckste ich herum und trat
einen Schritt von Mimi zurück, denn die Lehrerin kniff ihre
Augen zusammen und musterte streng, wie wir uns an den
Händen hielten.

»Haben Sie Ihren Stundenplan nicht richtig gelesen, Miss
Farber?« Sie verschränkte die Arme vor der Brust und schnalzte missbilligend mit der Zunge.

»Doch, aber …«

»Anscheinend nicht«, unterbrach Mrs Ham mich und machte eine wegwerfende Handbewegung. »Miss Hastings! Kommen Sie her, und klären Sie Ihre Mitbewohnerin auf, warum
wir heute nach Southend fahren, mir fehlt dazu die Zeit.« Sie
rauschte wieder aus meinem Zimmer hinaus und ließ mich

ohne die geringste Ahnung, was heute passieren würde, mit Mimi zurück.

Es dauerte nur wenige Sekunden, bis Amabel im Türrahmen erschien. Sie trug nicht ihre übliche Schuluniform, sondern ein dunkelgrünes Flanierkleid mit eckigem Ausschnitt, langen Ärmeln und einer schmal geschnittenen Taille. Ihre schwarzen Haare waren zu zwei seitlichen Zöpfen geflochten, und ein grüner Hut mit einer Feder zierte ihren Kopf.

»Du siehst hübsch aus«, flüsterte ich mit heiserer Stimme, und Hitze stieg in meine Wangen.

»Und du bist noch nicht einmal angezogen«, stellte sie fest.

»Ich habe meinen Stundenplan wohl nicht richtig gelesen.« Ich zuckte mit den Schultern und zog eine Grimasse. Noch immer fragte ich mich, wie Amabel sich jeden Tag so schnell zurechtmachen konnte, obwohl ihr Dienstmädchen ihr anscheinend kaum dabei half.

Ein Schmunzeln huschte über ihre Züge, und sie legte den Kopf schräg. »In wenigen Wochen ist der Sommerball, auf dem du deinen zukünftigen Ehemann kennenlernen wirst. Alle Mädchen aus der obersten Klassenstufe nehmen an diesem gesellschaftlichen Ereignis teil. Deswegen fahren wir heute nach Southend zur Schneiderin, damit sie Maß nehmen kann und unsere Kleider für den Ball ausgesucht werden können.«

»Wir dürfen sie uns nicht selbst aussuchen?«, fragte ich ein wenig dümmlich, und meine Mundwinkel sanken herab.

Ich hatte doch bereits mit Mama und Ava stundenlang bei der Schneiderin gestanden, und jetzt musste ich diese Tortur erneut über mich ergehen lassen? Doch dann flammte ein Gedanke in meinem Kopf auf, und ich grinste Amabel an.

»Haben wir auch ein wenig freie Zeit in Southend?«

»Du solltest dort nicht hingehen«, gab sie wie aus der Pistole geschossen zurück und verschränkte abwehrend die Arme vor der Brust.

»Ich muss aber«, presste ich zwischen zusammengebissenen Zähnen hervor, und das Lächeln erstarb auf meinen Lippen. »Immerhin war meine Mutter …«

»Fräulein Lucie …«, unterbrach Mimi mich vorsichtig, »dürfte ich Sie jetzt zurechtmachen, damit Mrs Ham mir nicht die Leviten liest?«

Ich stieß zischend die angestaute Luft aus meinen Lungen und nickte ergeben. Jetzt, wo Amabel in meinem Zimmer stand, würde Mimi ohnehin nicht mit der Sprache herausrücken, obwohl dieser schreckliche Verdacht sich wie Nadeln in mein Herz bohrte.

»In Ordnung …« Mein Blick huschte zu Amabel. »Treffen wir uns im Speisesaal?«

Sie schnalzte mit der Zunge. »Du wirst kaum noch Zeit fürs Frühstück haben, aber ich nehme eine kleine Stärkung für dich mit. Komm nach unten, dort werden die Droschken schon bereitstehen.«

Sie wirbelte herum und verließ mein Zimmer mit langen Schritten. Nachdenklich starrte ich ihr hinterher, während Mimi eines meiner Flanierkleider aus dem Schrank holte und mir beim Ankleiden und Frisieren half. Sie trug ein wenig Puderpaste auf meine kalkweiße Haut auf und strich die Falten aus dem Kleid.

»Ich wünsche Ihnen einen schönen Tag in Southend, Fräulein Lucie.« Mimi deutete einen Knicks an und wollte den Raum schon verlassen, doch ich packte sie am Handgelenk.

»Wirst du es mir erzählen?«, fragte ich drängend. »Das, was dich bekümmert? Diese Sünde, von der du gesprochen hast?«

Mimi presste die Lippen zu einem schmalen Strich zusammen, und ihre Wangen färbten sich so rot, wie ihre Haare es waren. »Es ist besser, wenn Sie es nicht wissen, Fräulein Lucie. Dieses Problem muss ich allein bewältigen.«

Frustriert stöhnte ich auf und wollte mir die Haare raufen,

doch dann hätte ich die Flechtfrisur ruiniert, mit der Mimi sich so viel Arbeit gemacht hatte.

»Ist es hier geschehen? In Southend?«, bohrte ich trotzdem weiter nach, und Mimi hatte Mühe, sich zurückzuhalten. Ihre Unterlippe zitterte, und ihre grünen Augen glänzten verräterisch.

Auch wenn wir es nicht aussprachen, wussten wir doch beide, um was es ging. Doch da war dieser Graben zwischen uns, der unüberwindbar zu sein schien.

»Nein«, erwiderte Mimi tonlos, ihre Worte waren so leise, dass ich sie kaum verstehen konnte. Wie ein Flüstern im Wind, der Hauch einer Antwort.

Ich ließ Mimis Arm los und schlug mir eine Hand vor den Mund, konnte sie nur erschüttert anstarren, während tausend Worte wild durch meinen Kopf tanzten.

Eine Frau sollte nicht … eine Frau darf sich nicht den Gelüsten hingeben … eine Frau hat sich immer tugendhaft zu verhalten … eine Frau …

All die Sätze, die ich seit frühester Kindheit eingetrichtert bekommen hatte, surrten um mich herum wie spitze Pfeile, und mit einem Mal verstand ich die Tragweite von Mimis Dilemma.

»Oh, Mimi …«, murmelte ich erstickt.

»Sehen Sie, deswegen sollten Sie sich damit nicht belasten. Ich werde schon eine Möglichkeit finden, um diesen Fehler auszubügeln.« Sie verschwand ohne ein weiteres Wort und ließ mich allein in der wabernden Stille zurück.

Ich zitterte heftig und schlang die Arme um mich, dachte unwillkürlich an zu Hause. Ob ihre Familie es wusste? Ob sie sich irgendjemandem anvertraut hatte? Ich wollte ihr helfen, aber ich hatte keine Ahnung, wie. Und erneut wurde mir schmerzhaft meine eigene Machtlosigkeit bewusst, die sich zu einem Knoten in meinem Magen zusammenballte.

Doch ich hatte keine Zeit, länger darüber nachzudenken, da

es erneut an meiner Tür klopfte und Susanne den Kopf ins Zimmer hineinsteckte.

»Guten Morgen, Lucie!«, begrüßte sie mich freundlich. »Ich habe Post für dich.«

Ich hatte schon mitbekommen, dass die jüngeren Mädchen Botengänge für die Älteren erledigten. Dafür halfen die höheren Jahrgänge bei den Hausaufgaben.

»D-danke …«, stammelte ich verwirrt und nahm den Brief an, ich drehte ihn um, und mein Herzschlag setzte für den Bruchteil einer Sekunde aus.

Der Brief war von Arthur!

Gott, das konnte ich nun wirklich nicht gebrauchen, und Furcht machte sich in meinem Inneren breit, dass ich ihn bald kennenlernen würde. Dass ich auf dem Sommerball mit ihm tanzen müsste.

»Geht es dir gut? Hast du dich gut eingelebt?«, fragte Susanne neugierig und schob ihre Brille ein Stück weiter auf die Nase.

»Ja, das habe ich, es ist alles wunderbar.« Die Lüge ging mir leichter über die Lippen, als ich erwartet hatte. »Ich muss nun leider aufbrechen, denn wir fahren nach Southend.«

»Das habe ich schon gehört.« Susanne faltete die Hände vor der Brust zusammen und sah mich verträumt an. »Du musst mir alles über dein Ballkleid erzählen, ja?«

»Natürlich mache ich das«, erwiderte ich lächelnd. »Kann ich dir etwas aus dem Ort mitbringen?«

Sie war so lieb zu mir gewesen, hatte mir Heygate gezeigt, und ich wollte ihr etwas zurückgeben. Immerhin hatten die jüngeren Mädchen weniger Freiheiten als wir, sie durften nicht so oft nach Southend und wurden strenger kontrolliert.

»Mhm …« Susanne tippte sich mit dem Finger gegen die Nase, dann erschien ein Funkeln in ihren Augen. »Stoffreste. Wenn du in der Schneiderei an Reste von Kleidern kommst, dann bring sie mir mit.«

»Wie bitte?«

»Ich nähe für mein Leben gerne, aber hier in Heygate gibt es nicht so viele extravagante Stoffe, da kommen meist nur bestickte Taschentücher oder Stulpen bei rum.«

»Ich verstehe, ich sehe, was ich finden kann«, versprach ich Susanne und verabschiedete mich von ihr. Ich hatte nicht gewusst, dass Nähen ihre Leidenschaft war, aber es passte zu diesem verträumten Mädchen mit den großen neugierigen Augen.

Eilig lief ich die Treppen im Turm hinunter, nahm immer zwei Stufen auf einmal und stolperte auf den Vorplatz hinaus. Mehrere Droschken mit offenem Verdeck standen wie an einer Schnur aufgereiht da, die Pferde wieherten leise und scharrten mit den Hufen.

»Haben Sie es nun endlich auch geschafft, Miss Farber?«, fragte Mrs Ham tadelnd, und ich senkte eilig meinen Kopf, auch wenn ich die Lehrerin am liebsten angeschrien hätte, dass ich gerade wirklich mit anderen Dingen beschäftigt war als mit Ballkleidern.

»Ja, bitte entschuldigen Sie meine Verspätung«, sagte ich stattdessen, um keinen Ärger auf mich zu ziehen. Ich hielt Arthurs Brief immer noch fest umklammert und zerknitterte ihn mit meinen Händen.

»Nun, dann steigen Sie in die Droschke ein, diese dort, wo Miss Hastings sitzt und Ihnen schon zuwinkt. Sie haben Glück, Sie teilen sich eine Kutsche nur zu zweit.« Mrs Ham sagte das, als ob es etwas Besonderes wäre, doch es war mir einerlei, und ich hätte auch zwischen Amabel, Clary und Cecily noch Platz gefunden.

Doch ich tat, wie mir geheißen, und stieg zu Amabel in die Kutsche. Die Tür schloss sich mit einem dumpfen Knall, und dann ruckelte das Gefährt schon los. Seufzend lehnte ich den Kopf zurück und schaute in den strahlend blauen Himmel, der sich über uns erstreckte. Es war warm für Juni, und Schweißperlen rannen meinen Nacken hinab.

»Ist der von deinem Zukünftigen?«, fragte Amabel und deutete auf den Brief.

Ich zuckte nur schweigend mit den Schultern, denn nach gestern Nacht hatte ich eigentlich keine große Lust, mit Amabel zu sprechen. Sie schien das zu bemerken und drehte sich zu mir, sah mir tief in die Augen und ergriff meine Hände.

»Es … es tut mir leid, dass ich gestern so forsch zu dir war …«, murmelte sie.

Forsch?, dachte ich, und meine Lippen kräuselten sich zu einem spöttischen Lächeln. Ich hätte jedes andere Wort für ihr Verhalten benutzt, aber nicht dieses.

Deswegen schwieg ich beharrlich, während ich auf den Brief hinabstarrte und an einer Ecke herumfummelte. Ich wollte Arthurs Worte nicht lesen, aber gleichzeitig war ich doch ein wenig neugierig, was er mir zu sagen hatte. Wer dieser Mann war, den ich heiraten sollte.

»Lucie …«, versuchte Amabel es erneut, und ich hob den Kopf, funkelte sie an, während Wut durch meine Gedanken zuckte wie ein gleißender Blitz. »Bitte rede mit mir.«

»Was soll ich denn sagen?«, brauste ich auf, während die Kutsche um eine Kurve fuhr und leicht schaukelte. Die dichte Blätterkrone schluckte jedes Sonnenlicht und tauchte uns in Dunkelheit, zeichnete Amabels Konturen schärfer, und ich ließ meinen Blick über sie schweifen.

Noch immer schlug mein Herz in einem unregelmäßigen Takt, wann immer ich sie ansah. Ich wusste nicht, was mit mir los war, warum mein Körper so merkwürdig reagierte. Aber ich konnte den Blick auch nicht von ihr lassen, von ihrer kleinen Stupsnase, den fein geschwungenen dunklen Augenbrauen und ihren braunen Augen, die wie das Fell eines Eichhörnchens glitzerten.

»Dass du meine Entschuldigung annimmst, vielleicht?«, schlug Amabel halbherzig vor und schüttelte dann den Kopf. So als wären ihre Worte ihr selbst dumm erschienen.

»Ich verstehe dich einfach nicht!«, zischte ich ihr zu. »Manchmal bist du lieb und freundlich zu mir und dann wieder launisch und abgewandt. Du führst mich in die Bibliothek, öffnest die Tür mit einem verdammten Dietrich – wo hast du den überhaupt her? –, und dann, als ich dir sage, dass ich mich in meiner Heimat auf der Geburtsstation eines Krankenhauses herumgetrieben habe, zeigst du mir die kalte Schulter! Tust so, als ob das eines der schlimmsten Dinge wäre, die man tun kann. Zu allem Überfluss erzählst du mir nicht, was das *Magdalena's House* ist. Was bist du denn nun? Meine Freundin oder doch nur jemand, der mich zurechtweisen will?«

Amabel war bei jedem meiner Worte zusammengezuckt, als würde ein Hieb sie treffen. In sich zusammengesunken saß sie nun da, und ein Schluchzen brach mit einem Mal aus ihr hervor.

»Ich ... es ...«, begann sie stammelnd, und plötzlich taten mir meine Worte leid. Ich hatte sie nicht zum Weinen bringen wollen, aber ich verstand sie manchmal einfach nicht. Ich mochte sie, sehr sogar, aber dann gab es wieder Augenblicke, in denen sie fügsam und schweigend war, so wie eine Lady sein sollte.

»Ich muss doch eine gute Ehefrau werden«, flüsterte sie in die Stille zwischen uns, und ihre Worte wurden vom Fahrtwind beinahe verschluckt. »Ich kann mir keine Fehltritte leisten, sonst ...« Sie brach ab und schlug die Hand vor den Mund, ihre schönen Gesichtszüge verzerrten sich urplötzlich, und Tränen rannen ihr über die Wangen, zeichneten eine Spur auf ihre Haut. Sie so traurig zu sehen, löste etwas in mir aus, was ich mir nicht erklären konnte.

»Wieso musst du das unbedingt?« Ich steckte Arthurs Brief in die Tasche meines Kleides und ergriff ihre Hände.

Diese Worte klangen gepresst, wie ein Zwang. Nicht so wie bei meinen Freundinnen in der Heimat. Natürlich sollten wir gute Ehefrauen sein, Kinder bekommen und einen Haushalt führen. Aber die meisten jungen Frauen, die ich kannte, wollten das gerne – nur ich eben nicht. Doch bei Amabel, da klang es so, als wollte sie das auch nicht wirklich, doch sie fühlte sich gezwungen, nein, eher schuldig.

»Das würdest du nicht verstehen«, antwortete sie mit brüchiger Stimme und wischte sich hastig die Tränen von den Wangen.

Na, vielen Dank auch, dachte ich eingeschnappt und wollte schon wieder von ihr abrücken. Doch irgendetwas hielt mich auf, eine unsichtbare Macht, die nicht zuließ, dass ich mich bewegte. Die mir zuflüsterte, dass Amabel mich brauchte, dass ich vielleicht die Einzige war, die diese harte Schale knacken könnte.

»Fühlst …« Ich räusperte mich, denn meine Kehle war wie zugeschnürt. Ich war nicht gut darin, über Gefühle zu sprechen. Nein, ich explodierte immer wie ein Vulkan. Doch dieses Mal musste ich feinfühlig sein. Für Amabel, aber auch für die zarte Freundschaft, die sich zwischen uns entwickelt hatte. Die ich auf keinen Fall gefährden wollte. »Hast du Angst, deine Eltern zu enttäuschen, wenn du keine gute Ehefrau bist?«

Es war das Erste, was mir in den Sinn gekommen war. Denn tief in mir fühlte ich genauso. Ich wollte Mama nicht enttäuschen, ich wollte, dass sie stolz auf mich war, aber nicht nur, weil ich heiratete. Und in dem Augenblick, als Amabel den Kopf hob, wusste ich, dass ich mit meiner Frage ins Schwarze getroffen hatte.

Ihr braunen Augen blickten düster, doch tief darin war eine

Traurigkeit, die ich noch nie bei ihr gesehen hatte. Ein Schmerz, der so tief ging, dass ich ihn kaum zu fassen vermochte.

»Ja«, flüsterte sie, und im nächsten Augenblick warf Amabel sich in meine Arme und fing hemmungslos an zu weinen.

Überfordert hielt ich sie und wusste nicht, was hier gerade passierte.

Was tue ich hier?, dachte ich entsetzt, in dem Augenblick, als mein Körper von ganz allein reagierte und ich mich in Lucies Arme warf.

Aber es war alles zu viel. Die Nacht in der Bibliothek, die Nähe zu ihr, dieses vertraute Knistern zwischen uns, das mich in tiefe Verwirrung stürzte. Ihr Geruch nach Früchten und Minze kitzelte in meiner Nase, während die Tränen ungehemmt über meine Wangen strömten. Niemals hatte ich so einen Gefühlsausbruch an der Schule gehabt, niemals hatte ich mich irgendeiner meiner Mitschülerinnen offenbart. Nicht mal Clary oder Cecily, die ich viel länger kannte als Lucie. Aber mit ihr … war es anders.

»Sch …«, murmelte Lucie an mein Ohr und strich zärtlich über meinen Rücken. »Es ist alles in Ordnung, ich bin da.«

Ihre Worte waren so sanft wie eine Feder, die über meine Haut strich. Sie passten eigentlich gar nicht zu diesem Mädchen, das mich letzte Nacht angeschrien hatte. Sie passten nicht zu Lucie, und doch hielt sie mich in ihren Armen, stieß mich nicht von sich, und es war eines der schönsten Gefühle der Welt.

Ich schniefte und löste mich ein Stück von ihr, wischte unfein mit meinem Ärmel über die Nase und sah Lucie an. Ein kleines Lächeln zupfte an ihren Lippen, und einige wilde Haarsträhnen hatten sich aus ihrem Zopf gelöst. Wie Sonnenstrahlen umrahmten sie ihre feinen Gesichtszüge.

»Es tut mir leid …«, wisperte ich und senkte den Kopf.

»Nein …« Lucie hob den Arm und legte eine Hand unter mein Kinn, brachte mich sanft dazu, sie anzusehen. Ihre Finger waren eiskalt, aber die Berührung weich, beinahe zärtlich.

»Niemand sollte sich jemals für seine Gefühle entschuldigen«, antwortete sie, während die Kutsche gefährlich wackelte, als wir auf die Straße bogen, die zur Promenade von Southend führte. »Das müssen wir Frauen viel zu oft«, sprach sie weiter, und ihre Finger wanderten meine Wange hinauf, wischten die Tränen fort und verweilten dort eine Sekunde zu lange.

Ihre Berührung war wie ein Funkenregen, der mein Herz explodieren ließ. Ich schnappte nach Luft, und mein Brustkorb fühlte sich viel zu eng an, meine Hände waren schweißnass. Alles schien sich zu drehen. Da waren keine Worte in meinem Kopf, nur Leere. Da war nichts außer Lucie und mir in diesem Moment. Ihr Blick brannte wie Feuer auf mir, ein wohliges Gefühl machte sich in meinem Bauch breit.

»Willst du mir erzählen, was dich so bedrückt?«, fragte sie vorsichtig und neigte den Kopf zur Seite.

Ich nickte unter Tränen, und Lucie zog ihre Hand zurück, während mein Herz leise aufschrie. Ich wollte, dass sie mich wieder berührte, dass sie mir diese Sicherheit gab, dass sie da war. Dass sie nicht weggehen würde wie alle anderen.

»Meine Eltern …«, setzte ich langsam an, doch da stoppte die Kutsche abrupt, und wir mussten uns festhalten, um nicht nach vorn zu fallen.

Lucie sah nach draußen, ihre Wangen waren gerötet, und ihre Finger tänzelten über die Fenster der Kutsche.

»Ich glaube, wir sind da«, stellte sie fest und seufzte leise.

Sie hatte recht, die Kutschen hatten vor einem imposanten Gebäude aus rotem Backstein haltgemacht. Schneiderpuppen, die extravagante Kleider in schillernden Farben trugen, zierten die meterhohen Fenster. Auf einem Messingschild über dem

Eingang stand »Madame Blooms feinste Kleider«, und ich konnte sehen, wie Lucies Gesichtsausdruck sich verfinsterte.

»So eine riesige Schneiderei«, bemerkte sie pikiert, als wir gemeinsam ausstiegen und den anderen Mädchen aus unserer Klasse ins Innere folgten, unter genauer Beobachtung von Mrs Ham, die wie eine Glucke versuchte, den Überblick zu behalten.

»Sie ist den neuen Kaufhäusern nachempfunden, die in Frankreich gerade beliebt sind«, erklärte ich ihr, als wir das Gebäude betraten.

Eine Glocke über der Tür klingelte leise, und der dicke Teppich, der im ganzen Geschäft ausgelegt war, schluckte unsere Schritte, ließ die leisen Gespräche und das Gekicher der Mädchen dumpf klingen.

Ich war schon einmal hier gewesen, doch Lucie schaute sich neugierig und gleichzeitig abschätzig um. Das Geschäft war beinahe leer, wahrscheinlich hatte Mrs Ham sogar eine Zeit nur für uns Mädchen reserviert, sodass wir alle die beste Betreuung bekommen würden, die wir verdienten.

Im ganzen Raum gab es mehrere Podeste, auf denen wir stehen würden, damit die Schneiderin uns in den Kleidern begutachten konnte. Hinter diesen befanden sie einige Paravents zum Umkleiden, und ein süßlicher Duft erfüllte die Luft. Auf Stangen waren unendlich viele Kleider aufgereiht, in einigen Schränken befanden sich Stoffbahnen und ein paar weitere Nähutensilien.

»Die Damen aus dem Heygate Internat!«, rief eine Frau, die mit tippelnden Schritten auf uns zukam. Es war die Schneiderin Madame Bloom.

Sie trug ein dunkelrotes Kleid, welches an den Beinen eng geschnitten war – kein Wunder, dass sie nur kleine Schritte machen konnte –, mit schwarzen Mustern am Dekolleté und an den Ärmelsäumen. Ihre braunen Haare waren zu einem Dutt aufgetürmt, der mit mehreren Spangen an Ort und Stelle gehalten wurde, und sie war zudem noch stark geschminkt.

»Können wir uns nicht fortschleichen?«, flüsterte Lucie mir zu und sah mich an, als wäre es die größte Folter für sie, hier in der Schneiderei zu sein.

»Ich glaube nicht«, erwiderte ich und deutete auf Mrs Ham, die uns genauestens beobachtete.

Lucie schnaubte frustriert und verschränkte die Arme vor der Brust, während Madame Bloom wie ein aufgescheuchtes Huhn durch die Schneiderei lief und ihre Assistentin zu sich rief. Sie teilte die zwanzig Mädchen unserer Klasse in kleinere Gruppen ein, bis nur noch Lucie und ich übrig waren.

»Nun …« Die Schneiderin blieb vor uns stehen und stemmte die Hände in die Hüften.

Sie ließ den Blick über uns schweifen, und ich konnte spüren, wie ein Zittern durch Lucies Körper huschte und sie die Hände hinter dem Rücken verschränkte, um sie zu Fäusten zu ballen. Sie verabscheute diesen Augenblick wirklich sehr.

»Kommen Sie mit mir, die Damen … ich habe genau die richtigen Kleider für Sie, die perfekt für den Sommerball geeignet sind.« Madame Bloom ließ keinen Widerspruch zu und packte Lucie sowie mich am Handgelenk und zog uns mit sich.

Wir stolperten ihr hinterher, und sie ließ uns erst los, als wir eines der Podeste erreicht hatten. Dann wuselte Madame Bloom vor den Kleiderstangen hin und her, summte dabei eine leise Melodie und schien völlig in Gedanken versunken zu sein.

»Sie …«, sagte die Schneiderin, wirbelte herum und deutete auf Lucie. »Probieren Sie dieses Kleid an.«

Lucie stand stocksteif da und ergriff erst nach einiger Zeit das dargebotene Kleidungsstück. Sie schaute es sich mit zusammengezogenen Augenbrauen an. »Aber das …«

»Husch, husch … machen Sie schon, und vertrauen Sie mir,

junge Dame.« Madame Bloom zwinkerte Lucie zu, und diese seufzte ergeben, dann zog sie sich hinter den Paravent zurück.

Ich setzte mich auf eine Récamiere vor dem Podest, schlug die Beine übereinander und wartete geduldig, während die Schneiderin eine Assistentin rief, die Lucie ins Kleid helfen sollte.

Cecily und Clary hatten auf einem Sofa auf der gegenüberliegenden Seite Platz genommen, und gerade zeigte eine weitere Schneiderin Clary ein wunderschönes Kleid aus dunkler Seide.

»Das wird meinem Verlobten sicherlich gefallen!«, rief Clary und warf sich ihr dunkelbraunes Haar über die Schulter. Ihre Augen funkelten, und sie faltete ihre Hände zusammen, schaute träumerisch umher. Ihr Verlobter aus Yorkshire würde zum Ball kommen, davon erzählte sie uns seit Tagen.

»Für Sie habe ich auch schon eine Idee«, sagte Madame Bloom da zu mir und riss mich aus meinen Gedanken. »Ein Kleid, das hervorragend zu Ihnen passt und Ihrem Verlobten sicherlich gefallen wird.«

Hitze stieg in meine Wangen, und ich murmelte ein gepresstes »Danke schön«, bevor ich den Kopf senkte.

Und Ihrem Verlobten sicherlich gefallen wird.

Die Worte hallten schmerzhaft durch meinen Kopf, waren wie kleine Nadelstiche auf meiner Haut, und ich schaute auf meine Hände herab. Dieser Satz war ganz gewöhnlich, einfach so dahingesagt, doch ich wollte gar nicht, dass meinem Verlobten John dieses Kleid gefiel, ich wollte nicht …

»Ich … ich bin fertig«, kam es hinter dem Paravent von Lucie hervor, und ihre Stimme klang ein wenig erstickt.

»Dann kommen Sie her, junge Dame!«, rief Madame Bloom. »Zieren Sie sich nicht so.«

Es raschelte leise, und dann tauchte Lucie auf, ich hob den Blick, nur um im nächsten Moment wie erstarrt in der Zeit zu sein.

Sie sieht atemberaubend aus, schoss es mir durch den Kopf, und ich konnte nicht aufhören, Lucie anzusehen.

Mit wackligen Schritten stieg sie auf das Podest und sah mich an. Unsicherheit spiegelte sich in ihren Augen wider, ihre Mundwinkel waren nach unten gezogen. Lucie schien wirklich nicht zu wissen, wie hübsch sie aussah.

Das Kleid war aus zartem Stoff in einem blassen Blau, welches ihren Körper umschmeichelte wie Wasser. Es glitzerte wie das Meer in der Sonne, und die Ärmel waren kurz geschnitten, endeten über ihren Schultern, sodass ihre nackten Arme zu sehen waren, die mit einer Gänsehaut überzogen waren. Am unteren Saum zierten feine goldene Applikationen das Kleid. Der Ausschnitt war eckig, ebenfalls mit Verzierungen, und das Kleid saß wie angegossen, obwohl Madame Bloom noch nicht einmal Anpassungen vorgenommen hatte.

»Nun?«, fragte die Schneiderin begeistert und klatschte in die Hände. »Habe ich zu viel versprochen?«

Lucie drehte sich auf dem Podest um die eigene Achse und sah in den Spiegel, der rechts davon aufgebaut war. Schweigend betrachtete sie sich, und dann war für den Bruchteil einer Sekunde ein Lächeln auf ihren Lippen zu erkennen. Sie fuhr ehrfürchtig über den feinen Stoff, der perfekt für den Sommer geeignet war.

»Es ist … schön«, sagte sie und drehte sich wieder zu Madame Bloom um.

»Nur schön?« Die Schneiderin lachte auf. »Sie werden den jungen Herren den Kopf verdrehen, das können Sie mir glauben.«

Lucie erwiderte nichts und sah mich an. Ich schenkte ihr ein Lächeln und hoffte, dass sie nicht bemerkte, wie fasziniert ich von ihr war. Sie sah aus wie eine Prinzessin, so edelmütig und wunderschön.

»Ist das Kleid nicht etwas zu … aufreizend?« Lucie hob eine Augenbraue und sah Madame Bloom an.

»Aber nein!« Die Schneiderin zauberte eine Stola hervor und auch noch einen leichten Überwurf, eine Art Pelerine, in einem etwas dunkleren Blau als das Kleid. »So sind Sie perfekt gerüstet für den Abend, Sie werden nicht frieren in der Nacht, aber beim Tanzen können Sie die Stola und die Pelerine getrost weglassen. Dann brauchen wir nur noch die perfekten Schuhe für Sie und einen Hut.«

»Muss das sein?«, fragte Lucie und verzog das Gesicht.

»Miss Farber!«, erschallte da die ruppige Stimme von Mrs Ham, die auf uns zuging. »Werden Sie wohl nicht so undankbar aus der Wäsche schauen? Dieses Kleid schmeichelt Ihrer Figur, und Sie sehen darin zauberhaft aus, aber an Ihrem Benehmen scheinen wir wirklich noch arbeiten zu müssen, sonst wird Ihr zukünftiger Ehemann Arthur Smith Sie am Ende ablehnen.«

Lucie erwiderte nichts, sondern presste nur die Lippen aufeinander, doch feurige Wut flackerte in ihren grünblauen Augen auf. Ich hielt die Hand vor den Mund und musste an mich halten, um ein Kichern zu unterdrücken. Sie war wahrlich eine kleine Rebellin, die sich nichts gefallen lassen wollte.

»Ich suche schon mal den Hut und die passenden Schuhe«, sprach Madame Bloom weiter, als ob nichts geschehen wäre. »Und meine Assistentin wird noch einmal Maß nehmen, um zu schauen, ob das Kleid noch an einigen Stellen angepasst werden muss. Kommen Sie runter vom Podest, nun ist Ihre Freundin an der Reihe.«

Sie meint mich, wurde mir bewusst, und ich erhob mich schwankend. Lucies Anblick hatte meine Sinne benebelt, und ich hatte das Gefühl, keine Luft mehr zu bekommen. Mein Blick traf den von Lucie, und sie lächelte mich unsicher an. Strich beinahe ehrfürchtig über das Kleid und fuhr mit der Zungenspitze über ihre Lippen.

»Wie findest du das Kleid?«, flüsterte sie mir zu, als sie vom Podest stieg und wir uns für einige Sekunden ganz nahe waren.

Ihr warmer Atem kitzelte auf meiner Haut, und ihre Wangen waren ein wenig gerötet.

»Ich finde, dass du großartig aussiehst …«, erwiderte ich und drückte ihre Hand. »Wie eine Prinzessin.«

Obwohl dies bestimmt nicht das war, was Lucie sein wollte, huschte ein Lächeln über ihre Züge, und sie kicherte leise. Dann trat sie gemeinsam mit mir hinter den Paravent, und während mir ein Kleid gereicht wurde, half die Assistentin Lucie aus ihrem und in ihr Promenadenkleid.

Hitze ließ meine Wangen warm werden, und mein Herz schlug schneller, als mein Blick über Lucies Körper streifte. Über ihr Schlüsselbein, ihren Nacken und ihre filigranen Finger, mit denen sie sich anmutig eine Strähne ihres blonden Haares hinters Ohr schob.

»Jetzt bin ich gespannt, wie du aussehen wirst.« Sie ging an mir vorbei und drückte kurz meine Hand, dann ließ sie mich allein hinter dem Paravent zurück.

Ich stand wie vom Donner gerührt da, mein Herz klopfte so schnell und laut, dass ich dachte, es würde meinen Brustkorb sprengen. Oder dass jeder dieses ohrenbetäubende Schlagen hören musste.

Gott, was ist denn bloß los mit mir?, dachte ich verwirrt und konnte mich kaum auf die Anprobe des Kleides konzentrieren. Meine Gedanken kreisten wie ein Schwarm Mücken um Lucie, um ihre wunderhübsche Gestalt und ihre feinen Gesichtszüge. Darum, wie sich eine steile Falte zwischen ihren Augenbrauen zeigte, wenn sie wütend wurde. Wie ihre Nase sich kräuselte, wann immer sie von etwas nicht begeistert war. An ihre Hand, die meine drückte, und dieses Flattern, welches meinen ganzen Körper erfasste.

»Miss, würden Sie sich einmal umdrehen?«, durchbrach die Stimme von Madame Blooms Assistentin meine Gedanken, und ich nickte hastig.

Sie schloss das Kleid an meinem Rücken, zupfte noch hier und da am Stoff herum, bevor sie ihre Hände auf meine Schultern legte. »Sie können aufs Podest gehen«, sagte sie zu mir, und ich gehorchte schweigend.

Normalerweise waren solche Anproben nichts Besonderes für mich, aber bei dem Gedanken daran, dass Lucie mich in diesem Kleid sehen würde und wie es ihr wohl gefallen würde, schlug mein Herz stolpernd in meiner Brust. Ich holte zittrig Luft und tauchte hinter dem Paravent auf, stellte mich mit vorsichtigen Schritten auf das Podest und schaute das erste Mal an mir herunter.

Das Kleid, welches Madame Bloom für mich ausgesucht hatte, war aus demselben leichten und seidigen Stoff wie das von Lucie. Doch mein Kleid war leuchtend rot, mit schwarzen Applikationen, die sich wie Dornenranken über den Stoff zogen. Der Ausschnitt war eckig und die Ärmel lang, ein wenig flattrig sogar, sodass der Stoff sich sanft um meine Handgelenke herumbewegte.

»Sie sehen großartig aus!«, rief Madame Bloom, und ich hob den Kopf, sah jedoch nicht zu ihr, sondern zu Lucie.

Sie saß auf dem Sessel und strahlte mich über beide Ohren an. »Du siehst wirklich wunderschön aus«, bestätigte sie die Worte der Schneiderin und erhob sich lächelnd. »Dein Verlobter wird dich in diesem Kleid hinreißend finden.«

Mein Herz schrie auf, als sie diese Worte sagte, und ein säuerlicher Geschmack legte sich auf meine Zunge.

Ich will gar nicht, dass er mich hinreißend findet, sondern du.

Der Gedanke war einfach da, und ich konnte mir gerade noch rechtzeitig auf die Zunge beißen, um ihn nicht laut auszusprechen, denn das wäre nicht nur unziemlich, sondern auch furchtbar peinlich gewesen. Außerdem durfte ich diesen dummen Gedanken gar nicht zulassen, ich musste mich am Riemen reißen, sonst würde ich alles kaputtmachen.

»D-danke«, stammelte ich also nur und wandte hastig den Blick ab. Ich wollte nicht an diesen Ball denken, daran, dass ich meinem Verlobten John wieder gegenüberstehen müsste und er mich …

»Nun! Dann suchen wir Ihnen auch noch passende Schuhe heraus, und eine Stola sollten wir ebenfalls noch finden. Ich nehme noch kleinere Anpassungen am Kleid vor, und dann wird es Ihnen im Laufe dieser Woche nach Heygate geliefert.« Madame Bloom kniete sich vor mir hin und steckte noch einige Bereiche des Kleides mit Nadeln ab, dann durfte ich das Podest verlassen, und man half mir aus dem Kleid.

»Sag mal …«, flüsterte Lucie mir zu, als wir beide nun beisammenstanden und den Blick durch den Raum schweifen ließen.

Die anderen Mädchen waren noch nicht fertig mit Anprobieren, und Mrs Ham lief zwischen ihnen hin und her, gab ab und an einen Kommentar von sich und schien bereits recht erschöpft zu sein.

»Was denn?«, fragte ich zurück.

»Denkst du … wir haben noch ein wenig freie Zeit, nun, da wir hier fertig sind?«

Ich wollte gerade antworten, als Mrs Ham vor uns auftauchte und uns kritisch beäugte. »Wenn Sie fertig sind, dann steigen Sie bitte in die Kutsche und fahren zurück zum Internat. Sie haben heute noch Tanzstunden für den Ball, damit die Mädchen von Heygate einen guten Eindruck im Hause Hold machen.«

»Hold?«, echote Lucie neben mir, und ihre Augenbrauen schossen in die Höhe. »Hold wie John Hold? Dein Verlobter?«

Ich unterdrückte ein Stöhnen und zuckte nur mit den Schultern. »Genau, der Ball findet ein wenig außerhalb von London statt, in der Villa der Familie meines Verlobten.«

Ein Schauer rieselte mir über den Rücken, und ich dachte an dieses riesige Haus, nein eher an diese Festung, die bei mir immer Beklemmungen hervorrief, wenn ich John besuchte.

»Ich dachte, das wäre Ihnen bewusst, Miss Farber«, mischte sich Mrs Ham in die Unterhaltung ein. »Sie scheinen keine einzige der Informationen, die man Ihnen gegeben hat, gelesen zu haben. Ihr zukünftiger Ehemann, Mr Arthur Smith, wird ebenfalls zugegen sein, und Sie wollen ihm doch den ersten Tanz schenken, oder nicht?«

»Natürlich, Mrs Ham.« Artig verschränkte Lucie ihre Hände hinter dem Rücken, doch ihre Stimme tropfte nur so vor Ironie, dass ich meine Hand vor den Mund legte, damit Mrs Ham mein Grinsen nicht sah. »Aber ich wollte fragen, ob wir noch ein wenig Zeit in Southend haben. Ich möchte für meine Eltern einige Souvenirs kaufen, und dann …« Sie stockte, musste sich räuspern und straffte den Rücken. »Ich wollte gerne das *Magdalena's House* besuchen.«

Innerhalb weniger Sekunden waren alle in der Schneiderei verstummt. Schockiert starrte ich Lucie an, die anscheinend gar nicht bemerkte, dass sich alle zu ihr gedreht hatten. Dass sich die Stille gefährlich anfühlte, knisternd und eiskalt.

»Wie?« Mrs Ham schüttelte pikiert den Kopf und massierte sich angestrengt die Nasenwurzel. »Das lassen Sie bitte schön bleiben, Miss Farber.«

»Aber …«, setzte Lucie an, doch unsere Lehrerin schnitt ihr das Wort ab.

»Dort hat eine feine Lady nichts zu suchen. Wie kommen Sie darauf, dass Sie dorthin wollen? Dort gibt es nichts, was Sie interessieren könnte.« Mrs Hams Stimme hatte einen scharfen Unterton angenommen, der Lucie jedoch nicht beeindruckte.

Sie verschränkte die Arme vor der Brust und stieß zischend

die Luft aus. »Aber meine Mutter war auch dort!«, rechtfertigte sie sich. »Ich möchte doch nur …«

»Nein.« Mrs Ham unterbrach Lucie erneut und packte sie dann harsch am Handgelenk. »Sie fahren unverzüglich zum Internat zurück, und wenn Sie noch einmal Widerworte geben, dann verbringen Sie die nächsten Tage, bis wir nach London fahren, damit, Strafarbeiten zu erledigen.«

»Lassen Sie mich los!« Lucie versuchte, sich aus dem Griff unserer Lehrerin zu befreien, doch Mrs Ham zog sie mit sich hinaus aus der Schneiderei, und ich folgte ihnen mit schnellen Schritten.

»Mrs Ham …«, wollte ich die Situation entschärfen. »Lucie hat es nicht böse gemeint, es ist nur so …«

»Es ist löblich von Ihnen, dass Sie Ihre Mitbewohnerin verteidigen wollen, Miss Hastings. Aber das wird nicht nötig sein. Miss Farber hat bereits deutlich gemacht, dass sie von Regeln nicht viel hält, also wird sie die Konsequenzen ihres Verhaltens tragen müssen.« Mrs Ham öffnete die Tür der Droschke, und Lucie stolperte perplex hinein, Wut verzerrte ihre feinen Gesichtszüge.

»Warum darf ich das *Magdalena's House* denn nicht besuchen? Was ist denn so schlimm an einem Ort, an dem alleinstehende Frauen leben?«

Für einen schrecklichen Augenblick dachte ich, dass Mrs Ham die Hand gegen Lucie erheben würde, doch unsere Lehrerin riss sich am Riemen.

»Weil Frauen nicht alleinstehend und dann auch noch schwanger oder Mutter sein sollten. Wenn eine Frau alleinstehend ist, dann hat sie sich von Männern fernzuhalten und ihnen kein Balg unterzujubeln. Außerdem tun diese Frauen dort, wie ihnen beliebt. Es gibt keinen Mann, der sie mit harter Hand leitet.«

»Weil manche Frauen das nicht brauchen!«, erwiderte Lucie

heftig, und ihre Hände ballten sich zu Fäusten. »Außerdem jubelt eine Frau einem Mann kein Kind unter, der Mann hat dabei auch seine Finger im Spiel, oder glauben Sie, dass der Storch die Kinder bringt?«

Klatsch.

Ich starrte entsetzt auf Mrs Hams Hand, auf Lucies Wange, die sich rasend schnell rot färbte, und die Tränen, die über ihre Lider schwappten. Nun hatte unsere Lehrerin sie doch geschlagen, und ich hatte nur tatenlos danebengestanden. Machtlos, meine Freundin zu verteidigen, diesem Streit Einhalt zu gebieten.

»Noch ein Wort, Miss Farber«, zischte Mrs Ham Lucie zu und beugte sich bedrohlich zu ihr, »und ich werde Sie von Heygate verweisen und Ihren Eltern Ihr schändliches Benehmen mitteilen. Sie haben Hausarrest, verlassen Ihr Zimmer nur für den Unterricht und nehmen Ihre Mahlzeiten allein ein.«

Mrs Ham sprach noch einige unwirsche Worte mit dem Kutscher, dann scheuchte sie mich in das Gefährt, welches sich sofort in Bewegung setzte. Schweigend saß ich neben Lucie und wagte nicht, sie anzusehen.

Sie schluchzte nicht, sie weinte auch nicht. Nein, sie hatte noch nicht mal ihre lädierte Wange berührt. Sie saß stocksteif da, wie eingefroren, und starrte auf ihre Hände, die immer noch zu Fäusten geballt waren.

»Lucie …«, begann ich und berührte sie vorsichtig an der Schulter, doch sie reagierte nicht.

Es dauerte eine kleine Ewigkeit, bis sie endlich den Kopf hob und mich ansah. Ihr Blick war wie ein Feuer, ein brodelnder Vulkan, der zu explodieren drohte.

»Du hast mich gewarnt«, murmelte sie, und ein trauriges Lächeln zeigte sich auf ihrem Gesicht. »Ich bin manchmal wirklich ein Hornochse.«

»Aber Lucie …« Ich wusste nicht, was ich sagen sollte, wie

ich sie trösten konnte – musste sie überhaupt getröstet werden? – oder was diese Situation besser machen würde.

»Nicht wichtig …« Wütend wischte sich Lucie übers Gesicht und drehte sich zu mir. »Nun habe ich noch einen Grund mehr, das *Magdalena's House* aufzusuchen, denn nur so kann ich Mimi helfen.«

»Was?« Ich neigte den Kopf zur Seite und verstand kein Wort. Warum musste sie ihrem Dienstmädchen helfen? Worum ging es hier eigentlich?

Lucie atmete tief durch und ergriff meine Hände. »Was ich dir jetzt sage, muss ein Geheimnis bleiben. Wenn du das irgendjemandem erzählst, dann schwöre ich, Amabel, auch wenn ich dich unglaublich gernhabe, ich werde dich in deinen Träumen heimsuchen und dir das Leben zur Hölle machen.«

Ihre Worte hätten in meinen Ohren bedrohlich klingen müssen, doch ich hatte nur einen Teil des Satzes vernommen, und mein Herz begann zu flattern, Hitze stieg in meine Wangen, und ich schluckte schwer.

Auch wenn ich dich unglaublich gernhabe.

Das hatte sie gesagt, und diese Worte bedeuteten mir die Welt. Ich nickte schweigend, um Lucie zum Weitersprechen zu ermutigen.

»Erinnerst du dich daran, dass wir Mimi gestern Nacht gesehen haben?«

»Ja …«, erwiderte ich, und langsam begannen die Puzzleteile in meinem Kopf sich zu einem Gesamtbild zusammenzufügen. Ein schreckliches, grausiges Motiv, und ich wollte Lucies nächste Worte gar nicht hören.

»Ich habe sie darauf angesprochen, und Mimi hat es zwar nicht gesagt, aber ihr ganzes Verhalten war deutlich genug. Sie ist schwanger.«

Und ganz ohne dass Lucie noch ein weiteres Wort sagen musste, verstand ich mit einem Mal, warum sie zum *Magdale-*

na's House wollte, warum sie sich so schrecklich vor Mrs Ham benommen hatte. Sie wollte Mimi beschützen, und außerdem war ihre Mutter ebenfalls in dem Frauenstift gewesen.

Doch nun teilten wir ein schreckliches, riesengroßes Geheimnis, das uns vor eine Vielzahl von Problemen stellte, und ich hatte keine Ahnung, wie wir diese jemals lösen sollten.

Kapitel 15

Heygate Boarding School, Juli 1860

Mrs Ham hatte ihre Drohung wahr gemacht. Die nächsten zwei Wochen bis zum Ball war ich lediglich von meinem Zimmer zum Unterricht und schnurstracks wieder zurückgegangen. Mimi hatte mir die Mahlzeiten aufs Zimmer gebracht, und ich hatte mich wie eine Gefangene gefühlt.

Sehnsüchtig hatte ich nach draußen gestarrt, auf die Felder rings um das Internat herum, die dichten Bäume und den Wald, dessen dichte Baumkronen in sattem Grün erstrahlten. Auf die Gemüse- und Blumenbeete und die Schülerinnen, die diese pflegten. Ich hatte ihrem Lachen gelauscht, dem Knarren der Türen auf dem Flur und dem Heulen des Windes. Und mein Mut war immer weiter gesunken.

Selbst die Arbeit bei den Gemüsebeeten hätte ich nun deutlich lieber gemacht, als nur auf meinem Zimmer zu sitzen. Dafür hatte ich mit dem Stricken begonnen und sogar schon einen Wollschal fertig bekommen. Aber ansonsten war mir nur langweilig.

»Fräulein Lucie?« Ich drehte mich vom Schreibtisch um und sah Mimi, die im Türrahmen stand.

Ich hatte nicht gehört, wie sie geklopft hatte, aber meine Gedanken waren ohnehin nur ein tosender Strudel aus Furcht und Machtlosigkeit.

»Ja?«, fragte ich und sah Mimi genauer an. Ihre Wangen waren rosig, und langsam konnte man die leichte Wölbung ihres Bauches erahnen. Wenn ich nicht schnellstens eine Möglichkeit finden würde, das *Magdalena's House* zu besuchen, dann würde Mimis Geheimnis auffliegen, und man würde sie vom Internat fortjagen. Wahrscheinlich sogar meinen Eltern brühwarm erzählen, dass sie schwanger war. Und vor allem würde ich Mimi dann auch verlieren, und sie hätte keinerlei Zukunft, ihr ungeborenes Kind ohnehin nicht. Noch immer hatte sie mir nicht erzählt, wer der Vater war, doch ich mutmaßte, dass dies auch keinen Unterschied machte. Dass sie dieses Kind nicht freiwillig empfangen hatte.

Ein Schaudern überkam mich, und ich verzog das Gesicht, klamme Kälte legte sich um meine Kehle, und ich stieß einen frustrierten Seufzer aus.

»Mrs Ham schickt mich, um Ihnen beim Kofferpacken zu helfen. Außerdem ist Ihr Kleid von Madame Blooms Schneiderei angekommen.« Mimi hielt eine große Schachtel hoch, die sie anscheinend vorher auf dem Flur abgestellt hatte.

»Wie schön«, murmelte ich und erhob mich langsam.

Dabei fiel mein Blick auf die Briefe, die auf meinem Bett lagen, und ich unterdrückte ein Stöhnen. Ich hatte mit Arthur Smith korrespondiert, und nun wurde mir schmerzlich bewusst, dass ich ihm begegnen würde. Meinem zukünftigen Ehemann.

»Ist alles in Ordnung, Fräulein Lucie?«, fragte Mimi und stellte die Schachtel auf der Kommode ab. Sie zog einen kleinen Koffer unter dem Bett hervor und musterte mich eindringlich.

»Das sollte ich eher dich fragen, oder nicht?« Ich deutete auf ihren Bauch, und sofort schoss Röte in ihr Gesicht, und sie wandte den Blick ab.

»Ich …«, setzte sie an und begann fahrig damit, einige Kleidungsstücke in meinen Koffer zu packen. »Ich wollte es wegmachen lassen, aber die Engelmacherin, die hier in Southend lebte, ist fortgezogen.«

Mimis Worte legten sich bleischwer auf mein Herz, und ich zog scharf die Luft ein. Im Nu war ich bei ihr und ergriff ihre Hände. »Das darfst du auch nicht tun!«, stieß ich hervor. »Das ist gefährlich, und dieses Kind ist doch ein Geschenk. Wieso hast du nicht mit deiner Freundin Agathe in Lübeck gesprochen, die mich auf die Geburtsstation des Heiligen-Geist-Hospitals mitgenommen hat?«

Mimis Blick verdunkelte sich, und sie schob sich eine Haarsträhne hinters Ohr. »Das ist es nicht, Fräulein Lucie. Sie wissen nicht, wie es sich anfühlt, ein Kind unter dem Herzen zu tragen, das man nicht haben will. Ich hätte es Agathe nicht erzählen können, sie hätte mich ebenfalls zu überzeugen versucht, dass ich dieses Kind behalte. Und außerdem durfte niemand davon erfahren.«

Ich presste die Lippen aufeinander und schwieg. Mimi hatte recht, ich hatte nicht die geringste Ahnung, wie sie sich fühlen musste. Aber ich wollte ihr helfen.

»Du musst mir versprechen, in London keine Engelmacherin aufzusuchen, Mimi. Du könntest dabei sterben!«

Mimi zuckte nur mit den Schultern und erhob sich. »Was würde das denn für einen Unterschied machen?« Sie klang resigniert und erschöpft. »Wenn ich das Kind bekomme, bin ich so gut wie tot. Ich habe dann keine Arbeit mehr und kann weder mich noch dieses Kind ernähren.«

»Ich werde dich unterstützen! Es gibt hier in Southend das *Magdalena's House*, meine Mutter war früher dort, und ich glaube, dass man dir dort helfen kann. Wenn wir aus London zurück sind, werde ich dorthin gehen und …«

»Vielleicht ist es dann schon zu spät«, unterbrach mich Mimi und schüttelte den Kopf. »Ich weiß sehr zu schätzen, was Sie für mich tun, Fräulein Lucie, aber Sie müssen sich jetzt um Ihre eigenen Angelegenheiten kümmern. Die Droschken fahren heute Nachmittag zum Bahnhof, und Sie sollten sich auf die erste Begegnung mit Ihrem Zukünftigen vorbereiten.«

»Aber Mimi …«, setzte ich an, doch für sie schien das Thema abgehakt. Sie packte schweigend weiter und verabschiedete sich dann von mir, um noch einige letzte Dinge zu erledigen, bevor wir abreisten.

»Ich will ihr doch nur helfen …«, murmelte ich leise und ließ mich aufs Bett fallen, mein Blick streifte Arthurs Briefe. Er schien wirklich nett zu sein, doch ich wollte ihn immer noch nicht heiraten, und dann waren da noch diese flatternden Gefühle für …

»Manche Menschen wollen aber keine Hilfe.«

… *Amabel.* Sie betrat mein Zimmer und setzte sich neben mich. Ihre Augen strahlten, und sofort begann mein ganzer Körper zu pulsieren. Was war das bloß? Wieso fühlte es sich so merkwürdig und gleichzeitig so wunderbar an, wenn sie in meiner Nähe war?

Vielleicht magst du sie mehr, als man eine Freundin mag, flüsterte eine Stimme in meinen Gedanken und ließ mich zusammenzucken. Nein, das konnte nicht sein. Frauen konnten doch keine Frauen …

»Bist du aufgeregt?«, durchbrachen Amabels Worte meine wirren Gedanken, und ich schaute auf.

»Denkst du …«, zögerlich sah ich sie an, »dass er nett ist? Dass mich Arthur glücklich machen könnte?«

Die Worte fühlten sich falsch an in meinem Mund, sie schmeckten verbrannt und schal, aber ich klammerte mich an diese winzige Hoffnung, dass Arthur Smith wirklich der Richtige für mich sein könnte.

Amabel wiegte den Kopf hin und her, dann zog sie mich weiter mit aufs Bett. Die Federn der Matratze quietschten unter uns, und sie verflocht meine Finger mit den ihren.

»Ich glaube …«, wisperte sie leise in mein Ohr, »dass du glücklich sein kannst, egal, was geschieht. Du darfst dich nur nicht selbst verlieren.«

Ihre Hände waren so warm, ihre Worte so zart wie eine Daunendecke. Und ohne dass ich es bemerkte, rollte eine Träne meine Wange hinab. Erst als Amabel sie sanft fortwischte und mich anlächelte, spürte ich, wie sehr mich die letzten Wochen ausgezehrt hatten. Wie viel Angst ich wirklich vor dieser Begegnung mit Arthur hatte.

»Danke«, murmelte ich und zog sie in meine Arme. »Danke, dass du da bist.«

Amabel strich sanft über meinen Rücken. »Dafür sind Freundinnen doch da, oder nicht?«

Ich nickte schweigend an ihrer Schulter und fragte mich doch insgeheim, ob das zwischen uns nicht mehr war als Freundschaft, ob Amabel nicht mehr empfand, denn ich konnte mich immer noch daran erinnern, wie rot sie geworden war, als sie ihr Kleid in der Schneiderei anprobiert hatte. Wie ihre Blicke nur zu mir und zu niemandem sonst gewandert waren.

Außerhalb von London, Villa der Familie Hold

»Das ist … unglaublich.« Mir blieben die Worte fast im Hals stecken, und ich konnte nicht anders, als dieses Monstrum einer Villa anzustarren.

»Mach den Mund zu«, riet Amabel mir und strich über den Stoff ihres roten Kleides. »Sonst kommen Fliegen hinein.«

Ich schnaubte belustigt und verschränkte die Arme vor der Brust. Der Stoff der Pelerine raschelte leise, fühlte sich ein wenig kratzig auf meiner Haut an, obwohl er aus weicher Wolle war. Aber vielleicht lag das auch nur an meiner Aufregung.

Wir waren am Nachmittag mit dem Zug nach London gefahren und hatten in einer kleinen Pension nahe dem *Piccadilly Circus* haltgemacht. Erneut hatte mich die schiere Größe dieser lärmenden Stadt nahezu erschlagen, doch zu meinem Glück – *oder Unglück, das wusste ich noch nicht* – hatten wir lediglich unsere Zimmer bezogen und uns von den Dienstmädchen für den Ball fertig machen lassen.

Als die Dämmerung einsetzte, scheuchte Mrs Ham uns alle in Kutschen, die London wieder verließen und die Grafschaft der Familie Hold ansteuerten. Und nun standen wir vor dieser riesigen Villa, von der ich meinen Blick nicht lassen konnte.

Das Gebäude war aus dunkelrotem Stein erbaut und hatte drei Stockwerke sowie unzählige Bogenfenster. Es war hell erleuchtet, und zwei kleine Türme schraubten sich links und rechts in den Himmel. Das Dach war mit dunklen Schindeln gedeckt, und ein riesiger Torbogen führte zu einer Treppe und der nicht weniger imposanten Haustür, die doppelflügelig war und aus dunklem Holz, welches im Schein der Gaslampen glänzte. Links und rechts der Villa umfasste eine meterhohe Mauer das Grundstück, die Rasenflächen waren ein wenig feucht, und Hecken, die akkurat geschnitten waren wie mit einer Nagelschere, rundeten das Bildnis ab.

»Die Damen!« Mrs Ham klatschte in die Hände und positionierte sich vor uns zwanzig Mädchen, die wir in der Abschlussklasse waren. Das aufgeregte Gemurmel verstummte, und wir schauten alle zu unserer Lehrerin, die ihr normalerweise strenges Gewand gegen ein weit fallendes, jedoch eher altmodisch wirkendes Kleid in einem hellen Blau getauscht hatte. Ihre Haare waren erneut zu einem strengen Dutt gebunden, der von einigen Spangen gehalten wurde.

Für die Abschlussklassen gehörten diese verschiedenen Bälle im Jahr zur Erziehung. All jene Mädchen, die bereits verlobt waren, trafen dort ihre zukünftigen Gatten, lernten die Familien ihrer Verlobten kennen oder trafen zum Teil auch ihre eigenen Eltern bei diesen Bällen wieder.

Diejenigen von uns, die noch nicht verlobt waren, was eine erschreckend kleine Zahl war, ließen ihre Tanzkarten von jungen Männern ausfüllen, lernten diese kennen und wurden langsam in die Gesellschaft eingeführt. Bei diesen Gelegenheiten kam es oft vor, dass nach einem Ball eine der Schülerinnen ein Verlobungsgesuch erreichte. Jedenfalls hatte mir Amabel das erzählt, als ich sie mit Fragen über den Ball gelöchert hatte.

»Sie werden nun gemeinsam ruhig und gesittet, wie es für eine junge Lady angemessen ist, die Villa und den Ballsaal betreten. Die meisten von Ihnen waren schon mal im Hause der Familie Hold, falls Sie jedoch eine Frage haben, wenden Sie sich an Miss Hastings, immerhin ist der junge Earl John Hold ihr Verlobter.«

Ich bemerkte, wie Amabel sich neben mir anspannte und den Kopf gesenkt hielt, als sich einige unserer Mitschülerinnen zu ihr umdrehten.

»Viele von Ihnen werden jedoch schnell Anschluss finden, denn Ihre Verlobten oder bekannte Familien aus London werden ebenfalls am Ball teilnehmen. Sie kennen die Regeln, meine Damen. Sprechen Sie höflich mit den anwesenden Gästen, halten Sie Ihre Tanzkarten bereit, wenn der Ball beginnt, und seien Sie so gütig und schenken Ihren Verlobten den ersten Tanz.«

Gekicher breitete sich in unserer kleinen Gruppe aus, und ich konnte nicht anders, als seufzend die Augen zu verdrehen. In meinem Magen zog sich ein Knoten zusammen, und am liebsten wäre ich blindlings davongerannt. Furcht packte mich, und ein eisiger Schauer ließ mich erzittern.

»Nur Mut«, flüsterte Amabel mir zu und ergriff meine Hand, die in einem seidigen Handschuh aus dunkelblauem Stoff steckte, der wie der Nachthimmel funkelte.

Ich nickte ihr zu, und im Gänsemarsch bewegten wir uns unter den wachsamen Augen von Mrs Ham zum Eingang. Ich hob den Kopf, als wir durch den Torbogen liefen, der mit kleinen Figuren verziert war, und als sich die Eingangstür für uns öffnete, drang der süßliche Duft von Wein in meine Nase. Wortfetzen erfüllten die aufgeheizte Luft, und schillerndes Licht blendete mich.

Im Eingangsbereich wurden uns Jacken, Mäntel oder Pelerinen abgenommen, und ein livrierter Diener führte uns linker Hand in einen riesigen Saal.

»Ich wünsche den jungen Damen viel Freude beim heutigen Ball«, sagte er in harschem Englisch, das sich nicht danach anhörte, als würde er aus London stammen.

Gemeinsam mit Amabel atmete ich tief durch und tat einen Schritt vor den anderen, auch wenn meine Beine sich anfühlten wie Pudding. Als würden sie jede Sekunde unter mir nachgeben. Ich glaubte, ich war in meinem ganzen Leben noch nie so schrecklich nervös gewesen.

Ich schaute mich im Ballsaal um und war wie geblendet von all den Frauen in ihren hübschen bunten, filigran geschnittenen Kleidern. Den jungen Männern in ihren Anzügen mit Frack und Krawatte – *oder Fliege, was mir um einiges sympathischer erschien* – und den imposanten Kronleuchtern, die an der Decke funkelten und den Saal in ein grelles Licht tauchten.

Linker und rechter Hand des Saals waren einige Sitzgelegenheiten wie Récamieren und Chaiselongues aufgestellt, auf denen die älteren Damen Platz genommen hatten und an einem Glas Champagner nippten. Vor Kopf stand eine kleine Gruppe von Musikern in einer Ecke, die gerade ihre Instrumente aufbauten, und dann war da noch eine Tür links von uns, aus der ein himmlischer Geruch zu mir drang.

»Du sollst jetzt nicht ans Essen denken, sondern nach deinem Verlobten Ausschau halten«, rügte mich Amabel liebevoll, als sie meinen Blick bemerkte. »Habt ihr in eurem Briefwechsel ein Erkennungszeichen vereinbart?« Bei dieser Frage klang ihre Stimme plötzlich dumpf in meinen Ohren, und ihre Worte schienen falsch, so scharfkantig wie ein Messer, nicht freundlich wie sonst.

»Wir ...«, setzte ich an und wunderte mich über ihren plötzlichen Stimmungswechsel. »Arthur hat geschrieben, dass er ein buntes Einstecktuch tragen wird sowie eine rote Rose.«

»Wie einfallsreich, das ...«, begann Amabel, doch im nächsten Augenblick stand ein junger Mann vor uns, der sich vor Amabel verneigte und ihre Hand ergriff.

Galant hauchte er einen Kuss darauf und verzog die Mundwinkel zu einem strahlenden Lächeln. Seine schwarzen Haare waren ordentlich frisiert und glänzten wie das Gefieder eines Raben. Seine Augen funkelten grün, und er war groß und schlank.

»Amabel, wie schön, dich zu sehen«, sagte er, und seine Stimme klang zuckersüß.

Amabel jedoch stand nur stocksteif da, ihre Miene war wie erstarrt. Der junge Mann hob fragend eine Augenbraue, dann huschte sein Blick zu mir, und ich räusperte mich.

»Guten Abend«, begrüßte ich ihn und lächelte höflich, ich glaubte zu wissen, wer dieser galante Herr war. »Mein Name ist Lucie Farber, ich bin Amabels neue Mitbewohnerin.«

»Es ist mir eine Freude, Sie kennenzulernen, Miss Farber!« Der junge Mann wandte sich mir zu und ließ Amabels Hand los. Noch immer hatte meine Freundin nichts gesagt.

»John Hold, meinen Eltern gehört diese wunderschöne Villa, und ich bin Amabels Verlobter.«

Also doch, dachte ich und sah erneut zu Amabel, *deswegen macht sie so ein mürrisches Gesicht.*

»Die Freude ist ganz meinerseits, Mylord«, antwortete ich vage, weil ich zwar einige Bücher über die englischen Adelstitel gewälzt, aber trotzdem keine Ahnung hatte, ob dies die richtige Ansprache war.

»Ich hoffe, Sie werden einen wunderschönen Abend haben, Miss Farber, und Ihre Tanzkarte mit vielen Namen füllen. Wie ich hörte, sollen Sie mit meinem alten Schulkameraden Arthur Smith verlobt werden.« John Hold strahlte mich an und strich sich über den blauen Anzug, der natürlich wie angegossen saß.

»Ja …« Meine Stimme versiegte erneut, und meine Hände wurden feucht. »Wissen Sie, wo ich ihn finde?«

Die Miene meines Gegenübers verdüsterte sich, und er schaute verstohlen über die Schulter, doch ich konnte nicht ausmachen, wohin er sah. »Ich fürchte, Arthur verspätet sich, er ist jedenfalls noch nicht zugegen.«

»Oh«, machte ich und klang beinahe enttäuscht, obwohl es doch das war, was ich mir gewünscht hatte. Dass ich ihn gar nicht kennenlernen musste, und trotzdem wusste ich nicht so recht, wieso mich diese Information so verunsicherte.

»Aber ich bin sicher, dass Sie noch mit anderen Herren tanzen werden, Miss Farber. Sie sehen wunderschön aus.« John Hold nickte mir zu und reichte Amabel seinen Arm. »Würden Sie meine Verlobte und mich bitte entschuldigen?«

»Na-natürlich«, stammelte ich ein wenig vor den Kopf gestoßen und berührte Amabel noch kurz an der Schulter. »Hab einen schönen Abend«, wisperte ich ihr zu, und sie nickte nur stumm, war wie eingefroren in der Zeit.

Ich blieb allein zurück und sah mich um, doch ich entdeckte weder Cecily noch Clary irgendwo. Sicherlich war Clary sofort zu ihrem Verlobten gestürmt, und so, wie ich die romantische Cecily einschätzte, war sie vermutlich mit ihrem Verlobten auf den Balkon gegangen oder sogar ins Grüne, denn sie liebte die Natur sehr.

Zu den anderen Mädchen aus unserer Klasse hatte ich bisher

wenig Kontakt gehabt, doch ich wollte auch nicht hier wie auf dem Präsentierteller mitten in der Halle stehen bleiben.

Plötzlich erschallte von der anderen Seite des Raumes eine leise Melodie, und ich zuckte zusammen, als eine weitere Person vor mir auftauchte.

»Dürfte ich die Dame zu einem Tanz einladen?«, fragte ein junger Mann und hielt mir seine Hand entgegen.

Er hatte rotbraunes Haar, das mich an das Fell eines Eichhörnchens erinnerte, und obwohl er ordentlich frisiert war, stahlen sich einige wilde Locken aus der Frisur und umschmeichelten seine feinen Gesichtszüge. Strahlend blaue Augen musterten mich neugierig, schienen mich zu durchdringen wie Wasser. Aber es war kein unangenehmes Gefühl, nein, es war irgendwie schön. Deutlich zeichneten sich seine Muskeln unter dem schwarzen Anzug ab, und er neigte den Kopf zur Seite, hob die Augenbrauen, sodass eine kleine Falte auf seiner Stirn erschien, und lächelte mich an.

»Habe ich Ihnen mit meinem stattlichen Aussehen die Sprache verschlagen, Miss?«, fragte er kokett, und ich musste lachen.

»Das haben Sie in der Tat ein wenig …«, erwiderte ich zögerlich, während die Musik hinter uns weiter anschwoll und immer mehr Paare sich zum ersten Tanz in der Mitte des Saals versammelten.

»Warten Sie etwa auf jemanden?« Noch immer ruhte die Hand des jungen Mannes zwischen uns in der Luft, und mein Herz pochte schmerzhaft gegen meine Rippen, während ich mich in diesem Blick aus seinen blauen Augen zu verlieren drohte. So, als würde man mitten in einen Ozean hineinstürzen.

»Nein«, antwortete ich da und erschrak über mich selbst. »Also … eigentlich doch, mein zukünftiger Verlobter Arthur Smith sollte heute hier sein, und ich soll ihn kennenlernen.

Aber da ich ihn ohnehin nicht heiraten will, kann ich auch mit Ihnen tanzen, wenn Sie mir Ihren Namen verraten.«

Verdammt, wer hat da gesprochen?, fragte ich mich im gleichen Augenblick, als die Worte meiner Kehle entflohen waren. Denn ich hatte nicht nur etwas Unschickliches, sondern auch etwas ziemlich Unhöfliches gegenüber meinem zukünftigen Ehemann gesagt. Das würde man mir ankreiden können, falls mein Gegenüber jemandem erzählte, wie sich das Mädchen aus Deutschland benahm.

Doch anstatt mich zu rügen, lachte der Fremde auf und schüttelte belustigt den Kopf. »Sie haben Schneid, junge Dame«, erwiderte er, und bei diesem hinreißenden Lächeln zeigten sich kleine Grübchen auf seinen Wangen. »Dann nehme ich an, Sie werden mit mir tanzen?«

»Sie haben mir noch nicht Ihren Namen verraten, der Herr«, antwortete ich kokett, ergriff jedoch seine dargebotene Hand. »Aber ich stelle mich gerne vor, mein Name ist Lucie Farber.«

Für den Bruchteil einer Sekunde zögerte er, die steile Falte auf seiner Stirn wurde eine tiefe Furche, doch dann zupfte wieder dieses schelmische Lächeln an seinen Lippen.

»William«, antwortete er, und seine Stimme umschmeichelte mich wie ein lauer Sommerwind.

Und dann zuckte plötzlich eine Erinnerung durch meinen Kopf wie ein gleißender Blitz, und ich zog scharf die Luft ein.

»Ich … kennen wir uns?«, fragte ich und legte die Stirn in Falten. Bilder zeigten sich vor meinem inneren Auge, und ein Lächeln stahl sich auf Williams Gesicht, während er mich auf die Tanzfläche führte.

»Tun wir das?«, fragte er neckend, während seine Hand sich auf meine Hüfte legte.

»Sie …« Ich brauchte einen Augenblick, um mich zu vergewissern, dann jedoch war ich mir sicher. »Sie sind der junge

Mann, der mir in Southend am Pier den Brief meiner Mutter zurückgebracht hat.«

Er sah anders aus. Adretter und besser gekleidet, nicht wie damals, als er eine dunkle Hose aus grobem Stoff und eine abgenutzte Jacke getragen hatte. Und natürlich diese graue Schiebermütze, die sein Gesicht und die störrischen roten Locken verdeckt hatte. Aber ich war mir mit einem Mal sicher, dass er es war.

»Mhm …« William lachte leise auf, während die Musik zu einer sanften Melodie anschwoll und den ganzen Saal erfüllte.

Kurz schienen alle Tänzer wie eingefroren, dann setzte der erste Takt des Musikstücks ein, und wir bewegten uns wie aufgezogen an einer Schnur. William führte mich mit einer Leichtigkeit, die dafür sorgte, dass meine Tanzschritte ruhig und sicher waren. Ich hatte keine Angst mehr in diesem Augenblick. Nein, da war nur Stille in meinen Gedanken und die Musik in meinen Ohren.

»Sie haben recht, Miss Lucie«, flüsterte William, und ich verfing mich in seinem Blick, in seinen sanften Worten und seiner ganzen Erscheinung.

Fühlt sich das so an?, fragte ich mich im Stillen, während wir eine Pirouette drehten und William mich ein weniger näher an sich zog. *Ist es das, was Mama meinte? Dass ich glücklich werden könnte? Dass nicht alle Männer schlecht sind?*

Ich spürte seinen warmen Atem auf meiner Haut, und es fühlte sich ganz anders an als mit Amabel und doch wieder gleich. Aber ich hatte keine Ahnung, wie ich dieses Gefühl beschreiben sollte.

»Warum waren Sie in Southend?«, fragte ich neugierig und deutete auf seine schicke Kleidung. »Vor allem in einem ganz anderen Aufzug als jetzt?«

Nachdenklich betrachtete William mich, während die Musik uns gefangen nahm, meine Füße sich wie von selbst bewegten und es sich anfühlte, als würde ich in einen tiefen Traum fallen. Als wäre alles um uns herum nur Luft.

»Ich studiere Medizin«, antwortete er vage und neigte den Kopf zur Seite, einige rote Haarsträhnen fielen ihm in die Stirn, umspielten seine Gesichtszüge wie züngelnde Flammen.

»Medizin?«, fragte ich begeistert, und mein Herz schlug kräftig in meiner Brust, meine Hände wurden feucht, doch immerhin trug ich Handschuhe – zum Glück. »Wie spannend! Ich würde auch so gerne …« Ich biss mir auf die Unterlippe und schwieg.

Das sollte ich nicht sagen. Frauen studierten nicht, dafür waren wir in den Augen der Männer viel zu dumm. Wir sollten schweigende Schatten sein, den Haushalt führen und uns nicht in die Belange der Politik oder des Weltgeschehens einmischen. Das durfte ich nicht vergessen. Ich durfte nicht vergessen, dass ich mich keinem Mann zuwenden wollte, doch William …

»Interessieren Sie sich ebenfalls für die Medizin?« Er lächelte mich freundlich an, und aus seiner Stimme war kein Spott herauszuhören, nein, seine blauen Augen musterten mich beinahe liebevoll. Aber ich bildete mir ein, auch einen Schmerz in diesem Blick zu erkennen, den ich nicht deuten konnte.

»Ich … ja«, gab ich leise zu, als die Musik verstummte und die Tänzer haltmachten, nun würden wir eigentlich die Tanzpartner wechseln, einen neuen Namen auf unsere Tanzkarte schreiben, aber William ließ mich nicht los.

Stattdessen zog er mich etwas abseits zur rechten Seite des Tanzsaals zu den Balkonen.

»Was tun Sie?«, fragte ich erschrocken und schaute über die Schulter zurück, während ich William hinaus in die laue Sommernacht folgte.

Der Wind umspielte meine Haare, strich über meine aufgeheizte Haut, und Sterne, wie aufgezogen an einer Leine, funkelten am mitternachtsblauen Himmel. Gierig zog ich die frische Luft ein und sah zu William, der sich an die Brüstung gestellt hatte.

»Hier ist es viel schöner, oder nicht?«, fragte er mit belegter Stimme, und ich stellte mich neben ihn.

Aus den Augenwinkeln betrachtete ich ihn eingehend. Er war schön. Aber nicht auf die Art, die meine Freundinnen in Lübeck an jungen Männern geliebt hatten. Nein, etwas Raues umspielte seine Züge, die hohen Wangenknochen warfen Schatten auf seine Haut, und sein rotes Haar war genauso störrisch wie meine blonden Locken. Da lag keine Arroganz in seiner Stimme, wenn er sprach.

»Ja …«, erwiderte ich und schaute auf die gepflegte Parkanlage, die im Dunkeln vor uns lag. Einige Laternen erleuchteten den Weg, und wie von selbst rückte ich ein Stück näher an ihn heran. Mein Herz klopfte mir bis zum Hals, so laut, dass mich die lächerliche Angst heimsuchte, William würde es hören.

»Haben Sie schon Berührungspunkte mit medizinischen Dingen gehabt?«, fragte William und drehte sich zu mir.

Ich biss mir auf die Unterlippe und schüttelte stumm den Kopf. Das durfte ich nicht sagen, das gehörte sich nicht für eine Lady. Auch wenn William freundlich war und mir ganz anders erschien als andere Männer, er war mit Sicherheit ein Adelsspross oder der Sohn eines Politikers, in seiner Welt sollten Frauen sich benehmen und nicht gegen irgendwelche Konventionen verstoßen.

»Fürchten Sie sich, mir die Wahrheit zu sagen?« Seine Gedanken waren gestochen scharf, seine Worte trafen mitten ins Schwarze, und ich zuckte betroffen zusammen.

»Eine Frau sollte sich nicht für solche Belange interessieren«, sagte ich und klang wie eine Maschine, meine Worte waren auswendig gelernt und das, was die Gesellschaft hören wollte.

»Finden Sie?« William schaute mich nicht mehr an, er starrte in die Dunkelheit vor uns. »Ich glaube, dass dies nicht stimmt. Immerhin arbeiten Frauen als Hebammen, ohne sie würden viele Kinder sterben. Und die Geburtshilfe ist auch ein Teilbereich der Medizin.«

Mein Mund klappte auf, aber nur ein raues Krächzen entrann meiner Kehle. Noch nie hatte ich einen Mann so etwas sagen hören. Nein, ich kannte es nur, dass eine Frau aus derartigen Gesprächen ausgeschlossen wurde, dass wir unwissend gehalten werden sollten. Doch William …

Tränen brannten in meinen Augen, und ich fuhr mir über die Wangen, hatte keine Ahnung, woher dieser plötzliche Gefühlsausbruch kam. Doch ich spürte etwas anderes und lächelte. Die Wut in mir war ganz still, sie blubberte nicht, sie drohte nicht, mich zu übermannen. Nein, hier mit William war ich ruhig, geradezu entspannt. Als würde ich in mir selbst ruhen.

»Da haben Sie recht«, erwiderte ich, und meine Hand fand wie von selbst die von William. »Die Geburtshilfe und die Arbeit von Hebammen fasziniert mich sehr … aber Sie haben mir immer noch nicht verraten, warum Sie so anders gekleidet in Southend unterwegs waren.«

Nun drehte William sich doch wieder zu mir. Nur wenige Zentimeter trennten unsere Gesichter voneinander. Es war unschicklich, hier mit ihm zu stehen, ohne dass wenigstens eine meiner Freundinnen oder Mrs Ham bei uns war. Das wusste ich, doch es kümmerte mich in diesem Augenblick herzlich wenig. Denn dieser Augenblick gehörte nur ihm und mir.

»Das, Miss Lucie …«, wisperte William und hauchte einen Kuss auf meine Wange, »muss ein Geheimnis zwischen uns bleiben.«

Ein Zittern jagte über mich hinweg, ich konnte seinen Atem auf meiner Haut spüren, den Hauch dieses Kusses, und ein Lä-

cheln schlich sich auf meine Lippen. Eine merkwürdige, geradezu diebische Freude erfüllte mich.

»Ich liebe Geheimnisse, William«, antwortete ich und musste ein Kichern unterdrücken, als William mich noch ein wenig
näher zu sich heranzog, mitten hinein in eine Welt, von der ich
gedacht hatte, dass sie mir ewig fremd bleiben würde.

Kapitel 16
Arthur

S ie war es.
Ich hatte es vorher schon geahnt, bevor sie überhaupt ihren Namen ausgesprochen hatte. Sie sah ihrer Mutter viel zu ähnlich. Die blonden, störrischen Locken, die sanften Gesichtszüge, die fein geschwungenen Augenbrauen und diese spitze Kinnpartie.

Genau so hatte ihre Mutter ausgesehen auf den Fotos, die meine Mutter mir gezeigt hatte, als sie mir offenbarte, dass ich Lucie Farber heiraten würde.

Ich hatte damals am Pier schon gedacht, dass sie es sein könnte, aber da hatte ich keine Zeit gehabt, sie nach ihrem Namen zu fragen oder ein Gespräch mit ihr zu führen. Und außerdem war ich damals auch ein anderer Mensch gewesen. Abweisend und nicht so freundlich wie jetzt. Weil dieser Arthur von damals und ich jetzt nicht die gleiche Person sind. Jedenfalls nicht in den Augen anderer Menschen.

Und nun stand sie vor mir, mit diesem hübschen, beinahe schüchternen Lächeln inmitten der Finsternis in dieser lauen Sommernacht.

Und sie verabscheute mich. Nun, nicht mich, wie ich gerade vor ihr stand, sondern mein wahres Ich. Meinen wahren Namen, den ich ihr nicht offenbart hatte.

Du bringst dich mit dieser Lüge in große Schwierigkeiten, flüsterte eine Stimme in meinen Gedanken, doch ich ignorierte sie. Es war wie ein Instinkt gewesen, ihr nicht meinen wahren Namen zu nennen. Immerhin hatte sie sehr offen gesagt, dass sie mich nicht heiraten wollte. Irgendwie war mir das klar gewesen, bevor ich sie überhaupt gesehen hatte. Deswegen hatte ich das bunte Anstecktuch aus dem Jackett gezogen und hatte mich ihr als jemand anders genähert.

»Nun erzählen Sie mir schon, warum Sie in Southend waren«, bat Lucie mich und zog mich zu einer Nische auf dem Balkon, wo mehrere Stühle und ein Tisch standen.

Ich erwähnte lieber nicht, dass dieser Platz den Herren vorbehalten war, um in Ruhe eine Zigarre zu rauchen und sich hinter vorgehaltener Hand über die Damen zu unterhalten. Aber irgendwie beschlich mich das Gefühl, dass das Lucie Farber kaum interessiert hätte.

Mein Herz schlug stolpernd in meiner Brust, und meine Gedanken kreisten wild durcheinander. Gott, ich konnte kaum den Blick von ihr lassen. Ich hatte sie gesehen und war ihr hoffnungslos verfallen. Was war ich doch für ein Idiot. Sie würde mich niemals lieben, immerhin hatte ich unsere Begegnung mit einer dummen Lüge begonnen und wusste nicht, wie ich das jemals wieder geradebiegen sollte.

»Nun?« Lucie hatte es sich auf einem der Stühle bequem gemacht und schlug die Beine übereinander, ihre Wangen waren gerötet, und ihre grünen Augen zogen mich in ihren Bann. »Erzählen Sie mir jetzt Ihr großes Geheimnis?«

Wenn ich ein einziges Mädchen glücklich machen kann, dann soll es bitte sie sein, dachte ich traurig und gleichzeitig völlig entzückt. Ich ballte die Hand zur Faust, und meine Fingernägel schnitten tief ins Fleisch.

»Ich habe Ihnen schon erzählt, dass ich Medizin studiere«, begann ich langsam und versuchte, das Zittern in meiner Stimme zu unterdrücken. »Ich studiere in London, aber meine Mutter lebt auf unserer Grafschaft in Southend, und ich helfe in einem Frauenstift aus, berate die Hebammen in medizinischen Fragen.«

Lucie sah mich erstaunt an, dann huschte etwas wie Erkenntnis über ihre Gesichtszüge, und sie zog die Nase kraus. »Sie ... meinen Sie etwa das *Magdalena's House?*« Ihre Stimme klang ein wenig schrill, und sie griff nach meiner Hand. »Sind Sie dort öfter?«

Sie weiß also schon davon, schoss es mir durch den Kopf, und ich konnte mir ein Lächeln nicht verkneifen. Die wenigsten interessierten sich für das *Magdalena's House,* gerade die Schülerinnen von Heygate sollten diesem Ort nicht zu nahe kommen, denn er offenbarte das Bild einer Gesellschaft, von der junge Damen ferngehalten werden sollten.

»Ja, ich meine das *Magdalena's House,* doch es überrascht mich, dass Sie dieses schon kennengelernt haben, Miss Lucie.« Ich räusperte mich, während ein gewaltiger Schmerz in meinen Schläfen zu pochen begann.

Sie sah so neugierig aus, so unschuldig, und ich log ihr mit jedem Wort ins Gesicht. Ich war ihr verdammter Verlobter, und wenn sie das herausfinden würde, dann ...

»Ich habe es nicht kennengelernt.« Urplötzlich ließ Lucie mich los und verschränkte die Arme vor der Brust. »Ich durfte nicht hin, meine Lehrerin Mrs Ham hat es mir verboten.« Sie schnaubte unfein, und ich lachte leise auf.

Lucie Farber war genau so, wie ich sie mir vorgestellt hatte, und doch ganz anders. Sie scherte sich nicht um Konventionen, sie nahm kein Blatt vor den Mund, und sie wusste, was sie wollte. Gott, ich liebte das, und mir wurde schlagartig bewusst, dass ich dabei war, mich innerhalb eines Wimpernschlags in dieses Mädchen zu verlieben.

Weil du ein viel zu großes Herz für diese Welt hast, Arthur, wisperte die Stimme meiner Mutter in meinen Gedanken, und ich berührte Lucie vorsichtig am Arm.

»Das wundert mich ehrlicherweise nicht, Miss Lucie. Das *Magdalena's House* ist nicht sehr beliebt bei den Lehrerinnen aus Heygate. Sie denken, es könnte den jungen, feinen Ladys schaden, wenn sie sehen, wie es wirklich in unserer Gesellschaft zugeht.«

»Das kann ich mir nur zu gut denken.« Lucie verflocht wie von selbst ihre Finger mit den meinen, und das Herz schlug mir bis zum Hals. Diese Berührung war wie Feuer, das mich in Brand zu setzen drohte. »Aber ...«

Sie sprach nicht weiter, sondern rückte mit dem Stuhl näher an mich heran und schaute mir tief in die Augen.

»Was aber, Miss Lucie?«, murmelte ich mit rauer Stimme, und mein Blick blieb an ihren rosigen Lippen hängen, an diesem kleinen Muttermal auf ihrem Kinn, welches aussah wie ein Herz.

»Wenn Sie öfter in Southend sind, William ...«, setzte sie an und tippte sich gegen die Nase. »Meinen Sie, wir könnten das *Magdalena's House* gemeinsam besuchen?«

Ich unterdrückte ein Stöhnen und biss mir auf die Innenseite der Wange. Ich konnte mir denken, warum sie dort hinwollte. Schließlich kannte ich die Geschichte unserer Mütter, wusste von ihrer Freundschaft und ihren Abenteuern in Southend. Und ich wusste, dass diese Lüge, die ich Lucie aufgetischt hatte, in tausend Scherben zerbrechen würde.

»Miss Lucie ...«, setzte ich vorsichtig an, war nicht bereit, ihre Hand loszulassen, aber ein Blick nach drinnen verriet mir, dass es nur noch wenige Tänze geben und die meisten Gäste sich nun dem Büfett zuwenden würden. »Denken Sie nicht, es wäre unschicklich, mit einem fremden Mann durch Southend zu spazieren, wenn Ihr Verlobter ...?«

»Ich will nicht heiraten!«, unterbrach sie mich unwillig und entzog mir ihre Hand.

Es war, als würde alle Wärme aus meinem Körper weichen, jetzt da ich ihr nicht mehr nahe war. Ich erstarrte zu Eis, während ein Schauer über meinen Rücken fuhr.

»Das …«, mir fehlten die Worte bei dieser resoluten Frau, bei diesem Feuer, das in ihren Augen flackerte.

»Ich will nicht gezwungen sein zu heiraten, wissen Sie?« Lucie bemühte sich um eine ruhige Stimme, doch rote Flecken entstanden auf ihrem Hals, und sie schluckte schwer. »Sie haben gesagt, dass die Arbeit von Frauen genauso viel wert sein kann, aber das glauben so wenige Männer. Ich will keinen reichen Earl heiraten, der mich nur als Anhängsel betrachtet, ich will mich verlieben und trotzdem meine Freiheit behalten.«

Ich würde dich nie als Anhängsel betrachten, hätte ich am liebsten geantwortet, doch das konnte ich nicht. Ich hatte mich in eine Situation hineinmanövriert, aus der ich nicht mehr so leicht herauskam. Doch ich hatte wissen wollen, wer Lucie Farber war, bevor sie mich verabscheuen konnte. Ich hatte ihr zeigen wollen, dass ich anders war, ohne Vorbehalte.

»Sie … Sie wären …«, begann Lucie stockend, und eine Träne rann über ihre Wangen. »Sie wären ein guter Ehemann, William, aber …« Hilflos zuckte sie mit den Schultern und schaute nach drinnen. »Versprechen Sie mir, dass Sie Ihre Werte beibehalten, denn das gefällt mir sehr. Und wenn Sie noch mal in Southend sind, würde ich mich freuen, wenn Sie mich ins *Magdalena's House* begleiten. Ganz egal, was mein Zukünftiger dazu sagt …«

Ich erhob mich und zog Lucie auf die Füße. Sah ihr tief in die Augen und wischte die Träne von ihrer Wange, ließ sie in meiner Hand verschwinden.

»Ich verspreche es Ihnen, Miss Lucie«, sagte ich mit fester Stimme und legte eine Hand auf mein Herz. »Aber nur, wenn Sie mir noch einen Tanz schenken.«

Ein zaghaftes Lächeln zupfte an ihren Lippen, und sie schniefte leise. »Das werde ich tun, ich denke, dass mein Verlobter mich ohnehin sitzen lassen hat.«

Wenn du nur wüsstest, dachte ich beschämt, führte Lucie jedoch wieder hinein in den Ballsaal und stellte mich mit ihr auf zum nächsten Tanz. Ihr blaues Kleid raschelte leise, wie die Wellen eines Meeres, die sie umschmeichelten. Eine Hand auf ihrer Hüfte, die andere mit ihrer verschränkt.

Ihr Lächeln, die kleine Stupsnase, diese ein wenig neckisch erhobenen Augenbrauen. Sie hatte mich mit ihren Worten, mit ihrem wunderschönen Aussehen und der Tatsache, dass sie ihr Herz auf der Zunge trug, verzaubert.

Und während die letzte Melodie begann und wir uns im Takt bewegten, sanft und fordernd zugleich, wusste ich, dass ich rettungslos verloren war, dass ich mein Herz an Lucie Farber verloren hatte – und das innerhalb eines Wimpernschlags, was mir eigentlich unmöglich schien, aber doch geschehen war.

Kapitel 17

Lucie

Dieses Hochgefühl war mir fremd. Allein meine Gefühle zuzulassen, zu lächeln, wenn mir danach war, und mit jemandem ehrlich zu sprechen, das hatte ich bis jetzt nur mit meiner Mutter und mit Hilde, meiner alten Freundin aus Deutschland, gekonnt – zumindest, wenn sie nicht nur über Männer gesprochen hatte. Und mit Amabel.

Aber mit William war das alles anders gewesen, so leicht, ohne diese Vorsicht, mit der ich normalerweise mit einem Mann sprach.

»Woran denkst du?« Amabel schreckte mich aus meinen Gedanken auf, und ich verschüttete beinahe ein wenig des sündhaft teuren Champagners, der uns eingeschenkt worden war. Ich sah zu meiner Freundin, die noch grantiger dreinblickte als zuvor. Außerdem konnte ich John nicht entdecken, es war, als hätte sich Amabels Verlobter in Luft aufgelöst.

»An nichts«, antwortete ich vage und sah nochmals über die Schulter.

William stand mit einigen anderen jungen Männern wieder auf dem Balkon, sie rauchten anscheinend, denn ein sanfter Nebel wirbelte um sie herum. Ich musste lächeln bei seinem Anblick, bei diesen wirren rotbraunen Haaren und auch, wenn ich an all die Worte dachte, die er zu mir gesagt hatte. An unsere gemeinsamen Tänze.

Ob es Schicksal gewesen war, dass er mir den Brief meiner Mutter zurückgebracht hatte? Dass er das *Magdalena's House* kannte?

»Wer ist der Mann, mit dem du getanzt hast?«, fragte Amabel und klang erschöpft. Sie hatte die Arme vor der Brust verschränkt, und Düsternis schimmerte in ihren Augen.

Ich zuckte die Schultern. »Er heißt William und studiert Medizin.«

Amabel antwortete nicht und legte die Stirn in Falten, dann packte sie mich am Arm und zog mich ein wenig von Cecily und Clary weg, die in unserer Nähe gestanden hatten.

»Hast du dich etwa verliebt?«, fragte sie und verzog das Gesicht, als würde sie dieser Gedanke anekeln.

»Nein!«, rief ich ein wenig zu laut und schaute mich peinlich berührt um, als einige Gäste die Köpfe zu uns drehten. »Ich habe nur mit ihm getanzt, und er war sehr freundlich, außerdem hat er mich nicht als dumm und unwissend dargestellt, als wir über mein Interesse an der Medizin und der Geburtshilfe gesprochen haben. Das war … nett.«

»Nett?«, äffte mich Amabel nach, und langsam begann die altbekannte Wut wieder durch meine Adern zu pulsieren. In meinem Magen ballte sich Zorn, schwer wie Blei, zusammen.

Ich presste die Lippen aufeinander, und meine Kiefer knackten unangenehm. Wenn ich ehrlich zu mir selbst war, dann war es natürlich mehr als *nett* gewesen. William war … mir fehlten die Worte für die angenehme Zeit, die ich mit ihm verbracht hatte, und obwohl ich immer noch nicht heiraten wollte, schien irgendein Teil von mir zu wissen, dass William ein guter Kerl war. Zumindest ein besserer als Arthur Smith, der mich versetzt hatte und den ich ohnehin verabscheute.

Tust du das wirklich?, fragte eine Stimme in meinem Kopf, und mein Herz begann zu stolpern.

Ehrlich gesagt hatte ich keine Ahnung, denn ich hatte ihn ja nicht kennengelernt. Aber Arthur Smith musste mich ebenso verabscheuen, wenn er mich versetzt hatte. Wenn wirklich etwas Dringendes dazwischengekommen war, was bei den Männern der Gesellschaft passieren konnte, hätte er mir wenigstens eine Nachricht übermitteln können. Immerhin studierte er genau wie William Medizin. Oh, Gott! Ich verzog das Gesicht, vielleicht kannten die beiden sich sogar, und ich hatte über Arthur hergezogen, wie peinlich!

Was hatte ich mir nur dabei gedacht, mich mit William so zu unterhalten? Das war so untypisch für mich gewesen. Ich legte eine Hand auf meine Brust, spürte meinen pulsierenden Herzschlag unter meinen Fingerkuppen und sah Amabel an.

»Er war wirklich nett …«, murmelte ich und spürte, wie mir Hitze in die Wangen stieg. Ich wollte das nicht, aber da war irgendetwas zwischen William und mir gewesen, etwas, das stärker gewesen war als alles, was Amabel und mich bisher verbunden hatte, oder?

»Du bist merkwürdig, außerdem solltest du dir doch eher Gedanken darum machen, warum dein zukünftiger Ehemann, Arthur Smith, nicht erschienen ist, oder?«, zischte sie mir unwirsch zu, und ich wandte den Blick ab.

»Natürlich … aber lass mir doch dieses winzige Glücksgefühl«, murmelte ich abwesend und sah wieder zu Amabel, die immer noch so unzufrieden dreinblickte. »Außerdem, was hast du denn? Warum bist du so schlecht gelaunt?«

Amabel stieß scharf die Luft aus und schüttelte nur den Kopf, ich bildete mir ein, die Spur von getrockneten Tränen auf ihren Wangen zu erkennen, die im goldenen Licht der Kronleuchter glänzten. Und plötzlich war mir der Appetit schlagartig vergangen.

»Ich bin nicht schlecht gelaunt«, antwortete Amabel erbost. »Ich bin einfach müde und möchte zurück in die Pension!«

Ich verstehe sie einfach nicht, dachte ich verwirrt und berührte Amabel vorsichtig am Arm.

»Du weißt doch, dass du mit mir über alles reden kannst, oder nicht?«, flüsterte ich ihr zu. »Auch über John … du warst so in dich gekehrt, als John aufgetaucht ist, und ich dachte …«

»Du dachtest was?«, unterbrach sie mich und schaute sich im Saal um. »Dass, nur weil du eine Abneigung gegen Männer hast, ich die auch haben muss?«

»Ehrlich gesagt: Ja«, antwortete ich trocken und fuhr mir über meinen Nacken, der unangenehm prickelte.

Stille breitete sich zwischen Amabel und mir aus. Doch nicht dieses wohlbekannte Schweigen, welches sich gut anfühlte und mein Herz beruhigte. Nein, dieses Schweigen klingelte in meinen Ohren und sorgte für ein brennendes Gefühl auf meiner Haut.

Amabel schüttelte den Kopf und öffnete den Mund, schloss ihn dann aber, ohne ein Wort zu sagen, und ging an mir vorbei. Ich wollte ihre Hand packen, doch sie schüttelte mich ab und verschwand zum Büfett.

»Was ist denn los mit ihr?«, murmelte ich kopfschüttelnd und stand etwas einsam im Saal.

Mein Magen knurrte leise, aber ein schales Gefühl hatte sich auf meine Zunge gelegt. Obwohl der Geruch von süßen Törtchen in meiner Nase kitzelte und mein Herz immer noch sanft pulsierte, wenn ich an William dachte, verblasste dieses Hochgefühl, welches ich empfunden hatte.

Insgeheim fragte ich mich, ob es noch mehr Männer gab, die den Träumen von Frauen so aufgeschlossen gegenüberstanden wie William. Die die Frauenbewegung unterstützen würden.

Ich stieß einen traurigen Seufzer aus, und mein Blick fiel auf die Standuhr am anderen Ende des Raumes. Bald würde dieser Ball vorbei sein, und ich hatte keine Ahnung, wie ich die Nacht im selben Zimmer mit Amabel verbringen sollte, wenn sie weiterhin so schlechte Laune haben würde.

Jeder meiner Schritte ließ die alte Treppe unter mir knarren, und ich hielt die Gaslampe in der Hand. Schatten tanzten über die Wände, und die Stille in der Pension war beinahe gespenstisch, sandte einen Schauer über mich hinweg.

Mit zittriger Hand sperrte ich die Tür zu unserem Pensionszimmer auf, und sofort war Mimi bei mir, die auf uns gewartet hatte.

»Fräulein Lucie, Fräulein Amabel! Wie schön, dass Sie beide wohlbehalten zurück sind.« Sie nahm uns unsere Mäntel und die Stolen ab, kniete sich dann vor den Kamin und schürte das Feuer.

»Mimi, du hättest doch nicht auf uns warten müssen«, sagte ich und betrachtete das Dienstmädchen eingehend.

Sie sah erschöpft aus, dunkle Ringe lagen unter ihren Augen, und sie war unnatürlich blass. Ich konnte sehen, wie sie, als sie sich hinkniete, schmerzhaft das Gesicht verzog.

»Mimi …«, schockiert blickte ich sie an, »hast du etwa …?«

Sie hob den Kopf und sah zu Amabel, doch ich machte nur eine wegwerfende Handbewegung. »Sie weiß Bescheid.«

»Aber Fräulein Lucie!«, begehrte Mimi auf und erhob sich schwankend. »Sie können doch nicht dieses Geheimnis …«

Ich verzog entschuldigend das Gesicht. »Es tut mir leid, aber ich musste mit jemandem darüber sprechen … aber Mimi, du hast doch nicht etwa …?«

»Nein«, unterbrach sie mich ruppig und begann damit, Teewasser auf dem kleinen Herd im Pensionszimmer aufzusetzen. »Es ist zu spät, sagt die Engelmacherin, sie kann es nicht mehr wegmachen, ohne mein Leben zu gefährden. Sie hat es sogar versucht, aber …« Mimi presste die Lippen aufeinander, so fest, dass ihre Zähne knirschten und ihre Hände zitterten, als sie den Tee in die Teeeier füllte und diese in die Becher legte.

»Oh, Mimi …« Ich ging zu ihr, ergriff ihre Hände und zog sie in meine Arme. »Wir werden eine Lösung finden, das verspreche ich dir. Ich bin so froh, dass du noch am Leben bist ...«

Mimi schluchzte heiser, und sie begann unkontrolliert zu zittern. Ich hatte gewusst, dass das alles zu viel für sie gewesen war, aber nicht, wie sehr diese Schwangerschaft sie wirklich belastete, auch wenn mir klar war, was ein uneheliches Kind für ihr Leben bedeutete.

»Ich werde dir helfen«, versprach ich noch mal und strich sanft über ihren Rücken.

Alles wird gut, wollte ich sagen, doch das konnte ich nicht wissen. Ich wollte keine Versprechungen machen, die ich am Ende nicht halten konnte, aber ich würde alles tun, um Mimi zu unterstützen. Ich löste mich vorsichtig von ihr, und sie nickte stumm. Dann strich Mimi über ihr Kleid und straffte die Schultern.

»Möchten Sie auch noch eine kleine Stärkung zu sich nehmen?«, fragte sie und deutete auf eine Papiertüte auf der Kommode. »Wir Dienstmädchen haben Scones und Sandwiches gekauft.«

»Ich habe keinen Hunger, aber einen Tee nehme ich gerne«, antwortete Amabel und begann damit, ihre komplizierte Flechtfrisur zu entwirren.

Ihr eigenes Dienstmädchen war nicht mitgekommen, denn vor einer Woche hatte sie den Antrag eines in Southend ansässigen Schreiners angenommen und war aus Amabels Diensten ausgetreten. Weil Amabels Familie nun Ersatz suchen musste, es aber noch ein wenig Zeit brauchte, kümmerte Mimi sich von nun an um uns beide und war deshalb von einigen ihrer Pflichten im Internat entbunden.

»Sehr gerne.« Mimi knickste und goss heißes Wasser in die Becher ein, die sie uns beiden reichte.

Ich schaute zu Amabel, die sich auf ihr Bett fallen ließ und einfach ins Leere schaute. Ich war immer noch nicht dahintergekommen, was mit ihr los war. Aber ich mutmaßte, dass es mit John, ihrem Verlobten, zu tun hatte.

»Amabel …« Ich setzte mich mit meinem Becher neben sie, und eine kleine Dampfwolke umhüllte uns. »Geht es dir gut?«

Amabel fuhr mit der Fingerspitze über den Rand ihres Bechers und zuckte mit den Schultern. Tränen funkelten in ihren braunen Augen, und plötzlich lehnte sie den Kopf an meine Schulter.

»Er liebt mich nicht«, wisperte sie tonlos.

»Was?« Ich wagte es nicht, mich zu bewegen, denn ihre plötzliche Nähe ließ mein Herz schneller schlagen und meine Kehle trocken werden. Ich fühlte mich genauso wie beim Tanz mit William und fragte mich, ob man dieselben Gefühle für zwei Menschen haben konnte. Ob das, was ich empfand, Liebe war.

»John …«, nuschelte Amabel und trank einen Schluck Tee.

Ich linste zu Mimi, die uns zunickte. »Wenn die Damen noch Hilfe beim Umkleiden brauchen, rufen Sie nach mir.« Diskret zog sie sich in das kleine Nebenzimmer zurück, in dem sie schlief. Die Tür fiel dumpf ins Schloss, und ich drehte mich zu Amabel, sodass ihr Kopf nun nicht mehr auf meiner Schulter ruhte.

»Ich glaube, ich verstehe nicht …«, begann ich vorsichtig und bemerkte, wie meine Hände anfingen zu zittern. Der Tee schwappte über und sickerte in die Tagesdecke ein.

»Natürlich verstehst du nicht!«, rief Amabel plötzlich und rückte von mir ab.

Ich war nicht überrascht von diesem plötzlichen Wutausbruch, denn ich kannte diesen Sturm der Gefühle nur zu gut von mir selbst. Doch im Gegensatz zu Amabel hatte ich meinen Zorn in der letzten Zeit besser im Griff gehabt – wenn man einmal von der Auseinandersetzung mit Mrs Ham in der Schneiderei absah.

»Wie soll ich denn verstehen, wenn du dich in Schweigen hüllst?«, fragte ich vorsichtig, und Amabel kaute nachdenklich auf ihrer Unterlippe herum.

»Ich hätte nie eine Lady werden sollen …«, sagte sie nach einiger Zeit, und ich runzelte verwirrt die Stirn.

Diesen Themenwechsel hatte ich nicht erwartet, dachte ich irritiert und fuhr mir über den Nacken, der merkwürdig zu kribbeln begann.

»Wie … wie meinst du das?«, fragte ich vorsichtig, denn ich wollte Amabel auf keinen Fall unter Druck setzen, ich wollte nicht, dass sie wieder aufhörte, mit mir zu sprechen.

»Dass John mich nicht liebt, weil ich nie eine feine Lady hätte werden sollen …«, erwiderte Amabel und schniefte leise.

»Ich … verstehe immer noch nicht …«, gab ich zu, obwohl eine leise Ahnung sich in meinen Gedanken breitmachte.

»Aber …« Amabel schien verwirrt und wischte sich wütend über das Gesicht, als eine Träne ihre Wange hinabrollte. Dann schüttelte sie unwillig den Kopf und stellte den Becher auf das Nachtschränkchen. »Meine Eltern sind nicht meine richtigen Eltern, ich bin adoptiert!«

Also doch, dachte ich im Stillen, denn irgendwie hatte ein Teil von mir geahnt, dass das Gespräch diese Wendung nehmen würde. Ich konnte nicht einmal sagen, wieso, aber dieses »*Ich hätte nie eine Lady werden sollen*« von Amabel hatte diesen Gedanken wohl in mir entfacht.

Ich nickte nur schweigend, denn ich hatte nicht das Gefühl, dass sie eine Antwort erwartete. Außerdem hatte ich das ohnehin geahnt. Vielleicht wegen unseres Gesprächs in der Kutsche, in dem es so gewirkt hatte, als ob Amabel ihren Eltern etwas schuldig wäre.

Sie seufzte schwer, dann drehte sie sich um und ließ sich auf den Rücken sinken. So, dass sie mir ins Gesicht schauen konnte. Ich tat es ihr gleich und legte mich ebenfalls aufs Bett. Unsere Köpfe berührten sich beinahe, und wie von selbst verschränkten sich unsere Hände.

»Ich bin in London geboren und aufgewachsen, aber meine Eltern sind gestorben, als ich noch ganz klein war. Erst mein Vater, dann meine Mutter ...«, begann sie zaghaft zu erzählen, und ich lauschte ihren Worten, strich mit meinem Daumen über ihren Handrücken und drehte den Kopf, sodass ich sie ansehen konnte, ihren gehetzten Atem auf meiner Haut spürte. »Meine Mutter war Gouvernante und Lehrerin und verliebte sich in einen Polizisten der Londoner Gendarmerie. Sie arbeitete als Gouvernante bei der Familie Hastings, meiner Adoptivfamilie. Eines Nachts, als sie in London auf dem Heimweg war, wurde sie beinahe überfallen, und mein Vater hat ihr das Leben gerettet. So haben sie sich ineinander verliebt.«

»Das klingt romantisch«, wisperte ich und drehte mich auf die Seite. Die Decke unter uns raschelte leise, und das Bett quietschte protestierend.

Amabel verdrehte die Augen und wandte sich ebenfalls zu mir, doch ein winziges Lächeln schlich sich auf ihr Gesicht, ließ diese bleierne Traurigkeit für eine Sekunde verschwinden.

»Mein Vater machte ihr einen Heiratsantrag, und kurz darauf wurde ich geboren. Doch dann ...«

Sie stockte, ihre Stimme brach, und erneut rannen Tränen über ihre Wangen. Wie ein Sturzbach durchnässten sie die Decke.

Ganz vorsichtig hob ich meine Hand, wischte mit meinen Fingern über ihre Wangen. »Du musst das nicht erzählen, wenn es dich zu sehr grämt.«

»Doch, ich will.« Sie schniefte leise und schloss kurz die Augen. Ihre langen Wimpern warfen feine Schatten auf ihre Wangen, und schmerzlich wurde mir bewusst, dass ich dieses Mädchen vielleicht zu sehr mochte. Dass ich keine Ahnung hatte, wie ich diese verwirrenden Gefühle deuten sollte. Und dann war da noch William, dessen Lachen in meinen Ohren widerhallte und in dessen Blick ich mich verloren hatte. Und auch noch Arthur Smith, mein zukünftiger Ehemann, den ich immer noch nicht kennengelernt hatte.

»Mein Vater starb, als ich noch ein Baby war. Bei einem Polizeieinsatz mit einem gewalttätigen Mann. Meine Mutter war plötzlich mit mir völlig auf sich allein gestellt. Doch Claire Hastings, meine spätere Adoptivmutter, mit der sie aufgrund ihrer Zeit als Gouvernante gut befreundet war, nahm meine Mutter und mich bei ihr auf. Ich wuchs mit Claires Kindern auf, meine Mutter unterrichtete uns alle. Ich kann mich kaum daran erinnern, aber es war ein gutes Leben; obwohl mein Vater gestorben war, waren wir in Sicherheit und hatten ein Zuhause. Aber dann suchte ein schreckliches Fieber den Haushalt der Familie Hastings heim, Claire und Walter Hastings Kinder starben an diesem Fieber und meine Mutter ebenso. Ich wurde auch krank, aber ich überlebte … plötzlich war ich ganz allein auf der Welt, und Claire und Walter waren ihrer Kinder beraubt worden. Doch da Claire und meine Mutter so gute Freundinnen gewesen waren, nahmen sie mich bei sich auf und adoptierten mich. Ich wurde ihre Tochter …«

»Aber …«, setzte ich vorsichtig an und räusperte mich, »das ist doch schön. Sie lieben dich, oder nicht?«

»Natürlich tun sie das …« Amabel seufzte leise. »Sie haben mich mit Liebe überschüttet und versucht, die Lücke in meinem Herzen zu füllen, die der Verlust meiner Eltern hinterlassen hat.«

»Bist du mir arg böse, wenn ich dir sage, dass ich dann nicht verstehe, was du mir mit deiner Geschichte sagen willst?«, fragte ich sanft und strich Amabel eine wirre Haarsträhne aus dem Gesicht.

Sie sah mich lange an, dann kicherte sie leise, und die bleierne Stimmung zwischen uns schien ein wenig gelöster.

»Du bist manchmal wirklich komisch, Lucie Farber …«, flüsterte sie heiser. »Ich weiß, dass meine Adoptiveltern mich lieben, ich weiß auch, dass sie alles für mich tun. Sie haben mich nach Southend geschickt, damit ich alles lerne, was eine Lady wissen muss, und dann … dann haben sie mich mit John verlobt. Aber ich wäre doch eigentlich gar keine Lady geworden. Wenn meine Mutter nicht gestorben wäre, dann wäre ich auf eine ganz gewöhnliche Schule gegangen, ich wäre vielleicht selbst Lehrerin geworden und hätte einen Mann aus der Bürgerschicht geheiratet – einen Handwerker oder Ähnliches.«

Es dauerte einige Sekunden, bis es *klick* machte in meinem Kopf. Bis sich die Erzählungen langsam zu einem vollständigen Bild zusammensetzten und alle Teile sich zusammenfügten.

»Du glaubst, dass John dich nicht liebt, weil du nur das Adoptivkind deiner Eltern bist? Weil du keine *richtige* Lady bist?«

Amabel nickte schweigend und vergrub ihr Gesicht in der weichen Decke. Ihr Körper zitterte ein wenig, und ich fühlte mich hilflos in diesem Moment. Ich wusste nicht, was ich sagen sollte, Gott, ich war so schlecht im Trösten.

Das ist nicht wahr, mein Engel. Du hast ein viel zu großes Herz, flüsterte da die Stimme meiner Mutter in meinen Gedanken, und nun stiegen mir auch Tränen in die Augen, als ich an sie denken musste.

Und deswegen tat ich das Einzige, was mir in diesem Moment sinnvoll erschien. Was ich immer getan hatte, wenn meine Mutter rau hustend inmitten von tausend Decken in ihrem Bett gelegen hatte. Ich zog Amabel zu mir und schloss sie in meine Arme, summte eine leise Melodie und wiegte sie wie ein Kind. Es war das Lied, das meine Mutter mir immer vorgesungen hatte, wenn ich von Albträumen geplagt nachts aufgewacht war.

Die Worte erfüllten den dämmrigen Raum um uns herum, vertrieben die Schatten der Nacht, und Amabel wurde ganz ruhig in meinen Armen.

»Ich glaube nicht, dass er dich nicht liebt. Jedenfalls nicht, weil du nicht das leibliche Kind deiner Eltern bist, und auch nicht, weil du unter anderen Umständen keine Lady geworden wärst. Man wird doch nicht einfach als feine Lady geboren. Schau mich an, das hat auch nicht funktioniert«, murmelte ich an ihr Ohr und löste mich zaghaft von ihr. Meine Finger strichen über ihre Wangen, und sie lächelte vorsichtig.

»Meinst du?«, fragte sie hoffnungsvoll, und es tat mir im Herzen weh, wie klein und verletzlich sie in diesem Augenblick wirkte. All die Stärke, diese grummelige Fassade, die sie immer aufrechterhalten hatte, schien verschwunden. In meinen Armen lag ein Mädchen, das sich quälte, das dachte, dass es keine Liebe verdiente, und bei Gott, ich hätte alles getan, um diese Gefühle zu vertreiben.

»Ja, das meine ich. Du bist eine wunderbare Person, Amabel, und wenn John dich nicht liebt, wenn er dir seine Liebe nicht zeigen kann, dann hat das andere Gründe. Ganz sicher.«

Sie schluckte schwer und nickte, während unsere Blicke sich verhakten, und dann tat ich etwas, was mir so unsinnig und dumm erschien, aber doch irgendwie genau das Richtige war. Ich beugte mich zu Amabel und hauchte ihr einen Kuss auf die Stirn.

»Hab nur Mut«, wisperte ich ihr zu, »alles wird gut.«

Ich zog sie wieder in meine Arme, und während unser Tee kalt wurde und uns die Augen zufielen, hatte ich keine Ahnung, ob ich mich damit nicht selbst belogen hatte. Ob meine Worte nicht eine wunderschöne Lüge gewesen waren, verpackt in eine Wahrheit, die sich niemals erfüllen würde.

Weil nichts in dieser Welt jemals gut werden würde, weil wir immer noch nur Frauen waren, die sich mit wenig zufriedengeben mussten und mit aller Kraft an diesem wenigen Glück festhalten mussten, um nicht völlig zu verschwinden.

Kapitel 18

Amabel

Wir hatten nicht mehr viel von London gesehen. Obwohl ich eigentlich geplant hatte, Lucie am nächsten Morgen vor unserer Abfahrt noch etwas herumzuführen und ihr das Ufer der Themse und den reißenden Fluss zu zeigen, die Tower Bridge und den Tower von London, hatten wir nichts davon gemacht.

Wir waren ineinander verhakt eingeschlafen, und mein schweres, trauriges Herz hatte mich in einen tiefen Traum gezogen. Ich war erst am nächsten Morgen erwacht, als goldenes Sonnenlicht mein Gesicht gekitzelt und Mimi mich sanft an der Schulter gerüttelt hatte.

Alles tat mir weh. Wir hatten unsere Ballkleider und das Korsett nicht ausgezogen, daher schmerzte meine Hüfte nun erbärmlich, und unsere Gesichter sahen aufgedunsen aus, denn wir hatten uns auch nicht abgeschminkt.

Ich schaute zu Lucie herüber, deren Kopf an die Scheibe des Zuges gelehnt war und die friedlich schlief. Ihre Brust hob und senkte sich, ihre dunklen Wimpern umrahmten die geschlossenen Augen wie ein Kranz aus Schatten.

»Sie müssen noch lange bis tief in die Nacht miteinander gesprochen haben, Fräulein Amabel«, sagte Mimi und lächelte mich höflich an.

Im Gegensatz zu uns sah sie wach und erholt aus, obwohl sie immer noch zusammenzuckte, wann immer sie sich bückte. Ich hatte nicht gewagt zu fragen, was die Engelmacherin bei ihr versucht hatte, doch ich kannte die grausamen Geschichten nur zu gut. Diese Frauen führten irgendein spitzes Instrument in die schwangeren Frauen ein, um ihr Baby ... *zu zerstören*. Es fröstelte mich bei diesem Gedanken, und ich verzog unwillkürlich das Gesicht. Mimi bemerkte es und senkte eilig den Kopf.

»Es tut mir leid, wenn Fräulein Lucie Sie mit meinen Problemen behelligt hat. Das habe ich nicht gewollt.«

»Nein, Mimi ...« Ich ergriff ihre Hände und lehnte mich zu ihr herüber. »Bitte sag doch so etwas nicht.« Sie tat mir unendlich leid, denn ihre Zukunft wankte. Sie konnte kein Kind und sich selbst ernähren, und bald würde man die leichte Wölbung ihres Bauches bemerken. »Lucie hat recht, wir werden eine Lösung finden. Ich könnte meiner Mutter schreiben, sie kennt viele Frauen in London, die sich für wohltätige Zwecke engagieren, und auch das *Magdalena's House* in Southend würde dich bestimmt ...«

»Ich will keine Almosen«, unterbrach mich Mimi bestimmt, und ihre englischen Worte klangen mit einem Mal gebrochen, irgendwie hohl in meinen Ohren. Sie hatte die Sprache zwar in Deutschland von Lucies Mutter gelernt, wie Lucie mir erzählt hatte, aber es war nicht ihre Muttersprache.

»Vielleicht hättest du dann nicht ...«, setzte ich an und biss mir auf die Zunge, als mir bewusst wurde, wie ungerecht meine Worte waren.

»Vielleicht hätte ich mir dann kein Kind in den Bauch setzen lassen sollen?«, zischte Mimi mir zu, und Wut verzerrte ihr Gesicht. »Wissen Sie, Fräulein Amabel, manche Frauen werden nicht freiwillig schwanger.«

Betroffen senkte ich den Blick. Natürlich wusste ich das. Frauen, gerade von Mimis Stand, waren in den schäbigen Ecken der Städte nicht sicher. Egal, ob sie im Deutschen Reich oder in England lebten. Und Lucie hatte mir erzählt, dass Mimis Familie am Hafen wohnte, in diesen schrecklichen Baracken, und dass dort die Männer nicht zimperlich waren. Sie nahmen sich, was sie wollten, und kümmerten sich nicht um die Konsequenzen. Auch Lucie vermutete, dass ein Mann Mimi gezwungen hatte, mit ihm zu schlafen, und sie geschwängert hatte. Ich vermochte mir nicht einmal vorzustellen, was sie hatte erdulden müssen, und trotzdem war ich grausam zu ihr gewesen.

»Es tut mir leid.« Ich hob den Kopf und sah sie an. »Das hätte ich nicht sagen dürfen, Mimi. Bitte verzeih mir meine unbedachten Worte …«

Mimi seufzte leise und machte eine wegwerfende Handbewegung. »Schon gut«, entgegnete sie versöhnlich. »Ich weiß, dass Sie es nicht so gemeint haben.«

»Mhm …«, machte ich und fummelte an einem losen Faden am Ärmelsaum meines Kleides herum.

Ich linste zu Lucie, und mein Herz begann wieder, schneller zu schlagen. Unwillkürlich berührte ich meine Stirn, die Stelle, auf die Lucie mir einen Kuss gehaucht hatte. Gott, sie hatte das sicherlich nur aus Freundschaft und Gutmütigkeit getan, weil meine Gefühle mich gestern Nacht übermannt hatten. Es war unmöglich, dass sie ebenso empfand wie ich. Nein, sie hatte gestern auf dem Ball so verliebt dreingeschaut nach dem Tanz mit diesem William. Gott, es machte mich rasend. Ich wollte, dass sie glücklich war, aber es schmerzte mich, wenn sie es mit einem Mann war. Vielleicht, weil ich selbst nicht glücklich mit John war. Aber auch, weil ich mir immer sicherer war, dass ein Mann mich niemals glücklich machen würde.

»Haben Sie Hunger, Miss Amabel?«, fragte Mimi und deutete auf den Proviantkorb, der neben ihr ruhte.

»Ein wenig …«, gab ich leise zu und blickte erneut zu Lucie. Sie sah so friedlich aus, wie sie da schlief. Den Mund leicht geöffnet, die Haltung entspannt, und ihr blondes Haar trug sie offen, sodass es sich wie Sonnenstrahlen über ihre Schultern ergoss.

»Wie schön!« Mimi klatschte entzückt in die Hände und holte mehrere kleine Behälter aus dem Korb. »Ich habe mir solche Mühe gemacht, Miss Lucies Lieblingstorte aus der Heimat nachzubacken, und hatte schon Sorge, dass niemand sie essen würde.«

»Wie kannst du ans Backen denken, wenn du so viele andere Probleme hast?«, rutschte es mir heraus, und ich dachte schon, dass Mimi erneut wütend werden würde, doch sie zuckte nur lächelnd mit den Schultern.

»Weil mich das Backen glücklich macht«, antwortete sie und legte ein Stück Torte auf einen kleinen Teller, den sie mir reichte. »Weil dort, wo ich aufgewachsen bin, Elend hinter jeder Straßenecke wartet. Ich kann nicht einfach so aufgeben, ich muss mein Leben so gut wie möglich leben. Wissen Sie, in dieser Welt sollte jede Frau das Glück, das ihr zuteilwird, festhalten und niemals wieder loslassen.«

Das waren weise Worte für ein Dienstmädchen, die mich tief berührten. So musste meine Mutter auch gedacht haben, nachdem mein Vater gestorben war und sie bei Claire und Walter alles getan hatte, um mich in Sicherheit zu wissen.

Obwohl Lucie mir versichert hatte, dass John mich nicht wegen der Adoption verschmähte, war ich noch unsicher. Er war freundlich und zuvorkommend, wann immer wir uns bei gesellschaftlichen Ereignissen trafen. Er bat mich um einen Tanz, führte mich ins Theater oder die Oper aus, und wenn er mich in Southend besuchte, flanierten wir über die Promenade, und er kaufte mir Naschwerk oder andere Aufmerksamkeiten. Dann saßen wir beim Pier und schauten aufs Wasser. Doch er sprach in diesen Momenten kaum mit mir. Er ignorierte mich geflissentlich und zeigte mir die kalte Schulter. Es grämte mich, dass er nicht mal versuchte, mich besser kennenzulernen.

Plötzlich zuckte Lucie neben mir zusammen und schreckte aus dem Schlaf auf. Völlig verwirrt schaute sie sich um, und ein winziger Speichelfaden hing an ihrem Kinn. Die Fensterscheibe des Zuges hatte einen Abdruck auf ihrer Stirn hinterlassen, und ihre Augen waren weit aufgerissen.

»Du ... du hast da was ...« Ich deutete auf ihr Kinn, und sie wischte eilig darüber.

»Wie peinlich ...« Sie wurde rot, und diese Niedlichkeit ließ mein Herz erneut flattern, meine Hände feucht werden, und ich bemühte mich darum, eine neutrale Miene zu machen.

»Du hattest anscheinend einen geruhsamen Schlaf«, stellte ich fest und grinste sie an.

»Ja ...« Sie wich meinem Blick aus und schaute stattdessen zu Mimi, ich konnte nicht deuten, woran sie gedacht hatte. Aber ihr Traum schien ein eher unschönes Ende genommen zu haben.

»Bekomme ich auch ein Stück von deinem vorzüglichen Kuchen?«, fragte Lucie Mimi und konnte sich ein Lächeln nicht verkneifen, als Mimi ihr einen Teller reichte. Sie schnupperte an dem Kuchen und seufzte selig. »Riecht nach Heimat.«

»Das will ich auch hoffen, ich habe mir viel Mühe gegeben.« Mimi zwinkerte ihr lächelnd zu.

Lucie aß schweigend ihren Kuchen und schaute erneut aus dem Fenster. Die Felder und Wiesen flogen wie Schatten an uns vorbei, während wir alle unseren Gedanken nachhingen. Wie gerne hätte ich erneut meine Finger mit denen von Lucie verflochten, doch das wäre hier im Zug ziemlich unschicklich gewesen. Und noch immer war ich mir nicht sicher, ob sie nicht doch ein Auge auf diesen William geworfen hatte, auch wenn dies ein großes Dilemma werden könnte.

»Mimi ...« Lucie hatte ihren Kuchen aufgegessen und stellte ihren Teller auf den Schoß. »Wärst du so gütig und würdest ein Telegramm für mich beim Telegrafenamt abgeben? Ich habe einen Brief für meine Mutter geschrieben, es gibt Dinge, die ich sie dringend fragen muss.«

»Sehr gerne doch, kann ich den Damen dann noch etwas aus Southend mitbringen?«

Ich schüttelte schweigend den Kopf und beobachtete, wie Lucie Mimi drei Briefumschläge reichte. »Hattest du nicht gesagt, dass du deiner Mutter geschrieben hast?«

Lucie kaute ertappt auf ihrer Unterlippe herum und zuckte mit den Schultern. »Die beiden anderen Briefe sind für meinen zukünftigen Verlobten und für William.«

Ich zog scharf die Luft ein und starrte sie entsetzt an. »Du hast die Adresse des Kerls, mit dem du auf dem Ball getanzt hast? Lucie! Du bist bereits versprochen, du kannst doch nicht …«

»Na und? Es ist nur die Adresse seiner Universität, mehr nicht …«, fauchte sie mir zu und verschränkte die Arme vor der Brust. Beleidigt schob sie die Unterlippe vor. »Ich will doch nur einmal mit William das *Magdalena's House* besuchen, damit ich dort mit jemandem sprechen kann, um Mimi eine Chance zu geben, ihr Kind in Sicherheit zu gebären.«

Mimi fiel beinahe der Teller, den ich ihr gereicht hatte, aus der Hand, und sie senkte beschämt den Kopf. Ich fragte mich nicht zum ersten Mal, in welchem Monat sie schwanger war. Wenn die Engelmacherin es nicht mehr wegmachen wollte, dann musste sie sicher schon den dritten Schwangerschaftsmonat überschritten haben. Ich hatte einmal in London zwei Damen über die Arbeit dieser Frauen sprechen hören, keine Worte für eine junge Lady, aber ich hatte trotzdem gelauscht.

»Aber Fräulein Lucie, das müssen Sie doch nicht!« Sie hatte bei der Anrede unwillkürlich ins Deutsche gewechselt, und ihre Worte klangen holprig.

»Doch, das muss ich. William hat erzählt, dass dort Frauen ihre Kinder bekommen können. Sie werden dir mit Sicherheit helfen; ein Frauenstift ist die Unterstützung, die du benötigst. Und wenn du dein Kind bekommen hast, dann wirst du in meinem Haushalt leben.«

»Müsstest du dafür nicht die Zustimmung deines Ehemannes bekommen?«, warf ich ein, und Lucie schaute mich zornig an.

»Arthur Smith ist mir egal, er hat mich versetzt. Ich brauche für nichts seine Zustimmung; wenn ich ihn schon irgendwann heiraten muss, dann will ich wenigstens meinen Haushalt selbst bestimmen!«

»Schon gut …« Ich hob versöhnlich die Hände, denn ich wollte nach dieser besonderen Nacht keinen weiteren Streit zwischen uns vom Zaun brechen. Ich wollte Lucie nur nahe sein, sie anschauen, wenn sie tief in Gedanken versunken war, und unsere Freundschaft für immer in meinem Herzen tragen. »Trotzdem ist es nicht recht, wenn du dich mit William triffst, am Ende ziehst du Mrs Hams Zorn wieder auf dich, wenn sie Wind von der Sache bekommt.« Ich hatte meine Stimme gesenkt und schaute mich im Abteil um, doch es war so gut gefüllt, dass Stimmengewirr uns umgab, und Mrs Ham schien den Speisewagen aufgesucht zu haben, denn sie saß nicht mehr auf ihrem Platz.

»Das habe ich ohnehin schon, also macht es kaum einen Unterschied«, erwiderte Lucie grimmig. »Ich werde schon herausfinden, warum meine Mama das *Magdalena's House* immer wieder besucht hat, und ich werde meinen eigenen Weg gehen, ob mit oder ohne Arthur Smith.«

Ihr geballter Zorn schlug mir entgegen wie eine Welle, und ich keuchte auf. Gott, dieses Mädchen war so anders als ich. Sie hatte so viel mehr Mut, verzagte nicht, egal, wie kompliziert die Situation war, und sie hatte sich mit ihrer Art in mein Herz geschlichen. Die Haut auf meiner Stirn kribbelte, und ich legte eine Hand auf die Stelle, lächelte Lucie an und nickte.

»In Ordnung … ich werde dich decken, wenn Mrs Ham Verdacht schöpft.«

Lucie grinste und lehnte sich zu mir herüber, kurz schloss

sich mich in die Arme und wusste gar nicht, was für einen Sturm von Gefühlen sie in mir auslöste. Wie eine züngelnde Flamme, die immer stärker brannte.

»Danke, Amabel«, murmelte sie, »dann sind wir jetzt Verbündete im Schatten.«

Ich zog die Stirn kraus bei diesem Satz, doch Lucie machte eine wegwerfende Handbewegung. »Das stand in irgendeinem Kriminalroman, den ich meinem Vater mal stibitzt habe.«

»Eine Diebin bist du also auch noch«, antwortete ich kokett und klimperte mit den Augen.

»Wenn du wüsstest …«, flüsterte Lucie und schaute wieder nach draußen.

Ich weiß eine ganze Menge, dachte ich versonnen, während meine Fingerspitzen pulsierten. *Aber vor allem weiß ich, dass ich gerade dabei bin, mich in dich zu verlieben, Lucie Farber …*

Als wir zurück in unseren Zimmern waren, halfen wir Mimi, unsere Koffer auszupacken, und setzten uns dann mit einer Tasse Tee in unser gemeinsames Zimmer. Im ganzen Internat konnte man diese Aufgedrehtheit spüren, die nach einem Ball durch die Luft wirbelte. Die Mädchen waren euphorisch, schwebten geradezu im siebten Himmel. Wir alle hatten mit einigen jungen Männern getanzt oder uns nur unseren Verlobten zugewandt. Wie ich, bevor John das Interesse an mir verloren und sich zu seinen Freunden zurückgezogen hatte.

Clary sprach die ganze Zeit nur von ihrem Verlobten und hatte uns erzählt, dass nun ein Datum für ihre Hochzeit im Spätherbst feststand. Erst als Cecily sie endlich zurück in ihr gemeinsames Zimmer scheuchte, verebbte der Redeschwall, und Stille kehrte ein.

»Was wird die einfachste Möglichkeit sein, mich mit William im *Magdalena's House* zu treffen?«, fragte Lucie und pustete auf ihren Tee.

»Du wirst wirklich keine Ruhe geben, bis du dort gewesen bist, oder?«, fragte ich und lehnte mich in die weichen Kissen, die auf der Chaiselongue drapiert waren, zurück.

»Nein«, erwiderte Lucie knapp.

Es behagte mir nicht, dass sie dorthin wollte. Ich hatte mich nicht umsonst so abweisend verhalten, als wir entdeckt hatten, dass ihre Mutter im *Magdalena's House* gewesen war. Natürlich war mir bewusst, dass ein Frauenstift kein schlechter Ort war, aber in diesem Gebäude …

Ich schüttelte unwillig den Kopf, wollte diese Gedanken nicht zulassen, aber das misslang mir gründlich.

»Was haben nur alle gegen diesen Ort?«, fragte Lucie, als hätte sie meine Gedanken gelesen.

»Die Frauen, die das Stift leiten, sind alle alleinstehend.«

Stille breitete sich zwischen uns aus, und Lucie sah mich verständnislos an. »Was ist denn daran schlimm? Mrs Ham ist doch auch alleinstehend.«

»Weil sie Witwe ist!«

»Macht das einen Unterschied?«

Gott, diese Frau konnte mich innerhalb weniger Sekunden zur Weißglut bringen mit ihrer unkonventionellen Art und ihren schnippischen Worten.

»Ja, macht es«, presste ich hervor und schlug die Beine übereinander. »Diese Frauen im *Magdalena's House* sind nicht verheiratet, sie leben alleinstehend.«

»Also ich finde, dass das wunderbar klingt«, entgegnete Lucie. »Wenn ich könnte, würde ich auch allein leben und mich um Frauen kümmern, denen das Leben nicht so viel Glück beschert hat.«

Ich schnaubte unfein und schüttelte nur wortlos den Kopf. Ich konnte mir denken, dass Lucie das tun würde, wenn sie selbst über ihr Leben bestimmen könnte. Doch genau aus dem Grund wurden wir Schülerinnen von diesem Frauenstift ferngehalten. Niemand sollte uns den Floh ins Ohr setzen, dass es in Ordnung war, als Frau eigenständig zu leben. Wir sollten gut verheiratet werden und uns dann um den Haushalt kümmern.

»Die Frauen, die das Stift leiten, arbeiten sogar als Lehrerinnen, Krankenschwestern und eine ...« Ich zögerte, denn ich glaubte, ich würde Lucies Widerwillen gegen eine Hochzeit mit diesen Worten noch mehr anfachen. »Eine hat sogar Vorlesungen in Medizin besucht, in der Schweiz. Das stand jedenfalls in der Zeitung in einem Bericht über das Frauenstift.«

Lucie nickte nur versonnen. »Das würde ich auch gerne, ich habe es von einem der Geschäftspartner meines Vaters gehört, dass in der Schweiz Frauen als Gasthörerinnen an Universitäten zugelassen wurden. Bald werden sie dort sogar studieren dürfen – ist das nicht wunderbar?«

Ich wusste nicht, was daran so großartig sein sollte. Bei diesem Gedanken huschte eine Gänsehaut über meine Glieder, denn ich konnte nicht recht glauben, dass Frauen wirklich fähig waren zu studieren. Immerhin sollten wir doch Mütter und Hausfrauen sein, außerdem war mir mein Leben lang eingetrichtert worden, dass Männer intelligenter waren. Und wie sollte eine Frau gleichzeitig studieren und sich um die Kinder kümmern? Das erschien mir unmöglich zu schaffen.

»Nun ...«, nahm ich den eigentlichen Faden des Gesprächs wieder auf. »Du könntest Mrs Ham höflich fragen, ob du mit mir gemeinsam einen Ausflug nach Southend machen darfst ... zu Recherchezwecken für den Kunstunterricht.«

Lucie verzog das Gesicht und verschluckte sich beinahe an ihrem Tee. »Für den Kunstunterricht?«

»Du lebst wirklich in deiner eigenen Welt ...« Ich verdrehte die Augen und deutete auf die Staffelei, die man durch die geöffnete Tür sehen konnte. »Wir sollten uns doch für mehrere Landschaftsabschnitte entscheiden, die wir in Mrs Ristmans

Unterricht malen wollen … du könntest sagen, du möchtest den Pier in Southend abbilden.«

»Ah!«, rief Lucie, und ihre Augen leuchteten auf. »Das ist eine gute Idee, ich werde zuerst mit Mrs Ristman sprechen und ihr von meinen Ideen erzählen und danach sofort Mrs Ham darauf ansprechen und …«

»Auf was möchten Sie mich ansprechen, Miss Farber?«, fragte eine strenge Stimme, und plötzlich stand unsere Lehrerin vor uns.

»Mrs Ham.« Lucie erhob sich sogleich und verschränkte die Hände vor dem Körper. »Wie schön, dass Sie da sind … ich wollte Sie fragen, ob ich für den Kunstunterricht mit Amabel nach Southend fahren darf und …«

»Sie werden nach Southend fahren, aber nicht für den Kunstunterricht«, unterbrach Mrs Ham Lucie schneidend und stemmte die Hände in die Hüften. »Ihr zukünftiger Ehemann Mr Smith hat mir ein Telegramm geschickt.«

»Was?«

»Das heißt ›Wie bitte?‹, Miss Farber«, korrigierte Mrs Ham Lucie mechanisch, und Lucie zuckte mit den Schultern, sie schien sich sichtlich unwohl in ihrer Haut zu fühlen.

»Nun …« Die Lehrerin seufzte leise und massierte sich angestrengt die Nasenwurzel. »Ich musste hören, dass Sie Ihren Verlobten auf dem Ball versetzt haben?«

»Das habe ich nicht!«, platzte es aus Lucie heraus, und ich zuckte erschrocken zusammen, wollte sie beruhigen, doch ich konnte Mrs Ham ansehen, dass sie bereits den Zorn unserer Lehrerin auf sich gezogen hatte.

»Wollen Sie Ihren Verlobten als Lügner bezeichnen?«

»Ja, das will ich«, würgte Lucie hervor, und ihre grünen Augen schien zu glühen wie Feuer.

Mrs Ham schüttelte den Kopf und sah Lucie mit einer milden Strenge an, als würde sie ein ungezogenes Kleinkind rügen.

»Das tut jetzt auch nichts mehr zur Sache. Mr Smith hat mir geschrieben, dass er nach Heygate kommen wird, um Sie auszuführen, damit Sie sich ordentlich kennenlernen. Am nächsten Samstag wird er Sie nach dem Frühstück abholen. Bis dahin verbleiben Sie im Internat, nicht, dass Sie noch eine Dummheit anstellen, Miss Farber.«

Lucie presste die Kiefer so fest aufeinander, dass ihre Lippen nur noch ein Strich waren. Ich konnte ihr ansehen, dass es ihr schwerfiel, den Mund zu halten. Außerdem war es offensichtlich, worauf Mrs Ham sich bezog.

»Das wäre alles.« Die Lehrerin wirbelte herum, stoppte dann aber noch mal kurz, bevor sie das Zimmer verließ. »Und … Miss Farber, sind Sie des Reitens mächtig?«

»Wie bitte?«, fragte Lucie nun mit provokantem Unterton, und ich hätte am liebsten den Kopf auf die Tischplatte geschlagen – sie lernte wirklich nicht dazu.

»Mr Smith würde Sie gerne zu einem Reitausflug einladen, ich halte das zwar nicht für sehr damenhaft, aber ich sollte diese Frage trotzdem stellen.«

»Nicht damenhaft?«, fragte Lucie und verschränkte die Arme vor der Brust. »Kaiserin Elisabeth von Österreich reitet auch, sie gewinnt sogar Reitturniere, und wenn eine Kaiserin diesen Sport betreibt, dann sollte eine Lady es auch tun.«

Gut gekontert, dachte ich und versteckte mein Grinsen hinter der Teetasse.

»Nun, dann nehme ich an, dass Sie reiten können?«

»Natürlich, ich werde die Stallung hinter dem Internatsgebäude gerne aufsuchen. Aber wieso darf ich nicht mit Amabel nach Southend?«

Mrs Ham schnaubte verärgert und funkelte Lucie an. »Damit Sie keine Dummheiten anstellen. Sie bleiben hier und benehmen sich; bereiten Sie sich ordentlich auf dieses erste Treffen mit Ihrem Verlobten vor, Sie haben seinen Ärger wahrscheinlich ohnehin schon auf sich gezogen, weil Sie ihn beim Sommerball versetzt haben.«

»Er war nicht da!«, ereiferte sich Lucie und starrte unsere Lehrerin nicht minder wütend an.

»Das war er, das wurde mir selbst von ihm berichtet. Und jetzt seien Sie still, Miss Farber, oder ich werde Ihnen für die nächste Woche einige Strafarbeiten aufbrummen und wirklich einen Brief an Ihre Eltern schreiben.«

Lucie öffnete den Mund, doch sie schloss ihn wieder, ohne dass ein Wort über ihre Lippen kam. Stocksteif stand sie da, wirkte wie eine besiegte Kriegerin und nickte nur. Zufrieden drehte sich Mrs Ham um und verließ unser Zimmer. Mit einem Knall fiel die Tür ins Schloss, und Lucie ließ sich erschöpft zurück auf das Sofa fallen.

»Lucie …« Ich berührte sie vorsichtig am Arm, doch Lucie schüttelte meine Hand ab.

»Wie kann das sein?«, krächzte sie und schaute mich an. »Er war nicht da, ich habe niemanden mit einem bunten Einstecktuch gesehen, er hat Mrs Ham auch nicht während des Balls auf mich angesprochen, und jetzt …« Sie ließ den Satz auströpfeln und lehnte sich in die Kissen zurück.

»Vielleicht habt ihr euch verpasst«, wagte ich zu sagen, doch Lucie machte eine wegwerfende Handbewegung.

»Er wollte mich nicht sehen, da bin ich mir sicher!« Ihre Stimme schwoll zu einem erzürnten Tosen an. »Und jetzt muss ich mich ihm unterwerfen, wie eine feine Lady es tun soll. Gott, ich verabscheue Arthur Smith schon jetzt.«

Ich erwiderte nichts. Schweigend starrte ich Lucie an, obwohl es so viele Dinge gab, die ich ihr gerne gesagt hätte. Ich fragte mich insgeheim, ob sie genauso empfand wie ich oder ob ich mir diese knisternde Nähe zwischen uns nur einbildete. Aber es gab so viel, was ich nicht wusste, so viel, was uns voneinander trennte.

»Versuche wenigstens, dieses Treffen mit ihm positiv zu sehen, vielleicht ist das alles wirklich ein großes Missverständnis.«

Lucie schob die Unterlippe vor, und ihr Kinn zitterte, sie hatte Mühe, die Tränen zurückzuhalten, die in ihren Augen funkelten.

»Amabel …«, sagte sie dann vorsichtig und rückte ein Stück zu mir heran. »Wenn ich nicht nach Southend fahren kann … würdest du es für mich tun?«

Nein, wollte ich sofort sagen, dann ich wollte dem *Magdalena's House* nicht zu nahe kommen. Auf eine merkwürdige Weise fürchtete ich mich vor diesem Ort, vor all dem Elend, das es dort gab.

Aber ich hatte Lucies flehendem Blick nichts entgegenzusetzen, und Mimi tat auch mir leid, niemand verdiente es, keine Hoffnung mehr im Leben zu haben.

»Ich werde es versuchen«, flüsterte ich heiser, und Lucie zog mich überschwänglich in ihre Arme.

»Danke! Du bist die beste Freundin, die ich habe.«

Ich hätte froh sein sollen über ihre Worte, doch das konnte ich nicht. *Nur eine beste Freundin,* dachte ich verdrossen, *mehr werde ich niemals für sie sein.*

Kapitel 19

Lucie

Heygate Boarding School, Anfang August 1860

Am liebsten wäre ich fortgerannt. Hinunter in den Ort, bis ans Ende des Piers und dann einfach ins Wasser gesprungen, weggeschwommen von Heygate und nie wieder zurückgekehrt. Doch das war ein törichter Gedanke, das wusste ich, aber ich konnte nicht anders. Nervös strich ich mir über das zitronengelbe Promenadenkleid, welches ich trug, und rückte den gelben Federhut zurecht.

Ich war aufgeregt, obwohl ich es nicht sein wollte. Meine Hände waren feucht, und Angst kribbelte in meinem Nacken. Mir grauste es davor, Arthur Smith kennenzulernen. Mich so zu geben, wie ich nicht war, und das Bildnis einer wohlerzogenen Lady aufrechtzuerhalten.

»Hast du Angst?«, fragte Amabel mich und strich über die Nüstern eines schwarzen Hengstes, der sich anscheinend in sie verliebt hatte. Denn das Tier schnaubte leise, stieß immer wieder mit der Schnauze gegen Amabels Schulter und schien sie zu liebkosen.

»Mir ist schlecht«, gab ich zurück und wanderte von einer Seite der Pferdeboxen zur anderen. Meine Gedanken kreisten wild umher, waren wie ein tosender Sturm, den ich nicht zähmen konnte.

Amabel lächelte schwach und fütterte den Hengst mit einer Karotte. »Ich habe mich auch gefürchtet, als ich John zum ersten Mal treffen sollte. Im Anwesen seiner Familie, mir war schon mulmig, als ich die Villa von Weitem sah. Aber eigentlich war es ganz nett ...«

»Ganz nett?«, äffte ich sie verstimmt nach und strich mir eine störrische Locke hinters Ohr. Ich wollte in diesem Augenblick überall lieber sein als hier. Mit Amabel in der finsteren Bibliothek oder mit William auf dem Balkon, in dieser lauen Sommernacht. Es war, als würden zwei Herzen in meiner Brust schlagen, widersprüchliche Gefühle, die ich für beide empfand, und ich hatte keine Ahnung, ob das überhaupt möglich war, ob ich so empfinden durfte.

Ob jemals jemand so empfunden hatte oder ob dies eine Sünde war, so wie man es mir in der Schule und meiner Erziehung beigebracht hatte.

»Nun sei nicht so verstimmt ...« Amabel winkte mich zu sich und nahm meine Hand, sanft legte sie diese auf der Schnauze des schwarzen Hengstes ab, der mich neugierig musterte. Seine großen Augen blickten mir treuherzig entgegen.

»Denke daran, dass du mit unserem tapferen Achilles ausreiten wirst. Allein das ist ein Grund zum Glücklichsein.«

Ich schnaubte. »Wenn Achilles nicht so ist wie der Mann aus der Legende von Troja, werde ich vermutlich auch unbeschadet zurückkehren.«

»Gott, deine Laune ist nicht auszuhalten«, rügte mich Amabel und strich über meine Hand. Ihre Finger waren eiskalt, aber ihre Berührung so zärtlich wie immer.

Ich spürte, wie Hitze meine Wangen erröten ließ, und wandte hastig den Blick ab. Ich mochte Amabel sehr, aber ich hatte keine Ahnung, wie sehr. Und dann war da noch William, in dessen Blick ich bereits in den ersten Minuten ertrunken war. In diesen hellblauen Augen. Der mich so genommen hatte, wie ich war. Neugierig und laut, explosiv und doch melancholisch. Ich hoffte sehnsüchtig, dass Arthur Smith wenigstens ein bisschen was von Williams Wärme hatte, dass er nicht so ein schrecklicher, herrischer Mann war wie in meiner Vorstellung.

Deine Mama hätte dir nie einen schlechten Mann ausgesucht, wisperte eine Stimme in meinem Inneren, und die Worte trieben mir Tränen in die Augen.

Ich wollte so sehr daran glauben, aber ich konnte einfach nicht. Seit Tagen hatte ich schreckliches Heimweh, sorgte mich um meine Mama, von der ich noch immer keinen Brief erhalten hatte, obwohl ich Mimi fast jeden Tag zum Telegrafenamt geschickt hatte.

»Lucie …« Sanft drückte Amabel meine Hand und wischte mit ihrem Finger die Tränen fort, die meine Wange hinunterkullerten. »Nicht weinen … du verwischst deine ganze Schminke …«

»Na und?«, antwortete ich trotzig und schniefte.

Gott, seit ich hier in Southend war, hatte ich so oft geweint. Ich war viel zu oft explodiert wie ein Vulkan, aber ich hatte auch gelernt, dem Takt meines Herzens zu lauschen. Begriffen, dass vielleicht nicht alle Männer schlecht waren und es noch viel für mich zu entdecken gab.

»Miss Hastings? Was tun Sie denn hier?« Mrs Hams dröhnende Stimme ließ Amabel und mich auseinanderfahren.

»Ich leiste Lucie nur ein wenig Gesellschaft, bis ihr Verlobter hier ankommt. Außerdem biete ich mich sehr gerne als Anstandsdame an«, antwortete Amabel und lächelte höflich.

Das wäre schön, wenn ich ihm nicht allein gegenübertreten müsste, schoss es mir durch den Kopf, und ich wollte schon das Wort ergreifen, als Mrs Ham die Hand erhob.

»Ein freundliches Angebot, aber ich habe bereits veranlasst, dass Miss Farbers Dienstmädchen als Anstandsdame fungieren wird.«

»Aber Mimi kann doch gar nicht reiten«, warf ich ein und erntete einen erbosten Blick von Mrs Ham.

»Nun, Sie werden auch keinen wilden Ausritt machen, Miss Farber, sondern nur gemächlich im Trab reiten. Es wäre ja noch schöner, wenn eine Lady sich so aufführen würde.«

Ich zog einen Schmollmund, sagte aber nichts. Es würde ohnehin keinen Sinn ergeben, mit Mrs Ham zu streiten.

»Nun … wenn Sie unbedingt bleiben möchten, dann dürfen Sie dies bei der ersten Begegnung natürlich tun, Miss Hastings, aber danach gehen Sie zurück ins Internat. Ich hole Mr Smith.« Mrs Ham wirbelte herum und rauschte ab.

Ich sah ihr mit wankendem Herzen hinterher und seufzte tief. Angst lag mir im Magen wie ein schwerer Stein, und ich sah zu Amabel, die nur lächelnd mit den Schultern zuckte.

»Nur Mut …«, wisperte sie mir zu, während wir den Eingang des Stalls ansteuerten und im blassen Sonnenlicht auf dem Vorhof stehen blieben.

Ein Stallbursche kämmte gerade ein Pferd nahe dem Übungsplatz, und zwei jüngere Schülerinnen liefen mit zwei Fohlen an der Leine an uns vorbei. Staub wirbelte auf, und ich hustete. Ein Schauer rieselte über meinen Rücken, und ich griff unwillkürlich nach Amabels Hand, doch sie entzog sie mir sofort wieder.

»Nicht jetzt …«, zischte sie mir zu, und ich verstand, auch wenn ihre Worte mich verletzten, denn ich brauchte sie in diesem Augenblick.

Doch da sah ich schon, wie Mrs Ham hinter dem Gebäude des Internats auf uns zugelaufen kam. Ich kniff die Augen zusammen, um die Person hinter ihr zu erkennen. Und als ich sie sah, zerbrach meine Welt.

Nein, dachte ich entsetzt und machte einen Schritt vor den anderen, obwohl meine Beine sich innerhalb weniger Sekunden in Pudding verwandelt hatten. Die Welt drehte sich vor meinen Augen, schien aus den Angeln gehoben, und alles – *alles* – ergab keinen Sinn mehr.

»Das kann nicht sein …«, flüsterte ich gepresst und schlug die Hand vor den Mund.

»Was ist denn …?«, setzte Amabel an, doch als Arthur Smith, mein zukünftiger Ehemann, mit Mrs Ham beinahe vor uns stand, begriff sie es auch. »Aber das ist unmöglich!«

Bitte lass das einen bösen Traum sein, flehte ich in Gedanken, während Mrs Ham mich und Amabel verwirrt musterte. *Das darf nicht wahr sein!*

»Miss Farber, wollen Sie Mr Smith nicht anständig begrüßen?«

Ich schüttelte den Kopf, unfähig zu antworten. Die Worte blieben mir im Hals stecken, verhakten sich schmerzhaft auf meiner Zunge, und meine Augen brannten.

Ich sah Arthur Smith an und glaubte, den Verstand zu verlieren.

Denn Arthur Smith war niemand anders als William. Mein Tanzpartner beim Sommerball, der Mann mit den hellblauen Augen, in dessen Blick ich fast ertrunken wäre.

»Wie … wie ist das möglich?«, fragte ich nach einer geschlagenen Ewigkeit und sah ihn verwirrt an.

Zorn blubberte in meinem Inneren, jagte heiß über meine Glieder hinweg, und ich ballte die Hand so fest zur Faust, dass meine Knöchel weiß hervortraten. »Warum bist du hier?«

»Miss Farber!« Unsere Lehrerin stemmte die Hände in die Hüften und schnalzte missbilligend mit der Zunge. »Wie benehmen Sie sich bitte vor Ihrem Verlobten?«

»Das ist nicht mein Verlobter! Das ist der Mann …«, setzte ich wutentbrannt an, doch da trat Arthur vor und hob versöhnlich die Hände. Arthur, der William war. Oder William, der Arthur war? Ich hatte keine Ahnung, ich war so verwirrt.

»Mrs Ham … ich denke, es wäre besser, wenn ich einige Minuten allein mit Miss Lucie sprechen könnte. Das erste Treffen von zukünftigen Eheleuten kann aufwühlend sein, vor allem für die Frau.«

Aufwühlend. Für die Frau.

Seine Worte bohrten sich wie Nadeln in meine Haut, und mein Kopf fing an, unangenehm zu pochen. Tränen der Wut sammelten sich in meinen Augen. Wegen dieses grausamen Verrats, denn tief in meinem Inneren war ich mir sicher, dass Arthur von Anfang an gewusst haben musste, wer ich war. Noch bevor ich meinen Namen ausgesprochen hatte, musste er es gewusst haben, und er hatte mir einfach ins Gesicht gelogen.

Oh Gott, ich hatte vor ihm über ihn hergezogen – ich glaubte, mein Kopf würde zerspringen bei all der Verwirrung.

»Mhm …« Mrs Ham sah Arthur einige Sekunden lang an, nickte dann aber. »Ich denke, Sie haben recht, Mr Smith. Kommen Sie, Miss Hastings, wir lassen die zukünftigen Eheleute allein.«

Ich wollte nicht, dass Amabel ging. Ich konnte jetzt hier nicht ohne sie bleiben. Nach diesem Verrat, den Arthur begangen hatte. Außerdem würde ich mit Sicherheit mein gutes Benehmen vergessen, wenn sowohl Amabel als auch Mrs Ham nicht mehr zugegen waren. Ich wollte Arthur anschreien, ihm all die Dinge an den Kopf werfen, die durch meine Gedanken wirbelten.

»Aber Mrs Ham … Lucie wollte doch …«

»Miss Farber wird sich hoffentlich zu benehmen wissen«, unterbrach Mrs Ham sie und ruckte mit dem Kopf. »Nun kommen Sie schon.«

Nur widerwillig folgte Amabel der Lehrerin und schaute noch einmal über die Schulter zu mir zurück, sie versuchte, mir ein aufmunterndes Lächeln zu schenken, doch dafür war es zu spät.

Wie sagte mein Vater so schön: *Das Kind war schon lange in den Brunnen gefallen.*

Ich verzog das Gesicht und starrte Arthur an. Als Mrs Ham und Amabel außer Sichtweite waren, trat ich auf ihn zu und bohrte meinen Finger in seine Brust.

»Wie konntest du nur?«, zischte ich ihm wütend zu, und er hob eine Augenbraue, schien regelrecht amüsiert von meinem Verhalten.

»Sind wir jetzt schon per Du, Miss Lucie?«

Ich presste die Kiefer aufeinander, und das Knirschen meiner Zähne dröhnte in meinen Ohren.

»Mach dich nicht über mich lustig«, presste ich hervor und wollte Arthur wegschubsen, ihn fortjagen, doch er bewegte sich keinen Zentimeter und schien wenig beeindruckt von meiner Wut.

»Das tue ich keineswegs, Miss Lucie ...«, setzte er an und umfasste meine Hand, sah mir tief in die Augen.

Nein, dachte ich und versuchte, seinem Blick auszuweichen, doch da hatte ich mich schon im Blau seiner Augen verloren, als würde ich ertrinken.

»Wie konntest du mir verschweigen, dass du Arthur bist? Dass du mein zukünftiger Verlobter bist?«

Er zuckte mit den Schultern, und ein gequälter Ausdruck huschte über seine Züge. Geradeso, als würde es ihm leidtun, doch das glaubte ich nicht. Er hatte mit mir gespielt.

»Meine Mutter hat einen Brief von deiner Mutter erhalten, in dem steht, dass du eine Abneigung gegen diese Verlobung hast.«

Verrat. Verrat. Verrat, pochte es schmerzhaft in meinen Gedanken. Meine geliebte Mama hatte meine innersten Gefühle einer anderen Frau offenbart? Warum hatte sie das getan?

»Und da hast du dir gedacht, du machst dir einen Spaß aus dieser Misere?«, fragte ich aufgebracht und wollte mich losreißen, doch Arthur war stärker. Sein Griff war fest, aber nicht schmerzhaft. Seine Finger strichen über meine Haut, und da war es wieder, dieses sanfte Lächeln, das mich auf dem Ball verzaubert hatte. Seine wilden, rotbraunen Locken und diese Art, wie er den Kopf zur Seite neigte. Wie ein neugieriges Kind.

»Nein, das habe ich nicht.« Seine Worte klangen ehrlich, schließlich hatte ich ihm auf dem Ball auch vertraut, und da hatte er mich betrogen.

Arthur schaute sich um, und ich bemerkte, dass der Stallbursche und die zwei jüngeren Schülerinnen uns unverhohlen beobachteten.

»Lassen *Sie* uns in den Stall gehen«, schlug Arthur vor und zog mich mit sich.

»Ich gehorche deinen Befehlen nicht!«, spie ich aus und riss mich los.

»Das war kein Befehl, Miss Lucie.« Seine Stimme war immer noch ganz ruhig, und sie klang sanft. Nicht bedrohlich, wie die Stimme meines Vaters, wenn er wütend wurde. Nein, Arthur schien tief in sich zu ruhen. Als könnte ihn nichts aus der Fassung bringen. Nicht mal eine impertinente zukünftige Ehefrau.

»Dann kann ich jetzt einfach zurück in mein Zimmer im Internat gehen?«, fragte ich höhnisch und breitete die Hände aus. »Und du wirst mich nicht aufhalten?«

»Nein, das werde ich nicht.« Traurig blickte er mich an und fuhr sich durch die stürmischen Locken, die wie Feuer um seinen Kopf herumwogten. »Doch ich wäre froh, wenn *Sie* mir eine Möglichkeit geben würden, mich zu erklären.«

»Warum sollte ich das tun?«

»Weil *Sie* mich ohnehin heiraten werden müssen, Miss Lucie. Da schadet es nicht, wenn wir uns wohlgesinnt sind.«

»Wohlgesinnt?« Meine Stimme schwoll zu einem Tosen an, und mit wenigen Schritten war ich bei Arthur.

Wir standen nun im dämmrigen Licht der Stallung. Der Geruch von Heu und Pferden erfüllte die stickige Luft. Hier drinnen war es viel zu warm, und Schweißperlen rannen meinen Nacken hinab.

»Ich war dir nie wohlgesinnt!«

»Und genau deswegen habe ich mich als William vorgestellt.«

»Was?« Meine Worte schwebten in der Luft zwischen uns, verweilten wie eine Mahnung dort und fielen irgendwann zu Boden. Weil sie zu schwer waren, zu viel Kummer mit sich trugen.

»Ich wusste, dass *Sie* mich abschätzig behandeln würden, von dem Augenblick an, in dem ich mich Ihnen vorstellen würde, Miss Lucie. Deswegen habe ich das Einstecktuch aus meinem Jackett herausgenommen und mich Ihnen als jemand anders vorgestellt. Und …« Arthur zuckte mit den Schultern und ergriff meine Hand, sanft verflocht er seine Finger mit den meinen, und diese plötzliche Nähe raubte mir den Atem.

»Ich glaube zu wissen, dass *Sie* mich gemocht haben, Fräulein Lucie, oder nicht? Als William scheine ich kein übler Kerl gewesen zu sein.«

Schmerzlich wurde mir bewusst, dass er recht hatte. Ich öffnete den Mund, doch nur ein Krächzen huschte über meine Lippen. Ich wollte ihn von mir stoßen und zu mir ziehen – alles gleichzeitig und nichts davon. Meine Hände zitterten, und mein Atem ging stoßweise.

Er hat dich belogen, wisperte eine gehässige Stimme in meinen Gedanken. *Da siehst du es doch, alle Männer sind gleich. Du bist immer nur ein Anhängsel für sie.*

Tränen traten in meine Augen, Zorn zuckte wie ein Blitz durch meine Gedanken, und ich schüttelte Arthurs Hand ab.

Als William warst du der Mann, mit dem ich mir vorstellen konnte, ein gemeinsames Leben zu führen, dachte ich. Doch ich sagte: »Nein, du warst als William schrecklich und bist als Arthur ein Monster. Ich will nie wieder etwas mit dir zu tun haben. Aber wenn ich dich ehelichen muss, dann werde ich es tun. Für meine Mama, die sich wünscht, dass ich ein gutes Leben habe. Aber ich werde nie wieder ein Wort mit dir sprechen.

Ich gebäre deine Kinder, ich führe deinen Haushalt, aber meine Stimme wirst du bis an dein Lebensende nicht mehr hören.«

Ich wirbelte auf dem Absatz herum und rannte fort. So schnell, wie mich meine Beine tragen konnten. Arthurs Stimme stach wie Pfeile in meinen Rücken, und auch wenn ich gerade das wohl Dramatischste in meinem Leben gesagt hatte, es fühlte sich ein wenig richtig an, ihn von mir zu stoßen.

Und gleichzeitig unendlich falsch.

Kapitel 20

Arthur

*D*a stand ich nun. Inmitten von Staub und dem Geruch von Heu. Das Wiehern der Pferde hallte in meinen Gedanken wider, und ich konnte Lucie nur hinterherstarren. Ich wollte zu ihr laufen, sie aufhalten und ihr erklären, dass ich ein Hornochse war. Dass ich etwas unendlich Dummes getan hatte, aber meine Beine bewegten sich nicht.

Ich war wie festgefroren und konnte ihr nur hinterhersehen, ihrem wehenden Rock und den blonden Haaren, die sich aus dem geflochtenen Zopf gelöst hatten.

Ich hatte geahnt, dass mich diese Lüge in Schwierigkeiten bringen würde, dass Lucie mich wahrscheinlich verabscheuen würde. Doch mit diesem impulsiven Wutausbruch hatte ich wahrlich nicht gerechnet. Noch immer spürte ich den Druck ihrer Hand auf meiner Brust, ihr Zorn kribbelte auf meiner Haut, und ihre Worte hallten in meinem Herzen wider.

Aber meine Stimme wirst du bis an dein Lebensende nicht mehr hören.

Ein eisiger Schauer jagte über mich hinweg, und ich fröstelte bei diesem Gedanken. Es wäre das Schlimmste, was ich mir im Moment vorstellen konnte, wenn Lucie kein Wort mehr mit mir sprechen würde. Denn ich war diesem stürmischen Mädchen hoffnungslos verfallen, mein Herz wollte sie nicht gehen lassen, und ich benahm mich wie ein verliebter Schuljunge.

Du wirst sie mögen, hatte meine Mutter über Lucie gesagt.

Wenn nur ein Funke des Temperaments ihrer Mutter in Lucie
steckt, dann wirst du dich in dieses Mädchen verlieben.

Sie hatte, wie so oft, recht behalten, doch ich hatte unser Kennenlernen mächtig in den Sand gesetzt. Ich erinnerte mich an den Augenblick im Ballsaal, an ihr wunderschönes Lächeln und daran, wie offen sie mir begegnet war. Und sie hatte selbst zugegeben, dass dies nicht passiert wäre, wenn sie gewusst hätte, wer ich bin.

Dass sie die Ehe verabscheute, das hatte selbst ich schon begriffen, doch ich fragte mich, warum.

»Da bist du aber tief ins Fettnäpfchen getreten.«

Ich schaute irritiert auf und sah ein Mädchen, das im Eingang zum Stall stand. Sie trug eine große Brille, die ihr ein wenig von der Nase gerutscht war, und ihr dunkles Haar war zu einem seitlichen Zopf geflochten. Schmutz und Heu hatten sich in ihrem blauen Kleid verfangen, und ihre Wangen waren gerötet.

»Wie bitte?«, fragte ich und verschränkte die Arme vor der Brust. Ich hatte nun wirklich nicht die Muße, mich mit einem halbwüchsigen Mädchen abzugeben, das gerade mal vierzehn Jahre alt zu sein schien.

Sie schob ihre Brille höher auf die Nase und stellte den Eimer, den sie trug, auf den Boden.

»Ich habe gesagt, dass du ins Fettnäpfchen getreten bist ...« Ein Grinsen huschte über ihre Lippen, und sie schaute auf meine Schuhe. »Wortwörtlich.«

Entsetzt starrte ich an mir herunter und musste feststellen, dass ich in Pferdemist getreten war. Ich stöhnte auf und lehnte mich gegen eine der Stallboxen. Ein schwarzer Hengst kam auf mich zu und stupste mich mit seiner Schnauze an.

»Achilles will dich trösten«, stellte das Mädchen fest. »Und dann solltest du dich vom Acker machen, Lucie will bestimmt keine halb gare Entschuldigung von dir hören.«

»Hast du noch mehr weise Ratschläge, Kleine?«, fauchte ich.

Sie zuckte mit den Schultern. »Ich heiße Susanne, aber wenn es dir beliebt, junger Earl, dann gerne auch ›Kleine‹. Und ich habe Lucie an ihrem ersten Tag hier im Internat herumgeführt. Sie hilft mir bei den Hausaufgaben, und wenn ich eines sagen kann, dann, dass Lucie niemals heiraten will.«

»Das habe ich selbst gemerkt«, erwiderte ich und strich gedankenverloren über Achilles' Schnauze. »Waren wir so laut bei unseren Streitigkeiten?«

Susanne wiegte den Kopf hin und her, dann nickte sie. »Man hat alles gehört … ganz schön unverschämt von dir, Lucie vorzugaukeln, dass du jemand anders wärst.«

Ich unterdrückte ein Schnauben und stieß mich von der Stallbox ab. »Hat dir schon mal jemand gesagt, dass du ein vorlautes Mundwerk hast, Susanne?«

»Ja«, antwortete sie unbekümmert und schaute zurück zum Reitplatz. »Lucie hat gesagt, das ist eine gute Eigenschaft. Man sollte sich von Männern nicht den Mund verbieten lassen.«

Na, vielen Dank auch, dachte ich genervt und ging an dem Mädchen vorbei.

»Noch irgendetwas?«

»Ja, schon …« Susanne zog die Nase kraus. »Wenn du dich bei ihr entschuldigst, dann tu es richtig und mein es ehrlich. Und du solltest vielleicht vorher auch Lucies Mitbewohnerin Amabel von deinem guten Herzen überzeugen, sonst wird deren Zorn dich auch ereilen.«

Das Mädchen streckte die Hand aus und zeigte mit dem Finger zum Heygate Internat, und da sah ich sie: Lucies Mitbewohnerin Amabel, John Holds Verlobte. Und sie sah gar nicht begeistert aus, sondern stocksauer.

»Ach du liebe Güte …«, murmelte ich und kratzte mich am Kopf. »Womit habe ich denn das verdient?«

»Der liebe Gott bestraft alle Sünden«, wisperte Susanne mir

mit einem schelmischen Lächeln zu und verschwand, noch bevor Amabel bei mir war.

»Du!«, zischte sie erbost, und ich hob abwehrend die Hände.
»Du Schuft! Wie konntest du Lucie verheimlichen, wer du bist?
Wie konntest du ihr Vertrauen nur so missbrauchen? Ihr Män-
ner seid alle gleich, treulose Verräter!«

Ich zog eine Augenbraue in die Höhe und musterte Amabel
eingehend. Schweißperlen glänzten auf ihrer hellen Haut, und
ihre Hände waren in die Hüften gestemmt. Sie sah wirklich wütend aus, schlimmer als meine Mutter, wenn ich als Kind über
die Stränge geschlagen hatte.

Und ich war ehrlich verwundert, dass sie solche Worte an
mich richtete. Denn ich kannte John Hold aus Schulzeiten und
könnte ihm erzählen, dass seine Verlobte ungehörige Dinge
sagte. Aber es schien Amabel Hastings nicht im Geringsten zu
kümmern, dass John von ihrem Verhalten Wind bekommen
könnte. Sie hatte in diesem Augenblick keinen Sinn für Etikette.

»Ich habe das getan, damit Lucie merkt, dass ich kein schlechter Mann bin. Wenn sie gewusst hätte, wer ich bin, hätte sie
mich doch von Anfang an mit Ablehnung gestraft.«

»Das wäre auch besser so gewesen!«, schleuderte Amabel
mir entgegen. »Jetzt heult sie sich die Augen aus und hat mit
Mrs Ham eine heftige Auseinandersetzung gehabt. Unsere Lehrerin informiert nun ihre Eltern, und Lucie hat Stubenarrest!
Alles nur wegen dir.«

Ein schlechtes Gewissen erfasste mich, und ich senkte den
Kopf. Ich hatte nicht gewollt, dass Lucie Ärger bekam, aber ich
hatte auch nicht gewollt, dass sie mich von Anfang an verabscheute.

»Ich werde mit Mrs Ham sprechen und einen neuen Termin
vereinbaren, um mit Lucie auszugehen. Im Moment bin ich ohnehin in Southend, weil Semesterferien sind.«

»Du brauchst überhaupt nicht wiederzukommen!«, fauchte

Amabel. »Lucie wird dich nie wieder sehen wollen, und sie liebt dich auch nicht!«

Ist das etwa Eifersucht in ihrer Stimme?, fragte ich mich und sah Amabel irritiert an. Ihre Wangen waren ein wenig gerötet, und sie zitterte am ganzen Körper, als würde sie vor lauter Wut auf mich jeden Moment explodieren.

»Und das hast du zu entscheiden?«, fragte ich. »Ich habe Lucie nicht hintergehen wollen, ich wollte nur, dass unsere Beziehung eine Chance hat, da sie mich ansonsten ganz sicher abgelehnt hätte.«

»Das ist dir gründlich misslungen«, zischte Amabel mir zu und schüttelte den Kopf. »Du kannst dich zum Teufel scheren!«

Mit diesen Worten rauschte sie ab und ließ mich allein stehen. Ich seufzte tief und fuhr mir durch meine störrischen Locken. Mein Herz schlug schmerzhaft gegen meine Rippen, und ich presste die Kiefer aufeinander.

Ich hatte diese Sache wieder gründlich versaut, da musste ich Amabel recht geben. Aber ich hatte wirklich nur gewollt, dass Lucie mir offen gegenübertreten würde. Und als sie noch dachte, ich wäre jemand anders, hatte sie das getan.

Doch ich hatte nicht die geringste Ahnung, wie ich dieses Dilemma wieder zurechtbiegen könnte. Also ging ich zum Eingang des Internats und begegnete auch sogleich Mrs Ham, Lucies Lehrerin.

»Ich bitte vielmals um Entschuldigung, Mr Smith!«, sagte sie sofort und seufzte theatralisch. »Ich weiß nicht, was in Miss Farber gefahren ist, aber seien Sie unbesorgt, ich habe bereits ihre Eltern informiert. Sie wird schon wieder zur Vernunft kommen.«

Zur Vernunft kommen, dachte ich verdrossen und konnte irgendwie verstehen, wieso Lucie eine Abneigung gegen all diese Konventionen hatte. Es war ihr gutes Recht, wütend auf mich zu sein. Aber eine Lady durfte ihre Wut nicht offen zeigen, nein, eine Lady hatte sich zu benehmen.

»Machen Sie sich bitte keine Vorwürfe, Mrs Ham«, sagte ich, um die Lehrerin zu beruhigen, denn sie schien wirklich in Aufruhr geraten. Auf ihrem Hals bildeten sich hektische rote Flecken, und sie schnappte immer wieder nach Luft wie ein Fisch auf dem Trocknen. »Ich werde mich nun wieder auf den Weg nach Hause begeben und eine weitere Einladung zu einer Verabredung an Miss Farber schicken …«

Mrs Ham nickte geschäftig und verschränkte die Hände hinter dem Rücken. Ich zögerte noch einen Augenblick, dann zog ich das Briefkuvert heraus, welches in meiner Jackentasche steckte.

»Seien Sie so gut und übergeben Miss Lucie diesen Brief? Vielleicht lassen sich damit die Wogen zwischen uns glätten.«

»Natürlich, Mr Smith, und bitte machen Sie sich keine Gedanken, Sie sind ein wunderbarer Gentleman, das wird Miss Farber auch noch begreifen lernen.«

Bei ihren Worten kroch ein eisiges Gefühl meine Glieder hinauf. *Begreifen lernen.* Das klang unglaublich abwertend und grausam.

»Danke«, sagte ich deswegen nur und wandte mich ab.

Weil Amabel, so schwer es mir auch fiel, das einzusehen, recht hatte. Ich konnte hier im Moment nichts ausrichten. Gott, ich war so ein Idiot. Da belog ich das erste Mädchen, das mein Herz zum Flattern brachte, das mich in den Bann gezogen hatte und das ich so gerne glücklich sehen wollte.

Ich schaute in den strahlend blauen Himmel über mir, während ich den gewundenen Waldweg vom Internat zurück nach Southend ging, und Lucies Worte vom Ball hallten in mir nach.

Sie wären ein guter Ehemann … versprechen Sie mir, dass Sie Ihre Werte beibehalten.

Und das wollte ich tun. Ganz bestimmt. Denn auch wenn

Lucie mich nun verabscheute, es gab da etwas, was sie mit Sicherheit wissen wollte. Etwas, das sie wieder zu mir führen würde, und dann hätte ich die Gelegenheit, mich offen und ehrlich bei ihr zu entschuldigen.

Und ihr zu gestehen, dass ich gerade dabei war, mich mit Haut und Haaren in sie zu verlieben.

In dieses stürmische Mädchen, das all meine Gefühle innerhalb weniger Sekunden durcheinandergewirbelt hatte. Das mich vom ersten Augenblick an in den Bann gezogen hatte. Mit ihrer spitzfindigen Art, ihren flatternden Worten und ihrer bahnbrechenden Ehrlichkeit, die mich beeindruckte. Sie würde sich niemals etwas sagen lassen, und damit hatte sie sich in mein Herz geschlichen wie niemand jemals zuvor.

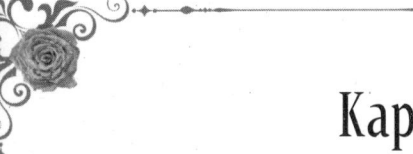

Kapitel 21

Amabel

Sie weinte immer noch. Ich konnte ihr Schluchzen hören, das unter der Tür hindurchhuschte und eine Gänsehaut bei mir verursachte. Ich war gerade erst mit Mrs Ham oben im Turm angekommen, die zu Clary wollte, um mit ihr über ihre bevorstehende Hochzeit zu sprechen, da stand Lucie plötzlich vor uns. Ihre Augen waren gerötet, ihr Haar durcheinandergeraten, und eine lodernde Wut umgab sie.

Sie war an uns vorbeigestürmt, doch Mrs Ham hatte sie am Arm gepackt und dann …

Es schauderte mich, wenn ich an diese Standpauke zurückdachte. Daran, wie scharf und gefährlich Mrs Hams Worte geklungen hatten. Wie sie Lucie in ihr Zimmer gezogen und die Tür mit einem Knall zugeschlagen hatte. Brüchige Wortfetzen waren an mein Ohr gedrungen, Lucies verzweifelte Stimme hatte sich in meinen Kopf gebohrt, und ich hatte ihr so gerne beistehen wollen, aber Mrs Ham hatte sogar die Tür abgeschlossen.

Ich hatte Mrs Ham noch nie so wütend erlebt. Ja, sie war streng, darauf bedacht, dass wir Mädchen uns artig verhielten und auf sie hörten. Aber das … das war mir völlig fremd. So wütend, so streng hatte ich sie schon lange nicht mehr erlebt. Aber wahrscheinlich war unsere Lehrerin auch schon lange nicht mehr in solch einen starken Konflikt mit einem der Mädchen geraten wie mit Lucie. Hatte noch nie so freche Widerworte entgegengeschleudert bekommen. Denn normalerweise bemühte sie sich, auch eine Vertrauensperson für uns zu sein.

Ich zählte die Minuten, die vergingen, bis die Lehrerin endlich wieder aus dem Zimmer kam. Ihr Gesicht war hochrot, eine wutverzerrte Maske, und sie hatte mich keines Blickes gewürdigt. Stattdessen hatte sie den Schlüssel genommen und Lucie in ihrem Zimmer eingesperrt!

»Kommen Sie bloß nicht auf die Idee, diese Tür zu öffnen, Miss Hastings«, hatte sie noch zu mir gesagt. »Miss Farber wird bis morgen früh auf ihrem Zimmer bleiben, ich schicke ihr Dienstmädchen herauf, sie kann die Tür öffnen, wenn Miss Farber sich erleichtern muss oder das Abendessen gebracht wird.«

Ich stand völlig perplex im Raum und konnte zu keiner Erwiderung ansetzen, dann war Mrs Ham auch schon fort. Ich hatte unsere Lehrerin noch nie so fuchsteufelswild gesehen, und ich besuchte das Heygate Internat bereits seit über vier Jahren. Sie war streng und eher konservativ, aber sie hatte noch nie die Hand gegen ein Mädchen erhoben oder sie in ihr Zimmer eingesperrt.

Vielleicht liegt es daran, dass alle anderen Mädchen in Heygate besser erzogen sind als Lucie, warf eine spöttische Stimme in meinem Kopf ein.

Ich seufzte leise und war mir nicht sicher, was ich tun sollte. Doch da trugen mich meine Beine schon in mein Zimmer, und ehe ich michs versah, hatte ich den alten Dietrich in meiner Hand, den mir mein Vater hinterlassen hatte. Die einzige Erinnerung, die ich noch an ihn hatte.

Ich hatte damit nie Türschlösser öffnen wollen, doch nun schien es mal wieder der richtige Augenblick dafür zu sein. Ich kniete mich vor Lucies Zimmertür und brauchte nur wenige Handgriffe, dann schwang sie leise auf.

Vorsichtig trat ich in den Raum und musste mehrmals blinzeln, denn Lucie hatte die Vorhänge zugezogen, und nur durch einen winzigen Spalt fiel goldenes Sonnenlicht, tanzte auf dem dunklen Boden umher.

Ich hörte ihr Schniefen und trat vorsichtig an ihr Bett. »Lucie?«, fragte ich leise.

Unter mehreren Decken lag sie dort vergraben, doch ein Ruck ging durch ihren Körper, als sie meine Stimme hörte, und sie hievte sich mühsam hoch.

»Was ... was machst du hier?«, stammelte sie verwirrt.

Ich konnte ihr Gesicht in der Dunkelheit kaum erkennen, doch als ich mich zu ihr aufs Bett setzte, sah ich die Tränenspuren auf ihren Wangen. Ihre Augen waren gerötet, und sie sah unendlich erschöpft aus. »Du darfst nicht hier sein, wenn Mrs Ham ...«

»Mrs Ham hat wahrscheinlich gerade genug andere Dinge zu tun«, unterbrach ich sie hastig und ergriff ihre eiskalte Hand.

Ich wollte sie in meine Arme ziehen, sie berühren und ihr Trost spenden, aber irgendetwas hielt mich davon ab. Als hätte sich ein Graben zwischen uns aufgetan, den ich nicht überwinden konnte.

Lucie schluchzte auf und presste die Hand vor den Mund. Sie sah verletzlich aus, irgendwie kleiner als sonst. Beinahe wie ein Kind.

»Es tut mir leid ...«, setzte ich an und strich über ihre Hand. »Er ist ein gemeiner Schuft.«

Lucie antwortete nicht und rückte ein Stück näher an mich heran. Sofort begann mein Herz, rumpelnd zu schlagen, und Hitze jagte über mich hinweg. Mein Blick blieb an Lucies kirschroten Lippen hängen, und ich wollte mich zu ihr herüberlehnen, wollte sie berühren, aber dann tauchte unwillkürlich das Bild von John in meinen Gedanken auf und hielt mich davon ab. Ich durfte das nicht, ich hatte einen Verlobten, und ich musste eine ehrenhafte Frau sein.

»Ich weiß nicht ...«, flüsterte Lucie, und ich musterte sie verständnislos.

»Er hat dich betrogen!« Die Worte kamen abgehackt über

meine Lippen, denn ich war wütend auf diesen Arthur Smith. Wütend darüber, dass er Lucie so verletzt hatte. Sie verdiente etwas Besseres als ihn.

Etwa dich?, fragte eine gehässige Stimme in meinen Gedanken.

»Ich glaube …«, setzte Lucie an und wischte sich über ihre Wangen, »dass er es wirklich nicht getan hat, um mich so zu verletzen … er wollte nur, dass ich ihn kennenlerne, wie er wirklich ist.«

»So ein Humbug!«, rief ich und wusste, dass ich nicht gerecht war in diesem Augenblick. Dass ich mit aller Macht versuchte, Lucie vom Gegenteil zu überzeugen. »Er hat dich hinters Licht geführt, und kein einziger Mann sollte jemals so unehrenhaft sein.«

Ich konnte Lucie an der Nasenspitze ansehen, dass meine Worte Wirkung zeigten. Auf ihrer Stirn bildete sich eine steile Falte, und sie presste die Lippen aufeinander. Die Stille zwischen uns schwoll an, und mir wurde immer wärmer.

Dann zog ich Lucie in meine Arme, bettete meinen Kopf auf ihre Schulter und strich ihr über den Rücken. »Alle Männer sind am Ende doch gleich …«, murmelte ich leise und wusste nicht, woher diese Worte kamen.

Bis jetzt hatte ich mein Schicksal immer anstandslos akzeptiert. Ich war die perfekte Tochter gewesen: wohlerzogen, höflich und unterwürfig. Perfekt zu verheiraten. Und bevor Lucie in Southend aufgetaucht war und mein Leben völlig durcheinandergewirbelt hatte, war ich in der Lage gewesen, die leisen Zweifel in meinem Herzen zu beruhigen. Nicht daran zu denken, dass ich bald einen Mann ehelichen würde, der mich anscheinend nicht liebte. Doch nun … nun war alles anders, denn Lucie in meinen Armen, ihr verzweifeltes Schluchzen und all die Gespräche zwischen uns ließen mich die Welt mit neuen Augen sehen.

»Aber ich habe doch sowieso keine Wahl …«, flüsterte Lucie und löste sich von mir.

Sie hob ihre Hand und strich über meine Wange. Diese Berührung war wie ein Funkenregen auf meiner Haut, mein ganzer Körper spannte sich an. Ich fuhr mir mit der Zunge über die Lippen, Sehnsucht erfüllte mein Herz, ließ meine Finger kribbeln.

»Wir haben immer eine Wahl«, wisperte ich Lucie zu und beugte mich zu ihr.

Sie riss die Augen auf, war wie erstarrt in diesem Moment zwischen stickiger Dunkelheit und klopfenden Herzen. Doch bevor meine Lippen ihre berühren konnten, drehte sie den Kopf zur Seite. Ich streifte ihre Wange und zuckte zurück.

»Lucie, ich habe nicht …«

Sie schüttelte den Kopf, musterte mich mit diesem traurigen Lächeln, das ich schon so oft bei ihr gesehen hatte. Das die Grundfesten der Welt erschüttern konnte. Oh, mein Gott, hatte ich gerade wirklich versucht, sie zu küssen?

»Ich weiß«, erwiderte Lucie und berührte ihre Wange an der Stelle, an der meine Lippen einen Kuss auf ihre Haut gehaucht hatten. »Aber ich glaube, dass mein Herz im Moment eine Pause braucht, dass ich erst mal herausfinden muss, was ich will. Was ich brauche …«

Ich spürte, wie Tränen in meinen Augen brannten und Enttäuschung sich wie eine kalte Hand um mein Herz klammerte. Ich versuchte, den dicken Kloß, der sich in meiner Kehle festgesetzt hatte, hinunterzuschlucken, doch es gelang mir nicht. Ich hatte so sehr gehofft, dass …

Ja, was genau hatte ich gehofft? Hatte ich all die Zeichen falsch gedeutet? Mich in einer Freundschaft verloren, die genau das war: eine Freundschaft und nicht mehr?

»Liebst du ihn?«, fragte ich mit zittriger Stimme, und Lucie sah mir in die Augen.

Sie lächelte nicht, aber ihr Blick war so voller Zuneigung, dass es mir das Herz brach.

»Ich weiß es nicht, ich weiß doch nicht mal, was Liebe wirklich bedeutet. Wie es sich anfühlt …«, erwiderte sie und lehnte ihren Kopf an die Wand. »Aber ich weiß, dass mein Herz wie wild in meiner Brust klopft, wann immer ich an diesen Augenblick mit Arthur auf dem Ball denke.«

Ich schob die Unterlippe vor und betrachtete sie enttäuscht. Ich hatte mir wirklich alles eingebildet, hatte mir ein Traumschloss erbaut, das keine Zukunft hatte.

»Doch …«, sprach Lucie weiter und drückte meine Hand, »ich weiß auch, dass ich mich bei dir sehr wohlfühle, dass du mir Hoffnung gibst und ich nicht dankbarer sein könnte, dass du an meiner Seite bist. Du hast Southend für mich zu einem Zuhause gemacht.«

Dann gibt es doch noch Hoffnung?, wollte ich sie fragen, jedoch erschien mir das der falsche Moment.

»Was willst du jetzt tun?«, fragte ich und lehnte mich ebenfalls an die Wand, kuschelte mich mit Lucie unter ihre Decke und starrte in die Finsternis.

»Ich weiß es nicht …«, erwiderte sie. »Aber ich muss mich mit Mrs Ham gut stellen, ich muss die Erlaubnis erhalten, wieder nach Southend fahren zu dürfen, damit ich mit Mimi das *Magdalena's House* aufsuchen kann. Immerhin habt ihr das letzte Woche nicht geschafft, und ich will herausfinden, warum meine Mutter dort war, ich habe das Gefühl, Arthur weiß mehr darüber.«

Ich nickte schweigend. Leider war Mimi die ganze Woche so mit Aufgaben eingespannt gewesen, dass ich nicht mit ihr nach Southend hatte fahren können. Mrs Ham schaffte es wahrlich, die Hausmädchen jeden Tag auf Trab zu halten. Und ich selbst war in der letzten Woche mit der Betreuung der jüngeren Schülerinnen beschäftigt gewesen. Doch uns beziehungsweise Mimi lief die Zeit davon. Es würde nicht mehr lange dauern, und jemand würde sie auf ihren wachsenden Bauch ansprechen. Ich war mir todsicher, dass Mrs Ham sie aus dem Internat jagen würde, vielleicht sogar nur, um Lucie zu bestrafen.

»Das heißt, du willst ihn wiedersehen?« Der Gedanke schmerzte mich mehr, als ich zugeben wollte, denn ich hatte Arthurs Blick gesehen, als er Lucie angeschaut hatte.

»Ich muss das ohnehin tun, mir graut es schon vor der Nachricht meiner Eltern. Gott, ich wollte meiner Mutter doch keinen Kummer bereiten, und jetzt …« Ihr Kinn zitterte, und trotz allem, was zwischen uns stand, nahm ich sie erneut in den Arm.

Hielt sie und schloss die Augen, bildete mir ein, dass da vielleicht doch mehr war zwischen uns.

»Keine Sorge, ich helfe dir. Ich werde mit Mrs Ham sprechen, und sie wird deinen Stubenarrest mit Sicherheit aufheben. Alles wird gut.«

Ich musste selbst lächeln bei diesen Worten, denn irgendwie schienen wir beide zu sicher, dass niemals *alles gut* werden würde. Aber vielleicht wurde es besser, und das war alles, woran wir glauben konnten.

Kapitel 22

Lucie

Ich war verwirrt. Nein, dieses Wort beschrieb meinen Gefühlszustand nicht im Ansatz. Ich war durcheinander, perplex, und alles ergab keinen Sinn mehr. Ich war wie ein Geist. Stand morgens auf, nahm brav am Unterricht teil, aß meine Mahlzeiten und legte mich abends wieder ins Bett.

Ich tat alles, um nicht erneut den Zorn von Mrs Ham auf mich zu ziehen, benahm mich wie eine Lady, half den jüngeren Schülerinnen bei den Hausaufgaben und glänzte im Hauswirtschaftsunterricht und bei den Tanzstunden mit meinem Wissen. Diesem grausamen Wissen, welches mir mein ganzes Leben lang eingeschärft worden war und welches ich am liebsten aus meinem Kopf verbannt hätte, weil es mich zu einer perfekten Ehefrau machen sollte.

Doch all das, dieses Sich-am-Riemen-Reißen, eine Fassade von mir zu zeigen, die nichts mit mir zu tun hatte, war nichts im Vergleich zu meinen Gefühlen. Wie Wellen schwappten sie über mich hinweg, nahmen mir die Luft zum Atmen und brachten mich durcheinander.

Amabel hatte mich küssen wollen! Nicht auf die Stirn, wie ich es bei ihr getan hatte in der Pension in London. Nein, richtig! Auf den Mund. Bei diesem Gedanken wurde ich völlig nervös, denn ich wusste nicht, was das zu bedeuten hatte.

Konnten Frauen denn überhaupt Frauen lieben?, fragte ich mich im Stillen. Ich war so verwirrt und wusste nicht wohin mit mir. Gedankenversunken strich ich über Achilles' Schnauze. Der schwarze Hengst musterte mich mit seinen dunklen, treuen Augen, und ich lächelte matt.

Natürlich kannte ich tief in mir die Antwort auf diese Frage, denn obwohl niemand je offen darüber sprach, hatte es in Lübeck einige Frauen gegeben, die zum Beispiel gemeinsam eine Schneiderei führten und eine Beziehung zu pflegen schienen. Nur hinter vorgehaltener Hand wisperten die Mädchen in meiner Klasse darüber, doch ich hatte mir nie Gedanken über diese Art von Gefühlen gemacht. Und ich wusste gar nicht, ob ich so für Amabel empfand. Ob ich vielleicht in sie verliebt war? Doch immer wenn ich meine Augen schloss, tauchte nicht nur Amabels Gesicht in meinen Gedanken auf, sondern auch Arthurs.

Ich konnte unseren gemeinsamen Tanz nicht vergessen, konnte nicht leugnen, dass da etwas zwischen uns war, was ich noch nie zuvor gespürt hatte. Aber was würde ich empfinden, wenn ich mit Amabel tanzen dürfte? Welche meiner Gefühle waren stärker?

Gott! Es fühlte sich an, als würde ich innerlich zerrissen werden, von einer zur anderen Seite gezogen, und diese Gefühle erdrückten mich regelrecht.

»Lucie?« Ich wirbelte herum und schreckte damit Achilles auf, der protestierend zu wiehern begann.

»Entschuldige, du feinfühliger Kerl«, murmelte ich dem Pferd zu und sah dann zu Susanne, die am Eingang zum Stall stand.

Seit Tagen hatte es mich hierhergezogen. Nur hier hatte ich meine Ruhe, hier sprach mich niemand an oder beobachtete mich.

»Ich wollte dich nicht stören …«, setzte Susanne an und hob mehrere Briefe in die Höhe. »Aber du hast Post bekommen, und Mrs Ham hat mich angewiesen, dir diese Briefe zu geben, denn einer davon ist von deinen Eltern, und der andere …« Sie ließ den Satz auströpfeln und zuckte unbehaglich mit den Schultern.

»Von Arthur, richtig?« Ich ging seufzend auf sie zu und nahm ihr die Kuverts ab. Sie hatte die Auseinandersetzung zwischen Arthur und mir mitbekommen und betrachtete mich nun beinahe mitleidig.

»Ja …« Susanne schob ihre Brille höher und musterte mich eingehend. »Mrs Ham sagte, du sollst die Briefe lesen und unverzüglich mit deinem Dienstmädchen nach Southend zum Telegrafenamt gehen, um zu antworten.«

»Ich … ich darf nach Southend?«, stammelte ich ungläubig und zerknitterte die Briefe in meinen Händen.

»Ja, Mrs Ham hat deine Strafe wegen vorbildlichen Benehmens aufgehoben«, antwortete Susanne und imitierte die Stimme unserer Lehrerin nahezu perfekt.

»Wie wunderbar!«, rief ich. »Vielleicht kann Amabel auch mitkommen, dann könnten wir …«

»Nein, Amabel wird nicht mitkommen können«, unterbrach mich Susanne.

»Wieso nicht?«

»Ihr Verlobter John hat sie ins Theater eingeladen«, erklärte Susanne mir, und ihr Gesichtsausdruck verriet, dass Amabel darüber anscheinend nicht glücklich gewesen war.

»Ist sie schon fort?«

»Ja, sie wurde gerade mit einer Droschke abgeholt …«

Ich seufzte leise und spürte, wie Enttäuschung mein Herz umklammert hielt. Ich hätte gerne noch mal Zeit mit Amabel verbracht, um mir meiner Gefühle sicherer zu sein. Aber vielleicht …

Ein dummer, merkwürdiger Gedanke formte sich in meinem Kopf, den ich jedoch hastig zur Seite schob. Darum musste ich mich später kümmern, denn ich hatte jetzt die einmalige Gelegenheit, unbehelligt nach Southend zu gehen. Gemeinsam mit

Mimi, was bedeutete, dass wir das *Magdalena's House* aufsuchen könnten.

»Dann werde ich die Briefe lieber schnell lesen und mich mit Mimi auf den Weg begeben, nicht?«

Susanne nickte. »Soll ich euch eine Droschke fertig machen lassen?«

»Nein, ich möchte gerne einen Spaziergang machen, ich war so lange nur im Internat, da tut mir frische Luft gut.« Ich verabschiedete mich von Susanne und steckte Achilles noch eine Möhre zu, dann ging ich um das Gebäude herum und betrat den Eingang, der hinauf in die Turmzimmer führte.

Stickige Wärme hatte sich in den alten Gemäuern und dicken Backsteinen verfangen, meine Schritte hallten dumpf von den Wänden wider. Der Flur glänzte wie frisch gewischt, und es roch nach Zitrone und Minze. Eilig stieß ich die Tür zu unserem Zimmer auf, und eine merkwürdige Kälte empfing mich. Es war totenstill, kein einziges Geräusch drang an mein Ohr.

Ich setzte mich auf die Chaiselongue und nahm mir mit zittrigen Fingern als Erstes Mamas Brief, denn vor Arthurs Worten fürchtete ich mich. Nur mit Mühe öffnete ich das Schreiben und schluckte den Kloß in meiner Kehle hinunter.

Lucie,

deine Lehrerin hat uns berichtet, dass dein Benehmen gegenüber deinem zukünftigen Ehemann zu unserem Bedauern äußerst schändlich gewesen ist. Aber auch dein generelles Auftreten in Heygate scheint Missfallen erregt zu haben, was deinen Vater und mich sehr traurig stimmt.

Aber ich bin mir sicher, dass du einfach noch Zeit brauchst, um dich in deine neue Umgebung einzugewöhnen. Ach, mein Engel, ich wünschte, du wärst dort glücklich. Dass du verstehen könntest, warum ich so gute Erinnerungen an diesen Ort habe. Ich hoffe, du grämst deinen Vater und mich nicht zu sehr, aber

Lucie, bitte benimm dich deinem Stand entsprechend, und sei freundlich, höflich und meinetwegen auch ein wenig rebellisch – aber nur vor den Menschen, die dich lieben, egal, was du tust und sagst.

Gib Arthur Smith eine Chance, dich von ihm zu überzeugen.

Nimm diese Verlobung an, mein Schatz. Denn dein Vater wird sich nicht davon abbringen lassen, und er weigert sich vehement, dich zurück nach Hause zu holen. Und auch ich würde mir wünschen, dass du in Heygate ein Zuhause findest.

Du kannst mir immer schreiben, wenn dich etwas bedrückt, Lucie, denk daran, im Herzen bin ich bei dir.

Deine Mutter

Nicht weinen, nicht weinen!, schärfte ich mir ein, doch die Sicht vor meinen Augen verschwamm. Die schwarzen Buchstaben auf weißem Grund vermischten sich miteinander, und dann tropfte doch eine dicke Träne aufs Papier, ließ die Tinte verwischen, und ich presste zornig die Hand auf den Mund, um das Schluchzen zu unterdrücken.

Ich wollte es nicht zugeben, aber ich vermisste meine Mutter mit jedem Tag mehr. Sorgte mich sehr um sie, denn sie sprach nie über ihre Krankheit, schrieb mir mit keinem Wort, wie es ihr ging. Doch noch immer sagte sie mir, dass ich ihr schreiben konnte, dass sie im Herzen bei mir war.

Ich presste das Schriftstück an meine Brust, wie eine Ertrinkende sich an einen Anker klammerte.

Ich hab dich so lieb, Mama, dachte ich und schaute hinaus auf den Vorhof. Ließ den Blick über die Gemüsebeete schweifen und fragte mich, ob meine Mutter diesen Ausblick auch genossen hatte. Ob sie sich manchmal vielleicht auch so verloren gefühlt hatte wie ich in diesem Augenblick.

Der Brief klang weniger wütend, als ich erwartet hatte, was aber wohl der Tatsache geschuldet war, dass meine Mutter ihn geschrieben und meinen Vater besänftigt hatte. Papa war bestimmt sehr wütend auf mich, aber immerhin war er so weit weg, dass sein Zorn mich vorerst nicht erreichen konnte.

Betrübt legte ich den Brief zur Seite und holte mein Schreibzeug aus meinem Zimmer. Mit zittrigen Fingern begann ich, meiner Mutter zu schreiben, erklärte ihr, dass ich mich eigentlich gut in Southend eingelebt hatte, aber dass die plötzliche Begegnung mit Arthur mich verunsichert hatte. Ich versprach ihr, dass ich versuchen würde, mich mit ihm zu arrangieren. Aber ich wagte nicht, sie nach dem *Magdalena's House* zu fragen. Meine Hand schwebte minutenlang über dem Brief, sodass Tinte von dem Federhalter tropfte, doch ich brachte es nicht übers Herz, sie darauf anzusprechen.

Ich konnte nicht mal genau sagen, warum, aber ich wollte keine alten Erinnerungen wachrütteln, die sie vielleicht verletzten. So schrieb ich nur noch, dass ich meine Mutter sehr liebte und sie meinen Vater grüßen sollte.

Dann schloss ich den Brief sorgfältig und steckte ihn in mein Retikül. Ich saß einige Zeit schweigend da, bevor ich es über mich brachte, nun auch Arthurs Brief zu öffnen. Ich strich unsicher über seine Worte, die sich tief in mein Herz gruben.

Lucie,

verzeih mir (ich nehme an, wir bleiben beim »Du«, nach deinem Wutausbruch). Ich kann nicht in Worte fassen, wie sehr mir alles leidtut. Ich habe dich nicht hintergehen wollen. Ich weiß, dass du mir nicht glauben wirst, aber eigentlich haben wir doch gar keine andere Wahl: Wir werden uns ohnehin arrangieren müssen, denn unsere Ehe ist beschlossene Sache. Ich habe genauso wenig die Wahl wie du – auch wenn du vermutlich anders darüber denkst.

Ich wollte nur, dass du mich so kennenlernst, wie ich wirklich bin. Ohne Vorurteile, die du bestimmt hattest, denn ich weiß

von meiner Mutter, dass du dieser Hochzeit abgeneigt warst.
Und ich dachte, wenn du siehst, dass ich kein schlechter Mann
bin, dann könntest du mich lieben lernen. Denn mir ist es so
ergangen mit dir.
Ich kann dich nur um Verzeihung bitten für meine Täuschung.
Vielleicht magst du mir noch eine Chance geben? Es würde
mich sehr glücklich machen ...
Arthur

Ich zog scharf die Luft ein, denn meine Augen waren über die
Worte gehuscht, waren jedoch an einer Zeile hängen geblieben,
die sich nun in meinen Gedanken verfing.

Denn mir ist es so ergangen mit dir.

Nein, hatte Arthur sich in mich verliebt? Das konnte doch
nicht ...

Ich biss mir auf die Unterlippe, versuchte mit aller Mühe,
den Sturm der Gefühle zu kontrollieren, der in mir tobte. Was
sollte ich nur tun? Arthur hatte recht, ich hatte ohnehin keine
Wahl. Ich musste ihn heiraten, aber ich konnte ihm diese Täuschung noch nicht verzeihen, obwohl ich verstand, warum er es
getan hatte. Ich war ihm abgeneigt gewesen, von Anfang an. Ich
hatte ihn niemals treffen wollen. Vielleicht war ich wirklich voller Vorurteile, doch was sollte ich auf seine Worte antworten?

»Fräulein Lucie?« Es klopfte an der Tür, und Mimi trat ein.
Sie trug schon ihren Mantel und war fertig umgezogen für un-
seren Ausflug in die Stadt. Ihr rotes Haar kringelte sich um ihr
Gesicht, das von Erschöpfung gezeichnet war.

»Mimi!«, rief ich und erhob mich. »Geht es dir gut?«

Sie verzog das Gesicht und zuckte mit den Schultern. »Den
Umständen entsprechend, aber ...« Ihre Hand legte sich auf die
leichte Wölbung ihres Bauches. »Eines der Dienstmädchen hat
mich heute angesprochen auf ...«

Sie musste nicht weitersprechen, damit ich verstand. Uns lief die Zeit davon. Wenn wir nicht bald eine Lösung fanden, dann würde Mimi wirklich große Probleme bekommen. Doch da kam mir plötzlich eine Idee. Ich zog ein weiteres Blatt Papier hervor und schrieb noch eine Nachricht, die ich jedoch nur an meine Mutter persönlich adressieren würde, mit der eindringlichen Bitte, dass niemand außer ihr diese öffnete.

»Was tun Sie da, Fräulein Lucie?«, fragte Mimi besorgt.

»Ich werde meiner Mutter schreiben, dass du schwanger bist …«, antwortete ich hastig, doch da keuchte Mimi schon auf.

»Das können Sie doch nicht tun!« Im Nu war sie bei mir und zog den Brief fort. »Niemand darf …«

»Mimi!«, beschwor ich sie und versuchte, den Brief wiederzubekommen. »Meine Mutter kann uns vielleicht einen Kontakt zum *Magdalena's House* vermitteln, sie war dort immer wieder, als sie hier in Heygate gelebt hat. Ich möchte dir doch damit nur helfen.«

Mimis Unterlippe zitterte heftig, und sie schüttelte mechanisch den Kopf, schien unsicher, ob sie mir glauben konnte. Doch dann reichte sie mir den Brief und seufzte erschöpft.

»Ich habe solche Angst …«, flüsterte sie.

»Ich weiß, aber ich lasse dich nicht allein.« Ich zog sie kurz in meine Arme, dann schrieb ich den Brief zu Ende und kleidete mich eilig um, bevor ich mit Mimi das Internat verließ.

Die meisten Schülerinnen waren in der Bibliothek oder im Musikraum, denn heute Nachmittag durften die Mädchen sich frei beschäftigen oder Ausflüge nach Southend unternehmen. Ich hakte mich bei Mimi unter, was ihr sichtlich peinlich war, denn ich war immer noch ihre Herrin, und wir sollten nicht so eng miteinander sein. Doch ich schenkte ihr ein beruhigendes Lächeln, und sie entspannte sich, je weiter wir Heygate hinter uns ließen.

Der gewundene Waldweg war wunderschön. Ich hörte Vögel

zwitschern, die in den Bäumen umherflogen. Die dichte Blätterkrone tauchte den Pfad in dämmrige Dunkelheit, nur einige Flecken von goldenem Sonnenlicht tanzten auf dem Boden umher. Es war herrlich warm für August, sodass ich mich für ein leichtes, aber trotzdem züchtiges Promenadenkleid und einen kleinen Hut entschieden hatte, der schräg auf meinem Kopf saß. Ein Eichhörnchen kreuzte unseren Weg, war im Nu auf einen Baum geklettert, und sein braunrotes Fell erinnerte mich unwillkürlich an Arthurs stürmische Locken.

»Sie sorgen sich viel zu sehr um alle anderen, Fräulein Lucie …«, bemerkte Mimi plötzlich und sah mich von der Seite an.

»Wie bitte?« Ich neigte fragend den Kopf, während die kleinen Steinchen auf dem Boden unter unseren Schuhen knirschten.

»Sie wissen genau, was ich meine«, murmelte Mimi. »Sie haben doch selbst genug Dinge, um die Sie sich sorgen müssen …«

»Ach … ich komme schon zurecht.« Ich machte eine wegwerfende Handbewegung, denn es erschien mir falsch, Mimi mit meinen lächerlichen Problemen zu belasten. »Aber sag, magst du mir immer noch nicht erzählen, wie es dazu gekommen ist?«

Ich deutete auf ihren Bauch, und Mimis ganzer Körper verspannte sich urplötzlich. Sie biss sich so fest auf die Unterlippe, dass ein Tropfen Blut ihr Kinn hinabrann.

»Das können Sie sich doch denken …«, gab sie zurück und entzog sich mir. Sie knetete ihre Hände ineinander und schien von einer unliebsamen Erinnerung eingeholt worden zu sein.

»Ich habe einige Vermutungen, aber ich weiß nicht, ob ich damit richtigliege …«, begann ich vorsichtig. »Vielleicht hast du auch jemanden in Lübeck kennengelernt, der dein Herz …«

»Gar nichts hat er!«, platzte es plötzlich aus Mimi heraus, und ihr Wutausbruch erschreckte mich.

War ich auch so, wenn der Zorn mich überkam? Waren meine Worte auch so schneidend, wenn ich drohte zu explodieren?

»Also hast du …?«, setzte ich an und schloss sofort wieder meinen Mund, denn es fiel mir schwer, Mimi diese Frage zu stellen.

»Es gab da einen jungen Mann in Lübeck … er arbeitete beim Holstenhafen auf den Segelschiffen, und ich dachte, dass er wirkliches Interesse an mir hätte.« Ihre Stimme hatte einen eisigen Unterton angenommen, und ein unangenehmes Gefühl prickelte in meinem Nacken. »Er wollte sich sogar meiner Familie vorstellen, doch dann eines Abends, als ich vom Dienst bei Ihrer Familie zurück nach Hause gelaufen bin, hat er mich abgepasst. Er lud mich in seine Wohnung ein, auf ein kühles Bier und …«

»Mimi!« Schockiert schlug ich die Hand vor den Mund.

Natürlich war es in Mimis Kreisen nicht so verpönt wie in meinen, wenn ein Mädchen allein mit einem Jungen unterwegs war, doch auch ihre Eltern hätten ihr niemals erlaubt, nachts zu einem jungen Mann in die Wohnung zu gehen, da konnte weiß Gott was passieren – nun, war es ja leider auch.

»Schaut mich nicht so an, Fräulein Lucie«, sagte Mimi ruppig. »Ich weiß, dass das dumm war, furchtbar töricht, aber ich habe gedacht, dass er mich liebt. Er hat mir immer Komplimente gemacht, kleine Geschenke vorbeigebracht und immerzu von einer Hochzeit gesprochen … ich war so dankbar, dass mich ein Mann ansah, aber dann wurde er plötzlich drängender und …«

Mimi hielt an und schlang die Arme um ihren schmalen Körper, ihre Stimme brach, und nur ein Krächzen stieg hinauf in die Baumkronen. Sie brauchte den Rest der Geschichte nicht zu erzählen, ich konnte mir die Tragödie ausmalen.

»Ich habe noch versucht, es in Lübeck wegmachen zu lassen, aber die Engelmacherin hatte keine Zeit, und dann mussten wir aufbrechen … ich habe gedacht, wenn ich ihm erzähle, dass ich schwanger bin, dann würde er mich heiraten und ich könnte in Lübeck bleiben. Aber er hat mir nur ins Gesicht gelacht und gesagt, ich solle schauen, was ich mit dem Balg anstelle, das wäre nicht seine Verantwortung …«

Nun pulsierte auch in meinem Kopf rasende Wut, und ich ballte die Hände zu Fäusten. Männer waren so grausam in dieser Welt. Der Kerl hatte Mimi geschwängert, sie zu etwas gezwungen, was sie nicht wollte, und sie dann fallen lassen.

»Ach, Mimi …« Vorsichtig ging ich auf sie zu, doch sie schüttelte vehement den Kopf.

»Es ist meine Schuld«, presste sie hervor. »Ich hätte nicht so dumm sein dürfen, jedes Kind weiß, dass man so etwas nicht tut, und nun muss ich diese Schande tragen.«

»Das ist doch keine …«

»Fräulein Lucie, bitte nicht. Ich weiß, dass Sie mir nur helfen wollen, aber Sie können das nicht verstehen. Wenn Ihnen solch ein Unglück widerfahren wäre, hätten Ihre Eltern alles getan, um Ihren Namen reinwaschen zu lassen. Sie hätten Sie in eines dieser grausigen Geburtsheime gesteckt, damit Sie das Kind bekommen und niemand etwas davon erfährt. Es wäre nicht schön gewesen, aber Sie wären nicht allein gewesen mit all Ihren Sorgen, und jemand hätte finanziell für Sie gesorgt.«

Schmerzhaft wurde mir bewusst, dass Mimi recht hatte. Auch ich wäre eine Schande für meine Eltern gewesen, wenn ich schwanger geworden wäre, aber meine Familie besaß Geld. Sie hätte alles getan, um diese Schmach zu verschleiern, aber auf meine Gefühle hätte am Ende auch niemand Rücksicht genommen.

»Trotzdem …«, wagte ich zu sagen und zog Mimi noch mal in meine Arme. »Genau deswegen besuchen wir doch das *Mag-*

dalena's House, damit wir gemeinsam eine Lösung finden. Ich bin mir sicher, dass man dir dort helfen kann.«

Mimi wiegte den Kopf unsicher hin und her, dann lächelte sie scheu. »Ohne Sie wäre ich schon lange verloren, Fräulein Lucie.«

»Ach, mir geht es doch genauso mit dir.« Ich lächelte, und gemeinsam gingen wir den Pfad weiter hinunter und kamen in Southend an.

Sofort umgab uns dieser Trubel des Seebads, der mein Herz mit Freude und Aufregung erfasste. Droschken ratterten an uns vorbei, und Kinder liefen lachend umher. Ich konnte das Rauschen des Meeres hören, und der Geruch von Salz erfüllte die Luft. Möwen kreischten über unseren Köpfen, und wie von selbst bewegten sich meine Füße in Richtung Pier.

»Fräulein Lucie …« Mimi sah mich mit milder Strenge an. »Zum Telegrafenamt geht es in diese Richtung.« Sie deutete auf eine Straße, die sich zwischen zwei imposanten Hotels in den Ortskern erstreckte.

»Nur ein winziger Ausflug zum Pier …« Ich klimperte mit den Wimpern, und Mimi lachte leise auf.

»In Ordnung, aber wir müssen uns trotzdem ein wenig beeilen, denn Mrs Ham hat mir gesagt, dass wir pünktlich zum Abendessen zurück sein sollen.«

Bis dahin waren es noch gut zwei Stunden, doch allein der Weg zu Fuß zurück zum Internat dauerte seine Zeit, zudem wollten wir auch noch zum *Magdalena's House,* aber das würden wir schaffen.

»Wir beeilen uns«, versicherte ich Mimi und steuerte die Promenade an.

Damen in schicken Flanierkleidern, ausstaffiert mit Sonnenschirmen, kreuzten unseren Weg. Herren in Anzügen folgten ihnen in einigem Abstand und unterhielten sich über aktuelle Entwicklungen in der Politik und des Weltgeschehens. Kinder spielten im seichten Wasser, liefen im Sand umher, und die goldene Sonne schien vom strahlend blauen Himmel. Es war ein herrlicher Sommertag.

Ich atmete tief durch und steuerte das Gebäude an, das zum Pier führte. Mein Blick blieb an den kleinen Geschäften hängen, in denen Strandutensilien und Souvenirs verkauft wurden sowie die neueste Bademode für Damen.

»Wie extravagant …«, bemerkte Mimi, als ich vor einem Schaufenster stehen blieb.

»Mhm …«, machte ich und betrachtete die Badekleider neugierig.

In meiner Heimat hatte man damit begonnen, Badekarren am Strand aufzustellen, in denen man sich umziehen konnte, um dann in züchtiger Kleidung baden zu gehen. Doch die Kleidung in Travemünde war für Frauen hochgeschlossen und eher unförmig gewesen, in dunklen Farben gehalten.

Diese Badekleider im Schaufenster kamen in strahlenden Farben daher, verziert mit Rüschen und niedlichen Mustern. Sie waren immer noch sehr züchtig, doch so, wie es an der Schaufensterpuppe aussah, gaben sie sogar einen kleinen Blick auf die Knöchel frei, was eigentlich ein Skandal war, denn junge und angesehene Damen der Gesellschaft zeigten ihre Knöchel nicht.

Ich hielt das für ausgemachten Blödsinn und war dankbar, dass die Badekleider langsam in Mode kamen, selbst bei den feinen Damen, die normalerweise kaum Haut zeigten.

Doch als ich meinen Blick zum Strand schweifen ließ, sah ich, dass sogar einige Frauen diese Kleider trugen und mit ihnen ins Meer gingen. Hier schien man, anders als in meiner Heimat, der Zeit ein wenig voraus zu sein.

»Ich würde gerne so ein Kleid kaufen, wenn wir das nächste Mal hier sind, und im Meer baden«, sagte ich, und Mimi sah mich überrascht an.

»Halten Sie das für eine gute Idee?«

Sie musste wahrscheinlich an Mrs Ham denken, die so etwas nie gebilligt hätte, doch ich war mir sicher, dass wir die Erlaubnis zum Baden sicherlich irgendwann erhalten würden.

»Wir werden sehen …« Ich zog Mimi durch den Torbogen hindurch auf den Pier.

Die kleine Pferdebahn stand am Anfang des Piers, und ich schaute Mimi über die Schulter an, die ergeben seufzte und mir meine Geldbörse reichte.

»Das haben wir noch nicht gemacht«, erwiderte ich schelmisch und ging zum Fahrer.

Ich wechselte einige Worte mit ihm und überreichte ihm ein paar Pence, dann setzten wir uns in die kleine Bahn. Die Pferde wieherten auf, als sie sich langsam in Bewegung setzte, und ich schaute aufs Meer hinaus.

In diesem Augenblick konnte ich verstehen, warum meine Mutter sich in Southend so wohlgefühlt hatte. Dieser Ort war wahrlich ein kleines Paradies. Der wunderschöne Holzpier, der unter uns leise knarrte, das glitzernde Wasser und der seichte Strand. Es roch nach Freiheit und Ausgelassenheit, mein Herz pochte aufgeregt, und für den Bruchteil einer Sekunde konnte ich all den Kummer vergessen.

Konnte meinen Gefühlen freien Lauf lassen und schloss die Augen. Lauschte den Wellen, die sich am Strand brachen, dem Gekreische der Möwen und der sanften Melodie des Windes, der durch meine Haare fegte. Doch dieser Moment wurde jäh unterbrochen, als die Pferdebahn mit einem Ruckeln zum Stehen kam, Mimi und ich ausstiegen und eine alte Dame sich plötzlich vor uns stellte.

»Kann … kann ich Ihnen helfen?«, fragte ich verwirrt und musterte die Frau.

Ihre grauen Haare waren im Nacken zu einem eleganten Knoten gebunden, der mit Spangen und Kämmen zusammengehalten wurde. Sie trug ein hellgrünes, eng anliegendes Kleid mit einem eher altmodischen Schnitt, das ihr jedoch sehr schmeichelte. Ihre dunkelblauen Augen ruhten auf mir, und sie stützte sich auf einen Stock, ihr Rücken war ein wenig gebeugt.

»Sie erinnern mich an jemanden«, sagte die Dame und neigte den Kopf zur Seite, die Bewegung hatte etwas Vogelhaftes, und der Blick aus ihren dunklen Augen schien mich zu durchbohren. Ihr Englisch war rau, hörte sich in meinen Ohren dumpf an.

»Wie bitte?« Verwirrt sah ich zu Mimi, die jedoch nur den Kopf schüttelte und sich im Hintergrund hielt.

»Sie haben Ähnlichkeit mit einer jungen Dame, die ich mal kannte …«

Ein Gedanke schoss mir durch den Kopf, und ich keuchte auf. »Meinen Sie vielleicht …?«, setzte ich an, doch da huschte Erkenntnis über das Gesicht der Dame, und ihr Mund verzog sich zu einem Lächeln.

»Elizabeth!«, rief sie und schnipste mit dem Finger, ein Lachen drang aus ihrer Kehle, und kleine Fältchen bildeten sich um ihre Augen. »Sie haben große Ähnlichkeit mit Elizabeth Norton.«

Mama.

»Das … das ist meine Mutter«, wisperte ich verwirrt, und die Welt drehte sich vor meinen Augen.

Die Dame hob eine Augenbraue und lächelte wissend. »Habe ich es mir doch gedacht. Sie haben die gleichen feinen Gesichtszüge wie Elizabeth damals und dieselbe Haarfarbe.«

Unwillkürlich strich ich durch meine weizenblonden Locken, öffnete den Mund, doch kein Wort drang über meine Lippen. Ich konnte es nicht fassen, nach so vielen Jahren erinnerte sich diese Dame an Mama – wie war das möglich?

»Gehen Sie auch auf die *Heygate Boarding School*?«, fragte die Frau neugierig und hielt mir die Hand entgegen. »Ich habe mich noch gar nicht vorgestellt: Anne Waring, es freut mich, Sie kennenzulernen.«

»Lucie Farber«, erwiderte ich und ergriff die dargebotene Hand. Mrs Warings Hand war warm, aber voller Schwielen, sie erzählte die Geschichte eines langen Lebens.

»Lucie, was für ein wundervoller Name! Ich erinnere mich daran, dass Elizabeth immer wollte, dass ihre Tochter so heißt.«

»Woher kennen Sie meine Mutter?«

Mrs Waring lächelte mich verschwörerisch an und beugte sich zu mir. »Ich habe das *Magdalena's House* eröffnet, und deine Mutter war dort ein gern gesehener Gast ... wobei, sie war mehr als nur ein Gast.«

Ich schnappte nach Luft und schaute zu Mimi, deren Gesichtszüge ebenso eingefroren und verwirrt waren wie meine.

»Sie haben das Frauenstift eröffnet?«, fragte ich etwas zu laut, sodass ein Paar sich zu uns umdrehte und mich missbilligend musterte.

Mrs Waring zog mich ein Stück zur Seite, zum Ende des Piers, und stellte sich an die Brüstung. Ihr Blick war in die Ferne gerichtet, als würde sie im Meer nach einer längst vergangenen Erinnerung suchen.

»Das habe ich ...«, antwortete sie nach einiger Zeit, und ein schelmisches Lächeln huschte über ihre Züge. »Nachdem mein Mann ein Jahr nach unserer Hochzeit gestorben war, wusste ich nicht, wohin mit mir. Ich war Witwe und verfügte über all unseren Besitz, mein Sohn war noch ein Baby, aber die Ammen und Kindermädchen kümmerten sich natürlich um ihn, sodass ich trotz meiner Zuwendung für ihn viel freie Zeit hatte. Und da traf ich eines Tages eine arme, verzweifelte Frau, die schwanger geworden war und nicht wusste, was sie tun sollte. Das war der Beginn des *Magdalena's House*. Ich komme gerade von dort, aber es zieht mich immer wieder an den Pier, denn hier habe ich meinen Mann kennengelernt, hier hat er mir den Heiratsantrag gemacht, und ich suche hier immer wieder nach seiner Anwesenheit.«

Ich spürte, wie Tränen sich in meinen Augen sammelten, und mein Herz schlug schmerzhaft gegen meine Rippen. Ich hatte in diesem Moment nicht nur ein Puzzleteil der Vergangenheit meiner Mutter gefunden, nein, ich war der Frau begegnet, die das *Magdalena's House* gegründet hatte.

»Wahrscheinlich interessieren dich diese ollen Kamellen gar nicht, Kindchen …«, sagte sie liebevoll.

»Doch, bitte sprechen Sie weiter. Ich weiß so gut wie nichts über die Vergangenheit meiner Mutter, und außerdem …« Ich sah zu Mimi, die mit etwas Abstand von uns auf dem Pier stand. »Wir wollten gerade das *Magdalena's House* besuchen.«

Mrs Waring schaute zu meinem Dienstmädchen, betrachtete es kurz und nickte dann. »Ich verstehe.«

Das tat sie vermutlich wirklich. Eine Dame, die ein Haus für verzweifelte schwangere Frauen gegründet hatte, konnte einem Mädchen wie Mimi die Schwangerschaft wahrscheinlich an der Nasenspitze ansehen.

»Nun …« Mrs Waring verschränkte die Hände ineinander und sah mich an. »Möchtest du es besuchen? Das *Magdalena's House?*«

Ich nickte heftig und schaute über die Schulter zu Mimi. »Ja … ich würde es sehr gerne sehen. Außerdem … vielleicht gibt es dort einen Platz für Mimi?«

Die alte Dame schaute mich eindringlich an, dann winkte sie Mimi zu uns, die scheu und mit gesenktem Kopf näher kam.

»Wie kann ich Ihnen zu Diensten sein, Madam?«, fragte sie höflich.

»Ach, Kindchen …« Mrs Waring schnaubte beinahe belustigt und ergriff Mimis Hand. »Magst du mich ansehen?«

Langsam hob Mimi den Kopf und warf mir einen ängstlichen Blick zu, doch ich nickte nur stumm.

»Deine Wangen sind rosig, und da ist ein Strahlen in deinen Augen, das ich schon oft gesehen habe.« Mrs Waring schaute auf Mimis Bauch, und Mimi lief knallrot an.

»Nein, ich … es ist …«

»Schon gut.« Beruhigend ergriff Mrs Waring Mimis Hand. »Wir werden eine Lösung dafür finden, du musst keine Angst haben. Du willst doch dieses Kind bekommen, oder nicht?«

Ganz vorsichtig nickte Mimi. »Ja, aber ich will, dass es ein gutes Leben hat. Ich will nicht, dass es so etwas Schreckliches erleben muss wie ich.«

»Das verstehe ich sehr gut. Kommt, begleitet mich zum *Magdalena's House,* ihr Lieben.«

Mrs Waring stützte sich auf ihren Stock und drehte sich um, in einem beachtlichen Tempo lief sie den Pier entlang, und hastig folgten Mimi und ich ihr.

»Fräulein Lucie …«, zischte Mimi mir zu. »Ist das wirklich eine gute Idee?«

Ich seufzte leise und schaute auf Mrs Warings leicht gebeugten Rücken. Ich dachte an ihre Worte, daran, dass sie meine Mutter gekannt hatte. Ich wollte endlich hinter dieses Geheimnis kommen, wollte wissen, was Mama hier erlebt hatte. Aber vor allem wollte ich Mimi unterstützen.

»Ja, sie kann dir helfen, Mimi …«

Mimi zuckte unbehaglich mit den Schultern und schaute mich nicht an. Sie ging neben mir her und schwieg beharrlich. Ihre Schritte wirkten irgendwie dumpf, beinahe mechanisch.

Wir verließen den Pier und gingen ein Stück über die Promenade. Immer wieder mussten wir Scharen von Kindern ausweichen, die lachend über den Gehweg rannten. Die Kaffeehäuser waren gut gefüllt, und der herrliche Duft von frisch gebackenem Kuchen und herbem Kaffee drang mir in die Nase.

Mrs Waring steuerte die kleine Straße zwischen den zwei imposanten Hotels an, die zum Telegrafenamt führte, und Mimi stieß mir ihren Ellenbogen in die Seite.

»Sie sollten wenigstens den Brief für Ihre Eltern abgeben«, erinnerte sie mich an die Sache, wegen der wir eigentlich nach Southend gekommen waren.

»Das kann ich auch später noch erledigen«, wandte ich ein, doch Mimi warf mir einen strengen Blick zu und hielt abrupt inne.

»Mrs Waring … können Sie einen Augenblick warten?« Ich deutete auf das Telegrafenamt, und die alte Dame nickte geduldig.

Eilig betrat ich das Gebäude, und eine Klingel läutete über meinem Kopf, als ich die Tür aufstieß. Der Geruch von Maschinen und Tinte umgab mich, und ein Herr stand am Tresen.

»Wie kann ich Ihnen helfen, Miss?«, fragte er höflich.

Er trug eine dunkle Weste, darunter ein helles Hemd, und seine dunklen Haare waren ordentlich frisiert. Auf seiner Nase saß eine Brille mit braunen Rändern, durch die er mich aufmerksam betrachtete.

»Ich habe einen Brief, können Sie diesen telegrafieren?«

»Natürlich, geben Sie mir die Adresse, und ich erledige das sofort für Sie.«

Ich nannte ihm die Adresse meiner Eltern, und er begann damit, auf die Knöpfe der Maschine einzuhacken. Das monotone Geräusch setzte sich wie ein Mantra in meinem Kopf fest, und die Hitze in dem kleinen Raum kribbelte in meinem Nacken. Es dauerte eine halbe Ewigkeit, bis der Herr mit seiner Arbeit fertig war, und ich bezahlte ihn hastig.

Dann bedankte ich mich bei ihm und verließ das Amt mit schnellen Schritten. Draußen war die Luft viel klarer, und ich schloss zu Mimi und Mrs Waring auf.

Wir gingen die Straße noch ein weiteres Stück entlang, passierten kleinere Schneidereien, ein Schuhgeschäft und einen

Schreibwarenladen. Dann bog Mrs Waring nach rechts ab, und mit einem Mal veränderte sich das Bild des Kurbads. Vorher hatten wir herrschaftliche Häuserreihen passiert, wunderschöne Gebäude mit verschnörkelten Türen und Fensterläden. Doch plötzlich schien die Welt sich zu verdunkeln.

Die Straßen waren nicht mehr so sauber und reinlich, die Häuserwände eher abgenutzt, an einigen Stellen blätterte der Putz ab, und Kinder in mit Flicken besetzter Kleidung liefen durch die Straßen.

»Wo ... wo sind wir?«, fragte ich ein wenig erschrocken und blieb wie angewurzelt stehen.

»Nun, hier führen die Lehrerinnen von Heygate Sie nicht hin, oder?«, fragte Mrs Waring und zwinkerte mir zu.

»Das Armenviertel«, stellte Mimi wenig überrascht fest, und war sie eben noch eher eingeschüchtert gewesen, schienen wir nun die Rollen getauscht zu haben.

Und ich verstand mit einem Mal auch, warum das so war. Dies war Mimis Welt. Dieses Viertel ähnelte den Baracken am Hafen mit Sicherheit mehr, als ihr lieb war. Hier lebten die Menschen, die nicht auf der Sonnenseite des Lebens standen.

»Mhm ...« Mrs Waring lächelte matt und berührte Mimi an der Schulter. »Keine Sorge, die Menschen hier sind gutmütig.«

»Das weiß ich«, erwiderte Mimi und holte einige Münzen aus ihrer Tasche heraus, als mehrere Kinder auf uns zugelaufen kamen und zu betteln begannen.

Mir war die Situation unangenehm, und ich schaute betreten zur Seite. Dies war nicht meine Welt, und auch wenn ich versucht hatte, den Menschen zu helfen, denen es nicht so gut ging, wurde mir schlagartig bewusst, dass dies gar nicht so leicht war. Meine Mutter und andere feine Damen in Lübeck hatten immer wieder Wohltätigkeitsveranstaltungen organisiert, mit der Kirche und der Armenfürsorge zusammengearbeitet. Aber mit Sicherheit hatten sie niemals selbst diese Viertel aufgesucht. Selbst im Heiligen-Geist-Hospital war es nicht so ärmlich gewesen. Sogar dort schien die Versorgung besser als hier.

»Vielen Dank!«, rief ein kleines Mädchen mit struppigem Haar und dreckigem Kleid, als Mimi ihr zu der Münze noch einen Bonbon reichte.

Mimi strich ihr über den wirren Lockenkopf und lächelte traurig. »Wird mein Kind es wirklich besser haben?«, fragte sie an Mrs Waring gewandt, die sanft nickte.

»Wir tun alles in unserer Macht Stehende, um den Frauen, die im *Magdalena's House* Zuflucht finden, danach den Weg in ein besseres Leben zu ebnen.«

»Dort ist es, oder?«, fragte Mimi und zeigte auf ein großes Gebäude, das am Ende der Straße stand.

Ich schaute irritiert in die Richtung und kniff die Augen zusammen. Ich konnte das Messingschild erkennen, auf dem *Magdalena's House* stand. Vor dem aus rotem Backstein erbauten Gebäude herrschte reger Trubel. Kleinkinder gingen an den Händen ihrer Mütter über den Fußweg, versuchten sich an ihren ersten Schritten, die noch wacklig waren.

Wir traten näher an das Gebäude heran, und ich konnte den gepflegten Vorgarten mit den bunten Blumen und Beeten erkennen. Das Gebäude hatte mehrere Stockwerke und große, breite Fenster, in denen sich das Sonnenlicht spiegelte.

»Es … es ist ganz anders, als ich es mir vorgestellt hatte …«, wisperte ich, denn ich hatte nicht gedacht, dass das Gebäude so schön aussehen würde. Die meisten Frauenstifte, die ich aus meiner Heimat kannte, waren alte, abbruchreife Gebäude. Doch dieses hier war wunderschön, wirkte hell und freundlich.

Ich wollte noch etwas näher treten, doch da kam eine Person aus dem Eingang heraus, und mir stockte der Atem.

Das kann nicht wahr sein, dachte ich entsetzt und machte einen Schritt zurück.

Alles drehte sich in meinem Kopf, und ich fragte mich, warum es das Schicksal so schlecht mit mir meinte. Mein Herz klopfte mit einem Mal viel zu heftig und zu schnell. Denn da am Treppenaufgang, der ins *Magdalena's House* führte, stand niemand anderes als Arthur Smith, der mich mit diesem schelmischen Lächeln ansah und dessen Blick aus blauen Augen mich sanft zu umschmeicheln schien.

Kapitel 23

Arthur

Ich hasste das Schicksal.

Das konnte alles nicht wahr sein. Da besuchte ich seit Wochen das erste Mal wieder das *Magdalena's House,* und dann stand Lucie Farber plötzlich vor mir. Ich konnte nicht anders, als zu lächeln, denn immer wenn ich in ihre grünen Augen sah, schlug mein Herz schneller, meine Gedanken rasten, und ich konnte den Blick nicht von ihr abwenden.

»Arthur? Wie schön, dass du uns auch mal wieder mit deiner Anwesenheit beehrst!«, rief Mrs Waring, und ich lächelte die alte Dame an.

»Mrs Waring.« Mit zwei schnellen Schritten war ich bei ihr und ergriff ihre Hand, hauchte einen galanten Kuss darauf. »Ich freue mich, Sie wiederzusehen. Ich war hier, um einige medizinische Hinweise zu geben.«

»Immer zu einer guten Tat bereit, der junge Arthur!« Mrs Waring lachte herzlich und klopfte mir liebevoll auf die Schulter. »Kennen Sie schon Miss Lucie? Sie ist die Tochter von Elizabeth Norton, die Dame war mit Ihrer Mutter auf Heygate, oder?«

Ich nickte vorsichtig und warf einen Seitenblick auf Lucie, die stocksteif dastand. Wie eingefroren in der Zeit, als könnte sie auch nicht fassen, dass ich hier war. Dass wir uns hier begegneten, obwohl doch ein Graben aus tausend Gefühlen zwischen uns stand.

»Ja …«, antwortete ich nach einiger Zeit und seufzte leise. »Miss Lucie ist meine zukünftige Ehefrau.«

Ein Ruck ging durch Lucies Körper, und sie verschränkte die Arme vor der Brust. Ihre ganze Haltung war abwehrend, und sie schüttelte den Kopf, als wolle sie diese Tatsache auf keinen Fall wahrhaben.

»Oh …«, machte Mrs Waring, der diese Wandlung in unserer Stimmung sofort aufgefallen war. »Das war mir nicht bewusst …«

»Das konnten Sie ja auch nicht wissen«, beruhigte ich die alte Dame. »Aber sagen Sie, warum sind Sie hier?«

Mrs Waring hatte vor so vielen Jahren das *Magdalena's House* gegründet. Sie war immer noch ein gern gesehener und geschätzter Gast, aber normalerweise überließ sie alle Belange den anderen feinen Damen, die wie sie größtenteils Witwen waren und sich um die schwangeren Frauen kümmerten. Es schien mir nicht richtig, dass die meisten Frauen, die hier etwas Gutes taten, Witwen waren. Weil sie nur so die Freiheit über ihr Leben zurückerlangt hatten. Weil sie nur so nicht mehr den Wünschen ihrer Ehemänner entsprechen mussten.

»Nun …« Mrs Waring sah zu dem Dienstmädchen von Lucie, Mimi war ihr Name, wenn ich mich richtig erinnerte. »Ich wollte schauen, ob wir noch einen freien Platz hier haben.«

Ich sah die Dame verwirrt an, dann huschte mein Blick zu Mimi, und mit einem Mal begriff ich. Erkannte die leichte Wölbung ihres Bauches und sah, wie Hitze in ihre Wangen schoss und sie hastig den Kopf senkte.

»Mrs Nichols ist drinnen im Salon, sie wird Ihnen sicher weiterhelfen können«, antwortete ich und deutete mit dem Kopf in Richtung Eingang.

»Nun, dann sollten wir sie aufsuchen.« Mrs Waring griff nach Mimis Arm. »Komm, Kindchen, hab keine Angst.«

»Aber ich sollte bei Miss Lucie bleiben und …«, setzte Mimi an, doch Lucie berührte sie sanft an der Schulter.

»Nun geh schon, Mimi. Alles wird gut, ich werde meinen Eltern alles erklären. Du brauchst dich nicht zu sorgen.«

Mimi schluckte schwer und folgte Mrs Waring ins Innere des Gebäudes. Sie ließen Lucie und mich allein zurück, und urplötzlich schien die Luft kälter um uns herum zu sein. Die Stimmung war angespannt, und Lucie schob die Augenbrauen enger zusammen, die Lippen waren so fest aufeinandergepresst, dass sie weiß wurden.

»Miss Lucie …«, setzte ich an, doch sie hob die Hand und unterbrach mich.

»Ich will es nicht hören«, zischte sie mir zu und ging am Zaun entlang, der die Blumenbeete umfasste.

Ich fuhr mir über den Nacken und seufzte leise. »Hast du meinen Brief bekommen?«

»Ja, das habe ich«, antwortete sie kurz angebunden und fuhr mit den Fingern über das morsche Holz des Zaunes.

Da ich nun Semesterferien hatte, sollte ich ihn endlich reparieren, aber dafür musste ich erst einige Handwerker finden, die mir ein wenig helfen würden. Die Materialien konnte ich ohne Probleme besorgen, jetzt, wo ich der Earl unseres Anwesens war, seit mein Vater gestorben war.

»Ich habe dir wirklich nichts Böses gewollt, Lucie … ich wollte nur …«

»Ich habe doch gesagt, dass ich deinen Brief gelesen habe«, murmelte sie und schaute mich an. »Ich habe deine Worte verstanden, aber …« Sie zuckte mit den Schultern und trat auf mich zu.

Mit einem Mal war sie ganz nah bei mir. So nah, dass ich ihren warmen Atem auf meiner Haut spüren konnte. Wie der Hauch des Sommerwindes. Gott, wie konnte es sein, dass ich diesem Mädchen innerhalb weniger Sekunden verfallen war.

Ich will, dass sie glücklich ist, schoss es mir erneut durch den Kopf, und ganz zaghaft hob ich den Arm, berührte ihre Hand, und wie von selbst verflochten sich unsere Finger miteinander.

»Kannst du mir denn verzeihen?«, wisperte ich ihr zu und fürchtete mich vor der Antwort.

Mein Herz schlug mir bis zum Hals, und alle Geräusche um uns herum schienen zu verblassen. Lucie sah mir tief in die Augen, und ein winziges Lächeln huschte über ihre Züge.

»Ich weiß es nicht«, flüsterte sie mir zu, strich jedoch zärtlich mit ihrem Daumen über meinen Handrücken. »Aber im Augenblick weiß ich gar nichts. Ich bin verwirrt, weil ich das Gefühl habe, dass ich mich verliere. Ich weiß nicht, was Liebe bedeutet, und kann all diese Gefühle in meinem Inneren nicht einordnen. Und dann ist da noch Mimis Schwangerschaft, die Sorge um meine kranke Mutter und die Tatsache, dass sie während ihrer Zeit in Heygate hier im *Magdalena's House* war, und ich verstehe einfach nicht, warum.«

Die Worte sprudelten nur so aus ihr heraus, und ich musste wider Willen lächeln, denn ihre Wangen waren gerötet, und sie war niedlich, wenn sie nicht wusste, was sie wollte. Ich war überrascht von ihrem plötzlichen Gefühlsausbruch, weil ich erwartet hatte, dass sie auf Abstand zu mir gehen wollte. Aber wahrscheinlich war die Last, die sie auf ihren Schultern trug, in diesem Augenblick zu groß, und sie musste einfach einmal alles fallen lassen.

»Vielleicht …«, setzte ich vorsichtig an, während ein Teil von mir wollte, dass ich noch einen Schritt auf Lucie zumachte. Dass ich ihr näherkam und unsere Lippen sich berührten. »Vielleicht kann ich dir helfen, was deine Mutter angeht.«

Lucie zog scharf die Luft ein und musterte mich beinahe misstrauisch. Ich konnte es verstehen. Ich hatte sie getäuscht, wahrscheinlich fiel es ihr unendlich schwer, mir noch zu vertrauen. Aber ich bildete mir ein, dass noch nicht alles verloren war. Dass ich dieses Mädchen um jeden Preis von meinem guten Herzen überzeugen wollte, denn ich hatte mich in sie verliebt, war ihr verfallen und verloren wie in einem Sturm auf hoher See, wenn ich ihr nur in die Augen schaute. Sie beeindruckte mich mit ihrem Wissensdurst zutiefst, und ich konnte mich an ihrem Anblick kaum sattsehen.

»Wieso?«, fragte Lucie nach einer halben Ewigkeit, und ihre Stimme klang dumpf, ihre Unterlippe zitterte, und diese blonden, wirren Locken umrahmten ihr Gesicht wie flüssiges Gold.

»Deine Mutter und meine waren sehr gut befreundet, sie haben gemeinsam Southend besucht und waren unzertrennlich. So wie du und deine Mitbewohnerin Amabel wahrscheinlich.«

Etwas Merkwürdiges geschah, als ich diese Worte aussprach. Lucies Gesichtsausdruck verfinsterte sich, und ruckartig ließ sie meine Hand los, trat einen Schritt zurück und verschränkte die Arme vor der Brust. Da war ein düsterer Schatten, der um sie herumflirrte, und Kälte legte sich auf meine Glieder.

»Amabel und ich sind nicht …«, setzte sie an, biss sich dann aber auf die Zunge und schüttelte heftig den Kopf, als würde sie keinen klaren Gedanken fassen können. »Wir sind ganz anders … wir sind … das würdest du nicht verstehen.«

Nein, ich verstand es tatsächlich nicht. Ich konnte ihre Worte nicht deuten, doch ich hatte eine Ahnung, was sie meinte. Ganz tief in mir schien eine Erinnerung an die Oberfläche meines Bewusstseins zu gelangen. Wie ein Stück Papier im reißenden Fluss, das nicht zu Boden sinken wollte.

Du brauchst überhaupt nicht wiederzukommen. Lucie wird dich nie wieder sehen wollen, und sie liebt dich auch nicht!

Amabels Worte rauschten in meinen Ohren, und ich erinnerte mich an die Tonlage ihrer Stimme. Dieses knisternde Fauchen, diese Wut, die mir entgegenschlug wie eine Welle. Ich hatte geglaubt, dass sie ihre Freundin beschützen wollte, und mich doch im selben Moment gefragt, ob es Eifersucht war, die sie mir entgegenschleuderte. Oder ob da noch mehr war. Mehr an Gefühlen zwischen ihnen. So wie eine meiner entfernten Großcousinen mit Sicherheit niemals heiraten würde, weil sie keine Männer liebte und damit recht offen umging in unserer Familie.

»Kann es sein, dass du und Amabel …?«, setzte ich an, seufzte dann aber frustriert und massierte mir die Nasenwurzel. Wie sollte ich diese Frage formulieren, wenn Lucie selbst nicht sicher zu sein schien, wie die Antwort darauf lautete.

»Du … du weißt gar nichts über mich!«, zischte sie mir zu, und ich war wie vor den Kopf gestoßen von ihrer plötzlichen Wut.

»Nein«, antwortete ich traurig und zuckte mit den Schultern. »Aber ich würde gerne mehr über dich wissen, wenn du es denn zulassen würdest.«

Lucie schien mit sich zu ringen. Sie schlang die Arme um sich selbst, ihr schmaler Körper zitterte, und sie schaute sich um. Ihr Blick blieb an einer Mutter hängen, die gerade mit ihrem Neugeborenen einen Spaziergang zwischen den Blumenbeeten hindurch machte.

»Du hast mir damals beim Tanz gesagt, es sei ein Geheimnis, dass du hier im *Magdalena's House* aushilfst … wieso?«

Ihr plötzlicher Stimmungswechsel irritierte mich zutiefst. Es war, als würden tausend widersprüchliche Gefühle in ihrem Inneren brodeln, und ihre Wut sprang auf mich über. Setzte irgendetwas in meinem Inneren in Brand.

»Was denkst du denn, warum es ein Geheimnis ist?«, grollte ich und ballte die Hände zu Fäusten.

Lucie schaute mich perplex an und hob abwehrend die Hände. »Ich habe dich nicht verletzen wollen …«

»Nein, aber du willst mir auch nicht zuhören, meine Entschuldigung nicht annehmen oder zulassen, dass ich dein Vertrauen zurückgewinne. Du willst mich hassen, hast mich zum Feindbild erkoren, seit du hier in Southend bist. Du willst eine freie Frau sein, ohne Kompromisse. Aber weißt du was? Nicht nur du bist nicht frei, so vielen anderen Menschen geht es ebenso! Du bist nicht der Nabel der Welt, du bist nicht die Einzige, die unzufrieden mit ihrem Leben ist!« Wutentbrannt zeigte ich auf das *Magdalena's House* und presste die Lippen aufeinander, bevor ich mich dazu durchringen konnte, weiterzusprechen.

»Ich bin der Earl des Hauses Smith, ich trage die Verantwortung für unsere Ländereien außerhalb von Southend. Für viele Menschen, seien es Bauern oder Handwerker, für unsere Angestellten und auch für die Menschen hier, denn es ist meine Pflicht als Earl, auch diesen Kurort zu unterstützen. Doch das *Magdalena's House* ist den Menschen ein Dorn im Auge, es wird geächtet, denn hier wird den Frauen beigebracht, allein und eigenständig zu leben und zu denken. Hier geben wir ihnen eine Zukunft, auch ohne einen Mann an ihrer Seite. Und das sollte ich als Earl eigentlich unterbinden, ich sollte auf der Seite der Kirche und des Bürgermeisters sein. Aber ich bin es nicht, und weißt du, warum?«

Ich hatte mich in Rage geredet, meine Stimme war zu einem Tosen angeschwollen, und ich konnte Lucie ansehen, dass sie von meinem Zorn getroffen war. Doch da war keine Furcht in ihren grünen Augen … nein, war das Neugier?

»Warum?«, fragte sie mit fester Stimme und trat wieder einen Schritt näher zu mir.

»Weil ich genau weiß, dass das Leben nicht gerecht ist. Weil meine kleine Schwester gestorben ist wegen der Abneigung gegen das *Magdalena's House!* Weil mein Vater dieses Haus verabscheut hat, obwohl selbst meine Mutter hier schon geholfen hat. Und genau deswegen, weil meine Schwester Angst davor hatte, jemandem etwas von ihrer Schwangerschaft zu erzählen, und in ihrer Verzweiflung eine Engelmacherin aufsuchte und bei der Prozedur starb, deswegen bin ich jeden freien Tag hier, versuche, all diesen verzweifelten Frauen zu helfen, und stemme mich gegen die Konventionen. Weil ich nie wieder solch ein Leid erleben will, weil ich nie wieder zulassen werde, dass jemand aus Angst vor der Kaltblütigkeit unserer Gesellschaft stirbt.«

Ich hatte es gesagt. Oh, Gott, ich hatte es wirklich laut ausgesprochen. Und nun waren alle Dämme in mir gebrochen, alle Mauern, die ich so sorgsam um mein Herz erbaut hatte, fielen in sich zusammen wie ein Kartenhaus. Tränen brannten hinter meinen Lidern, und unwillkürlich schob sich Marys Gesicht vor mein inneres Auge.

Ihre verzerrten Gesichtszüge, ihre Haut, die zerknittert und weiß wie Papier war. Die dunklen Schatten unter ihren Augen. Alles Leben war aus ihr gewichen. Sie war nur noch ein blasses Bildnis des Mädchens, das sie einmal gewesen war. Nur weil mein Vater alles verabscheut hatte, was Frauen ein wenig Freiheit und Eigenständigkeit hätte geben können. Nur weil sie sich so vor ihm gefürchtet hatte. Niemandem hatte sie sich anvertraut, nicht mal mir oder Mutter. Sie war zu dieser Frau in diesem baufälligen Gebäude gegangen und hatte ihr Kind wegmachen lassen. Und danach war sie gestorben und kurze Zeit darauf mein Vater.

Und ich … ich stand vor den Scherben meines Lebens und meines Erbes, denn Vater hatte uns nichts hinterlassen als Chaos.

»Arthur …«, setzte Lucie an, schüttelte jedoch den Kopf und kam mir noch näher. Tränen funkelten in ihren Augen, und ganz vorsichtig hob sie die Hand.

Berührte meine Wangen mit ihren eiskalten Fingern. Strich sanft über meine Haut, fuhr die Linie meines Kinns nach und schluckte schwer.

»Das habe ich noch nie jemandem erzählt …«, murmelte ich mit zittriger Stimme. »Das weiß nur meine Mutter.«

Bei diesen Worten wurde Lucies Gesichtsausdruck sanft,

und ihre andere Hand fuhr über meine Schulter, hinunter zu meiner Hand, und sie verflocht ihre Finger erneut mit den meinen.

»Dein Verlust tut mir unendlich leid«, wisperte Lucie mir zu und stellte sich auf Zehenspitzen.

Was tut sie da?, fragte ich mich, als Lucie mir im selben Augenblick einen Kuss auf die Wange hauchte. Meine Haut brannte wie Feuer, und ich sah ihr in die Augen, während mein Herz zu bersten drohte und eine hungrige Leidenschaft sich in meinem Inneren entfachte.

»Ich danke dir für dein Vertrauen, Arthur Smith …«, sprach sie weiter, und ihre Stimme war belegt. »Ich glaube, dass ich dich nun besser verstehe.«

Sie neigte den Kopf zur Seite und entfernte sich einige Schritte von mir, denn auch ich hatte aus den Augenwinkeln gesehen, dass Mrs Waring und Mimi aus dem *Magdalena's House* traten.

Lucie verschränkte die Hände hinter dem Rücken und machte ein unschuldiges Gesicht, doch da war dieses Funkeln in ihren Augen, als würde sie mir sagen wollen, dass dies nicht unser letztes Gespräch war.

Mit einem winzigen Schmunzeln auf den Lippen erinnerte ich mich an ihre Worte.

Aber meine Stimme wirst du bis an dein Lebensende nicht mehr hören.

Wir würden schon sehen. Vielleicht war es die richtige Entscheidung gewesen, ihr von Mary zu erzählen. Von all dem Kummer, der mich in den letzten Jahren heimgesucht hatte. Wegen dem ich mich aufrieb und alles tat, damit das *Magdalena's House* genug Spenden bekam und viele Frauen hier eine Zuflucht fanden. Es war das Einzige, was ich tun konnte, und ich war mir sicher, dass Mary es gut gefunden hätte.

»Miss Farber, konnten Sie eine nette Unterhaltung mit

Mr Smith führen?«, fragte Mrs Waring Lucie, als sie mit Mimi zu uns trat.

»Das konnte ich in der Tat, Mrs Waring«, bestätigte Lucie und sah zu mir, augenblicklich färbten sich ihre Wangen rot. »Konnten Sie mit Mimi …?«

»Machen Sie sich keine Sorgen, Miss Farber«, unterbrach die resolute alte Dame Lucie eilig. »Mimi wird hier einen sicheren Platz zum Leben haben, sie hat mir verraten, dass sie eine exzellente Bäckerin und Köchin ist, genau so jemanden brauchen wir hier.« Sie zwinkerte uns zu, und Lucie sah verständnislos von Mimi zu Mrs Waring.

»Ich verstehe nicht recht …«

»Jede Frau, die hier im *Magdalena's House* wohnt, versucht, etwas zur Gemeinschaft beizutragen. Wir verlangen nicht viel und keine harten Arbeiten wie diese grausigen Geburtshäuser in Wien zum Beispiel, aber wir möchten, dass jede Frau ihren Teil dazu beiträgt, dass alle ein gutes Leben haben.«

Lucie nickte eilig und sah zu mir, noch immer lag etwas Wildes in ihrem Blick, das mein Herz schneller schlagen ließ. Ich wusste, dass Mrs Warings Nachfolgerin ebenso dachte wie sie. Die Frauen hier waren wirklich zu einer Gemeinschaft geworden, viele von ihnen blieben in der Nähe des Hauses und halfen hier aus, denn es gab immer jemanden, der sich um die Kinder kümmern konnte.

»Dann kann Mimi also hier wohnen und in Sicherheit ihr Kind bekommen?«

»Natürlich. Sie müssen das nur noch von Ihrer Seite klären, Miss Farber.«

»Das werde ich tun. Ich habe meiner Mutter ohnehin schon geschrieben und werde sie sogleich über die neuen Ereignisse informieren. Außerdem werde ich sie natürlich bitten, dass ich Mimi noch so lange wie möglich beschäftigen kann, und hoffe, dass meine Lehrerin in Heygate deswegen kein Drama macht.«

»Sie sprechen sicherlich von Mrs Ham, oder?«, fragte Mrs Waring und verdrehte mit einem Schnauben die Augen. »Abigail hätte lieber noch mal heiraten sollen nach dem Verlust ihres Mannes. Vielleicht wäre sie dann eine umgänglichere Frau geworden.«

Lucie öffnete beinahe entsetzt den Mund, doch ich konnte mir ein Lachen kaum verkneifen. Mrs Waring nahm niemals ein Blatt vor den Mund, und das mochte ich so gerne an ihr.

»Schauen Sie nicht so überrascht drein, Miss Farber. Sie denken doch das Gleiche, geben Sie es zu.«

Über Lucies wunderschöne Gesichtszüge huschte ein schelmisches Lächeln, und sie nickte. »Vielleicht haben Sie recht, Mrs Waring ...«, sagte sie leise. »Aber das würde ich niemals wagen, laut auszusprechen.«

Mrs Waring lachte rau auf. »Natürlich nicht. Für eine Lady ist gutes Benehmen das Wichtigste und ...«

Ihre Worte wurden vom Läuten der Kirchturmglocken unterbrochen, das durch die Straßen hallte. Lucie zuckte erschrocken zusammen und sah zu Mimi.

»Ach du Schande!«, rief sie entsetzt aus. »Wir haben völlig die Zeit vergessen, Mrs Ham wird mich ausschimpfen und mir wieder Stubenarrest geben ...«

Mimi zuckte unbehaglich mit den Schultern. »Das ist meine Schuld, Fräulein Lucie ...«, murmelte sie peinlich berührt und strich über ihren Bauch.

»Nein.« Lucie ergriff ihre Hände und lächelte Mimi aufmunternd an. »Das hier war wichtig, Mimi. Du bist wichtig für mich. Ich will dich in Sicherheit wissen. Da kann ich Mrs Hams Ärger auch erneut auf mich ziehen ...«

Eine irrwitzige Idee schoss mir durch den Kopf, und ich trat zu den Mädchen.

»Ich könnte als euer Alibi fungieren«, sagte ich, ehe ich mir der Bedeutung dieser Worte wirklich bewusst wurde. Ich machte einen linkischen Diener und hoffte, dass sie diesem Vorschlag zustimmen würde.

»Wie bitte?« Sie hob eine Augenbraue und sah mich überrascht an.

»Nun … ich bin mir sicher, dass es Mrs Ham freuen würde, wenn wir uns wieder nähergekommen sind, Miss Lucie. Wir sind uns zufällig in Southend begegnet – was der Wahrheit entspricht – und haben uns nach meinem Brief ausgesöhnt.«

Das entsprach tatsächlich nicht ganz der Wahrheit, aber ich hatte das Gefühl, dass Lucie mir nun ein wenig mehr vertraute. Dass sie mich nicht mehr wie die Pest verabscheute.

»Mhm …« Lucie tippte sich mit dem Finger gegen das Kinn und machte ein nachdenkliches Gesicht.

Sie sah so niedlich, so wunderschön und gleichzeitig so stark aus, wie sie da vor mir stand. Eine Frau, die wusste, was sie im Leben wollte, und sich mit Händen und Füßen gegen die gesellschaftlichen Konventionen wehrte.

»Das ist eine gute Idee«, sagte Lucie galant und strich sich über ihr Promenadenkleid. »Es würde mich freuen, wenn du uns zurück nach Southend begleitest, Arthur.«

Mein Herz schrie beinahe erleichtert auf bei ihren Worten, und ich konnte mir ein kleines Lächeln nicht verkneifen.

»Dann lasst uns uns auf den Weg machen«, erwiderte ich, und Lucie hakte sich wie von selbst bei mir ein.

Mimi schaute irritiert zwischen uns beiden hin und her, seufzte dann aber ergeben und wandte sich noch mal an Mrs Waring.

»Haben Sie vielen Dank, dass Sie mir und meinem Würmchen eine Zuflucht geben. Ich werde Ihnen dafür ewig dankbar sein.«

»Da nicht für, Kindchen …« Mrs Waring strich Mimi sanft über die Wange und lächelte. »Du sollst glücklich werden.«

Das Dienstmädchen lief rot an, und wir verabschiedeten uns.

Mit langsamen, geradezu bedächtigen Schritten verließen wir das Armenviertel von Southend. Lucie ließ den Blick über die Menschen hier schweifen, und ihr Gesichtsausdruck verdunkelte sich.

»Ich würde gerne viel mehr helfen«, sagte sie leise und sah mich an. »Würdest du mir das erlauben, wenn wir heiraten?«

Ihre Frage war vorsichtig formuliert, und ich spürte, dass sie auf der Hut war. Sie schien unter keinen Umständen zugeben zu wollen, dass sie wirklich mit einer Hochzeit einverstanden war. Aber dies war meine einzige Möglichkeit, sie von meinem guten Herzen zu überzeugen.

»Natürlich würde ich das …«, antwortete ich leise, denn auch mir setzte dieser Anblick zu.

Meine Mutter und ich taten alles, um Wohltätigkeitsveranstaltungen für die Armen zu organisieren, die Menschen hier in Southend zu unterstützen und ihre Lebensbedingungen zu verbessern. Es würde mich nicht im Geringsten stören, wenn Lucie das Gleiche tun würde.

»Ich würde dir nichts verbieten, wobei …« Ich fuhr mir mit der freien Hand über meine Bartstoppeln, und Lucie riss entsetzt die Augen auf. Es war ein wenig lustig, sie zu veräppeln. »Einen Seitensprung würde ich nicht gutheißen.«

»Du Schuft!«, rief Lucie aus und schlug mir gegen die Schultern. »Als ob ich so etwas tun würde.«

Sie klang selbstsicher bei diesen Worten, doch in ihren Augen schimmerten Zweifel, und ich glaubte zu wissen, woran sie dachte.

An Amabel.

An ihre Mitbewohnerin, die ihr eine große Stütze hier in Southend geworden war, und wenn mich nicht alles trog, dann war da mehr zwischen den beiden. Mehr als eine bloße Freundschaft, und dieser Gedanke machte mir Angst.

So wie eine meiner Großtanten mit einer Frau zusammenlebte – als Freundin, so sagte man –, kannte ich eine Bäckerin in London, zu der meine Mutter oft ging, die ebenfalls mit ihrer Geschäftspartnerin zusammenwohnte. Und hinter vorgehaltener Hand sagte man, dass da mehr zwischen den Frauen war. Es kam vor, dass Frauen andere Frauen liebten, das wusste ich, obwohl darüber kaum gesprochen wurde. Und so schien es vielleicht Lucie auch zu gehen.

Aber ich wollte nicht den Rest meines Lebens mit einer Frau verbringen, die mich nicht lieben konnte, lieben wollte.

Und ich wollte Lucie zu nichts zwingen. Aber schließlich wurde von uns auch erwartet, Erben zu zeugen. Doch das brachte ich nicht über mich, wenn sie nicht wollte.

Wir hatten die Promenade erreicht, und Lucie blieb kurz stehen, ließ den Blick über den Pier und den Strand schweifen und schaute sehnsüchtig aufs Meer. Bald endete die Bade- und Strandsaison, und sie schien darüber bekümmert zu sein.

»Nun bin ich schon fast drei Monate hier und war nicht ein einziges Mal im Meer ... dabei gibt es Badekarren am Strand.«

Ich zuckte unbeholfen mit den Schultern, denn ich war ein leidenschaftlicher Schwimmer, und immer wenn ich in Southend war, schwamm ich im Meer. Aber für mich war das auch einfacher, denn mein Leben war um einiges freier als das von Lucie.

»Wenn du möchtest, dann führe ich dich ein anderes Mal zum Strand aus. Ich könnte meine Mutter bitten, mitzukommen, dann kannst du mit ihr gemeinsam im Meer baden, in züchtiger Kleidung, versteht sich, damit deine Lehrerin keinen Herzinfarkt bekommt.«

Wir spazierten über die Promenade, wichen einigen spielenden Kindern aus, und Lucie seufzte leise.

»Du würdest all diese Dinge für mich tun, obwohl ich scheußlich zu dir gewesen bin«, murmelte sie und kratzte sich an der Wange.

»Ich war ja auch ein Schuft«, gab ich zurück und stieß sie sanft gegen die Schulter. »Keine Sorge, ich verstehe, warum du mich so behandelt hast, und ich habe einen großen Fehler gemacht.«

»Mhm …«, machte Lucie, als wir das Ende der Promenade erreicht hatten. »Du hast gesagt, dass deine Mutter etwas über meine Mama wissen könnte.«

Da war ich mir eigentlich gar nicht so sicher, doch ich mutmaßte es. »Ja, das glaube ich. Wir könnten ihr einen Besuch in unserer Villa abstatten. Du willst sicherlich wissen, warum deine Mutter so viel Zeit im *Magdalena's House* verbracht hat.«

»Manchmal denke ich, dass sie einfach nur geholfen hat. Aber das hätte sie auch von Heygate aus tun können, deswegen glaube ich, dass da mehr war.« Zögerlich sah Lucie mich an, als wir den gewundenen Waldpfad erreicht hatten, der hinauf zum Internat führte.

»Wann immer du dazu bereit bist, mehr Zeit mit mir zu verbringen, sag Bescheid.« Es war ein unverbindliches Angebot, denn ich wollte die zarten Bande, die wir gerade knüpften, auf keinen Fall mit meinem Übermut zerstören.

Obwohl ich sie liebend gerne geküsst hätte, meine Finger über ihre zarte Haut gleiten lassen wollte. Ich wollte sie berühren, jedes Wort, das sie sagte, in mich aufsaugen. Ich wollte dieses Mädchen glücklich machen, mit allem, was ich hatte. Aber ich glaubte, dass wir dafür Zeit brauchten und Lucie sich erst mal über ihre eigenen Gefühle klar werden musste.

Meine Mutter hatte mir beigebracht, Respekt gegenüber Frauen zu zeigen, sie niemals schlecht zu behandeln oder sie zu etwas zu zwingen, und daran würde ich mich halten. Auch wenn mein Begehren mich zu zerreißen drohte und meine Haut dort, wo Lucie mich berührte, prickelte wie Feuer.

»Ich werde daran denken«, antwortete Lucie lächelnd. »Aber sag …«

Sie hielt inne und blieb mitten auf dem Pfad stehen. Steine knirschten unter ihren Schuhen, und sie löste sich von mir. »Magst du mir mehr über deine Schwester erzählen?«

Unbehagen erfüllte mich, vermischte sich mit der tiefen Trauer, die sich in mein Herz eingenistet hatte. Allein der Gedanke an Mary riss all die Narben auf, die niemals zu heilen schienen. Die ein Teil von mir waren.

Ich schaute mich zu Mimi um, die in einigem Abstand zu uns folgte. Sie hielt an und blickte zu den Baumkronen hinauf, benahm sich vorbildlich wie eine Anstandsdame.

»Würdest du …?«, setzte ich an und fuhr mir durch meine Haare. »Würdest du verstehen, wenn ich sagen würde, dass ich dafür ein wenig mehr Zeit brauche?«

Die Worte über Mary waren einfach so über meine Lippen geglitten. Ich hatte sie aus Wut und Verzweiflung ausgesprochen. Lucies Zorn war auf mich übergesprungen und hatte diesen Funken entfacht. Weil ich geglaubt hatte, dass ich mich erklären müsste. Und ich wusste, dass dies richtig gewesen war, aber Marys Tod war wie eine klaffende Wunde, und ich brauchte Zeit, um darüber zu sprechen.

»Aber natürlich …« Lucie schenkte mir ein hinreißendes Lächeln. »Das verstehe ich sehr gut, denn meine Mama ist schwer erkrankt, und darüber zu sprechen, fällt mir auch oft nicht leicht.«

Das wusste ich. Lucies Mutter Elizabeth war an Tuberkulose erkrankt, und es schien, dass ihr Leben am seidenen Faden hing. Sicherlich vermisste Lucie sie schrecklich.

»Dann sprechen wir vielleicht beim nächsten Ball miteinander?«, schlug ich vor.

»Ja, sehr gerne …« Sie runzelte die Stirn und dachte einen Augenblick nach. »Dieser Ball … wo findet er statt?«

»Eine Lady sollte so etwas wissen, oder nicht?«, fragte ich feixend, als Lucie sich wieder bei mir unterhakte und wir weitergingen.

»Es gibt eine Menge Dinge, die eine Lady wissen und tun sollte, aber du hast bestimmt schon bemerkt, dass ich nicht gerne eine Lady bin.«

Ich lachte leise auf. »Ja, das ist mir schon aufgefallen. Der Ball wird wieder in der Villa der Familie Hold stattfinden, denn dort möchte John das Datum der Hochzeit mit Amabel bekannt geben.«

Ich spürte, wie sich Lucies Körper anspannte und sich ihr Atem beschleunigte. »Das hat sie mir gar nicht erzählt«, murmelte sie dumpf, und ich verfluchte mich für meine Worte.

»Sie ist sicherlich nur nervös deswegen …«, erwiderte ich beschwichtigend. »Außerdem war sie heute mit John unterwegs, um alles Weitere zu besprechen.«

Lucie nickte nur schweigend und lehnte ihren Kopf an meine Schulter.

Wir hatten das Ende des Waldwegs erreicht, und mit einem Mal schien die Sonne wieder auf uns herab, als wir aus den dichten Blätterkronen hinaustraten. Lucie hielt die Hand schützend vor ihre Augen, während ich sie durch das Tor führte und zwischen den Blumen- und Gemüsebeeten hindurch.

»Vielen Dank, dass du mir heute so viel über dich offenbart hast«, sagte Lucie zu mir, als wir vor dem Eingang zum Stehen kamen. »Das schätze ich wirklich sehr, Arthur.«

Ich schluckte schwer und wollte ihr sagen, wie viel sie mir bedeutete. Dass ich mich in sie verliebt hatte innerhalb eines Wimpernschlages. Dass sie die Frau war, die ich bis ans Ende meines Lebens beschützen würde. Doch all das erschien mir dumm, wie ein verliebter Trottel würde ich mich benehmen, wenn ich all das aussprach. Aber eigentlich war ich genau das: ein verliebter Dummkopf.

»Ich danke dir, dass du mir zugehört hast, Miss Lucie. Und dass du …«

»Lucie?« Der Klang dieser Stimme jagte einen Schauer über

meinen Rücken, denn der Name war mit einer ungewöhnlichen Schärfe ausgesprochen worden.

»Amabel …« Lucie hatte sich zum Eingang gedreht und sah ihre Mitbewohnerin an.

Amabel Hastings kniff die Augen zusammen und musterte mich verärgert. Ihre Stirn war in Falten gelegt, und um ihre Lippen kräuselte sich ein verächtlicher Ausdruck.

Wir mussten ein seltsames Bild abgeben. Ich hielt immer noch Lucies Hände, die sich nun nicht mehr eisig, sondern wohlig warm anfühlten. Und wir waren uns ganz nah, so wie auf dem Ball.

»Was tut er hier?«, fragte Amabel und war im Nu bei uns, sie ergriff Lucies andere Hand und zog sie von mir weg.

»Ich bin Arthur in Southend begegnet, und wir haben uns ausgesprochen, er …«, versuchte Lucie sich zu erklären, doch Amabel schüttelte heftig den Kopf, sodass ihre schwarzen Haare um sie herumwirbelten wie Schatten.

»Hast du etwa vergessen, dass er dich belogen hat?«, zischte sie Lucie zu, und ich hob abwehrend die Hände.

»Dafür habe ich mich bereits mehrfach entschuldigt, und ich hatte meine Gründe.« Ich wollte mich nicht von diesem Mädchen einschüchtern oder schlechtmachen lassen, nachdem ich Lucie meinen Schmerz offenbart hatte und ihr mein Herz ausgeschüttet hatte. Nein, das würde ich nicht zulassen.

»Eine Entschuldigung reicht nicht aus!«, zischte Amabel Hastings mir zu, doch dieses Mal traf ihre Wut mich nicht unvorbereitet, dieses Mal konnte ich besser damit umgehen.

»Vielleicht solltest du das Lucie entscheiden lassen«, schlug ich leichthin vor und sah zu ihr.

Lucie seufzte leise und strich noch einmal über meine Hand, bevor sie diese losließ. »Ich freue mich auf den nächsten Ball im Anwesen der Familie Hold. Bis dahin, Arthur.« Sie hob ihre Hand und strich mir eine verirrte Locke aus dem Gesicht, schenkte mir ein letztes Lächeln, bevor sie Amabels Arm ergriff und gemeinsam mit ihr im Internat verschwand.

Und ich stand einfach da. Irgendwie verloren und doch mit einem Herz, das von Liebe überquoll. Einer einzigen Sache war ich mir sicher: Ich würde nicht zulassen, dass Lucie unglücklich in diesem Leben wurde, ich würde alles tun, um sie zu beschützen.

Kapitel 24
Lucie

Was ist bloß los mit dir?«, flüsterte ich Amabel zu, während wir ins Innere von Heygate gingen und sie mich nach rechts zum Treppenaufgang des Turms zog.

»Die Frage kann ich dir wohl genauso stellen!«, fauchte sie und riss sich stürmisch los. »Warum bist du mit diesem Schuft unterwegs? Warum hast du seine Hände berührt?«

Zorn spiegelte sich in ihren braunen Augen wider, und ihr Hals war fleckig gerötet. Ich sah sie verwirrt an, verstand irgendwie nichts und doch alles.

»Amabel …«, versuchte ich sie zu beruhigen, doch sie schlang ihre Arme um den Körper und schüttelte heftig den Kopf. »Wir sind uns in Southend zufällig begegnet. Beim *Magdalena's House*, ich habe dort …«

»Beim *Magdalena's House?*« Ihre Stimme überschlug sich beinahe, und eine Gruppe Mädchen, die unseren Weg kreuzten, sah sich irritiert nach uns um.

Verdammt, wir zogen zu viel Aufmerksamkeit auf uns. Ich drehte den Kopf zur Seite und bedeutete Amabel, mir hinauf in unser Zimmer zu folgen. Unsere Schritte hallten gespenstisch im Turm wider, Staub wirbelte auf, und es roch nach Zitronen. Die Fenster waren anscheinend frisch geputzt, denn das Sonnenlicht spiegelte sich in ihnen und blendete mich.

Wir schwiegen den ganzen Weg bis in unser Zimmer, dann schlug Amabel die Tür dumpf hinter uns ins Schloss und verschränkte die Arme vor der Brust.

»Wie kannst du überhaupt auch nur ein Wort mit ihm wechseln?«, schleuderte sie mir an den Kopf, und ich war getroffen von ihrer plötzlichen Wut.

Mir fehlte die Kraft, ihr etwas entgegenzusetzen. Ich konnte nicht mehr. Ich hatte meinen Zorn schon an Arthur verschwendet, hatte die letzten Wochen mit dieser Wut im Bauch gelebt und war unendlich erschöpft. Diese Zeit in Southend hatte mich glücklich gemacht. Die Tatsache, dass Mimi nun in Sicherheit ihr Kind gebären konnte, hatte eine Last von meinen Schultern genommen, und nun war ich leer. Irgendwie zerbrochen und doch heil.

»Hast du nichts zu sagen?«

Ich legte meine Finger auf meine Brust, doch mein Herzschlag war schwach, nicht so aufgeregt wie sonst, wenn ich Amabel gegenübertrat. Doch trotzdem war da noch etwas in mir, was sie zu begehren schien. Mehr als nur Freundschaft, aber in diesem Augenblick war ich verletzt.

»Es war ein Zufall«, presste ich zwischen zusammengebissenen Zähnen hervor. »Ich wollte, dass du Mimi und mich nach Southend begleitest, doch du warst nicht zugegen. Du warst doch als Erste fort mit deinem Verlobten!«

Amabels Gesichtsausdruck verdüsterte sich, und Tränen schimmerten in ihren Augen. Ihre ganze Haltung veränderte sich schlagartig, und ihre Beine zitterten.

»Als ob ich mir das ausgesucht hätte«, murmelte sie, und ganz vorsichtig machte ich einen Schritt auf sie zu.

»Das weiß ich doch …« Ich streckte die Hand nach ihr aus und legte diese auf ihre Wange.

Hitze schoss durch meine Glieder, und dieses vertraute Gefühl erreichte nun doch mein Herz. Gott, ich wusste wirklich nicht, was ich wollte. *Wen* ich wollte.

Amabel oder Arthur.

Diese Frage kreiste immerzu in meinen Gedanken umher,

und ich wusste nicht mal, ob es möglich war. Ob ich eine Frau lieben konnte. Ob diese Gefühle echt waren oder nur ein Trugbild dieser verzwickten Welt, in der ich lebte.

Amabel sah mich an, fuhr mit ihrer Zunge über ihre Lippen, während eine Träne von ihrer Wange hinabrollte und meine Hand berührte.

So fühlt sich also Traurigkeit an, dachte ich verwirrt und zog Amabel in meine Arme.

Wir waren uns so nah und doch so fern. Unsere Herzen schlugen im gleichen Takt, aber unsere Gedanken schienen sich in andere Richtungen zu bewegen.

»Ich will ihn doch auch nicht heiraten …«, würgte Amabel hervor, und ich strich beruhigend über ihren bebenden Rücken.

»Ich weiß, aber …« Ich ließ den Satz aströpfeln und schwieg lieber.

Denn ich fühlte anders als sie in diesem Augenblick. Arthur hatte sich mir geöffnet, er hatte mir sein Herz zu Füßen gelegt, und ich wollte ihn besser kennenlernen. Ich wollte wissen, was ihn bewegte. Erfahren, ob ich ihm verzeihen konnte und ob dieser Mann vielleicht doch der Richtige für mich sein könnte. Ob dieses merkwürdige Gefühl, das da in meinem Herzen widerhallte, Liebe war.

»Ich dachte, dass du mich magst«, flüsterte Amabel und löste sich von mir.

Sie sah mir tief in die Augen, und ein trauriges Lächeln umspielte ihre Züge.

»Ich mag dich, aber ich weiß nicht, ob …«

»Ob du mich lieben kannst«, murmelte sie und lehnte ihre Stirn an meine.

Wärme breitete sich in meinem Körper aus, meine Gedanken stoben wie Glühwürmchen durch meinen Kopf. Ich spürte Amabels Atem auf meiner Haut, ihre Hand, die sich auf meine

Hüfte legte, und die Verwirrung kehrte nun mit altbekannter Wucht zurück.

»Ich weiß doch noch nicht mal, was Liebe wirklich ist.« Nun sammelten sich auch in meinen Augen Tränen.

Ich wollte sie nicht verlieren. Sie war – neben Mimi – der einzige Mensch, der mich verstand. Meine beste Freundin hier in Heygate. Aber war sie auch meine Geliebte?

Ich wusste es nicht. Ich hatte mir Zeit lassen wollen bis zum Ball, um mir über meine Gefühle klar zu werden. Doch bis dahin schien es nun zu spät. Viel zu spät. Die Zeit rann uns durch die Finger.

Amabel schniefte, und aus den Augenwinkeln musterte sie mich, dann trat sie einen Schritt zurück. Schien einen Moment nachzudenken und beugte sich dann zu mir. Hauchte mir einen Kuss auf die Wange und lächelte das traurigste Lächeln, das ich jemals bei ihr gesehen hatte.

»Vielleicht ist das ja Liebe …«, wisperte sie und wandte sich dann eilig von mir ab. »Aber vielleicht hast du recht, und ich bilde mir das alles nur ein zwischen uns.«

Ich wollte ihr so viel sagen. So viele Dinge schwebten in der eisigen Luft zwischen uns, doch kein einziges Wort drang über meine Lippen. Ungesagte Dinge verweilten in meinem Herzen, schienen meinen Verstand zu vergiften.

»Amabel …«, sagte ich nach einer schieren Ewigkeit, doch sie schüttelte nur erneut den Kopf.

»Wir sollten uns beide auf die Dinge konzentrieren, die in nächster Zeit für uns wichtig sind.« Ihre Stimme klang plötzlich harsch, als würde man mit Fingernägeln über eine Tafel kratzen, und eine Gänsehaut legte sich auf meine Glieder.

»Aber Amabel!«, rief ich entsetzt und hatte das Gefühl, ich würde ertrinken. Als würde ich von einer schwarzen Welle aus tosenden Gedanken erstickt werden. »Ich will dich nicht verlieren, gib mir doch ein wenig Zeit, um über meine Gefühle …«

»Das Einzige, was wir beide nicht haben, ist Zeit!«, schrie sie und wirbelte zu mir herum. »Verstehst du das denn nicht, Lucie?«

»Doch …« Meine Schultern sackten herab, und erneut erfasste mich diese merkwürdige Leere.

Was sollte ich nur tun? Was erwartete Amabel von mir, welcher Weg war der richtige für mich?

»Siehst du …« Sie zog unfein die Nase hoch und wischte sich die Tränen von den Wangen. Es schien, als wollte sie mir noch eine Menge sagen, doch sie schwieg.

Schloss sich in diesem Kokon ein, der sie von allem abschirmte, und stieß mich von sich. Sie sah mich noch einmal lange an, dann ging sie in ihr Zimmer und ließ die Tür zufallen. Der dumpfe Knall hallte in meinem Herzen wider, und meine Beine fühlten sich weich wie Pudding an.

Alles ergab keinen Sinn mehr, und ich sank auf den Boden herab. Wusste nicht mehr, was ich tun sollte. Ich hatte mir Zeit lassen wollen, hatte Amabel auf dem nächsten Ball um einen Freundschaftstanz bitten wollen.

Einige der Mädchen, die noch nicht verlobt waren oder nicht von einem Jungen zum Tanz aufgefordert worden waren, hatten dies beim letzten Ball getan. Genau das hatte ich mit Amabel tun wollen. Um herauszufinden, was ich fühlte.

Für wen ich mehr empfand.

Aber nun schien es, als wäre dies ein verlorenes Unterfangen, als würde mir Amabel entgleiten, und es gab nichts mehr, was ich dagegen tun konnte.

Doch, mein Engel. Du kannst immer etwas tun, du hast doch schon so viel mehr getan, als man einer jungen Dame wie dir zutrauen würde.

Es war Mamas Stimme, die da in meinen Gedanken widerhallte, und ich presste meine Hand auf die Brust. Lauschte ihren Worten und dem Pulsieren meines Herzens. Ich vermisste sie so schmerzlich, wusste nicht einmal, wie es ihr ging, und war nun mutterseelenallein auf dieser Welt.

Wütend presste ich die Hand auf meinen Mund, um mein Schluchzen zu ersticken, und rappelte mich auf. Ich würde nicht zulassen, dass dies so endete. Weder zwischen mir und Amabel noch zwischen mir und Arthur. Ich würde eine Lösung finden, meinen Gefühlen mit aller Macht nachspüren und nicht aufgeben. Nicht jetzt, wo alles in Dunkelheit zu ertrinken drohte.

Ich wankte in mein Zimmer und ließ mich auf mein Bett fallen, legte eine Hand auf meine erhitzte Stirn und schloss die Augen. Langsam und tief atmete ich durch, während die Müdigkeit mich übermannte und ich in einen tiefen, traumlosen Schlaf fiel.

Es vergingen einige Tage, in denen nicht viel passierte, bis auf die Tatsache, dass Arthur mich vor dem nächsten Ball im Hause der Familie Hold erneut ausführte.

Mrs Ham erlaubte es ihm natürlich, denn sie schien dankbar zu sein, dass ich mich nun meinem zukünftigen Ehemann zugewandt hatte. Obwohl ich noch nicht einmal wusste, ob dies stimmte, freute ich mich sehr, als Arthur mich beim Internat abholte und ins Theater in der Southend Lane brachte.

»Was schauen wir uns an?«, fragte ich neugierig und betrachtete das Theatergebäude aus braunrotem Backstein.

Das *Good Old Palace Theatre* war ein mehrstöckiges Gebäude, und eine große Tafel am Eingang pries die neuesten Vorstellungen an. In der oberen Mitte gab es eine kleine Dachterrasse, links und rechts davon zwei kleine Kuppeltürme.

Unwillkürlich musste ich an Amabel denken, die vor Kurzem mit ihrem Verlobten John hier gewesen war. Wir hatten mehrere Tage kaum miteinander gesprochen, und all das Ungesagte schwebte wie eine Gewitterwolke zwischen uns.

»Romeo und Julia«, antwortete Arthur da, und sein Atem streifte mein Ohr.

»Wie bitte?« Ich verzog das Gesicht zu einer Grimasse, und Arthur lachte leise auf.

»Genau diesen Gesichtsausdruck wollte ich sehen.« Ein Schmunzeln huschte über seine Züge, und er ergriff zaghaft meine Hand. Vorsichtig führte er sie in die Luft, um auf die Tafel zu zeigen. »Wir schauen uns eine Inszenierung von *The Flying Dutchman* von Edward Fitzball an.«

Ich legte den Kopf schräg und sah Arthur an. »Vom Fliegenden Holländer?«, wiederholte ich verdattert und war mir ziemlich sicher, dass die Geschichte eines verfluchten Kapitäns nichts für junge ehrbare Damen war.

»Genau.« Arthur strahlte mich an, und in seinen grünen Augen schienen all die Wunder der Welt zu leuchten, doch da war auch ein trauriger Ausdruck, der in ihnen schimmerte.

»Warum?«, fragte ich neugierig und folgte Arthur in das Theater.

Ein livrierter Diener nahm uns die leichten Mäntel ab und führte Arthur und mich zu unseren Plätzen, nachdem er die Karten kontrolliert und uns ein Glas Champagner gereicht hatte.

Wir setzten uns auf die bequemen roten Stühle in der oberen Loge, von der man einen perfekten Blick auf die Bühne hatte, und ich sah Arthur an. Er strich sich über den braunroten Bartschatten und seufzte leise.

»Dies war Marys Lieblingstheaterstück«, antwortete er mit rauer Stimme, und ich verstand sofort.

»Oh, Arthur …«, flüsterte ich und verflocht meine Finger mit den seinen. Hitze stieg meine Glieder hinauf, und mein Herz trommelte wie wild gegen meine Rippen.

Ich konnte mich kaum von seinem Anblick losreißen. Von diesen hohen Wangenknochen, an denen man sich schneiden konnte, den langen, schwarzen Wimpern und seinen wilden Locken.

Gott, ich verliere noch den Verstand, dachte ich verwirrt und biss mir auf die Unterlippe. Mit Arthur erschien mir alles so einfach und gleichzeitig unendlich schwer. Irgendeine Macht in meinem Inneren kämpfte dagegen an, ihn zu mögen, doch mein Herz schien das nicht zu akzeptieren. Es war, als wollte es mir sagen, dass dieser Mann – mein zukünftiger Ehemann – genau der Richtige für mich war.

Aber was ist dann mit Amabel?, fragte ich mich im Stillen und seufzte leise. Vielleicht waren es am Ende doch nur verirrte Gefühle, vielleicht …

»Sie hat das Stück so sehr geliebt«, flüsterte Arthur plötzlich mit rauer Stimme und sah mich an. »Sie wollte es sogar zu Hause nachspielen. Sie wollte immer die Meerhexe Rockalda sein …« Eine Träne lief seine Wange hinab, und es brach mir das Herz, diesen sonst so starken Mann so traurig zu sehen.

»Arthur …« Sein Name kam mir nur holprig über die Lippen, und ich beugte mich noch ein Stück näher zu ihm, hauchte ihm einen Kuss auf die Wange und legte meine andere Hand auf seine Brust. Ich spürte seinen pulsierenden Herzschlag unter meinen Fingerkuppen, und Hitze flutete meine Gedanken.

»Sie wäre so stolz auf dich«, raunte ich ihm zu und schaute ihm tief in die Augen. »Da bin ich mir sicher, denn du bist ein wunderbarer Mann, Arthur Smith … wenn du magst, dann erzähl mir ein wenig mehr von Mary …«

Eine Melodie erklang, und die Lichter im Theater wurden gelöscht, dann wurde der Vorhang auf der Bühne aufgezogen, und das Theaterstück vom Fliegenden Holländer begann.

Und während der Holländer verflucht wurde und die Meerhexe Rockalda ihm den Landgang gestattete, da hielt ich Arthurs Hand, konnte meinen Blick kaum von ihm losreißen, während er mir langsam, beinahe stockend immer mehr über seine geliebte Schwester Mary erzählte. Während all seine Worte, all seine Taten sich in mein Herz schlichen und ich mich fragte, ob Mama mir genau deswegen diesen Mann ausgesucht hatte.

Weil Arthur Smith und ich uns viel ähnlicher waren, als ich jemals geglaubt hatte. Weil dieser Mann wahrscheinlich genau der war, der mich wirklich glücklich machen konnte.

Denn er liebte die Freiheit, die Unabhängigkeit, aber genauso die Sicherheit. Er würde mir keine Fesseln auferlegen, nein, er würde mir Flügel schenken.

Dieser Tatsache wurde ich mir während des Theaterstücks bewusst, und als Arthur mich am späten Abend zurück nach Heygate brachte und ich zum Fenster unseres Zimmers hochsah und Amabel erblickte, da formte sich ein merkwürdiger Gedanke in meinem Kopf.

Ich muss eine Entscheidung treffen, dachte ich entschlossen und hauchte Arthur einen Abschiedskuss auf die Wange. *Sonst verliere ich sie am Ende beide.*

Die restlichen Tage bis zum zweiten Ball auf dem Anwesen der Familie Hold waren für mich eine Mischung aus Machtlosigkeit, Erschöpfung und Aufregung. Meine Gedanken sprangen von Arthur und unserem Abend im Theater, von all den Dingen, die er mir offenbart hatte, zu Amabel und wieder zurück.

Der Unterricht zog an mir vorbei, während wir lernten, welche Blumen man am besten zu einem Bouquet anordnete, wie man die Dienerschaft in großen Haushalten führte und ein Dinner für eine Gesellschaft organisierte. Und dann noch die elenden Tanzstunden.

»Miss Farber, Sie konzentrieren sich nicht auf die Schritte!«, herrschte mich Mrs Ham an, nachdem ich Clary bei der Kegel-Quadrille erneut auf den Fuß getreten war, obwohl dies eigentlich ein Ding der Unmöglichkeit sein sollte.

Im Gegensatz zu der üblichen Quadrille mit vier Paaren wurde diese mit fünf Paaren getanzt, die sich in Kegelform aufstellten und abwechselnd die Figuren ausführten, die diesem Tanz seine besondere Form gaben.

Ich unterdrückte den Impuls, die Augen zu verdrehen, und machte stattdessen ein missmutiges Gesicht.

»Ich bitte um Verzeihung, Mrs Ham«, murmelte ich schuldbewusst, obwohl ich meinem Zorn am liebsten freien Lauf gelassen hätte. Aber dann hätte die herrische Lehrerin mich vielleicht wieder zum Stubenarrest verdonnert oder mich erneut geohrfeigt. Gottlob, dieser Frau traute ich auch zu, mich mit ihrem Taktstock zu züchtigen.

Normalerweise führte Mrs Ristman, unsere Kunst- und Musiklehrerin, die Tanzstunden durch, aber sie war an einem Fieber erkrankt, und nun musste ich erneut mit Mrs Ham voriebnehmen.

»Sie werden Ihren Verlobten beschämen, wenn Sie diesen einfachen Tanz nicht ordentlich ausführen können«, schimpfte Mrs Ham weiter, und mir lag auf der Zunge, dass dies Arthur wahrscheinlich herzlich egal sein würde. Denn er scherte sich nicht um Regeln und Konventionen, nein, er versuchte sogar, diese zu durchbrechen, was mir immer noch imponierte.

»Sie haben recht, Mrs Ham«, sagte ich jedoch demütig und senkte den Kopf. »Ich werde mich mehr anstrengen.«

»Das werden Sie in der Tat, Miss Farber. Sie bleiben nach dem Unterricht hier und ...« Mrs Ham sah sich im Tanzsaal mit den verspiegelten Wänden und dem glänzenden dunklen Holzboden um. »Miss Hastings, Sie assistieren Miss Farber beim weiteren Unterricht, denn Sie sind die beste Tänzerin von allen hier.«

Alarmiert sah ich zu Amabel, die genauso schockiert dreinblickte wie ich. Wir hatten die letzten Tage kaum ein Wort miteinander gewechselt, lebten unsere Leben nebeneinanderher, in geordneten Bahnen, sodass sie sich nicht überschnitten.

»Aber Mrs Ham …«, setzte ich an, doch die Lehrerin fuchtelte mit ihrem Taktstock vor meiner Nase herum.

»Keine Widerrede, Miss Farber! Haben Sie etwa immer noch kein Benehmen gelernt?«

Ich biss mir auf die Zunge, ballte die Hände zu Fäusten und hielt mich nur mit Mühe davon ab, dass ein freches Wort meine Lippen verließ. Also senkte ich artig den Kopf und hörte, wie Amabel mit langsamen Schritten auf mich zuging. Ihre hellblauen Tanzschuhe kamen in mein Blickfeld, und vorsichtig linste ich zu ihr.

Doch ihre Miene war wie versteinert. Ihre sonst so sanften Züge verhärtet, und mein Herz begann, stolpernd zu schlagen, während ihr Blick sich tief in mein Inneres bohrte und mein Magen sich zu einem schmerzhaften Knäuel zusammenzog.

»Nun, meine Damen!« Mrs Ham räusperte sich und sah zu mir. »Sie können alle gehen, ich denke, dass Miss Farber die Einzige ist, die noch Extrastunden benötigt.«

Ich verzog das Gesicht, und ein schaler Geschmack legte sich auf meine Zunge. Langsam hatte ich das Gefühl, dass die Frau mich wirklich hasste. Dass sie mich mit Freuden schikanierte.

Die anderen Mädchen beeilten sich, den Tanzsaal zu verlassen, Clary und Cecily warfen mir einen mitleidigen Blick zu, und ich nickte schwach.

»Nun … dann wollen wir den Walzer üben in Verbindung mit dem Cotillon.« Mrs Ham wedelte mit dem Taktstock herum, und die junge neue Lehrerin, Miss Heartwell, die am Klavier saß, stimmte die Melodie an. »Miss Hastings, Sie übernehmen den Part des Mannes.«

Amabel trat zu mir und ergriff meine Hand. Die andere legte sie auf meine Hüfte, und ich zog scharf die Luft ein. Es war, als würde jemand meine Kehle umklammert halten. Kein einziges Wort entrann meinen Lippen, und ich konnte Amabel nur in die nussbraunen Augen schauen.

Mein Atem beschleunigte sich, und ihre Berührung war wie Feuer, das sich langsam in meinem Körper ausbreitete. Tausend Gefühle wirbelten durch meinen Kopf, und ich fragte mich, ob dies die Liebe war, die Amabel gemeint hatte. Oder ob ich wirklich nur verwirrt war. Ob all dies nur ein ferner Traum war, ein Flüstern im Wind.

»Nehmen Sie Haltung an, Miss Farber, bitte.« Mrs Ham klang beinahe flehentlich, und ich unterdrückte ein Stöhnen.

Meine Hände waren schweißnass, was mir unendlich peinlich war, doch Amabel schien es nicht zu bemerken. Ihr Blick ruhte auf irgendeinem Punkt hinter mir, sie war ganz weit weg, obwohl sie mir so nah war.

»Und eins, zwei, drei, vier …«, begann Mrs Ham, uns anzuweisen, und wie von selbst bewegten sich meine Beine.

Amabel führte gut, nicht herrisch, wie so mancher Mann, aber bestimmt und trotzdem liebevoll. Unsere Röcke bauschten sich um unsere Beine herum auf, während wir durch den Tanzsaal wirbelten, und alles wurde still.

Ich lauschte dem Klang meines Herzens, verfing mich in Amabels Blick, während die Welt sich drehte. Da war keine Musik mehr, keine Schimpftirade von Mrs Ham. Da waren nur noch wir beide. Gemeinsam tanzend.

»Amabel …«, flüsterte ich mit belegter Stimme, doch noch immer schien ich nicht zu ihr durchzudringen.

Meine Worte entlockten ihr lediglich eine winzige Bewegung der Augenbraue, während wir die Schritte und Figuren des Tanzes ausführten. Ich war wie gefangen in diesem Augenblick, wie eine Marionette folgte ich Amabels Bewegungen. Spürte ihren warmen Atem auf meiner Haut und verlor mich in diesem Moment.

Ihre Hand, die auf meiner Hüfte ruhte. Die andere, deren Finger sich mit meinen verflochten. Ihr wunderschönes Gesicht, in das einige schwarze Haarsträhnen fielen. Schweißperlen, die auf ihren Wangen glänzten.

»Es tut mir leid …«, murmelte ich und senkte nur für eine Sekunde den Blick.

Weil ich das Gefühl hatte, dass es mich sonst zerreißen würde. Weil ich nicht länger in ihre Augen sehen konnte, in denen sich nichts als Abscheu gegen mich spiegelte. Und weil ich meinem Herzen die Frage stellte, in wen – *Amabel oder Arthur* – ich mich am Ende verliebt hatte.

Doch es antwortete nicht, nein, es schwieg beharrlich, und plötzlich kam ich aus dem Tritt, stolperte über meine eigenen Füße und verlor das Gleichgewicht.

Und genau das war der Moment, in dem die Kälte aus Amabels Augen verschwand. Während ich noch wie wild mit den Armen ruderte, ergriff sie mein Handgelenk, doch es war zu spät, und unsanft fielen wir beide auf den harten Boden.

Ich stöhnte auf, als mir die Luft aus den Lungen gepresst wurde und Amabel sich noch mit den Armen abstützte. Doch ihr Gesicht war meinem mit einem Mal so nah.

So nah wie in der Pension in London, als ich sie auf die Stirn geküsst hatte.

So nah wie in meinem Zimmer, als sie mich hatte küssen wollen.

So nah wie nie zuvor und doch wie schon viele Male geschehen. Es war ein unwirklicher Moment, wie eine Sekunde, eingefroren in der Zeit. Ich blinzelte, doch ihr Gesicht verweilte über mir, Strähnen ihres Haares kitzelten meine Wange, und ich konnte ihren Herzschlag spüren.

Doch mein Herz war ganz ruhig. Nicht so wie mit Arthur in dem Moment im Theater, wo ich seinen tanzenden Worten gelauscht hatte. Nein, da hatte mein Herz gerumpelt und gestrampelt, doch nun schien es eingeschlafen zu sein, während ein Lächeln über Amabels Züge huschte.

Vielleicht mag sie mich doch noch, dachte ich verwirrt, und ihr Blick schien zu antworten: *Mehr, als du dir vorstellen kannst.*

»Sie sind wirklich eine Katastrophe für die Gesellschaft!«
Mrs Hams Stimme zerschnitt den Augenblick zwischen uns wie
eine Schere einen Faden.

Mühsam rappelte Amabel sich hoch, reichte mir ihre Hand,
und ich ergriff sie zögerlich. Ich war mir nicht mehr sicher, was
ich fühlte, denn unwillkürlich musste ich an Arthur denken.
An sein Lächeln und sein Geständnis.

Daran, dass ich …

»Hören Sie mir überhaupt zu, Miss Farber?« Mrs Ham
stemmte die Hände in die Hüften und baute sich bedrohlich
vor mir auf.

»Ich … es war nur …«, stammelte ich und klopfte den Staub
von meinen Kleidern.

»Sie sind wirklich eine miserable Tänzerin«, rügte sie mich
und umfasste mein Kinn.

Unsanft hob sie meinen Kopf, zwang mich, ihr in die Augen
zu sehen, während ein unangenehmer Schmerz durch meinen
Kopf rauschte und Tränen sich bei diesem Griff in meinen Augen sammelten.

»Was mache ich bloß mit Ihnen, Miss Farber?« Mrs Ham
sprach mehr zu sich selbst als zu mir, doch ich hütete mich davor, auch nur ein Wort zu sagen. »Ich weiß nicht, was ich Ihren
Eltern berichten kann, wenn sie nach dem zweiten Ball zu Besuch kommen, mir fallen nur Unannehmlichkeiten ein, nur für
Scherereien haben Sie bisher gesorgt.«

»Was?«, würgte ich hervor und entzog mich dem Griff meiner Lehrerin. »Meine Eltern werden kommen?«

»Ja, immerhin werden Sie die Verlobung mit Mr Smith auf
seinem Landsitz in Southend feiern, nach diesem zweiten Ball.
Ihr Vater hat heute Morgen mit mir korrespondiert, um mir
mitzuteilen, dass sie zu dieser Feierlichkeit kommen werden.«

Ich blinzelte verwirrt, während Tränen sich schweigend den
Weg über meine Wangen bahnten und die Welt vor meinen

Augen verschwamm. Mein Blick kreuzte den von Amabel, die mir ein aufmunterndes Lächeln schenkte.

Ich werde Mama wiedersehen?, fragte ich mich in Gedanken, denn ich konnte kein Wort sagen. Ich war stumm und erstarrt in diesem Augenblick.

»Miss Farber?« Mrs Ham beugte sich zu mir und musterte mich eingehend. »Weinen Sie etwa?«

Ich schlug die Hand vor den Mund und schüttelte eilig den Kopf, während ich mich abwandte. Vor dieser gemeinen Frau wollte ich nicht schwächlich wirken, meine Gefühle nicht zeigen.

»Bitte entschuldigen Sie«, murmelte ich verwirrt und betrachtete mich im Spiegel an der Wand.

Was war bloß aus mir geworden? War ich immer noch die Person, die vor Monaten in Southend angekommen war? Ich dachte an Mama und wirbelte urplötzlich wieder zu Mrs Ham herum.

»Aber meine Mutter ist schwer an Tuberkulose erkrankt, kann sie überhaupt …?« Ich ließ den Satz auströpfeln, während Mrs Ham leise seufzte.

»Ihr Vater hat mich darüber informiert, dass Ihre Mutter erkrankt ist, aber er sagte mir, dass sie trotzdem diese letzte Reise auf sich nehmen will.«

Diese letzte Reise.

Wie Splitter bohrten sich die Worte in mein Herz, vergifteten meine Gedanken wie ein finsterer Schatten, und ich presste meine Hand auf den Mund, um den Schluchzer aufzuhalten, der meine Kehle hinaufkroch.

»Begeben Sie sich jetzt beide in Ihre Zimmer, und gehen Sie noch einmal in Ruhe die Tänze für den Ball durch. Ihre neuen Kleider werden in den nächsten Tagen hierhergeliefert. Bereiten Sie sich auf den Ball vor, das wäre es für heute.« Beinahe klang Mrs Hams Stimme sanft, und da war ein merkwürdiger Ausdruck in ihren Augen, als sie sich abwandte.

Ich blieb verwirrt im Tanzsaal zurück, während Amabel die

Hände vor dem Körper verschränkte und den Kopf gesenkt hielt. Mein Herz fühlte sich schwer wie Blei an, und ich konnte nicht glauben, dass meine Eltern wirklich kommen würden, um meine Verlobung zu feiern. Dass Mama nach Southend zurückkehren würde.

»Lucie …« Amabels sanfte Stimme drang wie durch Watte zu mir durch, und sie streckte den Arm nach mir aus, doch ihre Hand verweilte in der Luft, sie schien es nicht zu wagen, mich zu berühren.

»Das … das war ein schöner Tanz«, sagte ich matt und verdrehte die Augen. »Bis auf das Ende jedenfalls.«

Amabel kicherte leise, und mir wurde schmerzlich bewusst, wie sehr ich diese Leichtigkeit zwischen uns vermisst hatte. Dieses Gefühl von Heimat.

»Geht es dir gut?«, fragte sie vorsichtig und ließ ihre Hand sinken.

»Mhm …«, machte ich unsicher und schlang die Arme um meinen Körper. Ich konnte nicht klar denken, alles war verschwommen, und nichts ergab mehr Sinn. »Wollen wir vielleicht noch mal tanzen üben?«, schlug ich vor und lenkte mich mit diesen Worten doch eigentlich nur davon ab, dass meine Mutter ihre letzte Reise antreten würde.

Doch ich konnte diesen Gedanken im Augenblick nicht zulassen, sonst würde ich daran zerbrechen. Ich musste an etwas anderes denken, sonst würde die Traurigkeit mich übermannen und zerfetzen wie ein Stück Papier.

Ich breitete die Arme aus. »Wir könnten auch noch einmal nach Southend und …«

»Nein, tut mir leid«, unterbrach Amabel mich, und ihr Blick verhärtete sich plötzlich wieder. Schmerz flackerte in ihren Augen auf, und sie schüttelte heftig den Kopf. »Ich habe keine Zeit. Ich muss zur Schneiderin, um mein Hochzeitskleid anzuprobieren.«

»Aber da könnte ich dich doch begleiten und …«

»Nein!« Ihre Stimme war tief und bedrohlich wie ein Donnergrollen, und ich zuckte zurück. »Ich kann das nicht, Lucie! Ich kann nicht so tun, als ob da nichts zwischen uns wäre, als ob mein Herz nicht jedes Mal wanken würde, wenn ich dich sehe. Entscheide dich, was du willst!«

Zorn begann in meinem Bauch zu brodeln, und ich ballte die Hand zur Faust, meine Knöchel traten weiß hervor.

»Ich soll mich entscheiden?«, fragte ich sie heftig. »Du entscheidest dich doch auch nicht! Du gehst mit John ins Theater, du erzählst mir nicht, dass er auf dem Ball das Datum eurer Hochzeit bekannt geben wird, und du wirfst mir vor, nicht zu dir zu stehen, obwohl du mich von dir stößt?«

Ich hatte mich in Rage geredet und atmete heftig ein und aus. Meine Brust hob und senkte sich, und ich konnte meinen Herzschlag dröhnend in meinen Ohren hören. Die Luft zwischen uns schien gefährlich zu knistern, all die Gefühle entluden sich explosionsartig, und ich biss mir auf die Unterlippe, schmeckte Blut auf meiner Zunge.

»Du verstehst es einfach nicht«, wisperte Amabel und senkte den Blick. Ihr ganzer Körper begann zu zittern, und sie presste die Lippen so fest aufeinander, dass sie weiß wurden.

»Da hast du recht.« Ich nickte unter Tränen. »Ich verstehe eine ganze Menge nicht. Ich weiß nicht, was Liebe ist. Was ich für dich empfinde, ob es über Freundschaft hinausgeht oder nicht. Ich weiß nicht, ob ich Arthur liebe, aber ich weiß, dass ich ihn mag. Dass er kein schlechter Mensch ist und seine Gründe hatte, mir nicht zu erzählen, wer er ist. Aber all das tut nichts zur Sache, wenn ich dich verlieren könnte. Weil, Amabel … ich mag dich, du bist ein Anker für mich hier in Heygate, du bist die erste wirkliche Freundin, die ich jemals in meinem Leben hatte. Und ich will dich nicht von mir stoßen …«

Ich war lange nicht so ehrlich in meinem Leben gewesen,

hatte meinen Gefühlen seit Ewigkeiten nicht die wirkliche Kontrolle über meine Worte gegeben. Ich sah nur Amabel an, die meinen Worten schweigend gelauscht hatte.

Da war so viel zwischen uns. Ein Graben an Gefühlen, eine tiefe Schlucht an Dingen, die uns aufhielten. Stille sickerte über den Boden, und Kälte klammerte sich an mich, je länger das Schweigen zwischen uns währte. Dann lachte Amabel plötzlich leise auf und zuckte verzweifelt die Schultern.

»Dann haben wir wohl beide keine Wahl …« Sie klang zynisch, und ich spürte, dass ihre Worte nur ein Schutzmechanismus waren. Dass sie eine Mauer um ihr Herz baute, um all das nicht an sich heranzulassen. »Aber ich bin trotzdem dankbar für diese Freundschaft, Lucie, und du kannst mich auch gerne zur Anprobe begleiten, wenn es dir beliebt.«

Sie drehte sich um und verließ mit zielstrebigen Schritten den Tanzsaal, ließ mich allein zurück.

Also sprechen wir nicht mehr darüber, dachte ich verärgert und ging langsam auf den großen Spiegel zu. Meine Finger tänzelten über das Glas, und ein trauriges Lächeln huschte über meine Lippen.

Ich dachte an meine Mutter, die ich bald wiedersehen würde. Dass es ihr so schlecht ging, dass dies ihre *letzte Reise* sein würde. Dass ich sie danach nie wieder in die Arme schließen würde, wenn sie wirklich sterben würde. Dass ich ihr dann nie wieder etwas anvertrauen könnte.

Ich dachte daran, dass die Verlobung ohnehin beschlossene Sache war. An Arthur, der sich mir geöffnet hatte und der mein Herz schneller schlagen ließ. An Amabel, die ich auf keinen Fall verlieren wollte und für die ich auch etwas empfand – ob Freundschaft oder mehr, das wusste ich nicht –, ich dachte an Mimi, daran, dass sie nun in Sicherheit ihr Kind gebären konnte. Und daran, dass ich immer noch nicht wusste, was meine Mutter im *Magdalena's House* getan hatte.

Doch noch blieb mir Zeit, herauszufinden, was die Welt vor mir verborgen hielt. Noch blieb mir Zeit zu verstehen, was mein Herz mir sagen wollte. Und ich nahm mir vor, Amabel zum Tanz zu bitten. Auf diesem zweiten Ball, der uns bevorstand. Dann würde ich mit Sicherheit endlich wissen, wen ich liebte und wie meine Zukunft aussehen würde.

Kapitel 25

Lucie

Anwesen der Familie Hold, Mitte August 1860

Meine liebste Lucie,

ja – wir kommen dich bald in Southend besuchen, das stimmt. Ich wollte es dir sagen, aber da hatte dein Vater schon mit deiner Lehrerin Mrs Ham korrespondiert und die Überraschung verdorben, du kennst ihn doch.

Ich hoffe, dass ich die Reise gut überstehe, denn ich will – ich muss – ehrlich mit dir sein, mein liebster Schatz. Mir geht es nicht gut, die Tuberkulose zehrt mich aus, erschöpft mich jeden Tag mehr. Aber diesen besonderen Tag möchte ich mit dir verbringen. Ich möchte mit dir den gewundenen Pfad von Heygate nach Southend hinunterlaufen. Sehen, wie die Sonne über den Boden tänzelt und das Herbstlaub durch die Luft wirbelt. Im September werden wir ankommen, und ich freue mich darauf, dich wiederzusehen, mein Engel. Ich hoffe, du freust dich ebenso.

Aber nun kommen wir zum wichtigen Teil dieses Briefes, denn es macht mich unendlich traurig, dass ich nicht bemerkt habe, wie es Mimi ging. Ihre Schwangerschaft scheint auf tragische Weise zustande gekommen zu sein, und ich bin dankbar, dass du an ihrer Seite bist. Dankbar, dass du deinen Weg ins Mag-dalena's House gefunden hast. Wir werden Mimi auf jeden Fall mit Zuwendungen unterstützen, und ihr Kind wird finan-ziell versorgt sein, das habe ich mit deinem Vater bereits be-

sprochen. Wenn wir in Southend ankommen, werde ich dir
eine Geschichte erzählen, meine Kleine. Eine Geschichte, die
du mir wahrscheinlich nicht glauben wirst, aber ich denke, es
ist an der Zeit, dass du die Wahrheit erfährst.
Wir waren uns schon immer ähnlicher, als du glaubst, Lucie.
Ich liebe dich von ganzem Herzen.
Deine Mama

Ich hatte den Brief schon unzählige Male gelesen, konnte mich nicht von Mamas Worten lösen, und meine Hände fingen wieder an zu zittern, als ich über die ebenmäßigen Buchstaben strich.

»Lucie?« Amabels Stimme riss mich aus meinen Gedanken, als die Kraftdroschke mit einem Ruckeln zum Stehen kam und ich den Blick hob. »Deine Schminke verwischt noch.«

Amabel beugte sich zu mir und strich mir über die Wangen. Die Berührung war zärtlich, aber auch irgendwie mechanisch. Als wäre es etwas, wozu sie sich verpflichtet fühlte.

»Entschuldige …«, nuschelte ich und faltete den Brief sorgsam wieder zusammen, bevor ich ihn in mein Retikül steckte, in dem ich auch immer noch die Fotografie meiner Eltern aufbewahrte.

»Bist du denn nicht froh, dass deine Eltern dich besuchen kommen?«, fragte Amabel, als der Kutscher die Tür öffnete und uns aus dem Gefährt half.

»Doch«, antwortete ich und bedankte mich artig beim Kutscher, während wir im Gänsemarsch den anderen Mädchen zur Villa der Familie Hold folgten. »Aber ich sorge mich um meine Mutter. Die Reise ist sicherlich beschwerlich für sie.«

Es war das zweite Mal, dass wir vor der imposanten Villa standen, doch nun schüchterte mich das Anwesen nicht mehr ein. Die Fenster waren hell erleuchtet, und als die doppelflügelige Tür aufgestoßen wurde, konnte man schon eine sanfte

Melodie vernehmen. Der Geruch von frischen Speisen stieg mir in die Nase, doch ich konnte nur Amabel ansehen.

Hatte nur Augen für sie in ihrem silbernen Kleid aus feinster Seide. Der Stoff bauschte sich um ihre Füße herum auf, raschelte leise bei jedem Schritt. Ihre schwarzen Haare waren zu einem hohen Dutt gebunden, Spangen funkelten darin, und einige Haarsträhnen umrahmten ihr Gesicht. Eine dunkelrote Stola war um ihre Schultern geschlungen, und sie sah zauberhaft aus.

Ich war so nervös. Ich hatte mir vorgenommen, sie um einen Tanz zu bitten, um meinen Gefühlen nachzuspüren. Um endlich zu wissen, für wen ich mich entscheiden wollte. Doch langsam kroch Angst meine Kehle hinauf, als wir in den Tanzsaal strömten und überall fein gekleidete Damen und Herren herumwuselten.

Ich entdeckte Arthur sofort, der in einer Ecke nahe einer Récamiere stand, gemeinsam mit einigen anderen jungen Herren. Auch John Hold, Amabels Verlobter, war unter ihnen. Er war wirklich eine Augenweide in seinem dunkelblauen Anzug, mit seinen glänzenden schwarzen Haaren und der Ansteckrose am Revers. Doch mein Blick verfing sich bei Arthur, der mich auch erspäht hatte und vorsichtig die Hand zum Gruß erhob.

Ich nickte ihm zu und winkte ihn zu mir. Ich konnte unmöglich Amabel zum ersten Tanz bitten, denn John hatte sich bereits vom Sitzmöbel erhoben und ging auf sie zu.

»Lass mich im Boden versinken, lieber Herrgott«, murmelte Amabel neben mir und unterdrückte mehr schlecht als recht ein Stöhnen.

»Er ist doch nett«, wisperte ich ihr zu, doch sie warf mir einen verächtlichen Blick zu.

»Achilles ist auch nett, trotzdem will ich das Pferd nicht heiraten«, schnappte sie, und ich musste mir ein Grinsen verkneifen.

Der Vergleich hinkte auf jeder Ebene, aber wenn Amabel

schon wieder ihre alte schnippische Art mir gegenüber zeigte, dann war vielleicht doch noch nicht alles zwischen uns verloren. Dann gab es noch Hoffnung für unsere Freundschaft oder für mehr, wenn denn da *mehr* war.

Auch wenn ich nicht wusste, ob Amabel sich auch für mich entscheiden würde, wenn ich sie denn fragen würde. Ob da für sie auch mehr zwischen uns war, ich wollte – nein, ich *musste* – es herausfinden und wissen, ob sie mir ebenso zugewandt war, damit wir beide eine Entscheidung treffen konnten.

»Grins nicht so doof«, zischte sie mir zu, doch auch ihre Züge umspielte ein feines Lächeln, ihre kirschroten Lippen glänzten im Licht der Kronleuchter.

»Miss Amabel, Miss Lucie.« Ehe ich michs versah, standen Arthur und John vor uns, beide verneigten sich artig und ergriffen unsere Hände.

Meine nackten Finger kribbelten, als Arthur einen Kuss darauf hauchte, und mir fiel ein, dass ich vergessen hatte, die violetten Handschuhe wieder anzuziehen, die Madame Bloom mir zu dem fliederfarbenen Kleid, das ich trug, gegeben hatte.

»Guten Abend«, murmelte ich verlegen und spürte sofort, wie Hitze in meine Wangen stieg, als Arthur mich ansah. Als er mich mit diesem wunderschönen Schmunzeln betrachtete und meine Hand partout nicht loslassen wollte.

»Miss Lucie, wie schön, dass Sie nun auch Ihren Zukünftigen kennengelernt haben«, sprach John mich an und fuhr sich durch sein rabenschwarzes Haar.

»Ja, ich bin froh, Arthur begegnet zu sein«, erwiderte ich höflich und neigte den Kopf.

»Erlauben Sie mir, Miss Amabel zu entführen?«

Ich schaute zu Amabel, die schon wieder stocksteif dastand. Als ob die Berührung von John sie erstarren ließe, alle Gefühle aus ihr hinaussaugen würde. Ein Schaudern huschte über meine Glieder, doch ich zwang mich zu einem Lächeln. Ich musste noch ein wenig Zeit verstreichen lassen, bevor ich Amabel zum Tanz aufforderte, bevor ich mein Herz fragen konnte, wer mich mehr berührte.

»Natürlich ... ich bin nun ebenfalls in Begleitung.«

John reichte Amabel seinen Arm, und sie hakte sich schweigend unter, verschwand mit ihm in der Menge, und ich schaute ihr nach.

»Geht es dir gut?«, fragte Arthur mich vorsichtig und stieß mich leicht an der Schulter an.

»Arthur ...«, setzte ich an und biss mir dann auf die Zunge.

Das kann ich ihm nicht sagen, schoss es mir durch den Kopf, und ich verdrehte die Augen über meine eigene Dummheit. Ich konnte Arthur unmöglich erzählen, dass ich Amabel zum Tanz bitten wollte, um mein Herz zu fragen, wer mich mehr berührte. Denn was, wenn ich mit dieser Wahrheit dafür sorgte, dass er mich verabscheute? Wenn er mich nicht mehr mögen würde, wenn ich ihm erzählte, dass ich glaubte, etwas für eine Frau zu empfinden? Denn natürlich gab es Beziehungen zwischen Frauen, aber sie wurden fast nie öffentlich gemacht, denn meistens wurden sie noch geächtet – es sei denn, man hatte eine liebende Familie, die das akzeptierte.

Aber dennoch wollte ich ehrlich zu ihm sein. Denn selbst wenn ich ihn nicht liebte und trotzdem heiraten müsste, dann wollte ich nicht, dass tausend Dinge zwischen uns standen. Dass so viel Ungesagtes in der Luft zwischen uns schwirrte, das unsere Herzen vergiftete.

»Ich höre?«, fragte Arthur sanft, und ich hakte mich bei ihm unter, während wir zu einer der Récamieren schlenderten und darauf Platz nahmen. Ein Kellner reichte uns prickelnden Champagner, und wie stießen miteinander an, das Klirren der Gläser setzte sich in meinem Kopf fest wie ein Mantra.

Ich knibbelte unruhig am Saum meines Ärmels herum, stellte das Glas auf einen kleinen Beistelltisch und sah Arthur dann an.

Er hatte mir im Theater sein Herz zu Füßen gelegt, hatte mir mehr über seine Schwester Mary erzählt. Er hatte mir seine Trauer offenbart, schien mich so zu nehmen, wie ich war. Ich wollte – nein, ich *musste* – ehrlich mit ihm sein. Mein Herz schlug beinahe schmerzhaft gegen meine Rippen, als schien es schon lange etwas zu wissen, was mir noch verborgen war.

»Du hast mir gesagt, dass du mir nichts in der Ehe verbieten würdest …«, begann ich zögerlich und ergriff Arthurs Hand.

»Einen Seitensprung schon, aber sonst, das stimmt.«

Ich schluckte den Kloß, der sich in meinem Hals gebildet hatte, mit Mühe herunter und sah zu Amabel. Wie sie mit John tanzte, beinahe über den Boden zu schweben schien. So grazil wie eine Fee aus einem Märchen.

»Wenn … wenn ich dir sagen würde, dass ich heute mit Amabel tanzen möchte, um herauszufinden, was ich empfinde, würdest du mich dann hassen?«

Ich wagte es kaum, Arthur in die Augen zu schauen, doch ich musste mutig sein in diesem Moment. Ich durfte mich dem nicht entziehen. Bis jetzt hatte ich meine brodelnde Wut auch als Schutzschild benutzt, um niemals verletzt zu werden. Um nicht zu einem Schatten meiner selbst zu werden, wie meine Mutter es durch die Hochzeit geworden war.

Arthur betrachtete mich eine lange Zeit, ein Schatten huschte über seine Gesichtszüge, und das flackernde Licht der Kerzen, die überall im Raum drapiert waren, spiegelte sich auf seinen scharfen Wangenknochen wider. Da war etwas Dunkles in seinem Blick, etwas Verletztes?

»Ich könnte dich niemals hassen.« Seine Worte waren so leise, dass ich sie kaum verstand und näher an ihn heranrücken musste, um mir sicher zu sein, dass er wirklich zu mir sprach.

»Arthur?«

»Ich könnte dich niemals hassen, Lucie«, wiederholte er und drückte meine Hand. Sein Daumen strich sanft über meine

Haut, und er neigte den Kopf zur Seite. »Ich will nur, dass du glücklich bist, und wenn du es nicht mit mir sein kannst, dann ist es in Ordnung. Es würde mir das Herz brechen, aber das nehme ich in Kauf, wenn du dann lächeln kannst.«

Das ist wahre Liebe, wisperte eine Stimme in meinen Gedanken, und ich wischte mir eilig über die Augen, denn Arthurs Worte sorgten dafür, dass Tränen über meine Lider zu schwappen drohten.

»Weißt du eigentlich, dass du ein guter Mensch bist?«, murmelte ich heiser, und meine Hand strich über seine Wange, meine Finger verfingen sich in seinen roten Locken, und ich lächelte matt. »Deine Schwester wäre unendlich stolz auf dich.«

Nun schimmerten auch in Arthurs Augen Tränen, doch er nickte nur schweigend und deutete dann auf die Tanzfläche.

»Geh zu ihr, bitte sie um diesen Tanz der Freundschaft, und finde heraus, ob da mehr zwischen euch ist. Du sollst glücklich sein, niemand sonst, Lucie.«

Er stand auf und schob mich langsam in Richtung Tanzfläche, ließ mich gehen, obwohl es ihm das Herz brechen musste. Er gab mich frei, wenn es denn das war, was ich wollte. Dabei wusste ich doch jetzt noch nicht mal, ob ich das wirklich wollte.

Ich schniefte leise und straffte die Schultern. Der erste Tanz hatte geendet, und die Tanzpaare zerstreuten sich. Ich schob mich durch die Menge hindurch, verschiedene Parfums kitzelten in meiner Nase, und Schweiß sammelte sich in meinem Nacken.

Mein Atem beschleunigte sich, und mein Herz pochte hektisch vor Aufregung. Ich hatte Amabel fast erreicht. Sie stand mit dem Rücken zu mir, John schien gerade unterwegs zu sein, um ihnen eine Erfrischung zu holen. Ich tippte ihr auf die Schulter, und Amabel wirbelte herum.

»Lucie, was …?«, fragte sie, doch da streckte ich schon meine Hand aus, lächelte sie voller Hoffnung an.

»Würdest du mit mir tanzen?« Meine Stimme klang ganz weit entfernt, und die Zeit stand still.

Amabel musterte mich lange, sagte kein einziges Wort und schaute dann auf meine Hand, die immer noch in der Luft weilte.

»Was?«, fragte sie, und der Moment begann zu zerbrechen.

Der erste Riss zwischen uns tat sich auf, wie bei einem Spiegel, der Jahrhunderte überdauerte und am Ende doch entzweibrach.

»Ich bitte dich um diesen Tanz«, flüsterte ich und schaute über die Schulter zurück. »Die anderen Mädchen machen das doch auch. Ein Tanz, Amabel. Ich will wissen, was ich wirklich fühle, und ich glaube – nein, ich weiß –, dass mein Herz mir die Antwort bei diesem Tanz geben wird. Und deines vielleicht auch ...«

»Nein.« Amabel verschränkte die Hände vor der Brust, und der Spiegel zerbrach, die Schlucht zwischen uns tat sich auf, und ich fiel in bodenlose Finsternis.

Ich starrte sie schockiert an, öffnete meinen Mund, doch meinen Lippen entkam nur ein Krächzen. Meine Hand fing an zu zittern, und mein Herz zog sich schmerzhaft zusammen.

»Aber Amabel ...« Als ich endlich wieder sprechen konnte, war meine Stimme nur noch ein Hauch im Wind, ein schwaches Flüstern. »Ich will uns eine letzte Möglichkeit geben, um zu wissen, wie unsere Gefühle zueinander wirklich sind. Ich will ...«

»Nein«, wiederholte Amabel nur und reckte das Kinn in die Höhe. »Ich habe mich geirrt, da ist nichts zwischen uns. Das war nichts außer Hilflosigkeit, eine Freundschaft, die zu tief ging, weil wir uns beide verloren in dieser Welt gefühlt haben. Aber das ist nun nicht mehr so ...«

Sie sah über die Schulter zurück, und ich bemerkte, dass John auf uns zukam. Sein Lächeln war fröhlich und sein Gang leichtfüßig.

»Aber du … du hast gesagt, dass du ihn nicht liebst. Dass das zwischen uns vielleicht Liebe …«

»Sei still!«, fuhr Amabel mich an und trat einen Schritt auf mich zu. Unsanft ergriff sie mein Handgelenk. »Ich habe Verpflichtungen gegenüber meiner und Johns Familie. Ich bin eine ehrbare Lady, und ich werde mich nicht mit Gerüchten besudeln lassen. Da ist nichts zwischen uns, gar nichts, hörst du!« Ich konnte ihr nicht in die Augen sehen. Da war nur Verachtung in diesem Nussbraun, wo ich sonst immer Sicherheit und Geborgenheit empfunden hatte. Ich schwankte, und Schmerz huschte meinen Arm hinauf, während ich die Tränen mit aller Mühe zurückhielt und der altbekannte Zorn in meinem Inneren zu blubbern begann wie ein Vulkan.

»Ich verstehe dich nicht …«, würgte ich hervor. »Wie kannst du das sagen, wenn du mich küssen wolltest.«

»Halt den Mund!«, zischte Amabel mir wütend zu, und der Griff ihrer Hand wurde stärker, brannte sich in meine Haut. »Da war nichts, ich hatte nur Mitleid mit dir und du mit mir. Aber wir haben beide Verpflichtungen gegenüber anderen Menschen. Und nun verschwinde, ich werde nicht mit dir tanzen, und ich werde nie wieder mit dir über diese Dinge sprechen. Wir sind Freundinnen, nichts weiter.«

Sie ließ mich los und stieß mich von sich, dann legte sie eine Maske des Lächelns auf, wirbelte herum und begrüßte John mit zuckersüßer Stimme, als wäre nichts gewesen.

Als wäre ich nie da gewesen.

Ich stand im stickigen Tanzsaal, Musik wirbelte um mich herum, Gerüche setzten sich in meiner Nase fest, und Übelkeit stieg meine Kehle hinauf.

Nicht weinen, nicht weinen, ermahnte ich mich selbst und sah mich hektisch um.

Ich musste hier raus. Ich brauchte frische Luft, sonst würde ich schreien, sonst würde ich etwas tun, was ich später bereuen würde. Also raffte ich meine Röcke zusammen und rannte aus dem Saal hinaus. Mein rasselnder Atem hallte in meinen Ohren wider, während ich beinahe auf dem blank gewischten Boden im Foyer ausrutschte und mit einem livrierten Kellner zusammenstieß.

»Miss!«, rief er überrascht. »Kann ich Ihnen helfen?«

»Nein«, würgte ich hervor und legte eine Hand auf meine Stirn. »Ich brauche nur frische Luft.«

»Soll ich …?«, setzte der Mann an, doch ich rannte schon an ihm vorbei, stieß die Tür auf und stolperte die Treppe hinunter in den Vorhof, steuerte die satten Grünanlagen an, die sich links und rechts davon erstreckten, als eine Stimme mich zurückhielt.

»Lucie!«

Es war Arthur, und ich hielt abrupt inne, während die Tränen wie Sturzbäche über meine Wangen liefen, eiskalt und gefroren, wie mein Herz. Ich schluchzte ungehemmt, mein ganzer Körper zitterte, und ich wagte nicht, mich umzudrehen. Ich wollte nicht, dass mich irgendjemand so sah.

Doch Arthur ist nicht irgendjemand, oder?, wisperte eine Stimme in meinen Gedanken, und ich lauschte seinen Schritten, dem Knirschen des Kieses unter seinen Schuhen, und dann … dann schlangen sich seine Arme um mich.

Hitze prickelte in meinem Nacken, als sein Atem meine Haut streifte, und er bettete seinen Kopf auf meine Schulter. Die Dunkelheit verschluckte uns fast vollständig, und die Stille der Nacht wirbelte um unsere Füße herum.

»Du kannst doch nicht einfach so fortrennen«, flüsterte Arthur, und ich legte meine Hände auf die seinen, ließ mich völlig fallen in diese raue, aber doch zaghafte Berührung.

Ich wollte antworten, aber meine Stimme war schwach, und noch immer erbebte mein Körper unter unkontrollierten Schluchzern. Arthur schwieg und hielt mich einfach, war wie ein Anker auf hoher See.

Mein Anker.

Ich wusste nicht, wie viel Zeit vergangen war, doch das Schweigen zwischen uns fühlte sich wie Geborgenheit an. Es war ein sanftes Surren in meinen Ohren, und ich lehnte den Kopf zurück an Arthurs Brust. Lauschte seinem pulsierenden Herzschlag, während ich mich langsam beruhigte und mein Zorn und meine Hilflosigkeit sich in eine spiegelglatte See verwandelten.

»Ich … ich …«, setzte ich an, doch die Worte verhakten sich schmerzhaft auf meiner Zunge, und Arthur verflocht sanft seine Hände mit meinen.

»Wann immer du bereit bist, wir haben alle Zeit der Welt, Glücksmädchen …«, murmelte er an mein Ohr, und ein warmes Gefühl schwappte über mich hinweg.

»Nicht hier …«, nuschelte ich peinlich berührt, und vorsichtig löste Arthur sich von mir.

Er ergriff meine Hand und zog mich wie selbstverständlich mit sich. Wir gingen die Hecken entlang, bis sich ein Eingang vor uns auftat, der mit zwei Laternen beleuchtet war.

»Was ist das?«, fragte ich mit rauer Stimme.

»Ein Heckenlabyrinth«, wisperte Arthur und stupste mir zärtlich auf die Nase. »Es gibt keinen geheimeren Ort als diesen.«

»Woher weißt du …?« Atemlos folgte ich ihm hinein in die dämmrige Dunkelheit, Schatten tanzten auf dem Boden umher, und einige kleine Stehlaternen säumten den Weg, doch ansonsten war hier nichts, nur die funkelnden Sterne über uns und die dichten Hecken, die uns vor Blicken schützten.

Arthur sah über die Schulter und schaute mich mit diesem schelmischen Lächeln an, das sich tief in mein Herz grub. Das irgendwie in der Lage zu sein schien, die Dunkelheit zu vertreiben und meine Enttäuschung zu ersticken.

»John und ich sind auf dasselbe Jungeninternat gegangen,

ich war schon öfter im Hause Hold.« Er drückte meine Hand und führte mich tiefer in das Labyrinth hinein.

Die Gänge sahen alle gleich für mich aus, und nach einigen Minuten hatte ich völlig die Orientierung verloren. Doch dann tauchte plötzlich vor uns ein kleiner, runder Platz auf, der mit Laternen gesäumt war und auf dem mehrere Bänke standen.

»Wie schön«, hauchte ich in die Stille der Nacht, als Arthur mich zu einer der Bänke führte und wir uns daraufsetzten.

Es war beinahe totenstill, ich vernahm kaum noch die Musik aus der Villa, und der dunkle Nachthimmel erstreckte sich über uns wie eine mit Sternen verwebte Decke. Arthur hatte meine Hand nicht losgelassen, und ich genoss die Wärme, die er ausstrahlte. Diese Sicherheit, die er mir gab.

Zögerlich sah ich ihn an, doch er schaute schweigend in den Nachthimmel, und ich begriff, dass er mir wirklich alle Zeit der Welt lassen würde, um ihm zu erzählen, was mich so aufgewühlt hatte.

Ich atmete tief durch und drehte mich zu ihm. »Ich habe Amabel gefragt, ob sie mit mir tanzen will«, begann ich langsam, geradezu zäh, denn ihre Worte schmeckten verbrannt in meinem Mund.

»Das habe ich gesehen«, murmelte Arthur und warf mir einen Seitenblick zu.

»Sie hat abgelehnt.« Es fiel mir schwer, diese Tatsache laut auszusprechen, denn alles in mir schmerzte bei diesem Gedanken.

»Warum sollte es ein Tanz sein?«, fragte Arthur, und Neugier blitzte in seinen blauen Augen auf.

»Weil ich mit dir auch getanzt habe, und obwohl ich eigentlich eine miserable Tänzerin bin, glaube ich, dass ich bei einem Tanz meine Gefühle ordnen kann.«

»Das heißt, du hast etwas gefühlt, als du mit mir getanzt

hast?« Feixend sah er mich an, und ich schlug ihm spielerisch gegen die Schulter.

»Du bist und bleibst ein Schuft!«

Arthur lachte leise auf und verschränkte die Hände hinter dem Kopf. »Lieber ein Schuft als ein schlechter Ehemann.«

Nachdenklich betrachtete ich ihn. »Ich habe gedacht, wenn ich mit Amabel auf diesem Ball tanze, dann gibt mir mein Herz die Antwort auf diese drängende Frage ...«

»Wen du liebst«, sagte Arthur und seufzte leise. »Aber dein Herz hat nicht geantwortet?«

Es war merkwürdig, dass ich hier mit ihm saß und so offen über meine verwirrenden Gefühle sprach. Dabei war mir mein ganzes Leben lang eingetrichtert worden, dass Frauen nicht über ihre Gefühle reden sollten, denn sonst würden sie hysterisch wirken. Und Hysterie war eine Krankheit, die eine Frau schnell in ein Irrenhaus bringen konnte, wenn ihr Mann es denn so wollte.

Doch mit Arthur fühlte sich alles ganz leicht an. Als würde ich auf einer Wolke schweben, frei und schwerelos.

»Ich weiß es nicht ...«, wisperte ich und senkte den Blick.

»Mhm ...« Arthur lehnte sich nach vorn und kam dicht an mich heran. »Denkst du denn, dass du Amabel liebst?«

Ich fuhr mir mit der Zungenspitze über die Lippen und sah Arthur tief in seine ozeanblauen Augen, dieses Gefühl, als würde sein Blick mich durchdringen, schwappte über mich hinweg.

Ich schloss die Augen, lauschte auf die tausend Stimmen in meinem Herzen. Dachte an alles, was ich bisher erlebt hatte. Die Momente zogen wie ein Sturm aus Bildern an mir vorbei, und plötzlich war die Antwort so klar vor mir, dass es mir die Luft zum Atmen raubte.

Diese Antwort, die mein Herz schon ewig zu kennen schien. Diese Antwort, die es mir die ganze Zeit hatte sagen wollen, aber ich hatte nicht richtig zugehört. Ich war so versessen darauf gewesen, alles an Southend, an dieser arrangierten Hochzeit zu hassen, dass ich nicht begriffen hatte, dass mein Herz sich schon lange entschieden hatte.

Ich keuchte auf, öffnete ruckartig die Augen, und meine Hand hob sich wie von selbst, strich über Arthurs markante Wangenknochen, und ich lächelte.

»Nein«, murmelte ich an seine Brust und hob dann den Kopf. »Ich glaube, ich habe mich verirrt in diesem Gedanken, dass es Liebe sein könnte. Weil ich so vehement dagegen angekämpft habe, etwas für dich zu empfinden, da ich auf keinen Fall heiraten wollte. Aber das war falsch, ich habe mich verlaufen in diesen widersprüchlichen Gefühlen, die nichts anderes waren als eine Flucht vor der Wahrheit.«

»Der Wahrheit?«, fragte Arthur mit rauer Stimme.

Ich nickte und beugte mich zu ihm. »Ja, der Wahrheit«, wisperte ich. »Nämlich, dass ich begonnen habe, mich in dich zu verlieben.«

Mit diesen Worten legte ich meine Lippen auf die seinen und versank in einem Kuss, der mein Herz glücklich aufseufzen ließ.

Kapitel 26

Arthur

Ihr Kuss war sanft, aber zugleich fordernd und drängend. Schüchtern, aber nach mehr begehrend. Gott, Lucie Farber war ein Mädchen voller Gegensätze, und sie küsste mich.

Passiert das gerade wirklich, oder ist das nur ein Traum?

Gott, bitte lass das keinen Traum sein, denn dann will ich nie wieder aufwachen.

Sie schmeckte süß und sinnlich, nach der prickelnden Säure des Champagners und der Dunkelheit einer schweigenden Nacht. Ich legte meine Hände auf ihre Wangen, als sie ihren Körper an mich presste und ihre Finger in meinem Nacken verschränkte. Hitze stieg meine Glieder hinauf, als ihr Kuss drängender wurde und sie leicht den Mund öffnete.

Wie in Trance tat ich es ihr nach, streckte die Zunge vor, und ehe ich michs versah, erkundeten wir beinahe spielerisch den Mund des anderen. Es war, als wären unsere Körper eine Einheit geworden, miteinander verflochten in den Schatten.

Ein leises Keuchen entglitt Lucies Lippen, und ich wusste nicht, wie lange dieser Kuss angedauert hatte, als sie sich ganz vorsichtig von mir löste und ein Schmunzeln über ihr Gesicht huschte. Sie war mir immer noch so nah, dass ich ihren Atem auf meiner Haut spüren konnte. Unsere Arme immer noch umeinander geschlungen, hielten wir uns gegenseitig fest, und ich wollte sie nie wieder loslassen.

»Das kam überraschend«, flüsterte ich Lucie zu und küsste sie noch einmal.

Sie erwiderte den Kuss leidenschaftlich, bevor sie sich zaghaft von mir löste und ihren Kopf an meine Brust bettete. Ich hatte nicht gewusst, wie sehr ich mich nach diesem Kuss gesehnt hatte, bevor es geschehen war. Und nun schien mein Kopf völlig leer, und mein Herz schlug wild und kräftig in meiner Brust.

»Mhm …«, machte Lucie leise, und ihre Finger wanderten über meine Wangen, fuhren sanft die Konturen meines Gesichts nach. »Ich glaube, das wollte ich die ganze Zeit schon tun, aber ich habe mich nicht getraut. Weil ich mir nicht sicher war, wie ich wirklich fühle.«

»Bist du dir denn jetzt sicher?« Sanft legte ich meine Hand unter ihr Kinn, und sie schaute mich an.

Ihre langen Wimpern warfen Schatten auf ihre Wangen, die gerötet waren. Die grünen Augen funkelten wie Sterne.

»Ja«, erwiderte sie, und ihre Finger tänzelten von meinem Gesicht hinab zu meiner Brust. »Ich habe dich von Anfang an sehr anziehend gefunden. Schon als ich noch nicht wusste, wer du bist. Aber als ich es erfahren habe, da habe ich mich verraten gefühlt und bin erneut zu Amabel geflüchtet. Ich habe gedacht, dass ich dich nicht brauche, dass da nichts zwischen uns war. Aber das war eine Lüge, und damit habe ich Amabels Gefühle noch mehr verletzt …«

Sie klang todtraurig bei diesen Worten, und ich wollte unter keinen Umständen, dass sie wieder weinte. Noch immer klebten die getrockneten Tränen auf ihren Wangen, zogen eine Spur durch die Schminke.

»Du könntest noch einmal das Gespräch mit ihr suchen«, schlug ich vor, doch Lucie schüttelte heftig den Kopf. Ihre blonden Haarsträhnen flogen umher wie verlorene Sonnenstrahlen.

»Das habe ich doch versucht, ich wollte doch mit ihr tanzen, wollte uns beiden die Möglichkeit geben, über unsere Gefühle zu sprechen. Aber sie hat mich abgewiesen, hat mir klar und deutlich gesagt, dass da nichts ist. Dass sie das alles nur getan hat, weil ich so hilflos wirkte.«

»Das hat sie bestimmt nicht so gemeint …«, entgegnete ich vorsichtig, obwohl ich mir dessen nicht so sicher war.

Das, was ich von John über Amabel Hastings gehört hatte, und das, was ich selbst mit ihr erlebt hatte, sprachen in diesem Moment nicht für sie. Aber sie war Lucies Freundin, und wenn es Lucie wichtig war, würde ich sie dabei unterstützen, diese Freundschaft zu retten.

Lucie zuckte schweigend mit den Schultern und lehnte den Kopf wieder an meine Brust. Ihr Atem ging ganz ruhig, und ich legte die Arme um sie, hielt sie fest. Am liebsten wollte ich sie nie wieder loslassen, aber wir wussten beide, dass unsere Abwesenheit bald auffallen würde.

»Arthur?«, fragte Lucie nach einer halben Ewigkeit, und ihre Stimme klang verwaschen, sie hob den Kopf, und Müdigkeit zeichnete sich auf ihrem Gesicht ab.

»Ja, Glücksmädchen?«, fragte ich sie neckend und stupste sie auf die Nase.

Sie zog die Stirn kraus, was unsagbar niedlich aussah und mir ein kleines Lachen entlockte. »Wieso überhaupt Glücksmädchen?«, fragte sie.

»Weil ich so ein Glück habe, dass du meine zukünftige Ehefrau bist«, antwortete ich ehrlich.

Ich war selbst überrascht, wie leicht es war, mit Lucie über diese Dinge zu sprechen. Normalerweise fiel mir das schwer, dann versteckte ich all meine Gefühle hinter hohen Mauern, um niemals wieder verletzt zu werden. Doch mit Lucie war das anders, ihr hatte ich von Mary erzählt, von meinem Kummer, und solange ich noch in der Lage war, meine Gefühle auf meiner Zunge zu tragen, würde ich mit Lucie über alles sprechen. Denn ich wusste nicht, ob uns noch weitere Zerreißproben bevorstanden.

»Du bist niedlich …«, sagte Lucie und strich mir eine Haarsträhne aus der Stirn. »Und du hast treue Augen …« Sie grinste schelmisch, und ich wusste, dass ich die nächsten Worte wahrscheinlich nicht hören wollte. »Wie ein Hündchen.«

»Wehe!«, rief ich aus und ergriff ihr Handgelenk. »Du bist eine ziemlich freche zukünftige Ehefrau.«

Lucie kicherte befreit, und wir balgten ein wenig auf der Bank herum, bevor sie sich erneut in meine Arme fallen ließ und mir einen Kuss auf den Hals hauchte.

»Damit wirst du leben müssen …« Sie erhob sich und strich noch einmal über meine Wange. »Immerhin bin ich doch ein Glücksmädchen.«

Auch wenn sie lächelte, spürte ich doch instinktiv, dass Lucie die Sache mit Amabel immer noch belastete. Und da schien noch etwas anderes zu sein, über das sie nicht sprechen konnte.

»Was ist?« Ich erhob mich ebenfalls und ergriff Lucies Hand, zog sie ein Stück näher zu mir, während ihr Blick über die Hecken hinweghuschte.

»Mein Leben hat sich die ganze Zeit genauso angefühlt«, murmelte sie.

»Wie was?«

»Wie ein Labyrinth«, antwortete Lucie und zeigte auf alles um uns herum. »Egal, wo ich abgebogen bin, es schien immer der falsche Weg zu sein. Immer die falsche Erkenntnis, und selbst jetzt weiß ich noch nicht, warum meine Mutter das *Magdalena's House* so oft besuchte, was sie dort wirklich tat. Warum sie zu mir gesagt hat, dass wir uns ähnlicher sind, als ich glaube. Und ich weiß nicht, ob ich jemals wieder mit Amabel befreundet sein kann und ob Mimi es im Frauenstift wirklich gut haben wird … wie ich meinen Eltern wieder gegenübertreten soll und …« Sie stockte und sah mich an. »Gott, ich heule dir etwas über mein Leben vor, dabei habe ich noch niemanden wahrhaftig verloren so wie du.«

»Jeder Schmerz ist anders«, antwortete ich und führte ihre Hand zu meinem Mund. Ich küsste jede ihrer Fingerkuppen und lächelte matt. »Man sollte Kummer nicht vergleichen und die eigene Traurigkeit nicht kleinreden. Nur weil ich meine Schwester verloren habe, bedeutet das nicht, dass dein Schmerz in diesem Augenblick nicht ebenso schlimm für dich ist.«

Lucie sah mich lange und eindringlich an, dann warf sie sich mir urplötzlich in die Arme und drückte mir noch einen Kuss auf die Lippen. Ich war ein wenig überfordert von dieser plötzlichen erneuten Zuneigung, und mein Herz drohte zu zerbersten.

»Weißt du was, Arthur Smith?« Sie neigte den Kopf zur Seite und lächelte liebevoll. »Dein Herz ist viel zu groß, und du verdienst es mehr als alle anderen, ebenfalls glücklich zu sein.«

»D-danke«, stammelte ich wie vom Donner gerührt und war sprachlos.

Du hast ein viel zu großes Herz, Arthur. Pass gut darauf auf.

Das sagte Mutter mir ständig, und es waren auch Marys letzte Worte gewesen, doch ich hatte immer gedacht, dass sie nicht der Wahrheit entsprachen. Dass ich niemals gut genug sein würde für diese kummervolle Welt. Für meine zukünftige Ehefrau und all die Menschen, denen es viel schlechter ging als mir.

»Führst du mich nun auch wieder hier heraus?«, fragte Lucie, als sie sich von mir löste, und tippte sich gegen das Kinn. »Ich habe nämlich keinen guten Orientierungssinn.«

Ich grinste sie an und reichte ihr mit einem linkischen Diener meine Hand. »Natürlich werde ich Sie aus diesem Labyrinth hinausführen, junge Lady.«

»Ein Charmeur bist du also auch noch.« Lucie ergriff meine Hand und hakte sich wie selbstverständlich bei mir unter.

Gemeinsam schlenderten wir aus dem Labyrinth hinaus, während jeder von uns den eigenen Gedanken nachhing.

»Weißt du …«, begann ich, als wir die Treppe zur Villa hinaufstiegen. »Ich glaube, dass meine Mutter dir wirklich etwas mehr über deine Mutter erzählen könnte, immerhin waren sie Zimmernachbarinnen, sie kennt das *Magdalena's House* sehr gut.«

»Denkst du, dass sie mit mir sprechen würde?«, fragte Lucie unsicher und erstarrte im selben Augenblick, in dem wir den Tanzsaal wieder betraten.

»Was ist los?«, fragte ich und sah den Schrecken schon auf uns zukommen.

»Wo waren Sie, Miss Farber?« Lucies Lehrerin Mrs Ham ging mit schnellen Schritten auf uns zu und blieb drohend vor uns stehen.

»Ich …«

»Meine zukünftige Ehefrau und ich haben nur einen Spaziergang durch die Parkanlage gemacht«, unterbrach ich Lucie sofort und schob mich vor sie. »Miss Lucie war schwindlig von der Hitze hier im Tanzsaal, und da habe ich sie nach draußen begleitet. Ich hoffe, Sie können uns verzeihen, dass wir in diesem Moment auf eine Anstandsdame verzichtet haben. Aber ich wollte auf keinen Fall, dass Miss Lucie ohnmächtig wird.«

Diese Lüge ging mir spielend leicht über die Lippen, vielleicht, weil ich so viel Übung darin hatte, da ich nach Marys Tod meine wahren Gefühle hinter einer Maske versteckt hatte. Bis zu dem Moment, als ich Lucie traf – sie würde ich niemals anlügen. Ihr würde ich all meine Gefühle offenbaren. Ich sah aus den Augenwinkeln, wie Lucie zusammenzuckte und eilig die Hand vor den Mund schlug, um ein Kichern zu unterdrücken.

»Oh«, machte Mrs Ham, und ihre Stirn legte sich in Falten. »Geht es Ihnen denn jetzt besser, Miss Farber?«

»Ja, zum Glück ist mein zukünftiger Ehemann ein Student der Medizin«, antwortete sie und schaute mit einem schüchternen Blick zu mir.

»Sie haben ganz richtig reagiert, Mr Smith, da verzeihe ich Ihnen natürlich die fehlende Anstandsdame, und ohnehin werden Sie ja bald den Bund der Ehe eingehen. Dann haben Sie noch einen schönen Abend miteinander.« Die grummelige Lehrerin wirbelte herum und rauschte mit wehenden Röcken davon.

»Ich glaube, sie mag mich …« Ich grinste Lucie zugegebenermaßen ziemlich dümmlich an, und sie kicherte.

»Ich mag dich auch, Arthur Smith …« Sie zog mich sanft mit sich zum Nebenraum, in dem das Büfett stand. »Und nun erzähl mir, wann ich deine Mutter treffen darf, und, wenn du magst, ein wenig mehr über deine Schwester.«

Der Geruch der frischen Speisen benebelte meine Sinne, doch ich folgte Lucie zu der langen Tischreihe, auf der allerlei Leckereien drapiert waren.

Wir nahmen uns jeweils einen Teller und bedienten uns am Büfett, und ich konnte den Blick nicht von Lucie lassen. Ich wollte ihr alles erzählen, und gleichzeitig waren da diese Zweifel, die sich in mein Herz eingenistet hatten.

Die schon ewig da gewesen waren und nun lauter schrien als sonst. Ich hatte Angst, dass sie mich doch irgendwann verlassen würde, dass sie mir entgleiten würde.

»Arthur?«, fragte Lucie sanft, und ich seufzte leise, setzte mich gemeinsam mit ihr an einen der Tische im Raum.

»Meine Mutter kannst du treffen, wenn ich dich das nächste Mal in Southend besuche … in, sagen wir, einer Woche?«

Sie nickte und schob sich eine kleine Kartoffel in den Mund, während ihre rosigen Wangen zu leuchten schienen. Dann griff sie über den Tisch hinweg nach meiner Hand und strich mit den Fingern über meine Haut.

»Wir haben alle Zeit der Welt, das weißt du, oder, Arthur?«

Ich spürte, dass sie nicht das Treffen mit meiner Mutter meinte, sondern meine Erzählungen über Mary. Ich hatte ihr zwar im Theater einiges über sie erzählt, aber noch lange nicht alles. Da war noch so viel, was ich Lucie über mein Leben, über alles, was mich beschäftigte, erzählen wollte.

Doch sie nahm Rücksicht auf mich und meine Gefühle, obwohl es so viel gab, was sie selbst belastete.

»Ich weiß …«, murmelte ich und schenkte ihr ein dankbares Lächeln. »Aber ich bin so lange vor allem davongelaufen, habe mein Herz eingeschlossen in Dunkelheit, und ich denke, es ist an der Zeit, über meine Gefühle und meine Trauer zu sprechen.«

»Und ich werde dir immer zuhören«, erwiderte sie zaghaft, und langsam fing ich an, ihr von meiner kleinen Schwester zu erzählen. Von ihrem Lachen und ihrem sonnigen Gemüt, das mich ein wenig an Lucie erinnerte. An ihre rebellische Phase und all die Streitigkeiten, die sie mit meinem Vater gehabt hatte. An ihre Leidenschaft für Tiere und die Natur.

Ich erzählte ihr von meinem strengen Vater, meiner liebevollen Mutter. All den Verpflichtungen, die mich als Earl manchmal niederzudrücken schienen. Ich erzählte ihr alles, was mich grämte, und mit jedem Wort fiel es mir leichter.

Als würden all die Steine, die auf meinem Herzen gelegen hatten, all die Mauern, die ich erbaut hatte, Stück für Stück fallen. Und ich sprach auch dann noch weiter, als ich Amabel Hastings' wütendem Blick begegnete, der mich zu erdolchen drohte.

All den Zweifeln zum Trotz, weil ich Lucie niemals etwas verheimlichen wollte und ihr ein guter Ehemann sein wollte.

Kapitel 27

Lucie

Southend, Heygate Boarding School, Ende August 1860

Schläfrig öffnete ich die Augen und streckte mich mit einem Seufzer im Bett. Sonnenlicht flutete mein Zimmer, tanzte auf dem Holzfußboden umher, und ich zuckte zusammen, als ein Windstoß mir eine Gänsehaut bescherte.

»Guten Morgen, Fräulein Lucie«, begrüßte Mimi mich, die schon voller Tatendrang Staub im Zimmer wischte und wie ausgewechselt schien.

Kein Wunder, denn die Zuwendungen, die meine Eltern ihr versprochen hatten, waren angekommen. Und gemeinsam hatten wir nach dem Ball Mrs Ham über alles informiert, die natürlich pikiert gewesen war, aber Mimi trotz allem keine Schuldgefühle einbläute. Vielleicht, weil meine Eltern das Internat vorher über alles informiert hatten. Oder auch, weil ich mich nun wie eine artige zukünftige Ehefrau benahm.

»Morgen …«, erwiderte ich und wischte mir den Schlaf aus den Augen.

Mimi hatte das Fenster geöffnet, und ich schauderte, als ich meine Füße auf den kalten Holzfußboden stellte und mich erhob.

»Haben Sie gut geschlafen?«

Ich nickte schweigend und ging zur Kommode, um meine wilden Haare zu kämmen. Aufregung ballte sich in meinem Magen zusammen, denn heute würde Arthur mich besuchen kommen, und wir würden zu seiner Grafschaft in Southend fahren. Dort würde ich seine Mutter kennenlernen und endlich erfahren, was Mama im *Magdalena's House* getan hatte – jedenfalls erhoffte ich mir das. Und in einigen Tagen würden meine Eltern hier in Southend ankommen, ich sehnte das Wiedersehen mit Mama beinahe schmerzhaft herbei.

»Fräulein Lucie …« Mimi drehte sich zu mir und legte den Staubwedel beiseite. Einige rote Haarsträhnen lugten unter der Dienstmädchenhaube hervor, und sie verknotete die Hände vor dem Körper. »Darf ich Ihnen eine Frage stellen?«

»Natürlich …«, entgegnete ich irritiert und legte die Bürste zur Seite.

»Sie und Fräulein Amabel …«, begann Mimi zögerlich, »ist zwischen Ihnen beiden etwas vorgefallen?«

Ich verzog die Mundwinkel und stieß einen frustrierten Seufzer aus. *Vorgefallen* war so ein unschuldiges Wort, als wäre es nur ein belangloser Streit gewesen, der nicht weiter von Bedeutung sein würde. Doch das, was zwischen uns geschehen war, war so viel mehr.

»Du hast eine scharfe Beobachtungsgabe, Mimi«, antwortete ich ausweichend und ließ mich auf den gepolsterten Stuhl vor der Kommode fallen. »Es ist eine Menge zwischen Amabel und mir passiert, aber ich kann nicht recht erklären, was genau oder warum …«

Mimi stellte sich hinter mich und begann, meine Haare zu bürsten und zu flechten, sie musterte mich eingehend im glänzenden Spiegel.

»Also haben Sie sich gestritten?«, hakte sie vorsichtig nach, und ich wiegte den Kopf langsam hin und her.

»Kann man so sagen …«, murmelte ich und dachte an Amabels abweisenden Blick, als ich sie zum Tanz aufgefordert hatte. An ihre abgehackten Worte, dieses »Nein«, das sich in mein Herz gebrannt hatte.

Und dann tauchte Arthurs Gesicht vor meinem inneren Auge auf, und Hitze stieg in meine Wangen, ich konnte immer noch seine weichen Lippen auf meinen spüren, seinen Herzschlag, der unter meinen Fingerkuppen pulsierte, und den Geschmack nach Liebe auf meiner Zunge.

Oh, Gott, ich habe mich wirklich in ihn verliebt, dachte ich ein wenig entsetzt, obwohl mein Herz mir diese Tatsache schon so lange vor Augen geführt hatte. Als Amabel mich von sich gestoßen hatte, da hatte ich begriffen, dass meine Gefühle zu ihr zwar aus tiefer Freundschaft heraus entstanden waren, ich sie jedoch nicht liebte. Aber ich wollte diese Freundschaft zu ihr trotzdem nicht verlieren, denn sie bedeutete mir sehr viel. Ich empfand eine innige Zuneigung zu ihr, auch wenn mein Herz mich nun zu Arthur hinzog.

»Weil Sie Fräulein Amabel nicht so mögen, wie sie Sie mag, Fräulein Lucie?«

Mimis Frage presste die Luft schmerzhaft aus meinen Lungen, und kurz verschwamm die Welt vor meinen Augen. Ich drehte mich zu ihr um und schaute sie verwirrt an, konnte nicht glauben, dass sie das gesagt hatte.

»Mimi … woher …?«

Sie zuckte mit den Schultern, und ein geisterhaftes Lächeln huschte über ihre Lippen. »Es war kaum zu übersehen, dass da etwas zwischen Ihnen war. Aber es schien schwierig für Sie beide, Ihre Gefühle zu sortieren.«

Schweigend betrachtete ich Mimi, sie war wirklich eine gute Beobachterin und bekam weit mehr mit, als ich vermutet hatte. Aber vielleicht war sie all die Jahre schon so gewesen, als Dienstmädchen hörte man allerlei Tratsch, bekam vieles mit, ohne je wirklich selbst von den Herrschaften wahrgenommen zu werden.

»Ich habe Amabel zum Tanz bitten wollen, weil ich wissen wollte, was mein Herz mir sagt, wenn ich mit ihr tanze. Da war so viel zwischen uns in den letzten Monaten, aber ich glaube, dass wir beide einfach verzweifelt waren. Weil wir beide nicht heiraten wollten und uns in dieser Verzweiflung zueinander geflüchtet haben.«

Mimi zog sich einen Schemel zu mir heran und ergriff meine Hände. »Wissen Sie, Fräulein Lucie …«, setzte sie an und schenkte mir ein zaghaftes Lächeln. »Ich glaube, dass wir uns manchmal ein wenig selbst verlieren, uns aber dann auf andere Menschen verlassen dürfen, um wieder zu uns zu finden. Das ist in Ordnung, aber mit der Liebe ist es eine komische Sache …«

»Ja, das ist wahr. Ich denke trotzdem, dass ich mich auch in eine Frau verlieben könnte …« Ich senkte meine Stimme bei diesen Worten, denn wenn Mrs Ham so etwas hören würde, wollte ich nicht wissen, was geschah. Natürlich gab es Frauen, die in einer Beziehung zusammenlebten, aber diese hielten sie in den meisten Fällen geheim. »Doch meine Liebe und meine Zuneigung für Arthur ist stärker, weil er …«

Ein dümmliches Lächeln huschte über meine Züge, und ich wandte hastig den Blick ab. Ich konnte nicht über Arthur sprechen, ohne dass meine Kehle sich zusammenzog und ich anfing zu stammeln. Gott, dieser Mann hatte etwas mit meinem Herzen gemacht, das ich nicht zu greifen vermochte. Ich hatte mich wahrhaftig in ihn verliebt, fand ihn unglaublich anziehend.

»Er ist ein wirklich adretter junger Mann.« Mimi zwinkerte mir grinsend zu und erhob sich. »Und ich glaube, dass auch Fräulein Amabel ähnlich empfinden könnte wie Sie, doch darüber müssen Sie miteinander sprechen, sonst bleiben diese Dinge ewig unausgesprochen zwischen Ihnen.«

Damit hatte Mimi leider recht. Außerdem musste – nein, *wollte* – ich Amabel erzählen, dass ich Arthur geküsst hatte. Und es mir richtig erschien in diesem Augenblick, dass meine Lippen und die seinen sich berührten, dass unsere Körper wie eine Einheit gewesen waren. Damals, als Amabel mich hatte küssen wollen, war mir das falsch vorgekommen. Zum einen zuerst, weil sie eine Frau war und ich noch nicht richtig verstanden hatte, dass ich wirklich beide Geschlechter anziehend fand. Aber zum anderen auch, weil meine Gefühle damals schon Arthur gegolten hatten. Nur hatte ich das da noch nicht verstanden. Doch mein Herz schon.

»Ich weiß nicht, wie ich sie darauf ansprechen soll. Wir meiden uns schon seit einer Woche.«

»Unternehmen Sie doch etwas mit Fräulein Amabel. Vielleicht morgen? Denn heute besucht Arthur Sie, richtig?«

»Ja, heute besucht Arthur mich«, antwortete ich, und mein Herz schlug mit einem Mal schneller, während seine Worte in meinem Kopf herumwirbelten und eine angenehme Wärme in meinem Körper hinterließen.

»Nun denn … dann sollten wir Sie fein herausputzen für Ihren zukünftigen Ehemann, oder nicht?«

Ich nickte schweigend, während Mimi ein Kleid aus dem Schrank holte und meine Gedanken erneut zu meiner Mutter abschweiften.

Da heute Samstag war, fand kein Unterricht statt. Einige der jüngeren Mädchen fuhren an den Wochenenden noch öfter nach Hause zu ihren Familien, denn ich war bei Weitem nicht die Einzige, die das Heimweh plagte. Ich trat aus meinem Zimmer hinaus, und Mimi folgte mir. Gott, wie ich sie vermissen würde, wenn sie in einigen Monaten ins *Magdalena's House* umziehen würde. Wem würde ich dann all meine Geheimnisse anvertrauen können?

Vielleicht Amabel, murmelte eine Stimme in meinen Gedanken, als sich die gegenüberliegende Tür zu ihrem Zimmer öffnete.

»Amabel, guten Morgen!«, begrüßte ich sie hastig, doch sie

warf mir nur einen kurzen Blick zu, ließ sich dann zu einem Nicken herab und setzte sich auf die Chaiselongue, griff nach einem Buch und blätterte durch die Seiten.

Ich stand wie versteinert da, konnte nicht fassen, dass sie mich nahezu ignorierte, aber vielleicht hatte ich das auch verdient. Die Gefühle, die zwischen uns geknistert hatten, erschienen mir jetzt so weit entfernt, und ich fragte mich, ob es ihr genauso erging.

Amabel hob den Kopf und musterte mich eingehend, ihre schwarzen Haare ergossen sich wie die dunkle Nacht über ihre Schultern. Sie sah erschöpft aus und ganz und gar nicht glücklich.

»Besucht dein feiner zukünftiger Ehemann dich heute?«, zischte sie, und ich trat einen Schritt vor.

»Das tut er«, antwortete ich und verschränkte die Arme vor der Brust. »Aber ich verstehe nicht, wieso du dich so bösartig mir gegenüber benimmst. Du bist wahrscheinlich eifersüchtig auf Arthur, und es tut mir leid, dass das so ist. Aber dann verstehe ich nicht, warum du mir diesen Tanz auf dem Ball verwehrt hast. Ich wollte mir über meine Gefühle klar werden, doch du hast mich von dir gestoßen und dann …«

»Dann hast du dich in die Arme des tapferen Arthur Smith geworfen?«, unterbrach sie mich, und ihre Stimme triefte nur so vor Ironie.

»Das ist nicht gerecht, Amabel«, presste ich hervor und biss mir wütend auf die Unterlippe. »Ich wusste wirklich nicht, für wen ich mehr empfinde und …«

»Es ist ohnehin zu spät, Lucie«, unterbrach sie mich, doch ihre Stimme zitterte, man konnte deutlich hören, dass sie log.

»Es wäre nicht zu spät gewesen, wenn du mir die Zeit gegeben hättest, meine Gefühle zu erforschen!«, warf ich ihr zornig an den Kopf, doch tief in meinem Inneren wusste ich, dass auch ich log.

Sag ihr die Wahrheit, schärfte eine Stimme mir ein. *Sag ihr, dass du dich in Arthur verliebt hast. Dass du es nur nicht zugeben wolltest, weil du einer Hochzeit abgeneigt bist und deswegen versucht hast, dich an Amabel zu klammern, an all diese Gefühle zwischen euch.*

Doch ich konnte das nicht sagen, ich konnte meinen Mund nicht öffnen und diese Worte aussprechen. Nein, mein lächerlicher Stolz verbot es mir. Aber vor allem wollte ich nicht nachgeben.

»Deine Gefühle erforschen?«, äffte Amabel mich nach und lachte gekünstelt auf. »Du bist wirklich naiv, Lucie.«

Sie sagt diese Dinge, um dich absichtlich zu verletzen. Um dich so weit fort wie nur möglich zu stoßen. Weil sie der Wahrheit nicht ins Auge blicken kann.

Welcher Wahrheit?, fragte ich mich im selben Augenblick, als Amabel sich erhob und mit langsamen Schritten auf mich zukam.

Sie blieb etwa einen Meter vor mir stehen, doch die Luft zwischen uns knisterte gefährlich wie bei einem drohenden Blitzeinschlag. Wir starrten uns schweigend an, und ihr Blick schien mich regelrecht zu durchbohren.

»Ich bin nicht naiv«, würgte ich hervor und verschränkte ebenfalls die Arme vor der Brust, um mehr Distanz zwischen uns zu wahren, während mir langsam, aber sicher ein Licht aufging.

Vielleicht bin ich doch naiv, dachte ich verbittert. *Wie konnte ich das nicht bemerken?*

»Dann hab einen schönen Tag mit deinem zukünftigen Ehemann, Lucie. Aber glaub bloß nicht, dass ich dich wieder tröste, wenn er dich verletzt.« Sie drehte sich um, doch meine Hand schnellte vor, und ich umklammerte ihren Arm.

»Aber Freundinnen trösten sich doch auch, Amabel.«

Sie wirbelte zu mir herum, und ich zog scharf die Luft ein, als

ich sah, dass Tränen in ihren Augen standen. »Ja ...«, antwortete sie mit zittriger Stimme. »Freundinnen tun das, ich hatte nur
geglaubt, dass ...«

... *wir mehr als Freundinnen sind,* beendete ich ihren Satz in
Gedanken, als sie nicht weitersprach und sich in einer heftigen
Bewegung von mir losriss. Sie lief in ihr Zimmer und warf die
Tür hinter sich zu.

Ich zuckte zusammen bei dem heftigen Knall, und eine Welle des schlechten Gewissens schwappte über mich hinweg. Bilder sausten mir durch den Kopf wie Wolken, getrieben vom
Sturm. Stück für Stück setzte sich eine Erkenntnis in meinen
Gedanken zusammen, die mich traurig auflachen ließ.

»Fräulein Lucie, ist alles in Ordnung?«, fragte Mimi vorsichtig und legte mir eine Hand auf die Schultern.

»Ja, alles ist gut.« Ruppig drehte ich mich um und verließ eilig unser Zimmer.

Stille breitete sich im Flur aus, das blasse Sonnenlicht des na-
henden Herbsts schien durch die Fenster des Turms. Eilig lief
ich zum Treppenaufgang, meine Finger tänzelten über das dicke, staubbedeckte Mauerwerk. Ich bog rechts ab und erreichte
das Foyer des Internats. Die Türen zur Bibliothek waren geöffnet, und einige Mädchen saßen an den Tischen über dicke Bücher gebeugt und unterhielten sich flüsternd.

Ich musste unwillkürlich lächeln, denn gerade die jüngeren
Mädchen erschienen mir noch so unschuldig. Ihre Gedanken
waren noch frei, sie genossen ihre Zeit mit ihren Freundinnen
hier.

Aus dem oberen Geschoss hörte ich leise Klaviermusik und
Gesang, ebenso drang das Geklapper von Geschirr an mein
Ohr, doch mir stand nicht der Sinn nach einem Frühstück,
denn Arthur wollte mit mir ausreiten und unterwegs ein klei-
nes Picknick einnehmen, bevor wir uns auf den Weg zu seiner
Mutter machten.

Also stieß ich die schwere Eingangstür auf, ging am Vorgarten vorbei und umrundete das Gebäude. Das Wiehern der Pferde beruhigte mein in Aufruhr geratenes Herz, und ich entdeckte Susanne, die anscheinend eine Reitstunde hatte und bereits ziemlich sicher im Sattel saß. Suchend sah ich mich nach Arthur um, als mich jemand von hinten am Handgelenk berührte und mich herumdrehte.

»Guten Tag, Miss Lucie.«

»Arthur«, hauchte ich überrascht, und mein verräterisches Herz begann, schneller zu schlagen. Er war mir schon wieder zu nah und doch nicht nah genug. Ich fragte mich nicht zum ersten Mal, wie es sein konnte, dass ich ihm so rettungslos verfallen war.

Vielleicht weil er ein guter Mann ist, wisperte eine Stimme in meinen Gedanken, und ich lächelte unwillkürlich.

Natürlich hatte ich keine Ahnung, wie unsere Ehe werden würde, aber ich setzte Hoffnung in diese Verbindung. Ich war Arthur nicht mehr abgeneigt, eine Hochzeit erschien mir plötzlich nicht mehr wie das schlimmste Unglück auf der Welt. Weil Arthur mir Freiheiten gewähren würde, die in einer Ehe nicht selbstverständlich waren. Und wenn er es nicht tun würde, dann wäre ich schneller fort, als er blinzeln konnte. An diesem Standpunkt hielt ich immer noch fest.

»Hallo …«, murmelte ich ein wenig schüchtern und sah Arthur an.

»Wie geht es dir?« Seine Stimme klang rau, in dem Blick seiner blauen Augen lag etwas Wildes, das mich noch immer faszinierte.

Ich zuckte mit den Schultern und ergriff Arthurs Hand, zog ihn mit in die Stallungen hinein zu Achilles. Die Anwesenheit des schwarzen Rappen beruhigte mein Herz, der Blick in seine treuen braunen Augen ließ mich meinen Kummer für einige Sekunden vergessen.

Ich strich dem Pferd über die Schnauze, und Achilles schnaubte leise.

»Ich glaube …«, setzte ich vorsichtig an und linste zu Arthur, der sich mit dem Rücken an die Box gelehnt und ein Bein angewinkelt hatte, »dass Amabel und ich nie wieder Freundinnen werden können …«

Arthur verschränkte die Arme vor der Brust und musterte mich mit einem durchdringenden Blick. »Das denke ich nicht …«, antwortete er ruhig und neigte den Kopf zur Seite.

Herr im Himmel, wie er da stand, in dieser entspannten Haltung, mit den wilden roten Haaren und diesem Ansatz eines schelmischen Lächelns, ließ meinen Körper vor Hitze prickeln, und meine Lippen sehnten sich danach, ihn zu küssen.

»Wieso nicht?« Ich holte einen Apfel aus dem Eimer, der an Achilles' Box hing, und fütterte das Tier.

»Weil Freundschaft nicht so vergänglich ist, wie du glaubst. Amabel und du, ihr habt so viel gemeinsam erlebt, vielleicht braucht ihr beide nur ein wenig Zeit, um eure Gedanken und Gefühle zu sortieren.«

Ich dachte daran, wie sie mich in unserem Zimmer angesehen hatte, wie sie von Liebe gesprochen hatte. Daran, dass ich niemals in Erwägung gezogen hatte, dass für Amabel diese zarte Beziehung nicht nur eine Flucht vor der Hochzeit war. Sondern eine Zuflucht für ihre *wahren* Gefühle.

»Denkst du …«, zögerlich fuhr ich mir mit der Zunge über die Lippen und musste mir meine nächsten Worte gut überlegen, »dass manche Frauen gar nichts für Männer empfinden?«

Arthur legte die Stirn in Falten, und ein nachdenklicher Schatten huschte über sein Gesicht. »Ja, das kann gut sein …« Er zuckte mit den Schultern und beugte sich zu mir, senkte die Stimme bei seinen nächsten Worten. »Ich weiß, dass es als eine Sünde bezeichnet wird, als ein Unding, wenn man das gleiche Geschlecht liebt, aber ich glaube, dass es das schon immer gab.

Im *Magdalena's House* sprechen die Damen sehr offen darüber – nicht mit mir –, aber man bekommt vieles mit.«

Ich nickte, ein Teil von mir war dankbar, dass meine Mutter mir so einen verständnisvollen und weltoffenen Mann ausgesucht hatte. Aber ein anderer Teil fürchtete sich vor der Wahrheit, davor, dass ich auf Amabels tiefsten Gefühlen herumgetrampelt war.

»Möchtest du lieber heute hierbleiben, bei Amabel?«

»Nein!« Eilig schüttelte ich den Kopf, obwohl irgendetwas in mir schrie, dass ich das tun sollte. Dass es meine Pflicht war, diese Freundschaft wieder zu kitten. »Ich will deine Mutter kennenlernen und endlich erfahren, welches Geheimnis meine Mama so lange vor mir versteckt hielt.«

Arthur legte eine Hand an meine Wange und beugte sich zu mir, senkte seine Lippen auf die meinen herab. Ich stellte mich auf die Zehenspitzen, presste mich ihm entgegen, während meine Finger durch seine Haare fuhren. Ein leises Stöhnen entglitt mir, als ich die Lippen öffnete, den Platz freigab für seine Zunge. Ich schwebte in Glückseligkeit, die jedoch innerhalb eines Wimpernschlags wieder verging. Zerbrochen wie ein Spiegel.

Ein lautes Scheppern drang an mein Ohr, das an den Wänden der Stallungen widerhallte. Dann ein Zischen, ein Aufstöhnen und Schritte, die sich schnell näherten.

»Du küsst ihn sogar?!«

Arthur und ich stoben auseinander, Staub wirbelte um uns herum auf, und ich verschluckte mich an meinen eigenen Worten, als ich Amabel sah.

Nein, oh, nein, bitte nicht.

Ich wollte nicht, dass sie es so erfuhr, wollte nicht, dass sie sah, wie wir uns küssten. Ich hatte es ihr in Ruhe sagen wollen, um ihre Gefühle nicht noch mehr zu verletzen als ohnehin schon.

»Amabel …« Ich hob die Hände und wollte auf sie zugehen, doch sie schüttelte den Kopf. Ihr Gesicht verzerrte sich zu einer Maske der Wut, die fest aufeinandergepressten Lippen waren nur noch ein weißer Strich.

»Das ist nicht euer erster Kuss, oder?«, zischte sie mir zu und zeigte auf Arthur. »Du hast gesagt, dass du niemals heiraten willst! Dass du die Männer verabscheust und dir nicht deine Freiheit nehmen lässt. Und dann wirfst du dich ihm in die Arme, lässt dich von ihm um den Finger wickeln!«

»Ich habe Lucie nicht um den Finger gewickelt«, mischte Arthur sich ein. »Sie hat …«

»Halt den Mund!«, schrie Amabel wutentbrannt, und ihr Zorn schlug mir entgegen, raubte mir die Luft zum Atmen. Arthur neben mir schien jedoch wenig beeindruckt davon.

»Ich lasse mir nicht den Mund verbieten, Miss Hastings.« Geradezu unbekümmert stand er da, warf mir einen Seitenblick zu, den ich nicht recht deuten konnte. Wie eine verschlüsselte Nachricht, die nicht in meinem Kopf ankam.

»Du bist so scheinheilig, Lucie!«, fauchte Amabel und trat auf mich zu. »Du hast mich nur ausgenutzt, mit meinen Gefühlen gespielt, und hinter meinem Rücken hast du dich mit diesem Kerl vergnügt.«

»Das stimmt nicht, Amabel … ich habe nicht, es war doch …«

Ganz anders? Nicht so gemeint? Ich habe dich nicht verletzen wollen, ich wusste nur lange nicht, dass Arthur mein Herz schon berührt hatte, bevor ich es überhaupt verstand …

All diese Dinge erschienen mir so nichtig, es waren nicht die richtigen Worte, die ich aussprechen sollte. Es waren wirklich fadenscheinige Ausreden, obwohl das doch eigentlich die Wahrheit war.

»Du hast was nicht?«, zischte Amabel mir zu, und ihre Worte strichen über meine Haut wie die Berührungen einer Schlange. Gänsehaut ließ mich erzittern.

Tränen wollten über meine Lider schwappen, aber ich unterdrückte sie mit aller Mühe, ballte meine Hände zu Fäusten.

»Ich habe dich nie verletzen wollen«, erwiderte ich mit erstickter Stimme und wollte die Hand nach Amabel ausstrecken, doch sie schlug sie weg.

»Du lügst, wenn du nur den Mund aufmachst!«, schrie sie und wirbelte herum. »Ich will nie wieder etwas mit dir zu tun haben, Lucie! Ich hätte von Anfang an begreifen müssen, dass du nur ein verlogenes Mi...« Sie brach ab, doch sie brauchte den Satz nicht zu Ende zu sprechen, ich wusste ohnehin, was sie sagen wollte.

Und in meinem tiefsten Inneren hatte ich das Gefühl, dass ich das verdient hatte. Dass ich am Ende wirklich nur eine Spielerin war, vielleicht gar nicht besser als manche Männer.

»Nein, Amabel, bitte warte ...« Ich lief ihr hinterher, warf Arthur nur einen entschuldigenden Blick zu und folgte meiner Freundin – wenn sie das überhaupt noch war. Die Sonne schien golden vom Himmel und blendete mich, während ich versuchte, Amabel einzuholen. Ich rannte am Reitplatz vorbei, wo Susanne stand und anscheinend gerade mit ihrer Reitstunde fertig war.

»Amabel, bitte hör mir doch zu!« Ich fasste sie am Ärmel ihres blauen Schulkleids, doch sie riss sich mit aller Kraft los, wirbelte jedoch zu mir herum.

»Ich will dir nie wieder zuhören!« Ihre Stimme war wie ein Donnergrollen, das mich erschütterte. »Ich war so dumm, ich habe tatsächlich gedacht, dass da etwas zwischen uns sein könnte, dass du genauso empfinden könntest wie ich ...«

Ihre Schultern bebten, und ein Schluchzen entkam ihren Lippen, als sie den Kopf hob und Tränen ungezügelt über ihre Wangen rannen, in ihrem Kragen versickerten und auf den Boden zu unseren Füßen fielen.

»Du liebst nur Frauen, richtig?«, flüsterte ich heiser und sah sie an. »Du empfindest gar nichts für Männer, deswegen willst du John unter keinen Umständen heiraten, deswegen hast du dich zu mir hingezogen gefühlt, deswegen hast du gedacht, dass ich …«

Der Gedanke pochte in meinem Kopf, seit wir uns heute Morgen gestritten hatten. Ich war zu langsam gewesen, die Puzzleteile zusammenzusetzen. Viel zu langsam. Ich hatte es nicht verstanden, doch nun ergab alles einen Sinn.

Alles, was ich getan hatte, waren für Amabel klare Anzeichen gewesen, dass ich ihre Zuneigung erwiderte. Zuneigung, die über eine Freundschaft hinausging. Ich hatte sie auf die Stirn geküsst, hatte mich in ihre Arme geworfen. Hatte ihre Blicke gespürt, als wir die Kleider für den Ball anprobiert hatten.

Doch ich dummes Huhn hatte die ganze Zeit gedacht, dass diese verwirrenden Gefühle nur entstanden waren, weil wir beide uns so sehr nach Freiheit sehnten. Weil es immer noch besser miteinander als mit einem Mann war. Aber ich hatte niemals in Betracht gezogen, dass Amabel überhaupt keine Männer mochte, dass sie sich *nur* zu Frauen hingezogen fühlte.

Für mich waren diese Gefühle neu, und die ganze Zeit war ich mir dessen bewusst gewesen, dass ich sowohl Männer als auch Frauen mögen könnte. Dass ich mich nicht zwischen den Geschlechtern entscheiden musste, sondern nur zwischen Amabel und Arthur wählen wollte.

Aber Amabel war klar, dass sie nur Frauen liebte, so wie viele Frauen nur Frauen liebten. Das war mir nicht fremd, und ich fand es auch nicht merkwürdig – wie viele andere Menschen in der Gesellschaft –, sondern völlig normal. Doch ich hatte nicht erkannt, dass wir während dieser ganzen Zeit unterschiedlich empfunden hatten. Dass ich Amabel tief verletzt hatte und sie nun von Liebeskummer geplagt wurde. Für mich war dies ein völlig neues Gefühl gewesen, das aber meine Zuneigung für

Männer nicht geschmälert hatte. Für mich war es das Ausprobieren von etwas ganz Neuem gewesen.

Amabel schlang die Arme um sich, ihr Körper erzitterte, und ein weiteres ersticktes Schluchzen entrann ihren Lippen.

»Blitzmerker ...« Sie lachte traurig auf und schüttelte den Kopf. »Du musst das doch genau gewusst haben, die ganze Zeit.«

»Nein.« Ich zuckte mit den Schultern und seufzte leise. »Das habe ich nicht begriffen, deswegen ...«

»Du lügst!«, schleuderte sie mir entgegen, und ich wich erschrocken einen Schritt zurück.

Ihre Stimme war so laut, dass der Stallknecht, der sich um das Pferd, welches Susanne geritten hatte, kümmerte, aufschaute. Auch Susanne sah irritiert zu uns herüber, und Amabels Stimme war so laut, dass ich hörte, wie Schritte von der Vorderseite des Gebäudes näher kamen.

»Amabel, ich lüge nicht. Bitte glaub mir doch ... ich habe dich nicht verletzen wollen. Ich habe mich in Arthur verliebt, das habe ich in dem Augenblick begriffen, als du mich auf dem Ball abgewiesen hast. Ich wollte es dir sagen, ich habe nur ...« Ich ließ den Satz auströpfeln und die Schultern hängen. Meine eigene Schwäche wurde mir schmerzhaft bewusst, und ich hatte das Gefühl, von einer unsichtbaren Last erdrückt zu werden. Gott, warum war das so kompliziert mit den Gefühlen und der Liebe?

»Ich habe dich doch nur von mir gestoßen, weil wir niemals eine Zukunft haben könnten!«, schrie sie, und nun tauchten die ersten Schülerinnen in Amabels Rücken auf, wir hatten wahrlich die ganze Aufmerksamkeit auf uns gezogen. »Nicht, weil ich dich nicht wollte, sondern weil ich dich sowieso niemals haben kann! Weil ich niemals diese Liebe haben werde, nach der ich mich verzehre!«

»Oh, Amabel.« Mir fehlten die Worte.

Es gab nichts, was ich sagen konnte und was diese Situation erträglicher gemacht hätte. Rein gar nichts.

»Hast du mir nichts mehr zu sagen?« Sie reckte das Kinn nach oben, und es schien mir, als würde sich all die Wut, die sie über die Jahre im Zaum gehalten hatte, in diesem Augenblick entladen.

»Amabel …« Ich schaute mich betrübt um, während weitere Schülerinnen auf das rückseitige Gelände stürmten, unter ihnen auch Clary, die uns unverhohlen musterte und ziemlich besorgt aussah.

Amabel stieß ein frustriertes Stöhnen aus und raufte sich die Haare. »Es gibt also nichts mehr, was du mir sagen willst. Nichts mehr, über das wir sprechen könnten?«

Doch, es gab so unendlich viel, über das ich mit ihr sprechen wollte. So viel, was ich ihr sagen wollte. Ich wollte sie in den Arm nehmen, sie halten in ihrem Kummer und ihr sagen, wie sehr es mir leidtat, dass ich ihren Schmerz nicht gesehen hatte. Dass ich ihre Liebe nicht erwidern konnte. Aber ich blieb stumm.

Weil ich mich fürchtete vor ihrer Wut, die wie eine Flamme um sie herum züngelte und mich zu verbrennen drohte.

Hat das deine Mama jemals davon abgehalten, zu dir zu stehen? Dich in den Arm zu nehmen? Weil sie Angst gehabt hat, sich zu verbrennen?, fragte eine Stimme tief in mir, die mir Tränen in die Augen trieb.

Sie hatte recht. Ich sah Amabel an, doch eigentlich sah ich mich in ihrem Spiegelbild. Ich sah mich, wie ich immerzu wütend durch die Welt gewandert war. Wie ich mich von allen Menschen abgeschottet hatte, mich hinter meinem brodelnden Zorn versteckt hatte, um keine Gefühle zuzulassen.

Es brach mir das Herz, als ich Amabel da so sah. Langsam, ganz bedächtig ging ich auf sie zu.

Sie wich zurück, Staub wirbelte auf, die Herbstsonne tanzte

über ihre Gesichtszüge, erhellte die Spur der getrockneten Tränen.

»Es tut mir leid …«, flüsterte ich heiser und streckte die Hand nach Amabel aus. »So unendlich leid, dass ich deinen Schmerz nicht gesehen habe.«

Amabel blieb stehen, sie schien völlig ausgesaugt von ihrer Wut, entkräftet. Nicht mehr in der Lage, mir etwas entgegenzusetzen.

Ich wollte sie in meine Arme ziehen, als plötzlich eine scharfe Stimme wie ein Schwarm Vögel über uns hinweghuschte und wir auseinanderstoben.

»Was in Gottes Namen geht hier vor?«

Diese Frau kommt wirklich immer im falschen Moment, dachte ich verärgert und sah zu Mrs Ham, die auf uns zuging.

Mit wedelnden Handbewegungen verscheuchte sie die neugierigen Schülerinnen, die eilig das Weite suchten. Schweigend sah ich unsere Lehrerin an, doch es war mir herzlich egal, was sie über uns dachte. Es war ohnehin zu spät, um noch etwas zu ändern.

»Sind Sie beide denn völlig von allen guten Geistern verlassen, hier so einen Radau zu machen?«, keifte Mrs Ham uns an. »Miss Hastings! Ich habe gedacht, dass wenigstens Sie noch bei Verstand sind. Gerade jetzt, wo sie bald heiraten werden.«

Ein Ruck ging durch Amabels Körper, und sie funkelte unsere Lehrerin wutentbrannt an. »Meine anstehende Hochzeit ist gerade nicht das Wichtigste in meinem Leben, Mrs Ham!«, spuckte sie unserer Lehrerin vor die Füße, und ich hörte, wie irgendjemand hinter uns anerkennend pfiff.

Ich drehte mich um und sah, dass es Susanne war, die sich ein winziges Grinsen nicht verkneifen konnte, weil Amabel so mit unserer Lehrerin sprach.

»Was tust du hier, Susanne?« Mrs Ham verschränkte die Arme vor der Brust und sah das Mädchen irritiert, aber nicht wütend an, was mich verwunderte.

Und warum zur Hölle ist mir vorher nie aufgefallen, dass Susanne die Einzige ist, die Mrs Ham mit Vornamen anspricht?

»Ich habe Reitunterricht gehabt, so wie du es von mir verlangt hast, Tante Abigail«, antwortete Susanne lapidar und verschränkte die Arme vor der Brust.

Tante?

Ich sah Susanne mit offenem Mund an, doch sie zuckte nur unbekümmert mit den Schultern und verzog das Gesicht zu einer halbherzigen Grimasse.

»Du sollst mich nicht mit Tante ansprechen!«, zischte die Lehrerin Susanne zu, die langsam näher kam.

»Vielleicht solltest du mich dann nicht ständig mit Vornamen ansprechen«, erwiderte Susanne, und ich war über ihre Schlagfertigkeit weniger überrascht als über die Tatsache, dass Mrs Ham ihre vermaledeite *Tante* war.

Mrs Ham schnaubte nur und murmelte etwas Unverständliches, dann richtete sie ihre Aufmerksamkeit wieder auf Amabel. Doch ihre Nichte schob sich eilig zwischen uns.

»Bitte, Tante Abigail, lass die beiden in Ruhe. Sie haben sich arg gestritten, und sie wissen, dass sich das nicht gehört. Jedes Mädchen in Heygate weiß, dass wir uns gut zu benehmen haben, aber manchmal gehen die Gefühle mit einem durch. Das solltest du doch am besten wissen, immerhin hat Mama das früher immer erzählt.«

Vom einen auf den anderen Moment veränderte sich etwas in Mrs Hams verhärmtem Gesichtsausdruck. Da huschte etwas wie Wehmut über ihre Züge, und ihre Augen schimmerten verdächtig.

»Das ...«

Susanne lächelte matt und seufzte leise. »Das hat Mama mir erzählt, bevor sie in den Himmel aufgestiegen ist, und solche Worte darf man nicht leugnen.«

Ich komm nicht mehr mit, dachte ich verwirrt und legte eine

Hand an meine erhitzte Stirn. Ich sah zu Amabel, die wie auf dem Ball damals zu Eis erstarrt schien. Völlig aus dieser Welt verschwunden.

»Trotzdem kann ich so ein Benehmen nicht billigen«, murmelte Mrs Ham, aber sie klang weitaus versöhnlicher, als ich sie jemals erlebt hatte.

»Ich weiß, Tante Abigail«, erwiderte Susanne und schaute zwischen mir und Amabel hin und her. »Aber Lucies Verlobter ist heute hier, und du kannst ihnen diese wichtigen Augenblicke der Zweisamkeit vor ihrer Verlobungsfeier doch nicht nehmen. Das wäre Mr Smith bestimmt auch nicht recht, oder?«

Susanne schaute über meine Schulter, ich spürte einen Windzug im Nacken, und im nächsten Augenblick tauchte Arthur neben mir auf. Mir war klar, dass er sich während des Streits zwischen Amabel und mir bewusst im Hintergrund gehalten hatte, um nicht für noch mehr Probleme zu sorgen.

Er legte eine Hand auf seine Brust und deutete eine leichte Verbeugung an.

»Ich wäre Ihnen in der Tat sehr dankbar, wenn Sie mir erlauben würden, meine Verlobte heute meiner Mutter vorzustellen, Mrs Ham.« Er sah mich bei diesen Worten nicht an, sondern sein Blick ruhte auf Amabel. »Aber wenn Miss Hastings lieber mit meiner Verlobten sprechen möchte, um diese Probleme zwischen ihnen aus der Welt zu schaffen, dann gehe ich.«

Ich wusste, dass Arthur diese Worte für mich sagte, aber auch für Amabel. Für unsere Freundschaft, die wie ein zerbrochener Spiegel vor uns im Staub lag.

»Nein«, würgte Amabel hervor, sie klang immer noch erzürnt, und ihr trauriges Gesicht schnürte mir die Kehle zu. »Lucie soll diesen Tag mit ihrem Verlobten genießen. Es gibt nichts mehr zwischen uns, was wir klären müssten.«

Ihre Worte waren kalt wie Eis, wie Splitter, die sich in mein Herz bohrten.

»Aber Amabel …«, setzte ich an, doch Mrs Ham hob die Hände.

»Nun gut, ich werde mir in den nächsten Tag überlegen, welche Strafe für diesen Aufruhr angemessen ist. Aber für heute will ich es dabei belassen, Ihnen keine Strafe aufzubürden. Dafür können Sie sich bei Susanne bedanken.« Unsere Lehrerin straffte die Schultern und tippelte davon, doch dann drehte sie sich noch mal zu uns um. »Spiel nie wieder diese Karte, Susanne, hörst du?«

Susanne klimperte mit den Augen und legte die Hände zur Entschuldigung zusammen. »Versprochen.«

Die Lehrerin verschwand hinter dem Internatsgebäude und ließ uns allein zurück. Tausend Gefühle stoben durch meinen Körper, und ich wollte noch einmal auf Amabel zugehen, doch sie schien wirklich mit mir abgeschlossen zu haben.

»Lass mich in Ruhe«, presste sie zwischen zusammengebissenen Zähnen hervor. »Hab einen schönen Tag mit deinem Arthur, und komm mir nie wieder unter die Augen, du …«

»Ich habe das doch nicht mit Absicht getan!«, schrie ich nun selbst wütend. »Ich habe es nicht begriffen! Es tut mir leid, Amabel, ich wollte nicht …«

»Das will niemand, niemals. Aber ich will nichts mehr mit dir zu tun haben, Lucie! Du hast mich hintergangen und es nicht mal für nötig befunden, mir von eurem Kuss zu erzählen. Du bist eine miese …«

»Es reicht!« Susanne hob die Hände und sah uns beide streng an. »Hört auf, ihr seid schrecklich. Wie könnt ihr beide nur so zueinander sein. Ihr werft euch Dinge an den Kopf, die man nicht mal zu seinem schlimmsten Feind sagen sollte, und dabei seid ihr Freundinnen.«

Susannes Worte drangen wie durch Watte zu mir durch, und tief in meinem Herzen erfasste mich eine Welle des schlechten Gewissens, denn sie hatte recht. Amabel und ich hatten wirklich gemeine Dinge zueinander gesagt, ungerechte Dinge. Und ich konnte sogar verstehen, dass Amabel so etwas zu mir gesagt hatte, aber es war trotzdem nicht richtig.

»Aber ich …«, setzte Amabel an und ballte die Hand zur Faust. »Ich kann nicht anders, ich habe dir vertraut, Lucie, ich habe dir meine tiefsten Gefühle offenbart und überhaupt …«, sie funkelte Susanne zornig an, »… du kannst gar nicht wissen, worum es geht. Wie wir uns fühlen.«

»Doch, kann ich.« Susanne war äußerlich ganz ruhig. Sie war immer noch dieses eher schüchterne Mädchen mit den sanften Worten und schob ihre Brille ein Stück höher auf die Nase. »Das habe selbst ich erkannt, dass da etwas zwischen euch ist.«

Mein Mund klappte erneut auf, und ich schaute Susanne entsetzt an. Irgendein Teil von mir wunderte sich nicht, dass sie das sagte. Ein tief vergrabener Teil, der bemerkt hatte, dass dieses Mädchen vielleicht wie ein schweigender Schatten war, aber doch viel mehr sah. Dinge, die für andere unsichtbar waren.

»Du lügst …«, murmelte Amabel und verschränkte die Arme vor der Brust. »Und außerdem tut das nichts zur Sache. Das hier zwischen Lucie und mir ist vorbei, da gab es niemals etwas, was uns verbunden hat. Niemals!«

Mit diesen Worten rauschte Amabel mit wehenden Röcken davon und ließ uns stehen. Wie bestellt und nicht abgeholt. Und plötzlich erfasste mich ein heftiger Schwindel, und meine Beine gaben unter mir nach. Wie ein Sack Mehl fiel ich zu Boden, während Staub um mich herumwirbelte. Ein ersticktes Schluchzen drang aus meiner Kehle, und ich presste die Hand wütend auf den Mund. Die andere verweilte auf dem Boden, grub sich in den Staub.

»Lucie.« Arthur sank neben mich und strich mir sanft über den Rücken. »Gott, es tut mir so leid. Es ist meine Schuld, wäre ich heute nicht hier aufgetaucht, dann …«

»Ihr müsst wirklich damit aufhören«, Susanne betrachtete

uns von oben herab und schnalzte missbilligend mit der Zunge, »die Schuld immer bei euch selbst und dann noch dazu bei den anderen zu suchen. Niemand hat Schuld daran, wie man empfindet. Gegen Gefühle sind wir machtlos.« Dieses junge Mädchen, das nicht älter als vierzehn war, sprach diese Worte mit der Weisheit einer alten Frau aus. Als wüsste sie ganz genau, wovon sie sprach. Als hätte sie das selbst erlebt. Vielleicht in ihrer Familie.

»Du bist wirklich neunmalklug«, murmelte Arthur und ließ sich auf den Hosenboden fallen. »Viel zu klug, als dass es gut für dich wäre.«

»Das hast du schon einmal gesagt. Es wird nicht wahrer, wenn man es zweimal sagt.«

»Altklug, sag ich doch.« Arthur lachte leise auf und fuhr sich durch die Haare.

Erschöpft lehnte ich meinen Kopf an seine Schulter und schloss die Augen. Ließ mich von den Geräuschen des Waldes um uns herum einlullen. Irgendwo zirpte eine Grille, der Wind zerrte an den Blättern der Bäume, und die Pferde im Stall wieherten leise.

»Soll ich gehen?«, fragte Arthur vorsichtig, und ich öffnete die Augen, sah ihn an.

»Nein, bitte lass uns zu deiner Mutter fahren. Es bringt nichts, wenn ich jetzt mit Amabel spreche. Sie wird mir nicht zuhören, und ich …«. Ich linste zu Susanne und biss mir auf die Zunge.

»Sag noch einmal, dass du schuld bist, und ich werde wirklich wütend.« Das Mädchen kniete sich zu mir. »Weißt du was?«

Ich schüttelte verwirrt den Kopf und schob die Unterlippe vor.

»Ich erzähle dir jetzt mal eine kleine Geschichte, und dann begreifst du vielleicht, warum ich denke, dass du und Amabel wieder Freundinnen werden. Dass ihr einander verzeiht und immer füreinander da sein könnt, in Ordnung?«

Ich nickte erschöpft und begann, Susannes Worten aufmerksam zu lauschen. Und während mir die Bedeutung der Erzählung nur langsam klar wurde, sickerten meine Tränen in den Staub, und mir wurde bewusst, dass ich diese Freundschaft um jeden Preis wieder kitten musste.

Kapitel 28
Lucie

Außerhalb von Southend, Grafschaft der Familie Smith

*A*chilles kam mit einem leisen Wiehern zum Stehen, und zum ersten Mal seit diesem schrecklichen Streit lächelte ich befreit. Rieb dem wunderschönen Tier über den feuchten Nacken und klopfte es liebevoll.

»Ho, mein Schöner«, flüsterte ich ihm zu und zauberte eine Möhre hervor, die ich ihm hinhielt.

Gierig begann der Rappe zu fressen, und ich hob den Kopf, sah mich auf dem geräumigen Vorplatz um, den wir erreicht hatten. Ich hatte darauf bestanden, den ganzen Weg zur Grafschaft von Arthurs Eltern zu reiten. Und da Mrs Ham nicht mehr zugegen war, gab es niemanden, der mir das verbieten konnte. Langsam schälte ich mich aus dem Damensattel und ließ mich von Achilles' Rücken gleiten.

Die Villa war ähnlich imposant wie die der Familie Hold, doch im Gegensatz zu Johns Anwesen war Arthurs Zuhause aus grauen und weißen Steinen erbaut, die in der Sonne glänzten wie Marmor. Das Gebäude besaß vier Stockwerke, im Untergeschoss hatte es meterhohe Fenster, deren Vorhänge zugezogen waren. Linker Hand erhob sich ein kleiner Turm nahe der Villa, der aus dunklerem Stein erbaut worden war, mit unzähligen kleinen Fenstern.

Auf dem Vorplatz selbst gab es eine kreisförmige Grünfläche mit einem kleinen Springbrunnen in der Mitte, in dem einige

Vögel badeten. Es roch nach Tannennadeln und Holz, der scharfe Duft vom Rauch eines Kamins drang in meine Nase.

»Gefällt es dir?«, fragte Arthur und trat an mich heran. Er strich Achilles zögerlich über die Nüstern und sah mich nicht an, wirkte beinahe schüchtern.

»Es ist wunderschön«, erwiderte ich ehrlich, obwohl ich immer noch wenig für Prunk und Reichtum übrighatte.

Doch die Villa der Familie Smith war ein wahrer Augenschmaus. Sie wirkte so friedlich inmitten des Waldstücks, schien sich geradezu in die Natur einzupassen. Ich kniff die Augen zusammen und erkannte an den Fenstersimsen Figuren und Ornamente mit nautischem Bezug.

»Hat eure Familie eine Seefahrertradition?«, fragte ich und deutete auf die Fenster.

Ein Lächeln streifte Arthurs Züge, er ergriff meine Hand und hauchte einen Kuss darauf. »Mein Glücksmädchen hat ein scharfes Auge.«

Mein Glücksmädchen.

Dieser Kosename erfüllte mein Herz mit Wärme, und ich musste ebenfalls lächeln. Denn obwohl da noch so viel war, was ich nicht verstand, so viel, was mich beschäftigte, sorgte Arthurs Nähe dafür, dass meine Gedanken sich ein wenig beruhigten. Als würde eine stürmische See zur Ruhe kommen, zu einer spiegelglatten Oberfläche werden.

»Mein Vater und Großvater, eigentlich alle Generationen von Männern meiner Familie, waren Kaufleute und Seefahrer. Jeder von ihnen ist zur Marine gegangen, hat seinen Dienst geleistet und unser Anwesen gehegt und gepflegt.« Er klang düster bei diesen Worten, und ich runzelte die Stirn.

»Und du nicht?«, fragte ich zaghaft.

Arthur zuckte mit den Schultern. »Ich gebe mein Bestes«, antwortete er ausweichend.

Die hellbraune, lackierte Eichentür der Villa schwang auf,

und ein livrierter Diener kam mit schnellen Schritten auf uns zu.

»Mylord Smith!«, begrüßte er Arthur und verneigte sich, dann huschte sein Blick zu mir. »Die Dame, ich freue mich, dass Sie sicher hier angekommen sind. Ihre Mutter erwartet Sie schon, Mylord.«

Arthur nickte abwesend. »Vielen Dank, Sebastian. Sagen Sie Jerry, dass die Pferde im Stall ordentlich trocken gerieben werden müssen und er sie füttern soll.«

»Sehr wohl, Mylord.« Sebastian winkte einen jungen Burschen zu sich, der gerade von der Rückseite des Gebäudes kam. Seine Kleidung war sauber, aber ein wenig zu groß. Er trug eine braune Hose, ein weißes Hemd mit einer dunklen Jacke darüber und eine graue Schiebermütze auf dem Kopf. Mit einem Nicken begrüßte er uns, doch eigentlich hatte er nur Augen für Achilles.

»Was für ein schönes Tier«, murmelte der Junge und strich dem Rappen ehrfürchtig über die Schnauze. Achilles wieherte leise und stupste den Jungen an. »Oh ja, du bist ein Hübscher ...«

»Jerry!« Der Diener verschränkte die Arme vor der Brust. »Wo ist dein Benehmen schon wieder hin verschwunden? Es gehört sich nicht, die Herrschaften zu ignorieren und zuerst das Pferd zu begrüßen.«

Jerry drehte den Kopf zu dem Diener und zuckte nur mit den Schultern. »Sie müssen zugeben, dass Pferde weit bessere Zeitgenossen sind als Menschen, Sebastian.«

Ich konnte mir ein Kichern nicht verkneifen und hielt eilig die Hand vor den Mund. Auch Arthur schien von Jerrys Worten amüsiert, denn er schüttelte nur schmunzelnd den Kopf.

Sebastian grummelte etwas Unverständliches, rügte den Jungen aber nicht weiter, denn Jerry wandte sich zu uns, nahm seine Mütze ab und machte einen linkischen Diener.

»Es ist mir eine Freude, Sie kennenzulernen, Miss Farber«, sagte Jerry und lächelte mich an, seine braunen Haarsträhnen hingen ihm verwegen in die Augen. »Wenn Sie uns nun öfter besuchen, dann bringen Sie dieses wunderschöne Tier doch mit.«

Ich lachte leise. »Es ist mir ebenfalls eine Freude, nur leider gehört Achilles nicht mir, sondern dem Heygate Internat.«

»Ach, ich bin mir sicher, dass Mr Smith Ihnen gerne eine Freude macht und das Tier für Sie dem Internat abkauft. Sie sind die schönste Frau, die ich jemals gesehen habe, eigentlich viel zu gut für …«

»Jerry.« Arthur verschränkte die Hände vor der Brust und tippte mit dem Fuß ungeduldig auf den Boden. »Hast du nicht Arbeit zu erledigen?«

Sein Ton war nicht streng, eher bestimmt, und ich vermutete, dass der Junge sich aus einem unerfindlichen Grund mehr herausnehmen konnte, als es für die Dienerschaft üblich war.

»Natürlich.« Jerry setzte seine Mütze wieder auf und fasste beide Tiere an den Zügeln. »Haben Sie einen wunderschönen Tag hier, Miss Farber.«

Eilig drehte er sich um und führte die Tiere zur Rückseite des Gebäudes. Ich sah ihm kopfschüttelnd hinterher und stieß meinen Ellenbogen in Arthurs Seite.

»Deine Dienerschaft hat Humor«, bemerkte ich, und Arthur verdrehte scheinbar missmutig die Augen, dann jedoch wurde er plötzlich wieder ernst.

»Jerrys Mutter war vor vierzehn Jahren auch eine Bewohnerin des *Magdalena's House,* sie hat ihn dort zur Welt gebracht. Doch sie starb an einem Fieber, als Jerry drei Jahre alt war. Meine Mutter hatte ihr hier eine Stelle als Dienstmädchen gegeben, doch nach ihrem Tod war Jerry mutterseelenallein. Da der Junge jedoch schon immer eine besondere Liebe zu Tieren hatte, hat sie damals entschieden, dass er erst einmal zur Schule geht und dann eine Lehre beim Stallmeister macht. Ich bin mit ihm aufgewachsen und habe immer ein Auge auf ihn gehabt.«

Die Geschichte rührte mein Herz zutiefst, und als Sebastian sich umdrehte, um uns zum Haus zu führen, hauchte ich Arthur einen flinken Kuss auf die Wange.

»Du hast wirklich ein großes Herz, genau wie deine Mutter …«

Er wurde rot und kratzte sich verlegen am Kinn. »Das habe ich wohl von ihr …«

Ich war gespannt, Alicia Smith kennenzulernen, diese Frau, die mit meiner Mutter befreundet war und mir hoffentlich mehr über sie erzählen konnte. Die mir vielleicht endlich all meine Fragen beantworten konnte.

Während wir auf die Tür zugingen, musste ich jedoch wieder an Amabel denken. Daran, was Susanne mir über sie erzählt hatte.

Als Amabel Hastings auf das Internat kam, war sie eine schweigende Schönheit, die mit niemandem engeren Kontakt hatte. Niemand schien sie wirklich zu kennen, und sie wirkte beinahe froh, als ihre Mitbewohnerin auszog. Doch dann kamst du, ein Mädchen aus Deutschland mit einem Gemüt wie züngelnde Flammen, und ich habe Amabel noch nie zuvor so glücklich gesehen. Diese Freundschaft mit dir bedeutete ihr alles, Lucie. Glaub mir, ihr könnt wieder zueinanderfinden.

Ich hoffte inständig, dass Susanne recht hatte. Dass ich nach diesem Gespräch mit Arthurs Mutter wieder zu Amabel gehen und mit ihr sprechen könnte. Dass sie mir verzeihen würde. Ich wollte mit ihr über alles reden, was in den letzten Monaten geschehen war. Ihr Hoffnung machen, dass auch sie ihre Liebe in dieser Welt finden würde, egal, wie schwer und steinig der Weg schien.

»Lucie? Träumst du?« Arthur wedelte mit seiner Hand vor meiner Nase herum, und ich zuckte zusammen.

Wir standen vor der offenen Haustür, und ich hatte mich kein Stück gerührt, keinerlei Anstalten gemacht, die Villa zu betreten.

»Ich ... es tut mir leid ...« Ich seufzte leise und ergriff Arthurs dargebotenen Arm.

Der Diener Sebastian musterte mich mit einem gutmütigen Lächeln. Wahrscheinlich dachte er, dass ich nervös war, die Mutter meines zukünftigen Ehemannes kennenzulernen. Doch dem war nicht so. Ich war mir sicher, dass wenn Alicia Smith nur im Ansatz so war wie Arthur, sie eine großartige Frau war, vor der man sich nicht fürchten musste.

»Nun denn ...« Sebastian deutete auf eine Tür rechts von uns, während ich beim Eintreten noch die Halle betrachtete und mich staunend umsah. »Lady Smith erwartet Sie im Salon.«

Arthur nickte ihm zu und gewährte mir die Zeit, mich umzuschauen. Im Vergleich zur Villa der Holds war diese hier mit mehr Dekoration eingerichtet, die ebenfalls im nautischen Stil gehalten war. Ich erkannte Bildnisse vom Meer und von Schiffen an den Wänden, die Vasen waren in Blau gehalten, genau wie die gehäkelten Tischdecken und der Teppich. Es roch frisch in der Halle nach Zitronen und Salz, und helles Licht fiel auf den dunklen Boden, tanzte in goldenen Mustern umher.

»Kommst du?«, fragte Arthur sanft und strich fahrig über seinen schwarzen Anzug. Er schien nervöser zu sein als ich, und ich drückte seine Hand.

»Natürlich ...« Ich hatte immer noch das Gefühl, dass er sich zurückhielt. Als ob er Angst hätte, mir seine Liebe so zu zeigen wie in der Nacht im Labyrinth.

Vielleicht fürchtet er sich immer noch, dass du ihn verlassen und niemals lieben könntest, wisperte eine Stimme in meinem Kopf. Diese Worte wollte ich unbedingt Lügen strafen, denn Arthur war in jeder Hinsicht der perfekte Ehemann für mich.

Was nicht weiter verwunderlich ist, denn Mama hat ihn für mich ausgesucht, dachte ich lächelnd, als wir den Salon betraten. Gott, ich hätte ihr wirklich mehr vertrauen sollen, doch irgendetwas hatte mich davon abgehalten. Vielleicht war es diese unbändige Wut in meinem Inneren gewesen, die Arthur anscheinend zähmen konnte, denn mit ihm an meiner Seite war ich ruhig, geradezu entspannt.

»Mutter, darf ich dir meine zukünftige Ehefrau vorstellen?«, fragte Arthur, als wir zum Kamin im Salon gingen, der von einigen Sitzgelegenheiten umgeben war, die alle mit seidigen, blauen Stoffen überzogen waren.

Einige Holzscheite knackten im Kamin, Funken stoben auf, und das warme Licht des Feuers tanzte über die Wände hinweg.

Eine Frau saß auf einer Récamiere und erhob sich schwungvoll, sodass ihre dunkelgrünen Röcke raschelten.

»Wie schön!«, rief sie aus und ging mit flinken Schritten auf uns zu. Überschwänglich ergriff sie meine Hand und zog mich in eine liebevolle Umarmung. »Es freut mich unbeschreiblich, dich endlich kennenzulernen, Lucie. Du kannst mich Alicia nennen.«

Ich versteifte mich ein wenig, denn ich war ehrlicherweise überrascht von dieser Begrüßung. Arthurs Mutter sprach weder förmlich noch abweisend mit mir und war sofort herzlich. Es war nicht üblich, die zukünftige Schwiegertochter sofort zu umarmen, generell war das nichts, was man tat.

»Mutter …« Arthur klang peinlich berührt, und als sich seine Mutter von mir löste, machte sie eine wegwerfende Handbewegung.

»Ach, lass mich doch! Schau dir nur an, welch eine Schönheit Elizabeths Tochter geworden ist.«

Bei ihren Worten musste ich schlucken, doch ich hielt dem Blick von Arthurs Mutter stand. Sie hatte helle, beinahe porzellanartige Haut, genau wie Arthur. Ihr rotblondes Haar war zu einem eleganten Dutt geschlungen, und einige Strähnen umrahmten ihre feinen Gesichtszüge. Und ihre Augen … sie waren eisblau, so wie die ihres Sohnes. Ein Blick, der einen durchdrang wie Wasser.

»Ich … freue mich sehr, Sie kennenzulernen, Alicia«, sagte ich lahm und verschränkte die Hände vor dem Körper. »Es ist mir eine Ehre, Ihren Sohn zum Mann zu nehmen.«

Sie hob eine ihrer fein gezupften Augenbrauen und zog die Nase kraus, ihre Wangen waren mit einigen Sommersprossen bedeckt, und ihr leicht entrückter Blick, als würde sie scharf nachdenken, erinnerte mich an Arthur.

»Ehre?«, fragte sie lächelnd. »Bist du dir sicher? Er kann ein ganz schöner Sturkopf sein, und dazu fällt es ihm immer schwer, über seine Gefühle zu sprechen.«

»Mutter!« Arthur klang nun nicht mehr nur peinlich berührt, sondern vollends verzweifelt, und sein Kopf war hochrot wie eine Tomate.

Ich konnte mir ein herzhaftes Lachen nicht verkneifen, und all die Anspannung wich aus meinem Körper. Der Damm war gebrochen, mit ihren wenigen Worten hatte Alicia Smith es geschafft, dass ich entspannte und die Maske einer wohlerzogenen jungen Lady abstreifte. Um so zu sein, wie ich wirklich war, ohne mich vor meinen Gefühlen zu verstecken.

»Siehst du, sie ist meiner Meinung«, sagte Alicia zu ihrem Sohn und knuffte ihn liebevoll in die Schulter.

Arthur murmelte nur etwas Unverständliches, während wir uns auf die Sofas vor dem Kamin setzten und ein Dienstmädchen mit Haube und gestärkter Schürze den Raum betrat. Sie schenkte uns Tee ein, verneigte sich leicht und ging eilig wieder hinaus.

Meine Röcke raschelten leise, als ich mich niederließ und Arthur neben mir Platz nahm. Seine Haltung war ein wenig verkrampft, sein Rücken gestrafft. Wie eine Zinnfigur saß er da.

»Nun …« Alicia trank bedächtig einen Schluck Tee und funkelte mich über den Rand der Tasse hinweg an. Ihre blauen Augen durchdrangen mich, und ich verschluckte mich an meinen eigenen Worten. Ich wollte Arthurs Mutter so viel fragen, doch kein Ton kam über meine Lippen.

»Eigentlich seid ihr nicht hier, damit ich dich kennenlerne, korrekt?«

Ich nickte stumm und warf einen Seitenblick auf Arthur, der sanft seine Hände mit meinen verschränkte und mir aufmunternd zulächelte.

»Sie …«, setzte ich an und räusperte mich. Meine Hände waren urplötzlich schweißnass, und ich strich nervös über den Stoff meiner Kleidung, pustete einen imaginären Fussel weg. »Sie sind mit meiner Mutter in Southend aufs Internat gegangen.«

Die Worte fühlten sich bleischwer an, surrten in der Luft um uns herum und fielen mit einem scheinbar dumpfen Geräusch zu Boden.

Alicia lächelte sanft und strich sich bedächtig eine Haarsträhne hinters Ohr. Sie schlug die Beine übereinander, und ihr dunkelgrünes Kleid stand ihr wirklich hervorragend, Arthur hatte eine so schöne Mutter.

»Das war ich … wir waren Zimmernachbarinnen und die besten Freundinnen.«

Ich lächelte traurig und schaute auf meine zitternden Hände. Ich kannte die Jugendbilder meiner Mutter, doch noch immer fiel es mir schwer, sie mir als junges Mädchen vorzustellen. Noch unbeschwert und mit einem entspannten Lachen auf den Lippen. Tanzend auf einem Ball, nicht gezeichnet von der Krankheit und mit zerknitterter Haut.

»War es eine schöne Zeit?«, wagte ich zu fragen, und Alicia sah mich an, dann lachte sie leise auf.

»Es war die beste Zeit unseres Lebens, aber wir haben Mrs Ham manchmal ganz schön zur Weißglut gebracht.«

Arthur hustete auf und klopfte sich auf die Brust. »Diese alte Schachtel ist nun auch wirklich gemeingefährlich …«

Ich starrte Arthur mit offenem Mund an und knuffte ihn in den Arm. »Du bist fies.«

Keine Ahnung, warum ich unsere biestige Lehrerin verteidigte, aber irgendwie glaubte ich, dass auch etwas Gutes in Mrs Ham steckte. Immerhin war da ein sanfter Ausdruck in ihren Augen gewesen, als Susanne von ihrer Mutter, also von Mrs Hams Schwester, gesprochen hatte.

»Ach?« Arthur drehte sich zu mir und verschränkte die Arme vor der Brust, eine Augenbraue wanderte in die Höhe, und ein schnippisches Grinsen zupfte an seinen Lippen. »Du findest, dass sie eine nette und freundliche Zeitgenossin ist?«

»Nein …«, gab ich zu und senkte den Blick. »Aber als Lehrerin muss man auch eine gewisse Strenge an den Tag legen, oder nicht?« Ich schaute zu Arthurs Mutter, die mir zunickte.

»Das ist wahr, aber Mrs Ham hat es gerne ein wenig übertrieben. Doch sie hat uns auch gut auf unser Leben nach dem Internat vorbereitet, auf eine Sache jedoch konnte sie uns nicht vorbereiten.«

Ich zog scharf die Luft ein, spürte instinktiv, was Arthurs Mutter meinte, und lehnte mich ein Stück weiter nach vorn. Meine Hand, die die Teetasse hielt, hörte urplötzlich auf zu zittern, und Anspannung flutete meinen Körper, während Hitze in meinem Nacken kribbelte.

»Sie haben als junge Frauen das *Magdalena's House* aufgesucht«, nahm ich den Faden des Gesprächs wieder auf, und Arthurs Mutter stellte ihre Teetasse beiseite.

»Das haben wir in der Tat. Wir haben immer gemeinsam Ausflüge nach Southend gemacht. Durften sogar einmal im Meer baden. Und eines Tages ist dort ein junges Mädchen in uns hineingerannt. Ihre Wangen waren befleckt mit Tränen, sie war schwanger und verzweifelt. Blaue Flecken waren auf ihren

Armen und im Gesicht zu erkennen, und wir wussten nicht, was mit ihr war, was wir tun sollten ...«

Das verstand ich nur zu gut. Frauen wurden von solchen Dingen ferngehalten. Die meisten von uns verstanden erst in der Hochzeitsnacht, was es bedeutete, den Bund der Ehe zu besiegeln. Dass man dafür mit einem Mann schlafen musste. Selbst einige meiner Mitschülerinnen in der Schule waren überzeugt davon gewesen, dass der Storch wirklich die Kinder brachte, bis sie selbst heirateten und ihre Mutter sie endlich zur Seite nahm, um mit ihnen über die Pflichten einer Ehefrau zu sprechen.

Bei mir war das nur anders gewesen, weil ich mich brennend für die Medizin interessierte. Heimlich in Vaters Büchern gelesen und dann eines Tages das Heiligen-Geist-Hospital aufgesucht hatte. Sonst wäre ich vielleicht genauso unwissend wie all die anderen Frauen gewesen.

»Und was ist dann passiert?«, fragte ich vorsichtig, denn ich spürte, dass diese Dinge Alicia immer noch aufwühlten, obwohl sie ewig her waren.

»Wir sind einer weisen Frau begegnet«, antwortete sie und neigte den Kopf zur Seite.

So wie Arthur es manchmal tat, so wie Mrs Waring es getan hatte. Diese leicht vogelhafte, neugierige Geste, die mich sofort zum Lächeln brachte.

»Mrs Waring. Ich bin ihr auch begegnet, gemeinsam mit meinem Dienstmädchen, das schwanger ist. Sie hat es sofort erkannt.«

»Sie hat ein scharfes Auge, damals wie heute. Ohne sie wären so viele Frauen verloren gewesen ...«

Wir schwiegen einige Zeit, und ich trank erneut einen Schluck Tee, fuhr mit den Fingern über den Rand der Tasse, was einen sanften Ton erzeugte.

»Ich nehme an, dass du dort erfahren hast, dass deine Mutter ebenfalls das *Magdalena's House* besucht hat?«

»Ja, und dort bin ich auch Ihrem Sohn erneut begegnet.« Ich sah zu Arthur und strich über seine Hand, ihm war dieses Thema, unsere Begegnung in Southend, anscheinend ein wenig unangenehm, und das konnte ich verstehen. Es war eine hitzige Diskussion gewesen, die wir geführt hatten. Wir hatten uns einiges an den Kopf geworfen, und dann hatte es so geendet, dass er mir von Marys Tod erzählt hatte.

»Dass ihr euch dort erneut begegnet seid, scheint ein Wink des Schicksals gewesen zu sein. Arthur hat mir erzählt, dass er dir seine Gründe genannt hat, warum er das Frauenstift unterstützt.«

Tränen brannten in meinen Augen, und meine Kehle schnürte sich zu. »Ihr Verlust tut mir unendlich leid.«

Alicia fuhr sich übers Kinn und seufzte tief. »Deine Mutter und ich, wir ließen uns damals gemeinsam mit dem Mädchen zum *Magdalena's House* führen. Wir waren neugierig und zutiefst beeindruckt von der Weisheit dieser Frau, davon, wie resolut sie war. Mrs Waring brachte das Mädchen zum Frauenstift, sie besorgte ihr eine warme Mahlzeit und ein Bett, und dann berichtete sie uns, welche Wohltätigkeiten sie diesen Frauen zukommen ließen.«

Arthurs Mutter schüttelte resigniert den Kopf, und eine einsame Träne rann über ihre Wange. »Es ist eine Schande. Ich habe mich mein ganzes Leben lang für das *Magdalena's House* engagiert, selbst nach meiner Hochzeit habe ich es mir nicht nehmen lassen, das Frauenstift zu besuchen, Wohltätigkeitsveranstaltungen zu organisieren, für gute medizinische Versorgung einzutreten und Hebammen ins Stift zu bringen. Und dann hatte meine eigene Tochter zu viel Angst, mir von ihrer Schwangerschaft zu erzählen, weil ihr Vater ein grober und herrischer Mann war.«

»Mutter …« Arthur erhob sich eilig und setzte sich auf die Lehne des Sessels, zog seine Mutter sanft in die Arme.

Diese Szene rührte etwas ganz tief in meinem Herzen, sie erinnerte mich an meine eigene Mutter, an diese starke Verbundenheit, die wir zueinander fühlten. Sie erinnerte mich daran, dass es tausend Formen der Liebe gab, und zeigte mir auf die wohl überzeugendste Weise, dass Arthur nicht nur ein guter Ehemann, sondern auch ein großartiger Sohn war.

»Ich hab dich lieb, Mutter«, flüsterte er leise und strich ihr sanft über den Rücken, als ein Schluchzer aus Alicia herausbrach.

»Es tut mir leid, ich wollte Ihren Kummer nicht erneut heraufbeschwören …« Meine Stimme zitterte bei diesen Worten, doch Alicia schüttelte nur den Kopf, während Tränen auf den edlen Teppich fielen.

»Nein, das ist nicht deine Schuld, liebe Lucie. Es ist meine, die meines Mannes, der mit harter Hand über diese Familie geherrscht hat. Aber es ist auch eine Chance für uns alle, es besser zu machen. Unseren Kindern mehr mit auf den Weg zu geben als Angst.«

»Ja … das verstehe ich …« Ich streckte die Hand aus, und Alicia ergriff sie.

»Du bist wie deine Mutter«, flüsterte sie, nachdem sie sich ein wenig beruhigt hatte, und strich Arthur sanft über den Arm. »Es ist in Ordnung, mein Junge. Du kannst deine alte sentimentale Mutter jetzt loslassen.«

Arthur seufzte leise und beugte sich zu ihr hinunter, küsste sie sanft auf die Stirn und erhob sich lächelnd. »Auch mich betrübt Marys Tod immer noch sehr, aber genau deswegen schätze ich die Arbeit im *Magdalena's House*.«

Alicia nickte und holte tief Luft, sie strich über ihren Rock und straffte die Schultern. »Aber wegen dieser traurigen Geschichten bist du nicht hier, richtig, Lucie?«

Ich schüttelte eilig den Kopf und hob die Hände. »Bitte, ich habe Ihren Kummer doch durch meine Fragen heraufbeschworen. Das tut mir sehr leid, das wollte ich wirklich nicht. Aber wissen Sie …« Ich linste zu Arthur und lächelte vorsichtig. »Ich glaube, dass ich Ihren Sohn besser verstehen konnte, nachdem er mir vom Tod Ihrer Tochter, seiner Schwester, erzählt hat. Ich habe mein ganzes Leben lang gedacht, dass alle Männer nur schlecht zu ihren Frauen sind. Dass wir nichts wert sind an ihrer Seite, aber durch Arthur habe ich begriffen, dass das nicht wahr ist. Ich habe verstanden, dass es Männer gibt, die uns Frauen unterstützen, und dafür bin ich sehr dankbar.«

Nun war ich es, die ein Schluchzen unterdrücken musste, und ich spürte, wie Arthur nun mich sanft in seine Arme zog und mir einen Kuss auf den Scheitel hauchte.

»Mein Glücksmädchen …«, wisperte er in mein Ohr, und sein Atem sorgte dafür, dass ein heißer Schauer über meinen Rücken rieselte.

Gott, ich hatte keine Ahnung gehabt, wie sich Liebe anfühlt. Doch mit Arthur schien alles so kinderleicht, einfach, ohne Zwänge. Ich wünschte so sehr, dass Amabel dieses Gefühl auch mit jemandem erleben konnte. Nicht mit mir, aber ich war mir sicher, dass es dort draußen eine Frau gab, die ihre Liebe erwidern würde. Und ich nahm mir fest vor, ihr genau das zu sagen, wenn wir wieder in Southend waren.

Alicia betrachtete uns mit einem wehmütigen Lächeln und schnalzte dann mit der Zunge. »Gott, muss junge Liebe schön sein«, sinnierte sie.

»Mutter …« Arthur rückte erneut von mir ab und wurde sofort wieder rot. Daran konnte ich mich gewöhnen, das war herzallerliebst, wie er auf die Bemerkungen seiner Mutter reagierte.

Ich atmete mehrmals tief durch und fuhr mit der Zunge über meine Lippen. »Sie haben dort im *Magdalena's House* nicht nur geholfen und Spenden vorbeigebracht, oder?«

»Kluges Mädchen«, erwiderte Arthurs Mutter und erhob sich langsam.

Sie ging zu einer Kommode, kniete sich davor und zog ein dickes Buch heraus. Sie legte es auf den Tisch zwischen uns und schlug es auf, es war ein Album mit Fotografien.

»Ist das ...?« Ich beugte mich vor, mein Blick huschte über die Bilder, und ich zog scharf die Luft ein. Ich erkannte die Frau, die dort lächelnd vor dem *Magdalena's House* stand. Sie strahlte über beide Ohren, ihr Lächeln hätte mit den Sternen konkurrieren können. »Mama ...«

Das Wort kam mir nur schwer über die Lippen, und Tränen traten nun doch aus meinen Augen. »Sie sieht so glücklich aus ...«, wisperte ich, und meine Finger strichen über die Fotografie. »So viel glücklicher als jetzt, wo sie mit meinem Vater verheiratet ist und diese Krankheit hat, die durch die Reisen mit meinem Vater sicherlich schlimmer geworden ist. Hätte er sie nicht mitgenommen, dann hätte ich mehr Zeit mit ihr verbringen können, und vielleicht hätte sie sich auch von der Tuberkulose erholen können ... Gott ... sie war immer so angepasst ...«

»Du irrst dich, Lucie ...« Alicia setzte sich mir gegenüber hin, und ich hob irritiert den Kopf.

»Was?«, fragte ich leise, und eine penetrante Stimme in meinem Kopf sagte: »Das heißt ›Wie bitte?‹.« Gott, ob man seine Erziehung je hinter sich lassen konnte?

Alicia rutschte auf dem Sessel herum und schien sich unbehaglich in ihrer Haut zu fühlen. »Deine Mutter hat nicht nur Spenden gesammelt für das *Magdalena's House,* sie hat nicht nur den Frauen bei Behördengängen geholfen oder den Garten mit ihnen gejätet. Sie hat dabei geholfen, Kinder zur Welt zu bringen ...«

Klonk. Das Fotoalbum, das ich in die Hände genommen hatte, fiel mit einem Rumpeln zu Boden. Ich erstarrte in der Zeit, und die Welt um mich herum wurde dumpf. Die Sicht vor meinen Augen verschwamm, während Alicias Worte langsam in meinen Geist eindrangen und alles, woran ich je geglaubt hatte, wie ein Spiegel zu zerbrechen schien.

Sie hat dabei geholfen, Kinder zur Welt zu bringen.

Meine Mutter? Meine angepasste Mutter, die perfekte Ehefrau – schweigsam, wohlerzogen, niemals von ihren Gefühlen überwältigt –, hatte geholfen, Kinder zur Welt zu bringen? Im *Magdalena's House*? Das konnte nicht wahr sein.

»Nein …« Ich erhob mich schwankend, verschränkte die Hände vor der Brust und schüttelte ungläubig den Kopf. »Das kann nicht sein, meine Mutter hätte doch niemals …«

Wir sind uns viel ähnlicher, als du glaubst, Lucie.

Die Worte aus ihrem Brief kamen mir in den Sinn, und ich hatte das Gefühl, dass meine Beine unter mir nachgaben, dass ich in Ohnmacht fiel. Doch dann spürte ich, wie Arthurs Hand sich in meine schob und er mich sanft wieder auf das Sofa setzte.

»Es ist die Wahrheit, Lucie …« Alicia räusperte sich und beugte sich über den Tisch, um das Fotoalbum wieder aufzuheben.

Sie legte es wieder vor mir hin und blätterte einige Seiten weiter. Nun zeigten die Bilder das Innere des *Magdalena's House*. Die schöne, wenn auch schlicht gehaltene Einrichtung. Die Schlafräume der Frauen, den Salon, fein geschnitzte Kinderbetten. Und einen Geburtssaal …

»Wieso hat sie mir das nie erzählt?« Meine Stimme klang rau, hart wie geschliffener Stahl, während mein Kopf zu explodieren drohte.

Da war sie. Meine geliebte Mama auf einem der Fotos, wie sie einer Frau im Bett ein neugeborenes, in Tücher gewickeltes Kind reichte. Sie trug einen unförmigen Kittel, ihre Haare standen wild vom Kopf ab, aber sie lächelte.

»Nachdem Mrs Waring uns erzählte, was das *Magdalena's House* alles tat, war deine Mutter Feuer und Flamme, die Frauen nicht nur mit Geld zu unterstützen. Nein, sie wollte mehr tun. Sie ließ sich von einer alten Hebamme alles über die Geburtshilfe beibringen, ließ sich zeigen, wie man half, ein Kind zur Welt zu bringen. Welche Kniffe man anwandte, wenn das Kind falsch herum im Bauch lag, welche Kräuter und Medizin hilfreich waren, wenn es Komplikationen bei der Geburt gab. Sie saugte das Wissen in sich auf wie ein Schwamm.«

Genau wie ich, dachte ich verwirrt und wischte mir wütend die Tränen von den Wangen. Ich hatte mein ganzes Leben lang geglaubt, dass meine Mutter immer eine schweigsame Ehefrau gewesen war. Glücklicher vor ihrer Ehe, aber danach war sie zu einem Schatten ihrer selbst geworden.

Und dann huschte ein schrecklicher, grausamer Gedanke durch meinen Kopf, der mich aufstöhnen ließ.

»Oh, Gott …«, murmelte ich und schlug die Hand vor den Mund.

Alicia sah mich mit einem traurigen Gesichtsausdruck an und nickte schweigend. Sie schien meine Gedanken gelesen zu haben, und ich schüttelte wie in Trance den Kopf.

»Mein Vater ist gar nicht schuld daran, dass diese Krankheit immer schlimmer wurde, oder?«

Stück für Stück zerbrach etwas in mir. Nein, *alles* in mir zerbrach. Wie ein Kartenhaus, ein Wall aus Steinen, aus dem man den untersten entfernt hatte. Ich hatte mich an einer Lüge festgeklammert. Daran, dass mein Vater meine Mutter zu dieser Art Frau gemacht hatte. Aber das war nie der Fall gewesen …

»Nein, dein Vater hat deine Mutter mit auf all diese Handelsreisen genommen, um ihr zu ermöglichen, mehr von der Welt zu sehen. Ihnen war bewusst, dass die Tuberkulose schlimmer werden und deine Mutter irgendwann ans Bett gefesselt sein würde. Sie sollte ein gutes Leben haben, interessante Dinge entdecken, die Welt kennenlernen. Vielleicht hat deine Mutter sich im *Magdalena's House* mit der Krankheit angesteckt, vielleicht aber auch irgendwo anders. Auch später wollte dein Vater immer ihr Bestes und dass seine Frau trotz dieser Krankheit ein schönes Leben führen kann.«

Ich konnte nicht sprechen. Ich konnte nicht weinen. Ich saß einfach nur da und starrte Alicia an, während meine Kindheit wie tausend zusammengesetzte Bilder vor meinem inneren Auge vorbeihuschte. Ich erinnerte mich an so viele Momente mit einer unglaublichen Klarheit, und nun entkam meinen Lippen doch ein Schluchzen.

»Sie hat mir nie gesagt …« Meine Stimme begann zu stolpern, während Verzweiflung sich bleischwer auf mein armes, gebrochenes Herz legte. »Sie hat mir nie erzählt, was sie Gutes getan hat, warum?«

»Als du geboren wurdest, da hat sie mir geschrieben, dass du ihr größtes Glück bist, ihr wunderbarer Schatz. Doch als sie krank wurde, machte sie sich Vorwürfe, dass sie nicht genug Zeit mit dir haben könnte. Sie war dankbar, dass dein Vater ihr die Welt zeigte, und hätte dich gerne mitgenommen. Aber dein Vater meinte, es sei zu gefährlich für dich. Du warst noch so klein. Doch immerhin erlaubte ihr Ehemann ihr, in Lübeck ebenfalls im Krankenhaus zu helfen. Aber irgendwann konnte sie es nicht mehr, da ihre Krankheit immer schlimmer wurde.«

Stopp!, schrie eine Stimme in meinen Gedanken so laut, dass ich heftig zusammenzuckte und das Gefühl hatte, ich müsste mir die Hände auf die Ohren pressen. Doch die Stimme kam aus meinem Inneren. Und hatte ich zuvor bereits geglaubt, vor den Scherben meines Lebens zu stehen, trampelte nun noch jemand auf diesen Bruchstücken herum.

Ich hob die Hände und musterte Alicia entsetzt. »Moment … mein Vater – *mein Vater!* – hat ihr erlaubt, im Heiligen-Geist-Hospital zu arbeiten? Er hat sie gar nicht …?«

»Eingesperrt? Von ihr verlangt, dass sie wie eine gesittete Ehefrau zu Hause sitzt und strickt, die Gäste empfängt? Nein, das hat er nie von ihr verlangt, das war die Bedingung, unter der sie ihn geheiratet hat, deine Mutter ist schon immer eine sehr resolute Frau gewesen ...«

Dein ganzes Leben ist eine Lüge, flüsterte eine gehässige Stimme in mir, und ich biss mir wütend auf die Unterlippe.

Warum hatte ich nie genau hingesehen? Warum hatte ich diese Liebe zwischen ihnen nicht erkannt?

Weil du dich vehement gegen die Liebe, die Ehe und die Männer gewehrt hast. Weil du niemals wie deine Mutter werden wolltest, obwohl sie am Ende alles für dich aufgegeben hat. Dich beschützen wollte. Und auch dein Vater wollte nur ihr Bestes, er hat vielleicht Fehler gemacht, aber er hat deine Mama immer geliebt.

Ich hatte keine Ahnung, woher diese Antwort stammte, aber sie schien tief aus meinem Herzen zu kommen. Als hätte ich schon lange gewusst, dass ich einer Lüge aufsaß. Dass sich eine Illusion wie ein Schleier über mein Leben gelegt hatte.

»Ich habe immer geglaubt, dass mein Vater sie zu dem gemacht hat, was sie war ... dass durch die Reisen mit ihm die Tuberkulose immer schlimmer wurde. Dass er sie in die Rolle einer angepassten Ehefrau gedrängt hat. Aber ... das hat er nie getan ... er hat ihr die Welt gezeigt, um ihr trotz ihrer Krankheit ein gutes Leben zu ermöglichen ...« Meine Stimme zitterte so sehr, dass die Worte nur schwer über meine Lippen kamen und auf dem Boden vor mir zerschellten.

Ich fühlte mich mit einem Mal so unendlich erschöpft, mein Atem ging rasselnd, und in meinem Kopf drehte sich alles. Ich lehnte mich gegen Arthurs Schulter, und er strich mir sanft über den Rücken. Ich blickte zu ihm hoch, und sein Lächeln erreichte mein kleines, gebrochenes Herz. Vielleicht könnte ich mit ihm an meiner Seite die Bruchstücke suchen, mich wieder neu zusammensetzen. Aber vor allem musste ich mich mit meiner Mutter aussprechen, wenn sie in wenigen Tagen hierherkam. Ich musste sie auf all das ansprechen und mich bei ihr entschuldigen. Und bei meinem Vater, dem ich großes Unrecht getan hatte.

Und dann ist da noch Amabel, erinnerte mich eine sanfte Stimme an meine beste Freundin, die jedoch nur zaghaft durch meine verwirrten Gedanken drang.

»Vielen Dank, dass Sie mir das alles erzählt haben, Alicia«, flüsterte ich und spürte, wie alles, was ich erfahren hatte, meine Lider nach unten drückte. Als würde ich in einen traumlosen Schlaf fallen.

»Sehr gerne, liebe Lucie. Das ist doch das Mindeste. Ich danke dir, dass du meinen Sturkopf von Sohn zum Mann nehmen willst. Du bist mit Sicherheit das Beste, was ihm passieren wird.«

»Ach, Mutter …« Arthur seufzte leise und strich mir übers Haar. »Damit hast du recht. Sie ist mein Glücksmädchen.«

Gott, ich liebte diesen Kosenamen, und ich fragte mich, ob mein Vater auch einen für meine Mutter hatte. Ich wusste so wenig über meine Eltern, und nun hatte ich so viele Dinge erfahren, über die ich mit ihnen sprechen wollte. So viel, was ich sie fragen wollte.

Mein ganzes Leben lang hatte ich mich dagegen gesträubt, sie besser kennenzulernen. Weil ich geglaubt hatte, dass sie mich aus bösem Willen allein gelassen hatten. Ich hatte mich in so vielem geirrt und hoffte inständig, dass es nun nicht zu spät war, um noch einmal mit meiner Mutter und meinem Vater über alles zu sprechen.

Kapitel 29

Mutter hatte uns allein gelassen, um die Köchin anzuweisen, uns eine leichte Mahlzeit vorzubereiten. Dieses Taktgefühl schätzte ich sehr an ihr. Lucies Kopf lag immer noch an meiner Schulter, sie hatte das Fotoalbum auf ihren Schoß genommen und blätterte schweigend darin herum. Es waren auch Fotos von Mary und mir als Kind darin, die mir Tränen in die Augen trieben.

»Sie waren alle so glücklich«, murmelte Lucie an meine Schulter und stemmte sich auf. »Ob wir auch jemals so glücklich werden können?«

Ich sah sie an und strich mit meiner Hand über ihre rosigen Wangen. Fuhr die Spuren der getrockneten Tränen nach und zuckte schweigend die Schultern.

Ich wollte »Ja« antworten, aber irgendetwas hielt mich davon ab. Irgendetwas umklammerte mein Herz und zerrte mich in die Dunkelheit.

»Arthur … was hast du?« Lucie legte das Album zur Seite und ergriff meine Hände.

Ich wich ihrem Blick aus, doch das ließ Lucie nicht zu. Sie legte ihre Hände an meine Wangen und drehte ihren Kopf zu mir. »Sieh mich an, Arthur Smith«, beschwor sie mich, und ich schaute in ihre strahlend grünen Augen, hatte urplötzlich den Geruch einer Sommerwiese in der Nase und lächelte unwillkürlich.

»Was ist los?«

Ich schluckte schwer, wusste nicht, wie ich mir die Worte zurechtlegen sollte, doch dann platzte ich damit einfach heraus. »Ich weiß nicht, ob ich dir diese Liebe geben kann, die du dir wünschst. Ob ich jemals gut genug für dich sein kann. Ich habe Angst, so zu werden wie mein Vater.«

Lucies Hände verweilten an meinen Wangen, und sie sah mich ruhig an. Sanftheit lag in ihrem Blick, als sie die Nase krauszog.

»Mhm …«, machte sie nachdenklich und legte dann ihre Stirn an meine.

Wärme flutete meinen Körper, ein Kribbeln jagte durch meine Glieder und zog sich in meinem Magen zusammen. Gott, ich hatte mich in diese Frau verliebt, und ich wollte sie niemals verlieren, aber ich fürchtete mich, am Ende unsere Ehe zu zerstören. Weil irgendetwas von meinem Vater in mir war, das ich vielleicht nicht aufhalten konnte.

»Wieso hast du davor Angst?«, fragte Lucie, während ihre Hände von meinen Wangen hinunter zu meinem Nacken glitten, jede Kontur meines Körpers nachfuhren, wie ein Stift eine Linie malte.

»Weil da eine Wut in mir ist, die ich manchmal nicht zügeln kann. Ein Zorn, den ich seit Marys Tod tief in mir trage.«

Lucie lächelte ein klein wenig und rückte nur ein paar Zentimeter von mir ab. Sie schaute verstohlen über die Schulter zurück, doch wir waren immer noch allein, und ich hörte keine Schritte. Sie ergriff meine Hand und legte sie auf ihren Bauch.

»Diesen Zorn habe ich auch mein ganzes Leben lang verspürt … er war immer da. Blubbernd wie ein Vulkan, tief in mir drinnen drohte er jeden Tag zu explodieren. Aber Arthur, dieser Zorn ist nicht schlimm, dieser Zorn gehört zu uns. Und weißt du, woher er kommt?«

Ich schüttelte den Kopf, genoss das Gefühl, sie zu berühren, so sehr, dass sich alles in mir zusammenzog.

»Dieser Zorn existiert, weil wir unsere Gefühle verstecken, weil es uns schwerfällt, ehrlich zu uns selbst und all den Menschen um uns herum zu sein. Wenn wir diesen Zorn zulassen, dann können wir gemeinsam diesen Weg gehen.«

»Bist du sicher?«, fragte ich zögerlich, geradezu ängstlich.

»Ja«, wisperte sie lächelnd und verschränkte ihre Hände mit meinen, sie beugte sich zu mir und küsste mich stürmisch, voller Leidenschaft.

Ich unterdrückte ein Stöhnen, denn ihre Nähe machte mich geradezu wahnsinnig. Lucie löste sich wieder von mir und lächelte mich an.

»Gemeinsam können wir diesen Zorn als einen Teil von uns akzeptieren und daran wachsen. Wenn wir zu unseren Gefühlen stehen. Und ich bin mir sicher, dass nichts von deinem Vater in dir ist. Und wenn doch …« Sie tippte mir auf die Nase und grinste mich an. »Dann werde ich dich schon zur Räson bringen, ich werde niemals zulassen, dass du so ein Mensch wirst.«

Ich musste ebenfalls grinsen und hielt Lucie meine Hand hin. »Versprochen?«, fragte ich.

Sie schlug ein und nickte. »Fest versprochen, bis ans Ende.«

Sie schlang ihre Arme um mich, und ich erwiderte diese Berührung, während ich merkte, dass es mir leichter ums Herz wurde. Die Stille zwischen uns schien leise zu knistern, und ich glaubte, dass nun alles gut werden würde.

Doch dieses Gefühl hielt nur für einen Wimpernschlag. Dann zerplatzte die Blase, die wir um uns herum errichtet hatten, als die Tür zum Salon aufgestoßen wurde und meine Mutter hereinschneite.

Wir stoben auseinander, und ich sah sie entsetzt an, ihre Augen waren gerötet, und ein Schatten huschte über ihr Gesicht.

»Lucie, du musst sofort nach Southend«, sagte sie mit zittriger Stimme.

»Was? Aber wieso?«, fragte Lucie irritiert und erhob sich schwankend. »Ist etwas geschehen …?«

»Deine Eltern sind bereits heute in Southend angekommen, und sie …« Meine Mutter brach ab und presste sich die Hand vor den Mund. »Deiner Mama geht es nicht gut, und …«

»Nein, bitte nicht.« Lucies Augen füllten sich mit Tränen, und ein Zittern erschütterte ihre schmale Gestalt. »Wo sind sie?«

»In Heygate, dein Vater hat Mrs Ham eine Nachricht zukommen lassen, aber zu dem Zeitpunkt wart ihr schon auf dem Weg hierher. Deswegen hat deine Lehrerin eilig einen Boten losgeschickt. Sie warten im Internat auf euch … du musst dich beeilen, sonst …«

Sonst könnte es zu spät sein.

Diese Worte sprach meine Mutter nicht aus, aber das musste sie auch gar nicht. Sie schwebten wie eine bedrohliche, schwarze Gewitterwolke über uns. Lucie griff hektisch nach ihrem Retikül und strich unruhig über ihr Kleid.

»Wir müssen die Pferde satteln, und dann …«

»Nein«, unterbrach meine Mutter sie, »ihr werdet die Droschke nehmen. Das ist sicherer, ich gestatte nicht, dass du in deinem Zustand jetzt ein Pferd reitest. Arthur wird dich begleiten. Sebastian lässt die Kutsche schon vorfahren.«

Lucie nickte fahrig und sah mich an. Ich erhob mich eilig und ergriff ihre Hand, zog sie kurz in meine Arme und küsste ihren blonden Haarschopf. Sie zitterte am ganzen Leib und war eiskalt.

»Vielen Dank, Alicia, ich …«

Meine Mutter zog Lucie in eine liebevolle Umarmung und strich ihr über die Wange. »Dafür ist kein Dank nötig, liebe Lucie. Nun beeilt euch, und brecht auf. Ich werde nachkommen, sobald ich hier alle Angelegenheiten geregelt habe mit euren Pferden …«

»Danke, Mutter!« Ich küsste meine Mutter auf die Wange und stob mit Lucie eilig nach draußen.

Sebastian hatte die Droschke bereits vorfahren lassen, und Jerry zurrte gerade das Zaumzeug der Pferde fest. Wir stiegen ohne weitere Worte ein, und das Gefährt fuhr rumpelnd davon. Lucie schaute sehnsuchtsvoll und nervös aus dem Fenster, immer wieder huschten ihre Finger über die Scheibe, und sie begann, stärker zu zittern.

»Hey ...« Ich zog sie zu mir und strich über ihren Rücken. »Komm her, ich halte dich.«

Sie klammerte sich an mich, während sie gegen einen Schluchzer ankämpfte.

»Wenn wir nicht rechtzeitig ankommen, wenn sie vorher stirbt, dann habe ich die letzte Möglichkeit verpasst, mich zu entschuldigen. Ihr ins Gesicht zu sagen, dass ich nun weiß, was für eine großartige Frau sie war ...« Ihre Worte waren gepresst, voller Zorn und Traurigkeit.

»Ich bin da«, flüsterte ich und bedeckte ihren Hals mit Küssen. »Lass deine Gefühle zu, in Ordnung?«

Sie sah zu mir hoch, Tränen ließen das Grün ihrer Augen verschwimmen, und ihre Unterlippe zitterte. »Was mache ich denn, falls sie wirklich nicht mehr am Leben ist, wenn wir in Heygate ankommen, Arthur? Was ...?«

»Denk nicht daran«, unterbrach ich sie und zog sie noch enger an mich, sodass wir dem Herzschlag des anderen lauschen konnten. »Du darfst nicht daran denken. Sie wird noch unter uns weilen, wenn wir dort ankommen. Du wirst dich von ihr verabschieden können ...«

Sie fragte nicht, warum ich das sagte. Woher ich das wissen konnte, denn uns beiden war klar, dass ich keine Ahnung hatte, ob wir es rechtzeitig schaffen würden. Doch ich betete zu Gott, dass Lucie sich verabschieden konnte. Denn ich hatte mich damals von Mary nicht richtig verabschiedet, und das bereute ich jeden Tag. Wenigstens ein »Auf Wiedersehen« sollte ihnen vergönnt sein.

Lucie schniefte und wischte sich über die Nase. Ihr Schluchzen zerriss die stickige, schwere Luft im Inneren der Droschke. Ich schaute aus dem Fenster und sah, dass wir die Promenade von Southend erreicht hatten. Nicht mehr lange, und wir wären endlich dort.

Das Schweigen zwischen uns füllte die Kutsche mit einer merkwürdigen Ruhe, und ich fühlte mich so machtlos. Ich konnte nichts tun, als Lucie in meinen Armen zu halten. Ihr Sicherheit zu geben.

Vielleicht ist das genug, murmelte eine Stimme in meinem Inneren, und ich unterdrückte einen Seufzer. Mein Glücksmädchen hatte das nicht verdient. Aber wir alle waren machtlos gegen den Tod, jedenfalls, wenn es keine Hoffnung auf Heilung mehr gab.

Die Kutsche bog um die Ecke und schraubte sich den schmalen Waldpfad zum Internat hinaus. Lucie wurde in meinen Armen immer unruhiger und klopfte mit ihren Fingern auf ihrem Bein herum. Als unser Gefährt haltmachte, öffnete Lucie eilig die Tür und sprang aus der Kutsche hinaus.

»Lucie!«, rief ich ihr nach, doch sie hörte mich gar nicht, und ich erkannte, dass sie auf einen Mann zurannte.

Der Herr trug einen eleganten schwarzen Anzug, seine dunklen Haare waren ordentlich gekämmt, und als Lucie vornübergebeugt vor ihm stehen blieb, wurde mir bewusst, wer er sein musste. Ihr Vater. Sebastian Farber, mit dem ich korrespondiert hatte.

Ich stieg ebenfalls aus der Kutsche aus und wies den Kutscher an, zu den Stallungen zu fahren und dort die Pferde zu versorgen. Unschlüssig blieb ich etwas abseits von Lucie und ihrem Vater stehen, der seiner Tochter über den Rücken strich und ihr einen Kuss auf den Schopf hauchte.

Sein Blick fiel auf mich, und er nickte mir schweigend, beinahe dankbar zu. Dann führte er seine Tochter ins Internat hinein, und ich wartete draußen. Ein wenig verloren stand ich da, während ein harscher Wind über den Vorplatz von Heygate huschte.

Ein Seufzer entglitt meinen Lippen, und ich fuhr mir durch die Haare, schaute mich um und entdeckte eine Person im Gemüsebeet, die mich die ganze Zeit schon angestarrt zu haben schien.

Es war Amabel Hastings.

Geh zu ihr, drängte eine Stimme in mir, die sich gefährlich nach meiner Mutter anhörte. Ich wollte mich nicht bewegen, doch meine Füße taten es von allein. Als würde mich irgendeine unsichtbare Macht lenken.

Ich blieb vor Amabel auf dem Sandweg stehen, der das Gemüsebeet umfasste, und sie hob den Kopf.

»Verschwinde«, zischte sie mir zu, doch sie klang gar nicht wütend. Nein, eher todtraurig und ziemlich erschöpft.

Ich hob die Hände und lächelte sie vorsichtig an. »Ich schwöre, ich komme in Frieden!«

Kapitel 30

Amabel

*I*ch schwöre, ich komme in Frieden!«, sagte Arthur, und wenn ich mir sein Lächeln genauer ansah, dann konnte ich trotz allem verstehen, warum Lucie sich in ihn verliebt hatte.

Optisch war er ein wirklich hübscher Zeitgenosse. Diese funkelnden blauen Augen wie Eis. Die roten Haare, die im völligen Kontrast dazu standen, und dann dieses schelmische Lächeln. Wenn ich in der Lage gewesen wäre, einen Mann zu lieben, dann hätte ich ihn auch nicht von mir gestoßen.

Doch ich liebte keine Männer.

Und diese Wahrheit hatte ich viel zu lange vor mir selbst versteckt und mich selbst belogen.

Arthur kniete sich neben mich ins Beet, scherte sich nicht darum, dass seine feine Hose mit Erde beschmutzt wurde, und hielt immer noch die Hände hoch.

»Du kannst die Hände runternehmen«, knurrte ich, doch ich konnte lange nicht mehr so wütend klingen wie beabsichtigt.

Ich hatte all meinen Zorn verbraucht, er war verdampft wie Wasser in sengender Hitze. Seufzend legte ich die kleine Schaufel zur Seite und klopfte meine Hände aneinander, um die Erde davon zu entfernen.

»Sicher?« Arthur hob eine Augenbraue. »Ich habe Angst, dass du mich in den Dreck schubsen könntest …«

»Witzig«, murmelte ich verdrossen und verschränkte die Hände vor der Brust.

Mein Blick glitt zur Haupttür des Internats, durch die Lucie mit ihrem Vater gegangen war, und mein Herz wurde schwer. Ich hatte nur am Rande mitbekommen, dass ihre Eltern zwei Tage früher als geplant eingetroffen waren. Und dass ihre Mutter anscheinend stark unter ihrer Krankheit litt. Doch so aufgewühlt, wie Lucie gewirkt hatte, schien da noch viel mehr zu sein, und ein Kloß setzte sich in meiner Kehle fest.

»Wie … wie geht es Lucies Mutter?«, fragte ich vorsichtig.

Arthur nahm endlich seine Hände runter und verschränkte sie in seinem Schoß. »Sie wird bald sterben«, antwortete er schlicht, und ich zuckte zusammen bei der Heftigkeit seiner Worte.

»Wie kannst du das sagen?«, schrie ich ihn an, doch Arthur wirkte wenig beeindruckt von meinem erneuten Wutausbruch.

»Weil es leider die Wahrheit ist, sonst hätte eure Lehrerin Mrs Ham keinen Boten zu mir nach Hause geschickt, um Lucie sofort herzubeordern. Ihre Mutter stirbt bald, und ich habe Angst, dass es Lucie in tiefe Verzweiflung stürzen könnte.«

»Du liebst sie wirklich, oder?«, fragte ich ihn. Es brach mir das Herz, denn ich selbst hatte mich auch in Lucie verliebt. Aber anscheinend musste ich einsehen, dass das Schicksal einen anderen Weg für mich vorgesehen hatte.

»Ja«, erwiderte Arthur, und seine Schultern sackten herab. »Ich habe mich in dem Augenblick, als ich sie das erste Mal auf dem Ball gesehen habe, in sie verliebt. Gott, ich bin ihr verfallen. Ihrem Starrsinn, ihrer Neugierde und ebenso dieser Wut, die sie in sich trägt. Das Einzige, was ich gedacht habe, als ich das erste Mal mit Lucie sprach, war: ›Ich will dieses Mädchen glücklich sehen.‹ Und Amabel, es wäre mir egal gewesen, ob sie mit dir oder mit mir glücklich sein könnte. Es hätte mir das Herz gebrochen, aber das wäre es wert gewesen, wenn Lucie glücklich wäre.«

Ich schaffte es nicht, den Kloß in meiner Kehle hinunterzuschlucken, sodass nur ein Krächzen meinen Lippen entkam.

Er denkt so wie ich, schoss es mir durch den Kopf, und wütend wischte ich mir die Tränen von den Wangen.

»Dann weiß ich wenigstens, dass sie in guten Händen ist …«, flüsterte ich und sah Arthur an. Ich tippte ihm mit dem Finger auf die Brust. »Aber wenn du ihr jemals wehtun solltest, dann gnade dir Gott, Arthur Smith, dann werde ich dich zum Teufel jagen.«

Ein Schmunzeln huschte über Arthurs Lippen, feierlich legte er eine Hand auf seine Brust. »Ich werde es mir merken, Miss Hastings. Lucie hat Glück, dich als Freundin zu haben.«

»Wenn sie mich denn überhaupt noch als Freundin will.« Ich zuckte hilflos mit den Schultern. Ich war scheußlich zu Lucie gewesen, obwohl sie mich wahrscheinlich wirklich nicht verletzen wollte. Vermutlich war sie genauso verwirrt wie ich. Voller aufwühlender Gefühle, die sie nicht richtig hatte deuten können. Bis zu dem Augenblick, als sie Arthur geküsst hatte.

»Das will sie, ganz sicher.« Arthur legte vorsichtig seine Hand auf meine und lächelte mich an. »Sie macht sich Sorgen um dich, und es tut mir alles so leid. Sie hofft, dass du ihr verzeihen kannst.«

Ich schaute auf unsere Hände hinab und nickte dann. »Beschütze sie, Arthur, hörst du? Gib gut auf sie acht, und lass ihr niemals etwas Schlimmes widerfahren.«

Er erwiderte mein Nicken, und irgendwie begann mein Herz langsam zu verstehen. Auch wenn es immer noch wehtat, ich musste weitermachen. Ich durfte jetzt nicht den Kopf in den Sand stecken. Nein, meine Mama hatte mir beigebracht, immer stark zu sein, mutig und mit offenen Augen durch die Welt zu gehen.

Auch wenn ich noch sehr jung gewesen war, als sie starb, daran konnte ich mich immer noch erinnern. An ihre liebliche Stimme und ihre sanften Hände.

»Meinst du …«, setzte ich vorsichtig an, »dass ich zu Lucie gehen sollte?«

Arthur schüttelte sanft den Kopf und erhob sich mit einem gequälten Seufzer. »Ich glaube, wir sollten ihr jetzt die Zeit lassen, die sie mit ihrer Mutter braucht. Danach sollten wir zu ihr gehen, denn dann wird sie uns brauchen. Uns beide, Amabel.«

Ich schluckte schwer, wischte mir über die Nase und erhob mich ebenfalls. »Ich habe dir unrecht getan, Arthur. Es tut mir leid.«

Er lächelte matt und fuhr sich durch die krausen roten Haare. »Nein, ich kann dich sogar verstehen, und es betrübt mich, dass Lucies beste Freundin unglücklich ist. Aber meine Mutter hat mal etwas sehr Wahres gesagt, nämlich, dass jeder von uns sein Glück eines Tages findet, und ich bin mir sicher, das gilt auch für dich.«

Er ist wirklich ein guter Mann, dachte ich traurig und trotzdem irgendwie glücklich zugleich. Lucie verdiente ihn, sie verdiente dieses Glück, und ich wollte ihr nicht im Weg stehen.

»D-danke …«, presste ich mühsam hervor und senkte den Blick.

Ich erwähnte lieber nicht, dass ich mir beinahe sicher war, dass ich mit John Hold niemals glücklich werden würde. Weil ich ihn nie lieben konnte. Aber wenn das nur alles gewesen wäre, dann hätte ich es vielleicht trotzdem versucht. Doch ich zweifelte immer noch daran, dass John mir jemals seine wahre Zuneigung zeigen konnte. Ich glaubte, dass er ein Geheimnis hatte. Ein großes, schweres Geheimnis.

»Wollen wir vielleicht …«, Arthur kratzte sich unsicher am Kopf und schaute mich fragend an, »ich weiß nicht … einen Tee trinken?«

Ich musste wider Willen lächeln bei seinen Worten und hob Schaufel und Eimer auf. »Sehr gerne, Arthur Smith. Komm mit auf unser Zimmer, dort können wir auf Lucie warten.«

Er folgte mir mit gemäßigten Schritten, und ich schaute über die Schulter zu ihm. Arthur war gut darin, Menschen ihren Zorn zu nehmen, die richtigen Worte zu finden, damit jemand sich besser fühlte. Ich konnte immer mehr verstehen, warum Lucie sich in ihn verliebt hatte.

Doch mein Herz schmerzte immer noch, und ich hoffte, dass ich eines Tages auch mein Glück finden würde. Vielleicht war dieser Tag gar nicht so fern, und ich konnte die Sonne nur wegen der vielen Wolken nicht sehen, die sich am Himmel zusammenbrauten.

Kapitel 31

Man hatte Mama auf die Krankenstation auf der Rückseite des Internats gebracht. Hier roch es in den Fluren nach Desinfektionsmittel und Medikamenten. Ich hasste den Geruch, ich hasste es, wie meine Schritte auf den Dielen quietschten und wie ruhig es hier war. Als würde der Tod über diesen Räumlichkeiten schweben, mit seinen finsteren Händen nach dem Leben greifen.

Mein Vater hatte den Arm um meine Schulter gelegt, stützte mich sogar ein wenig bei diesem schwierigen Gang, und es war ein merkwürdiges Gefühl, dass er mir jetzt so nahe war nach all diesen Monaten. Nachdem ich mich so lange in ihm geirrt hatte.

»Vater …«, setzte ich an, als wir vor der Tür eines Zimmers haltmachten.

Er legte seine Hand unter mein Kinn und sah mich mit Tränen in den Augen an.

Er liebt Mama doch von ganzem Herzen, wurde mir schmerzlich bewusst, als ein Schluchzer die Stille zerriss.

»Ach, mein Kind …«, murmelte Vater und fuhr sich mit der anderen Hand über seine Wangen, die mit Bartstoppeln übersät waren. Er sah nicht gut aus. Schatten unter den Augen, weiße Haut wie Papier, und seine Wangen wirkten hohl.

»Ich muss mich bei dir entschuldigen«, presste ich hervor und wusste nicht recht, wie ich all die Dinge sagen sollte, die in meinem Kopf herumspukten.

»Wieso das?«, fragte Papa beinahe zaghaft.

All die Strenge, die immer in seiner Stimme gelegen hatte, wenn er mit mir sprach, war verschwunden. Seine Stirn war nicht gerunzelt, da war nicht diese steile Falte zwischen den Augenbrauen, die jedes Mal entstanden war, wenn er mit mir redete. Als wäre ich eine Enttäuschung für meine Eltern. Doch nichts davon war noch da. Als hätte er eine Maske abgestreift, und sichtbar wurde der Vater, den ich aufgrund seiner vielen Reisen in meiner Kindheit niemals kennengelernt hatte. Den ich nie wirklich gesehen hatte, weil er mir so unbekannt gewesen war.

»Ich war bei Arthurs Mutter … sie hat mir erzählt, was Mama hier in Southend getan hat …«, begann ich stockend und konnte nicht anders. Ich warf mich stürmisch in die Arme meines Vaters, presste meine tränennasse Wange an seine Brust. »Ich habe immer geglaubt, dass die Reisen, die du mit Mutter unternommen hast, ihre Tuberkulose noch verschlimmert hätten. Dass du mir Mama vorenthalten wolltest. Doch stattdessen wolltest du ihr ermöglichen, die Welt zu sehen, ihr Freiheit schenken. Ich … Vater, es tut mir leid, ich habe …«

»Ach, Lucie …«, flüsterte mein Vater und strich über mein Haar, seine Berührung war ganz sanft, beinahe vorsichtig. Als hätte er Angst, mich zu zerbrechen wie eine Porzellanpuppe. »Hast du wirklich dein ganzes Leben lang so schlecht von mir gedacht?«

Ich schluckte schwer, versuchte, gegen die Tränen anzukämpfen, aber es gelang mir nicht. Ich weinte und weinte. Bereute so viele Dinge, während die Traurigkeit meine Sicht verschwimmen ließ. Mein Vater klang ebenso traurig und verletzt wie ich. Es musste ihm großen Kummer bereitet haben, dass ich so von ihm gedacht hatte. Aber ich hatte mein ganzes Leben lang keinen Zugang zu ihm gefunden, weil ich so vieles missinterpretiert hatte.

»Kannst du mir verzeihen?«, fragte ich und schaute zu ihm hoch, versuchte, die Tränen im Zaum zu halten, und dann geschah etwas Merkwürdiges.

Mein Vater lächelte. Ich glaubte, mich an keinen Augenblick erinnern zu können, in dem er so rein, so natürlich gelächelt hatte. Auch in seinen Augen standen Tränen, und er neigte den Kopf zur Seite, strich mir über die Wange und küsste mich auf die Stirn.

»Es gibt nichts zu verzeihen, mein Engel. Die Schuld liegt wohl eher bei mir, ich war zu streng mit dir, habe nicht gesehen, dass du deiner Mutter so sehr nachschlägst.«

Wir sahen uns schweigend an, und es schien das erste Mal zu sein, dass wir uns wirklich *sahen*. So, wie wir waren. Wahrhaftig und ohne all diese Trugbilder und Masken, mit denen wir uns verstellt hatten.

Ich schniefte und wischte mir die Tränen von den Wangen. So wollte ich Mama nicht gegenübertreten. Doch bevor ich die Tür öffnete, drehte ich mich noch einmal zu meinem Vater um.

»Warum seid ihr früher hier angekommen? Und was ist mit Ava, warum ist sie nicht mitgekommen?«

Ich hatte in all dem Trubel der letzten Tage nur kurz an meine Schwester gedacht, und erst jetzt wurde mir wirklich bewusst, dass sie nicht hier war. Dass sie sich nicht von Mama verabschieden konnte – oder hatte sie es vielleicht schon getan?

Er neigte den Kopf zur Seite und seufzte gequält. »Deiner Mutter ging es in den letzten Monaten immer schlechter, aber sie wollte partout nicht, dass du davon erfährst. Deswegen habe ich eine Passage früher nach London gebucht, doch auf dem Schiff ging es mit ihrem Gesundheitszustand rapide bergab. Ava habe ich natürlich davon unterrichtet, aber ihr Ehemann war noch auf Handelsreise, und sie wollte die Kinder nicht allein mit der Gouvernante lassen. Doch ihr Gatte hat seine Reise abgebrochen, sodass Ava uns nachreisen konnte. Sie wird noch heute Abend hier in Southend ankommen. Aber deine Mama wollte dann trotz ihres schlechten Zustands nicht in London bleiben, und ich habe alle Mittel in Bewegung gesetzt, damit wir schnellstmöglich hierherkommen. Sie wollte dich noch sehen …«

Ja, das klang nach meiner Mutter. Und ich war froh und dankbar, dass Ava noch nachkommen würde, um sich von Mama zu verabschieden.

Ich stieß zischend die angestaute Luft aus meinen Lungen und öffnete die Tür zum Krankenzimmer. Sonnenlicht fiel durch die Fenster hinein, und es roch nach Krankheit im Raum. Mamas Husten surrte in der Luft, und ich stürzte zum Bett, in dem sie lag.

»Mama …«, flüsterte ich und ergriff ihre knochige Hand.

Sie sah völlig ausgezehrt aus, und ihr Anblick trieb mir nun doch die Tränen in die Augen. Ihre Haut wirkte zerknittert, spannte über ihren Wangenknochen, und ihr Körper schien noch ausgemergelter als zuvor.

»Mein Engel …«, flüsterte sie mit rauer Stimme und strich über meine Hand. »Wie schön du bist.«

Ich lachte ironisch auf und schüttelte den Kopf. Ich musste schrecklich aussehen. Meine Augen waren mit Sicherheit gerötet, meine Wangen von den Tränen aufgedunsen, und meine lockigen Haare standen mir wild vom Kopf ab. Aber für Mama war ich trotzdem noch schön, genau wie sie für mich.

»Du hättest doch nicht kommen müssen, wenn es dir so schlecht geht …«, murmelte ich und umarmte sie.

Gott, ich hatte sie so sehr vermisst, unsere Gespräche und die gemeinsame Zeit, die wir sonst miteinander verbracht hatten. Und nun … nun lag sie in diesem Bett, sank in den Kissen ein, und ihr Atem ging rasselnd.

»Aber …«, setzte sie an und musste sich unterbrechen, weil sie von einem weiteren Hustenkrampf geschüttelt wurde. »Ich wollte doch sehen, wie sich mein Mädchen hier in Southend macht, und deine Verlobung mit dir feiern.«

Ich erwiderte nichts, denn Mama würde nicht mehr feiern, sie würde höchstwahrscheinlich nicht mal mehr bis zu diesem besonderen Tag, der erst nächste Woche war, unter uns weilen. Das wussten wir beide, doch keiner wagte es, diese Tatsache auszusprechen.

»Ich habe dich so sehr vermisst, Mama«, wisperte ich erstickt und genoss ihre Nähe, diese wenige Zeit, die wir noch zusammen haben würden.

»Ich dich auch, Lucie …«, murmelte sie und seufzte leise, sank zurück in die Kissen und schaute nach draußen. »Du warst mit Arthur bei seiner Mutter, meiner alten Freundin Alicia?«

Mein Herz machte einen unangenehmen Stolperer, und ich nickte schweigend, legte mir sorgsam die Worte zurecht, die ich meiner Mutter sagen wollte, um dann doch einfach mit der Wahrheit herauszuplatzen.

»Ich weiß, dass du im *Magdalena's House* als Hebamme gearbeitet hast.«

Stille legte sich urplötzlich über das Krankenzimmer, und es war, als würde ein eisiger Schauer über meinen Rücken rieseln. Mama sah mich lange an, dann lächelte sie schwach, hob die Hand und tätschelte meine Wange.

»Du bist ein kluges Mädchen, meine Lucie. Ja, das habe ich in der Tat, doch ich wusste nie, wie ich dir das sagen sollte. Du hättest wahrscheinlich gedacht, dass ich dir Märchen erzähle …«

Ich dachte einen Augenblick über ihre Worte nach, versuchte, die Antwort in meinem Herzen zu finden, und nickte dann peinlich berührt. Sie hatte recht. Ich hatte mein ganzes Leben lang geglaubt, dass meine Mutter ihr Lächeln durch die Heirat mit meinem Vater verloren hatte. Dass sie immer schon die perfekte Ehefrau gewesen war, niemals über die Stränge geschlagen hatte. Aber das war nicht die Wahrheit. Es quälte mich, dass ich so ein falsches Bild von ihr gehabt hatte und nun, da sie sterben würde, erst wusste, wer sie wirklich war. Was sie für andere Menschen getan hatte.

»Du bist meine Heldin, Mama …« Meine Unterlippe zitterte, und Tränen rannen mir über die Wangen. »Und ich habe nie gewusst, wie großartig du gewesen bist. Dass ich mein ganzes Leben lang dir nachgeeifert habe, unbewusst wollte ich werden wie du …«

Ich schaffte es nicht, mich zusammenzureißen. Meine Gefühle übernahmen die Kontrolle über meinen Verstand. Ich schluchzte hemmungslos, presste mir die Hand vor den Mund. Heiße Tränen perlten von meinem Kinn ab, während die altbekannte Wut in meinem Magen zu blubbern begann.

Das ist nicht gerecht, dachte ich zornig und schaute zum strahlend blauen Himmel. *Warum nimmst du sie mir weg, Gott? Warum jetzt, wo ich endlich weiß, dass ich ihr viel mehr ähnele, als ich jemals gedacht hätte.*

Warum? Warum? Warum?

»Ich will, dass du lebst, Mama!«, rief ich erzürnt und sah sie an, ein Schleier ließ mir die Sicht verschwimmen, doch ich konnte ihr Lächeln trotzdem noch erkennen.

Sie hievte sich mühsam hoch, während ihr Körper von einem weiteren Hustenanfall erschüttert wurde. Und dann zog sie mich in ihre Arme, strich mir über das Haar und hauchte mir einen Kuss auf die Wange. Leise summte sie eine Melodie, ein Schlaflied, das sie mir als Kind immer vorgesungen hatte, wenn ich unruhig gewesen war.

»Ich will das auch, mein Schatz …«, murmelte sie an mein Ohr, ihr Atem kitzelte meine Haut, während sie mich an sich drückte. »Aber das Leben ist niemals gerecht, Lucie. Das weißt du doch. Genau deswegen haben wir die Pflicht, diese Welt ein Stück besser zu machen, hörst du?«

Ich nickte stumm, denn meine Kehle war wie zugeschnürt, kein einziges Wort drang aus meinem Mund. Ich konnte Mamas Herzschlag hören, spüren, wie ihre Brust sich hob und senkte.

»Aber ich weiß nicht, ob ich das alles hier ohne dich schaffe ...«, würgte ich nach einer kleinen Ewigkeit hervor. »Ich brauche dich ...«

Meine Mutter löste sich von mir und legte ihre eiskalte Hand unter mein Kinn. »Natürlich schaffst du das, mein Engel.« Sie strich mir über die Wange und deutete über meine Schulter. »Außerdem bist du nicht allein.«

Ich hatte nicht bemerkt, dass nicht nur Papa im Krankenzimmer war. Hatte die Tür gar nicht gehört und realisierte erst jetzt, dass dort neben meinem Vater auch Arthur und Amabel standen. Ich betrachtete die beiden einige Zeit und war verwundert, dass ich keine Spannung zwischen ihnen spürte. Sie standen beinahe wie eine Einheit da.

»Das ist doch nicht das Gleiche, Mama ...«, murmelte ich und sah sie an, erkannte mich selbst im Blau ihrer Augen.

»Ich weiß, aber ich bin immer bei dir. Hier drinnen.« Sie legte eine Hand auf meine Brust, dorthin, wo mein kleines, zerbrochenes Herz war. »Ich bin immer an deiner Seite.«

Ich schlang erneut die Arme um sie, war nicht bereit, meine Mutter gehen zu lassen. Diese Vorstellung war so schmerzhaft, dass ich keine Ahnung hatte, wie ich ihren Verlust überleben sollte.

»Aber einen Wunsch hätte ich noch ...« Meine Mutter lächelte mich an und sah dann zu meinem Vater. »Ich würde gerne mit Lucie ein letztes Mal über den Pier spazieren gehen ...«

»Elizabeth ...«, setzte mein Vater an, und ich erkannte an seinem Gesichtsausdruck, dass tausend Dinge dagegensprachen, dass meine Mutter das Bett verließ. Doch anscheinend konnte er ihr auch keinen einzigen Wunsch abschlagen.

Papa seufzte gequält und fuhr sich über das stopplige Kinn. »In Ordnung, ich werde eine Kutsche vorfahren lassen und dem Arzt aus Southend Bescheid geben. Er soll dich vorher untersuchen, dir noch mal Medikamente geben, und dann beziehen wir unser Zimmer im *Arcade*.«

The Arcade – in diesem Hotel nächtigten meine Eltern also, es war das weiße Gebäude mit der runden Kuppel, das ich am ersten Tag hier in Southend gesehen hatte. Ein exquisites Gästehaus mit allerlei Prunk und piekfeinem Essen.

Meine Mutter machte eine wegwerfende Handbewegung und schien beinahe beleidigt. »Der Arzt wird dir auch nichts Neues sagen können, Liebster. Aber wenn es dein Gewissen beruhigt, werde ich mich nach unserem Ausflug zum Pier brav ins Bett legen und mich untersuchen lassen.«

Ein Anflug von Hohn schwang in ihrer Stimme mit, doch ihr Blick wurde sofort wieder weicher, als sie mich ansah. »Nun … ein letzter gemeinsamer Spaziergang, mein Engel?«

»Alles, was du willst, Mama«, antwortete ich und ergriff ihre Hände. »Alles.«

Ein harscher Wind fegte mir beinahe den zitronengelben Hut vom Kopf, als ich den Rollstuhl, in dem Mama saß, langsam über den Pier schob. Der Nachmittag war angebrochen, und aus den Hotels und Kaffeehäusern duftete es nach Kuchen und gezuckertem Tee mit Milch. Es war merklich ruhig auf der Promenade, und langsam erreichten wir das Ende des Piers. Meine Mutter ließ den Blick über das Meer schweifen, das sich in seiner wunderschönen Wildheit vor uns erstreckte.

Eine salzige Brise umschmeichelte uns, während Möwen über unsere Köpfe hinwegflogen.

»Es ist noch genauso schön, wie ich es in Erinnerung hatte«, flüsterte Mama, und ihre Finger fuhren über das dunkle Holz der Brüstung. »Hast du diesen Ort auch lieben gelernt?«

Ich schloss kurz die Augen, lauschte dem Heulen des Windes, den Wellen, die sich am Strand brachen, und dem Krächzen der Möwen über uns.

»Anfangs nicht …«, gab ich leise zu und öffnete die Augen wieder. »Da habe ich alles an Southend und Heygate gehasst. Es war nicht so, dass ich blind für die Schönheit des Ortes war, aber ich wollte sie nicht sehen. Ich wollte auch Arthur nicht kennenlernen, aber weißt du was?«

Ich holte den zerknitterten Brief hervor, den ersten, den Mama mir geschrieben hatte und den Arthur gerettet hatte, bevor er ins Wasser fallen konnte.

»Ich habe deinen ersten Brief an mich hier gelesen, ein Windstoß hat ihn mir entrissen, und es war Arthur, der ihn für mich auffing. Da wusste ich noch nicht mal, wer er war.« Ich musste unwillkürlich lächeln, und mein Herz pochte schneller bei dieser Erinnerung, Hitze huschte über meine Glieder.

»Das heißt, wenigstens den Mann, den wir dir ausgesucht haben, magst du?«

Ich nickte. »Er ist ein guter Mann, doch das habe ich auch nicht wahrhaben wollen. Aber weißt du, er hilft im *Magdalena's House* – er ist der einzige Mann, den sie da reinlassen, und er tut es …« Ich biss mir auf die Unterlippe, doch Mama schien zu wissen, was ich sagen wollte.

»Alicia hat mir von dem tragischen Verlust ihrer Tochter erzählt und dass Arthur sich deswegen so in sein Studium und die Unterstützung für das *Magdalena's House* stürzt. Da habe ich gedacht, dass ihr gut zusammenpasst. Das Mädchen, das niemals heiraten wollte und die Medizin liebt, und der Junge, der immer dachte, er wäre niemals gut genug, und trotzdem alles tat, um seinen Mitmenschen zu helfen.«

Ein Schmunzeln stahl sich auf mein Gesicht, Arthur und ich passten wirklich gut zueinander. Ich glaubte nicht an das

Schicksal, aber irgendwie fühlte es sich mit Arthur richtig an. Ich hätte Mama schon die ganze Zeit vertrauen sollen.

»Weißt du …« Ich verschränkte meine Finger mit den ihren und lächelte sie traurig an. »Als ich hier angekommen bin, war meine Zimmernachbarin Amabel die Einzige, der ich vertraute, und ich hatte das Gefühl, dass ich mich in sie verlieben könnte …«

Ich musste meiner Mutter davon erzählen. Ich wollte ihr alles offenbaren, was in meiner Zeit hier in Southend passiert war. Weil sie mir bald nicht mehr zuhören konnte, und das brach mir das Herz.

Mama warf mir einen Seitenblick zu und kicherte leise. »Dieses Gefühl haben viele Mädchen, die Heygate besuchen … du kannst dir nicht vorstellen, wie viele heimliche Liebschaften es gab. Aber ich nehme an, dass deine Gefühle für Arthur stärker waren, oder?«

»Ja«, gab ich leise zu. »Das waren sie wirklich. Aber Amabel …« Zögernd sah ich meine Mutter an. »Sie kann wirklich keine Männer …«

»Lieben?«, fragte Mama, als ich nicht weitersprach.

Ich nickte schweigend. Es gab so vieles, für das ich mich bei Amabel entschuldigen wollte. Es fühlte sich immer noch so an, als hätte ich sie im Stich gelassen.

»Deswegen hat sie vorhin so traurig dreingeschaut«, bemerkte meine Mutter und ging zu einer Bank auf dem Pier.

Ich schob den Rollstuhl nahe an eine Bank heran und setzte mich darauf, gemeinsam blickten wir auf das Meer hinaus. »Ich bin mir sicher, dass auch deine Freundin ihren Platz in dieser Welt finden wird, Lucie. Und dass eure Freundschaft deswegen nicht zerbricht …«

»Aber ich habe ihr die falschen Signale gesendet, und ich fühle mich deswegen schuldig«, ereiferte ich mich und hob frustriert die Hände in die Luft.

»Ach, mein Engel …« Mama drehte sich zu mir und legte ihre Hände an meine Wangen, sanft küsste sie mich auf die Stirn. »Ihr werdet wieder Freundinnen sein, dessen bin ich mir sicher. Und du trägst keine Schuld daran, ihr seid so jung, ihr wisst noch so wenig über die Welt. Darüber, was wirkliche Liebe ist. Es ist euer Recht, verwirrt zu sein von euren Gefühlen. Aber das bedeutet noch lange nicht, dass Amabel für den Rest ihres Lebens unglücklich sein muss.«

»Aber sie soll einen Lord heiraten …« Ich zog einen Schmollmund und verschränkte die Arme vor der Brust.

Mama lächelte kopfschüttelnd. »Auch dafür findet sich eine Lösung, da bin ich mir sicher. Sie hat doch dich an ihrer Seite, und du bist ein kluges Mädchen …«

Ich wusste darauf nicht recht etwas zu erwidern und lehnte stattdessen meinen Kopf an Mamas Schulter.

»Ich habe dich so sehr vermisst …«, wisperte ich, und der Wind trug meine Worte davon. »Ich habe so große Angst, ohne dich nicht zu wissen, welchen Weg ich gehen soll.«

Sie verschränkte ihre Finger mit meinen und lächelte auf mich herab. »Du hast deine Zeit hier bis jetzt großartig gemeistert, Lucie. Und das wirst du auch in Zukunft tun. Das weiß ich ganz genau, du bist mir nämlich viel zu ähnlich. Hab keine Sorge, und vertraue einfach auf die Welt.«

Ich holte tief Luft, richtete mich auf und zog Mama in meine Arme. »Ich hab dich sehr lieb, Mama. Und ich werde dich immer stolz machen.«

Sie erwiderte die Umarmung und strich mir über den Rücken. »Das weiß ich, mein größter Schatz, das hast du dein ganzes Leben lang schon getan. Ich liebe dich sehr, Lucie.«

Und so verweilten wir auf dem Pier in Southend. An diesem Ort, wo alles irgendwie begonnen hatte und nun enden würde. Eng umschlungen in dieser letzten Umarmung, die sich wie eine Ewigkeit anfühlte und die ich tief in mein Herz einschloss.

Meine Mutter starb am Tag darauf frühmorgens im Hotelzimmer des *Arcade*. Umgeben von ihren Liebsten.

Meinem Vater, Ava, die am Abend zuvor in Southend angekommen war, und mir. Ich hatte meine Schwester weinend in die Arme geschlossen, und wir hatten noch bis tief in die Nacht mit Mama gesprochen.

Alicia Smith, die sie ebenfalls noch besucht hatte. Arthur, der mich hielt, während ich auf meine Mutter blickte, deren Atem immer langsamer wurde, bis ihre Brust sich gar nicht mehr hob und senkte.

Ich hatte mich so lange mit diesem Gedanken abgefunden, dass sie sterben würde. Doch nun war der Augenblick gekommen, und ich hatte das Gefühl, in einen finsteren Abgrund zu stürzen. Nie wieder in meinem Leben glücklich zu werden.

Oh, doch, mein Engel, das wirst du.

Ich hörte ihre Stimme in meinem Inneren und legte eine Hand auf meine Brust, fühlte meinen pulsierenden Herzschlag unter meinen Fingerkuppen und wusste, dass sie wirklich noch bei mir war. Ganz tief in mir drinnen.

»Möchtest du vielleicht ein wenig frische Luft schnappen?«, fragte Arthur zaghaft, als der Arzt und ein Mann vom Bestattungsinstitut das Hotelzimmer betraten.

Ich wischte mir über die Nase und nickte schwach. »Ja, das wäre schön.«

Mein Blick glitt zu meinem Vater, der mich in seine Arme zog. »Ich bleibe hier, gemeinsam mit deiner Schwester. Ich weiß dich bei Arthur in guten Händen.«

Arthur legte den Arm um mich und führte mich sanft aus dem stickigen Zimmer hinaus. Wir gingen den Flur entlang und die Treppe hinunter. Die Stille im Hotel schien uns regelrecht zu ersticken.

The Arcade war ein wunderschönes Hotel mit geräumigen Zimmern und einer eher modernen und weniger konventionellen Einrichtung. Unter normalen Umständen hätte ich mich hier wohlgefühlt, hätte die kleine Bibliothek für die Gäste des Hauses besucht, die verschiedenen Speiseräume erkundet und mir den Ballsaal angesehen. Doch im Moment hatte ich keine Augen für diese Schönheit. Ich fühlte mich leer und ausgesaugt.

Gierig atmete ich die frische Luft ein, die uns empfing, als wir nach draußen traten. Es war über Nacht merklich kälter geworden, und die ersten Blätter der Bäume fingen an, sich in den buntesten Farben zu zeigen.

Ich schauderte, und Arthur legte schweigend sein Jackett um meine Schultern. »Ich glaube, ich sollte wieder hineingehen«, sagte er zu mir, und ich schaute ihn fragend an.

Er deutete zur Antwort nur auf die andere Seite der Promenade, und ich kniff die Augen zusammen. Es dauerte einige Sekunden, bis ich verstand, wer da vom Pier her auf uns zugelaufen kam.

»Amabel …« Ich starrte sie entgeistert an, als sie vor uns stehen blieb.

Sie hielt einen Blumenstrauß im Arm und tippelte unruhig von einem auf den anderen Fuß. »Ich war mir nicht sicher, welche Blumen ich mitbringen soll, aber Susanne sagte mir, dass Narzissen für Hoffnung stehen und für eine gute Reise nach dem Tod, dass man die Person immer im Herzen trägt …« Verlegen senkte sie den Blick, als sie mir die gelben Blumen überreichte.

»Oh, Amabel …« Ich schnupperte an dem Strauß und war schon wieder den Tränen nahe. »Danke …«

Was sagte man in solchen Augenblicken? Welche Worte waren die richtigen? Wie begann man, das Band einer Freundschaft neu zu knüpfen, nachdem alles verloren schien?

Diese Fragen rauschten durch meinen Kopf, und ich sah Arthur unschlüssig an, der jedoch nur abwehrend die Hände hob und mich anlächelte.

»Ich bringe die Blumen ins Zimmer deiner Mutter, und ihr macht einen Spaziergang?«, schlug er vor.

»Ist das für dich in Ordnung?« Ich mutmaßte, dass Amabel und Arthur miteinander gesprochen hatten, doch keiner der beiden hatte mir offenbart, worüber. Und ich wollte nicht, dass einer von ihnen sich schlecht fühlte, wenn ich mit dem anderen unterwegs war. Noch immer war mein kleines Herz zerrissen, und ich fühlte mich verloren in dieser viel zu großen Welt.

»Natürlich ist es das.« Arthur hauchte mir einen Kuss auf die Stirn und nahm mir zaghaft die Blumen ab. »Geh schon.«

Ich nickte ihm zu und schaute ihm noch einige Zeit hinterher, während er wieder ins *The Arcade* verschwand. Dann wandte ich mich zu Amabel um. Sie trug ein schlichtes Promenadenkleid in Dunkelgrün mit passendem Hut, ihre Finger waren vor dem Körper ineinander verschränkt, und sie hatte den Kopf gesenkt.

»Wollen wir …« Ich zögerte und seufzte leise. Das alles war so kompliziert, und es fiel mir schwer, die richtigen Worte zu finden. »Ein wenig auf der Promenade spazieren gehen?«

Sie schaute zu mir auf, und ein scheues Lächeln zeigte sich auf ihrem Gesicht. »Das würde mich freuen.«

Ich straffte die Schultern, atmete tief durch und ging auf Amabel zu. Es gab so vieles, was wir klären mussten, so viele Dinge, die noch zwischen uns standen. Und wenn wir jetzt nicht darüber sprachen, würden wir sie wahrscheinlich für immer totschweigen, und das wollte ich auf keinen Fall.

Kapitel 32

Lucie

ch schmeckte die salzige Meeresluft auf meiner Zunge, und ich schlug den Kragen meines leichten Mantels hoch, denn der Wind war kalt, der Herbst schien langsam den Weg nach Southend zu finden.

Wir gingen mit langsamen Schritten über die Promenade, dicht an dicht und doch in Gedanken so weit voneinander entfernt. Als wir den Pier passierten, musste ich unwillkürlich an meine Mutter denken, an die letzten Augenblicke, die ich hier mit ihr verbracht hatte.

»Dein Verlust tut mir so leid …«, murmelte Amabel, und ich bemerkte erst jetzt, dass ich stehen geblieben war.

Ich ließ meinen Blick über das Tor schweifen, das zum Pier führte, über die kleine Pferdebahn und die Geschäfte, die in dem Gebäude waren. Die bunten Schwimmkleider für Frauen, die Souvenirstände – all das erschien mir so nichtig in diesem Moment.

»Hier hat alles begonnen …«, flüsterte ich und ging wie in Trance durch das Tor.

Amabel folgte mir auf den Pier, und wir setzten uns in die Pferdebahn, ließen uns bis zum Ende fahren, und ich starrte hinaus aufs Meer. Niemals hätte ich gedacht, dass ich diesen Ort einmal als meine Heimat betrachten könnte, aber so war es gekommen. Southend hatte sich mit seiner Schönheit, mit den kleinen schmalen Gassen, den herrschaftlichen Gebäuden und dem funkelnden Meer in mein Herz geschlichen. Ohne dass ich es bemerkt hatte.

»Hier hätte ich beinahe den ersten Brief meiner Mutter verloren, und Arthur hat ihn gerettet. Damals wusste ich erst recht nicht, wer er war ...«, sprach ich einfach weiter, als wir das Ende des Piers erreicht hatten und uns an die Brüstung stellten.

Es war Ebbe, und das Meer hatte sich weit zurückgezogen, gab nun den Blick frei auf feuchten Sand, auf dem Möwen spazierten und immer wieder hineinpickten, um einen Wurm zu ergattern. Kleinere Kinder wateten durchs seichte Wasser und über den Strand, sie trugen Schaufeln und Eimer in den Händen und waren noch so unbeschwert.

»Lucie ...«, setzte Amabel an, und ich drehte mich zu ihr, lächelte sie traurig an und ergriff dann ihre Hand.

»Ich habe nicht gewusst, dass ich mich in ihn verliebt habe, bis ich ihn im Heckenlabyrinth geküsst habe ...«, platzte es aus mir heraus, und ich zuckte mit den Schultern. »Ich wollte dich damit nicht verletzen, Amabel. Gott, ich wollte dir niemals wehtun, du bist doch die erste Freundin, die ich hier in Southend gefunden habe.«

Amabel seufzte leise und schaute aufs Wasser hinab, das gegen die Pfeiler der Brücke klatschte. »Ich weiß ...«, erwiderte sie tonlos. »Ich habe nur gedacht, dass du diejenige sein würdest, der ich all meine Gefühle offenbaren kann. Diejenige, die genauso empfindet wie ich.«

Ein Kloß zog sich in meiner Kehle zusammen, und ich atmete zittrig aus. »Es tut mir leid, ich habe nicht verstanden, dass du nur Frauen liebst. Und dass es dich quält, dies nicht offen zeigen zu können, zumal du mit einem Mann verlobt bist. Und ich dir das Herz gebrochen habe mit meinen ... Signalen ...«

Amabel lachte trocken auf und schüttelte den Kopf. »Das konntest du auch nicht wissen, denn ich habe es niemals laut ausgesprochen. Und ich werde meine Liebe zu Frauen auch nie offen zeigen können.«

»Aber ich hätte es ahnen können ... und außerdem kenne

ich einige Frauen, die mit anderen Frauen zusammenleben. Sicherlich gibt es diese Möglichkeit auch für dich. Du wirst dein Glück finden, Amabel.«

Wir verfielen wieder in bleiernes Schweigen, das laut in meinen Ohren dröhnte, und ich drehte mich zu Amabel.

»Können wir noch Freundinnen sein?« Diese Frage brannte mir auf der Seele, seit wir uns vor den Stallungen so heftig gestritten hatten. Seit Susanne uns die Leviten gelesen und mir offenbart hatte, dass ich Amabels erste richtige Freundin gewesen war.

»Willst du denn überhaupt noch mit so einem Scheusal wie mir befreundet sein?«, fragte sie geradeheraus, und ich zuckte heftig zusammen.

»Amabel!«, rief ich entsetzt und ergriff ihre Hände. »Du bist kein Scheusal.«

Sie schaute mich überrascht an und neigte den Kopf zur Seite. »Doch, als du mich um diesen Tanz gebeten hast, da habe ich dich fortgeschickt. Weil ich Angst hatte, dass jeder sehen würde, dass ich nicht … dass etwas mit mir nicht … dass ich *kaputt* bin.«

Ich zögerte nicht eine Sekunde und zog Amabel in meine Arme, strich über ihren bebenden Rücken und spürte, wie viel Kraft es sie kostete, die Tränen zurückzuhalten.

»Du bist nicht kaputt«, flüsterte ich ihr ins Ohr. »Sag das nie wieder, Amabel. Jeder von uns liebt anders, und auch wenn die Gesellschaft uns weismachen will, dass das nicht richtig ist, daran ist gar nichts falsch. Es gibt so viele Frauen, die so empfinden wie du. Und eines Tages wirst du die Richtige finden.«

»Woher willst du das wissen?« Sie klang wie ein verzweifeltes Kind, dem man alles genommen hatte. Das sich mit aller Macht gegen das Gewicht der Welt auf ihren Schultern stemmte und am Ende doch darunter begraben lag.

»Das hat meine Mutter gesagt«, murmelte ich und spürte

nun, wie auch in meinen Augen Tränen brannten. »Sie hat gesagt, dass du dein Glück finden wirst. Und ich helfe dir dabei.«

Amabel blieb stumm, ihre Finger krallten sich in den Stoff meines Mantels. Ich hörte nur ihren rasselnden Atem und hielt sie fest.

»Deine Mama war eine sehr weise Frau …«, sagte sie nach einiger Zeit mit blecherner Stimme und löste sich von mir.

»Das war sie wirklich, und ich möchte ihr so gerne nacheifern …«

»Arthur wird dich mit Sicherheit dabei unterstützen, er ist ein guter Mann.«

Ich hob überrascht eine Augenbraue. »Ist er das?«

Amabel schnaubte unfein und wischte sich über die Wangen, dann verdrehte sie die Augen. »Ja, das ist er. Ich habe ihn falsch eingeschätzt, und das tut mir leid. Er hat meinen Zorn nicht verdient und du auch nicht. Ich will mit dir befreundet sein, Lucie. Du bist mir unglaublich wichtig.«

Ich nickte schweigend und sah Amabel an. »Ich will diese Freundschaft auch auf keinen Fall verlieren. Und es tut mir so leid, dass ich deinen Schmerz nicht bemerkt habe. Ich war verwirrt von unserer plötzlichen Nähe, aber ich habe nicht verstanden, dass diese Nähe für dich die einzige Art von Liebe ist, die du empfindest.«

»Das hätte ich dir auch sagen können …« Sie zuckte mit den Schultern und lehnte sich mit dem Rücken gegen die Brüstung. »Aber ich weiß nicht, was ich jetzt tun soll …«

Das war in der Tat ein Problem. Amabel konnte sich wahrscheinlich nicht vorstellen, John jemals zu lieben, denn sie empfand nichts für Männer, aber vielleicht …

»Denkst du immer noch, dass er ein Geheimnis hat?«, fragte ich vorsichtig, denn ich erinnerte mich an das Gespräch mit Amabel nach dem ersten Ball. In diesem düsteren Pensionszimmer, dicht an dicht auf meinem Bett.

»Ja, ich glaube schon, aber …«

»Fräulein Lucie!« Amabel wurde von einem hektischen Rufen unterbrochen, und ich wollte die Person schon rügen, denn wir hatten es gerade geschafft, wieder zueinanderzufinden, und diese Störung war nun wirklich nicht nötig. Aber dann erkannte ich, dass es Mimi war, die auf uns zugelaufen kam.

»Mimi, was …?« Ich wandte mich zu ihr um, und das Dienstmädchen blieb völlig außer Atem vor uns stehen, sie stemmte die Hände auf die Knie, schien völlig erschöpft zu sein.

»Ist etwas mit deinem Kind?«, fragte ich besorgt und betrachtete Mimi eingehend.

Man konnte nun deutlich erkennen, dass sie ein Kind unter dem Herzen trug. Ihr Bauch wölbte sich unter dem weißen Dienstmädchenkleid, und ihre ganze Statur war ein wenig fülliger geworden, die Wangen rosiger.

»Nein, nein …« Mimi erhob sich und schüttelte eilig den Kopf. »Dem Würmchen geht es gut, aber im *Magdalena's House* liegt gerade eine Frau in den Wehen, und die Hebamme kann nicht kommen! Ihr Zug nach Southend steckt irgendwo fest, das wurde mir am Bahnhof mitgeteilt, und nun …«

Sie stockte und verzog das Gesicht zu einer Grimasse. Ich verstand sofort, und ein Zittern huschte durch meinen Körper.

»Arthurs Mutter Alicia Smith ist im *The Arcade,* sie kann helfen und …«

»Ich war bereits im *Arcade,* Fräulein Lucie!«, unterbrach Mimi mich unwirsch. Jede andere Herrschaft hätte sie für die Frechheit, einfach so das Wort zu ergreifen, gerügt oder ihr gar gekündigt, aber mir war das einerlei. »Ihr Vater, Mrs Smith und Ihre Schwester sind bereits zum Bestattungsinstitut außerhalb von Southend gefahren, um Ihre Mutter …«

Ich biss mir auf die Unterlippe und nickte mit versteinerter Miene. Natürlich, mein Vater hatte erwähnt, dass sie Mama zum Bestatter fahren würden. Denn sie wollte hier auf dem

Friedhof in Southend ihre letzte Ruhe finden, das hatte sie uns vor ihrem Ableben mitgeteilt. Ich war froh, dass ich sie nicht begleiten musste, doch da nun auch Alicia mitgefahren war, gab es anscheinend niemanden, der bei der Geburt helfen konnte.

Niemanden?

Ich zuckte erschrocken zusammen, als die Stimme durch meine Gedanken schwirrte. Weich wie eine Feder und trotzdem hart wie geschliffener Stahl. Es war Mamas Stimme.

Du bist doch da, mein Engel ...

Ich schluckte schwer und wischte mir über das Gesicht. »Ist Arthur schon zum *Magdalena's House* gegangen?«

»Ja, Mr Smith hat sich sofort auf den Weg gemacht, aber er wird bei der Geburt ...« Mimi ließ den Satz auströpfeln, doch ich wusste auch so, was sie meinte.

Die Frauen im *Magdalena's House* schätzten Arthurs Hilfe sehr, und sie fragten ihn um Rat, aber eine Geburt – das war etwas völlig anderes für diese gebeutelten Frauen, die immer noch lernen mussten, wieder Vertrauen zu Männern zu fassen.

»Dann werde ich helfen«, sagte ich und wunderte mich selbst, wie fest und klar meine Stimme klang.

Ein wissendes Lächeln erschien auf Mimis Gesicht, und sie nickte eifrig. »Ich habe mir gedacht, dass Sie das sagen würden, Fräulein Lucie, und Mr Smith auch ...«

Ich schüttelte lächelnd den Kopf und straffte die Schultern. Ich hatte noch nie ganz allein ein Kind auf die Welt gebracht, hatte bisher nur den Hebammen in Lübeck geholfen, aber ich konnte das trotzdem schaffen. Weil ich in Mamas Fußstapfen treten wollte.

»Dann los!«, rief ich und drehte mich zu Amabel um, die immer noch an der Brüstung stand.

Sie stieß sich davon ab und hielt mir ihre Hand hin. »Ich will auch helfen, das macht man doch unter Freundinnen, oder?«

Ich konnte nicht in Worte fassen, wie überglücklich ich über ihre Worte war. Deswegen ergriff ich sofort ihre Hand und umarmte sie nochmals.

»Ja, so machen das Freundinnen, und du bist die beste Freundin, die ich habe«, flüsterte ich ihr zu.

Wir stürmten ohne große Worte ins *Magdalena's House* hinein, und ich rutschte beinahe auf dem frisch gewischten Dielenboden aus.

»Miss!«, rief eine Frau in einem fadenscheinigen Kleid entsetzt und stemmte die Hände in die Hüften. »Was tun Sie hier?«

Völlig außer Atem hob ich die Hand und bemühte mich eilig, wieder Luft zu bekommen. »Ich möchte bei der Geburt des Kindes helfen! Mimi hat mich darüber informiert, dass keine Hebamme zugegen ist.«

Die Frau schaute an mir vorbei zu Mimi, die ihr nur zunickte. »Vertrau ihr, Amy. Bitte.«

Die Frau – Amy – legte die Stirn in Falten, als ein Schrei die gemächliche Stille zerriss. Definitiv eine Frau in den Wehen. Ich schaute Amy eindringlich an, und sie neigte den Kopf zur Seite, hob dann aber ergeben die Hände.

»In Ordnung, aber wer sind Sie überhaupt?«

Ich wischte mir unfein über die Nase und straffte die Schultern. »Ich bin Lucie Farber, die Tochter von Elizabeth Norton.«

Amys Mund klappte auf, und sie schaute zwischen mir und Mimi verwirrt hin und her. »Du … du bist Elizabeths Tochter?«

»Ja, ich bin die Tochter meiner Mutter. Sie ist heute Morgen im *The Arcade* verstorben, und ich sehe es als meine Pflicht an, genau das zu tun, was sie getan hätte, wenn sie hier wäre: einer Frau bei der Geburt zu helfen und ihr Leben zu retten.«

»In Ordnung, komm mit!« Amy packte mich am Arm und zog mich mit sich. Ihre braunen Haare waren zerzaust und ihr Blick gehetzt, als sie mich durch die Halle führte.

Wir passierten einen gemütlichen Salon mit Chaiselongues und Récamieren, auf denen einige Frauen Platz genommen hatten und in einem Buch lasen oder sich leise unterhielten. Zwei Webstühle standen in einer Ecke des Zimmers, an denen ebenfalls Frauen saßen.

Ein Feuer prasselte im Kamin, davor spielten zwei kleine Kinder auf einem gewebten Teppich mit Holzfiguren. Die Frauen hoben ihre Köpfe, schienen mich mit unverhohlenem Misstrauen zu mustern, doch als Amy ihnen nur schweigend zunickte, wurden ihre Blicke mit einem Mal weicher.

Wir passierten den Salon und standen in einem geräumigen Flur, von dem mehrere Türen abführten. Ich hörte das Klappern von Töpfen und Pfannen, doch Amy winkte mich die Treppe hinauf, die unter unseren Schritten dumpf knarrte.

In der oberen Etage waren einige Gaslaternen an den Wänden entzündet, doch der Flur war in dämmriges Licht getaucht. Erneut drang ein heiserer Schrei an unsere Ohren, und Amy stieß eine Tür links von uns schwungvoll auf.

Ich stolperte in den Raum hinein, und meine Augen erfassten sofort die ganze Szenerie. Eine Frau in einem weißen Nachthemd lag schweißgebadet in einem Bett. Ihre blonden Haare klebten an ihrer Stirn, ihr Gesicht war hochrot, die Beine gespreizt, darüber war eine Decke gebettet.

Neben der Frau saß Mrs Waring, die ihr die Hand hielt. Die gutmütige alte Dame schaute auf, und ein verstohlenes Lächeln zupfte an ihren Lippen. Sie beugte sich zu der Schwangeren und strich ihr eine Haarsträhne aus der Stirn.

»Hab keine Sorge mehr, Maria, nun ist Hilfe da.«

Die Frau im Bett schaute zu mir, dann verzerrte sich ihr Gesicht erneut, und ein weiterer Schrei entglitt ihren Lippen. Ich schaute mich kurz im Zimmer um, entdeckte eine Schüssel mit Wasser und einige saubere Tücher. Eilig wusch ich mir die Hände, krempelte die Ärmel hoch und kniete mich auf das Bett vor die Frau.

»Können wir irgendwie helfen?« Mimi und Amabel erschienen neben mir, und ich nickte.

»Holt weitere Tücher und warmes Wasser«, wies ich die beiden an und klang wie meine Mutter.

Es war, als wäre sie bei mir. Als würde ihre Hand auf meiner Schulter ruhen und sie mir zuflüstern, was ich nun zu tun hatte.

»Sie heißen Maria?«, fragte ich die Schwangere, und sie nickte unter Schmerzen.

»Ich muss nun Ihren Bauch abtasten, um herauszufinden, wie das Kind liegt, in Ordnung?«

Maria betrachtete mich eingehend, Tränen standen in ihren Augen, und sie biss sich auf die Unterlippe. »Wollen Sie das hier wirklich machen?«, fragte sie mit heiserer Stimme. »Ihr schönes Kleid wird noch dreckig, Miss.«

Ich lachte leise auf und schob die Decke zur Seite, legte meine Hände auf ihren Bauch und ertastete vorsichtig das Kind. »Mein Kleid ist jetzt völlig unwichtig«, antwortete ich lächelnd, auch wenn mir das Herz bis zum Hals schlug.

Meine Finger fuhren über Marias Körper, und sie zuckte erneut zusammen, schrie auf, als eine weitere Wehe ihre schmale Gestalt erschütterte.

»Das Kind befindet sich in Steißlage«, murmelte ich und fuhr mir mit der Zunge über die Lippen, versuchte, mich an alles zu erinnern, was ich in den Büchern im Heiligen-Geist-Hospital gelesen und was mir die Hebammen dort erzählt hatten.

Ich schaute zu Mrs Waring, die immer noch Marias Hand hielt und traurig dreinblickte. »Wurde sie vorher nicht von einer Hebamme untersucht?«, fragte ich gehetzt.

»Nein.« Mrs Waring sah zu Maria, die unter Tränen den Blick abwandte. »Sie wollte hier Zuflucht suchen, aber ihr Mann …« Mrs Waring sprach nicht weiter, ich konnte mir auch so denken, was geschehen war. Gott, unsere Welt war so grausam. Besonders zu den Frauen.

»Er ist tot«, spuckte Maria aus, und ein Fluch, in einer Sprache, die ich nicht verstand, entglitt ihren Lippen. Ich glaubte, dass es Spanisch war. »Heute Morgen auf einer Baustelle gestorben, ich habe mich mit letzter Kraft hierhergeschleppt, aber ...«

Ich nickte beruhigend, während ich fieberhaft überlegte, wie wir diese komplizierte Geburt durchführen sollten. Normalerweise war es kein Problem, wenn ein Kind im Mutterleib vor der Geburt in Steißlage – also mit dem Hinterteil vorn – lag. Erfahrene Hebammen zeigten der Frau einige Bewegungen, die sie vornehmen konnten, damit sich das Kind noch vor der Geburt drehte. Das Becken hochheben zum Beispiel, um dem Kind die Gelegenheit zu geben, sich im Mutterleib zu bewegen. Die Hebammen arbeiteten dabei immer zu zweit, eine drückte das Kind ein wenig im Becken nach oben, die andere übte sanften Druck aus, sodass das Kind einen Art Purzelbaum machte. In den meisten Fällen gelang dies. Doch hier war es zu spät. Diese Geburt musste nun wohl oder übel in Steißlage erfolgen.

»Wir schaffen das, Maria, in Ordnung?«

Die Frau nickte nur stumm und presste die Kiefer so fest aufeinander, dass ihre Lippen weiß wurden. Ihre Hände krallten sich in das Bettlaken. Sie hatte kaum mehr die Kraft, mir zu antworten, doch ich würde ihr unter allen Umständen helfen.

Mrs Waring sah mich eindringlich an und legte ihre andere Hand auf meine. »Arthur ist im Nebenraum, wenn du ihn brauchst ...«

Natürlich wartete Arthur im Nebenraum. Maria hätte ihm selbst in ihrem Zustand noch die Augen ausgekratzt, wenn er hineingekommen wäre. Mit Sicherheit wollte sie jetzt keinen Mann sehen.

»Wir schaffen das auch so, aber er soll sich darauf vorbereiten, Maria danach genaustens zu untersuchen und ...«, ich beugte mich zu Mrs Waring, damit Maria meine nächsten Worte nicht hörte, »auch das Kind, denn es kann bei dieser Geburt zu Luftmangel kommen.«

Mrs Waring nickte und erhob sich eilig, um Arthur alles Wichtige mitzuteilen. Ich rutschte noch ein Stück näher zu Maria heran und betastete vorsichtig den Geburtskanal. Ich konnte das Kind schon spüren, wir mussten schnell sein, aber wir würden es schaffen.

»Sie müssen jetzt bei jeder Wehe mitpressen, Maria, das ist sehr wichtig«, beschwor ich die Frau eindringlich. »Und zwischen jeder Wehe atmen Sie ein und dann wieder aus, wenn die Wehe kommt. Ich weiß, es tut weh, aber wir müssen uns beeilen, und Sie wollen doch Ihr Kind in den Armen halten, oder nicht?«

»Ja …«, flüsterte Maria erstickt, wollte anscheinend noch etwas sagen, doch dann folgte schon die nächste Wehe.

Und sie tat, wie ihr geheißen, sie presste, sie atmete, und sie presste wieder. Immer und immer wieder. Ich legte meine Hand auf ihren Bauch, um sie dabei sanft zu unterstützen, und es dauerte nur wenige Minuten, dann zeigte sich der Unterleib des Kindes. Jetzt mussten wir schnell sein, denn dadurch, dass erst das Hinterteil das Licht der Welt erblickte, konnte die Nabelschnur gepresst werden, und das Kind bekam keine Luft.

»Pressen, Maria! Pressen, ja, so ist es gut.«

Marie schrie auf, atmete immer schneller und hektischer, und ihr Gesicht verzerrte sich schmerzhaft, doch dann …

Das protestierende Geschrei eines neugeborenen Kindes drang an mein Ohr, es strampelte in meinen Armen, und sein kleiner Kopf war hochrot, aber es atmete, und es schien ihm gut zu gehen.

Amabel und Mimi reichten mir eilig eine Schüssel mit warmem Wasser und ein Tuch. Ich säuberte das Kind und lächelte Maria an, die erschöpft in die Kissen gesunken war.

»Es ist ein Junge«, sagte ich ihr und wickelte den Kleinen in die Tücher ein.

Die Tür hinter uns wurde geöffnet, und ich sah aus den Augenwinkeln, wie Arthur vorsichtig eintrat. Marias Blick glitt sofort zu ihm, doch ich hob beruhigend die Hand.

»Er stellt keine Gefahr dar, Maria. Arthur studiert Medizin, bitte lassen Sie zu, dass er den Kleinen kurz untersucht, dann können Sie Ihr Kind in den Armen halten.«

»Juan«, sagte Maria und lächelte mich an.

»Ein schöner Name«, flüsterte ich und reichte Arthur das Kind.

Er setzte sich neben mich, untersuchte Juan mit vorsichtigen Handgriffen, schaute sich seine kleinen Ärmchen und Beinchen an, hörte seinen Herzschlag ab.

»Er ist gesund, ein wahrer Kämpfer«, sagte er dann und nickte mir zu.

Ich übergab Maria ihr Kind und strich ihr sanft über die Schulter. »Das hat er von Ihnen, dass er so ein kleiner Kämpfer ist.«

»Vielen Dank, Miss …«

»Lucie, und dafür nicht, Maria. Das habe ich gerne getan. Wir lassen Sie jetzt allein mit Juan.«

Dankbar nickte Maria und drückte den kleinen Jungen an ihre Brust, er schimpfte immer noch wie ein Rohrspatz, strampelte in ihren Armen herum, aber als sie ihn an die Brust legte, war er ganz ruhig und trank gierig.

Verstohlen wischte ich mir die Tränen aus den Augen und verließ mit den anderen den Raum. Mrs Waring zog die Tür sanft hinter sich zu, und Amy, die wie eine Raubkatze durch den Flur getigert war, wirbelte zu uns herum.

»Geht es ihr gut? Lebt das Kind?«

»Es geht beiden gut, sie sind unversehrt, und der Kleine ist ein Kämpfer.«

Amy seufzte tief und legte sich eine Hand auf die Brust. Sie schickte ein Stoßgebet gen Himmel und lächelte mich an.

»Du bist wirklich die Tochter deiner Mutter.«

Ich wischte mir den Schweiß von der Stirn und spürte erst jetzt, wie die Anspannung von meinen Gliedern abfiel. Ein Zittern huschte durch meinen Körper, und ich musste an Mama denken, daran, dass sie das Gleiche hier im *Magdalena's House* getan hatte.

Das hast du wunderbar gemacht, mein Engel, wisperte ihre Stimme durch meine Gedanken, und ich atmete erleichtert aus.

Meine Mutter hatte recht gehabt. Ich hatte hier in Southend nicht nur meinen Weg gefunden, sondern auch ein Stück ihrer Vergangenheit kennengelernt. Ich hatte eine Familie und Freundschaft gefunden. Das wurde mir bewusst, als ich zu Arthur und Amabel sah, die nahe bei mir standen und mich anlächelten.

»Ich danke dir für deine Hilfe, Lucie.« Mrs Waring ergriff meine Hände und zog mich liebevoll in ihre Arme. »Du hast deiner Mutter alle Ehre gemacht.«

Ich blinzelte die Tränen weg und lächelte sie an, als sie sich von mir löste. »Und ich werde es immer wieder tun, nun, da ich nichts mehr gegen die Hochzeit mit Arthur habe, werde ich das *Magdalena's House* mit Freuden unterstützen und hier bei der Geburt von Kindern helfen.«

Amys sowie Mrs Warings Blicke huschten zu Arthur, der nur mit den Schultern zuckte bei meinen Worten.

»Ich werde meiner zukünftigen Frau nichts verbieten, denn ich habe heute erfahren, wie wichtig es ist, dass sie genau das tut, was sie möchte.« Er hielt mir seine Hand hin, und ich verflocht meine Finger mit den seinen, konnte nicht aufhören zu lächeln.

Arthur hauchte mir einen Kuss auf die Stirn, und mein ganzer Körper begann zu kribbeln. Die Berührung seiner Lippen war so weich, so zärtlich.

»Außerdem ...« Arthur hob die Augenbrauen und grinste Amabel schelmisch an, »habe ich einiges bei Miss Amabel gutzumachen.«

»Hmmpf«, machte Amabel und verschränkte die Hände vor der Brust. »Behandle nur Lucie gut, dann haben wir keinerlei Probleme miteinander.«

Ich lachte auf bei ihren Worten und zog auch Amabel in meine Arme. »Du bist die beste Freundin, die ich auf dieser Welt habe. Die allerbeste, und ich werde dir helfen bei allem, was noch vor uns liegt«, flüsterte ich ihr ins Ohr, und Amabel drückte mich an sich.

»Danke, Lucie«, erwiderte sie, und während ich dort im Flur des *Magdalena's House* stand, Arthur auf der einen und Amabel auf der anderen Seite, wurde mein Herz von unendlicher Liebe geflutet, und ich hatte das erste Mal seit meiner Ankunft in Southend das Gefühl, zu Hause angekommen zu sein.

Mrs Waring und Amy hatten frischen Tee aufgebrüht, und eine der anderen Frauen hatte gemeinsam mit Mimi in der Küche eine deftige Hühnersuppe zubereitet. Ich hatte mit Amabel zusammen Maria beim Waschen und Neuankleiden geholfen, und nun saß die Frau mit ihrem kleinen Juan in den Armen in einem Schaukelstuhl im Salon und sang ihm leise ein Schlaflied vor.

Wir anderen hatten es uns in der geräumigen Küche an einem großen Eichenholztisch gemütlich gemacht, tranken Tee und aßen die Suppe, schwatzten, als wären wir alte Freunde.

Selbst mein Vater war kurz vorbeigekommen, aber aus Anstand gegenüber den Frauen war er draußen vor dem *Magdalena's House* geblieben. Doch er war unglaublich stolz auf mich gewesen, hatte mich an sich gedrückt und mir immer wieder gesagt, dass Mama ebenso stolz gewesen wäre.

Und ich glaubte ihm, war dankbar, dass wir nach so langer

Zeit frei miteinander sprechen konnten. Dass da nicht mehr tausend Dinge waren, die uns trennten. Sondern eine Sache, die uns immer einen würde: die Liebe zu Mama.

Ava saß ebenfalls mit uns am Tisch, hatte mich mit tausend Fragen zu Arthur bestürmt, und ich hatte ihr haarklein die ganze Geschichte erzählt. Alles, was in den letzten Monaten in Southend passiert war. Ich war dankbar, dass ich meine Schwester nun an meiner Seite hatte. Dass wir gemeinsam Abschied von Mama nehmen konnten.

»Lucie?« Arthurs Stimme riss mich aus meinen Gedanken, und er legte eine Hand auf meine.

Ich hob den Kopf und lächelte ihn zaghaft an. »Ja?«

»Möchtest du vielleicht zurück ins Internat und dich ein wenig ausruhen? Die letzten Stunden müssen sehr anstrengend für dich gewesen sein …«

Das waren sie, und doch fühlte ich mich nicht erschöpft. Mein Herz quoll über von Gefühlen, diese Leere, die ich immer versucht hatte, mit Wut zu füllen, war verschwunden. Weil ich mit mir und meiner Welt im Reinen war. Mit Mamas Wahrheit und meiner Zukunft.

»Es geht schon, aber …« Ich schaute zu Amabel, die mit den Schultern zuckte und mich anscheinend auch ohne große Worte verstand.

»Mrs Ham hat gesagt, dass du, wann immer dir danach ist, wiederkommen kannst, wenn du deinen Verlust betrauert hast.«

»Wie großzügig«, sagte Arthur und schnalzte mit der Zunge. »Das ist doch wohl das Mindeste.«

»Sei nicht so hart zu ihr, ich bin mir immer noch sicher, dass sie keine böse Frau ist. Allein Susanne hat uns das gezeigt. Wusstest du, dass sie Susannes Tante ist?« Ich sah Amabel an, doch sie schüttelte den Kopf.

»Nein, das wusste ich nicht. Sie hat es wirklich gut geheim

gehalten. Aber ich glaube, ohne Susanne hätten wir vielleicht nie wieder zueinandergefunden.«

Ich nickte und lächelte Amabel an. »Wir müssen uns bei ihr bedanken …«

Amabel trank bedächtig einen Schluck Tee und sah dann Mrs Waring an. »Was kann ich tun, um Ihnen hier zu helfen? Ich bin lange nicht so versiert in der Hebammenarbeit wie Lucie, aber ich kann sticken und nähen, selbst am Webstuhl bin ich nicht schlecht, und ich kann im Haushalt anpacken.«

Die alte Dame kicherte leise und ergriff Amabels Hand über den Tisch hinweg. »Allein Ihre Anwesenheit hilft den Frauen hier schon, junge Dame. Aber wenn Sie sich so anbieten, dann denke ich, dass wir wirklich Unterstützung beim Einrichten der neuen Räume und auch neue Kleidung für die Kinder gebrauchen könnten.«

»Sehr gerne, damit kann ich dienen. Und auch mit Spenden, mein zukünftiger Ehemann hat gute Kontakte in der Londoner Gesellschaft, wir werden auch Spendenabende organisieren.«

Niemand sonst schien es zu bemerken, aber mir fiel auf, wie Amabels Stimme bei der Erwähnung von John zitterte. Wie sie die Worte »zukünftiger Ehemann« ausspuckte, als wären sie Gift. Gott, ich würde alles daransetzen, um ihr zu helfen. Um diese Risse in der Beziehung zu John zu kitten oder seinem Geheimnis auf die Spur zu kommen. Ich glaubte nicht, dass er ein schlechter Mann war, aber vielleicht fanden wir gemeinsam eine Lösung für Amabels Misere, damit sie ihn nicht heiraten musste. Aber ihr persönliches Glück durfte nicht in Gefahr sein.

»Das freut mich sehr. Haben Sie alle vielen Dank für Ihre Hilfe heute, die jungen Herrschaften.« Mrs Waring sah Amabel, Arthur und mich an. »Ihre Mutter wäre sicherlich stolz auf Sie, Miss Lucie.«

»Danke«, flüsterte ich heiser und lehnte meinen Kopf an Arthurs Schulter.

Weil mich nun doch eine bleierne Müdigkeit erfasste und ich spürte, wie mein Körper sich nach Ruhe sehnte. Nach einem guten Buch, das ich in meinem Bett in Heygate lesen konnte.

»Ich denke, wir sollten wirklich gehen.« Arthur drückte meine Hand und half mir hoch. »Ich hole unsere Mäntel.«

Ich nickte schwach und sah zu Mimi. »Kommst du mit?«

Sie seufzte leise, und ihr Blick glitt zur Tür hinaus zum Salon. »Wenn Sie erlauben, Fräulein Lucie, würde ich gerne noch einige Tage hierbleiben. Bei Maria.«

Ich ergriff Mimis Hände und lächelte sie an. »Natürlich erlaube ich das, Mimi. Komm zurück, wann immer es dir beliebt.«

Ich konnte gut verstehen, dass sie Zeit mit einer Mutter verbringen wollte, die gerade ihr Kind zur Welt gebracht hatte. Wahrscheinlich gab es tausend Dinge, die Mimi Maria fragen wollte, auch wenn die Geburt ihres Kindes erst im Winter sein würde.

»Danke«, flüsterte Mimi, und ich verabschiedete mich von Mrs Waring und Amy.

Gemeinsam mit Arthur verließ ich das *Magdalena's House* und trat auf die Straße. Der Anblick dieses Viertels führte erneut dazu, dass sich ein Knoten in meinem Magen zusammenzog. Aber ich wusste nun, dass wir dazu beitragen konnten, die Welt zu verändern, so, wie wir es uns wünschten. Wir konnten zusammen für die Frauen im *Magdalena's House* da sein, die Armut bekämpfen und unsere gesellschaftliche Stellung nutzen, um aufzuklären und zu helfen.

»Woran denkst du gerade?«, fragte Arthur mich und verschränkte seine Finger mit meinen, als wir die Straße hinunter zum Pier liefen.

Ich lächelte ihn an und blieb auf der Promenade stehen, ließ den Blick über das Meer schweifen.

»Daran, dass ich nun weiß, wohin mein Herz gehört. Wo ich

zu Hause sein kann. Und daran, dass ich Amabel dennoch sehr gerne habe.«

Ich hauchte Arthur einen Kuss auf die stopplige Wange und lächelte ihn an, legte eine Hand auf seine Brust und spürte sein pulsierendes Herz.

»Ich liebe nur dich, Arthur«, flüsterte ich heiser.

Er ergriff meine Hand und lächelte. Dann erwiderte er den Kuss stürmisch und legte seine Stirn an meine. »Und ich dich, mein Glücksmädchen.«

Unsere Blicke verhakten sich ineinander, und wir konnten uns kaum voneinander lösen.

Da kam Amabel aus dem *Magdalena's House* zu uns, und ich streckte die Hand nach ihr aus. Zögerlich ergriff sie diese und sah zwischen uns beiden hin und her.

»Ich will nicht zwischen eurer Liebe stehen«, murmelte sie und seufzte leise. »Ich will, dass du glücklich bist, Lucie, und mit diesem Kerl kannst du es sein.« Sie grinste Arthur an, und er lachte rau auf.

»Das tust du nicht, niemals«, entgegnete ich und zog meine beste Freundin in meine Arme. »Du bist meine Freundin, meine Vertraute, und ich habe dich sehr lieb, wir bleiben für immer Freundinnen, oder?«

»Ja«, wisperte Amabel an mein Ohr. »Beste Freundinnen, die gemeinsam durch dick und dünn gehen.«

Ich lächelte erleichtert und ging zusammen mit meinem Verlobten und meiner besten Freundin zur Mauer, die die Promenade vom Strand trennte. Wir setzten uns darauf, und ich schaute versonnen auf das wilde Wasser von Southend.

War das erste Mal seit Monaten glücklich, denn ich hatte nicht nur mein Herz an meinen zukünftigen Ehemann verloren, dessen Glücksmädchen ich war. Nein, ich hatte auch noch eine beste Freundin gefunden, die mein Leben lang an meiner Seite sein würde.

Und das alles hatte ich meiner Mutter zu verdanken, die genau gewusst zu haben schien, dass ich an diesen Ort mein Herz verlieren würde.

Danke, Mama, dachte ich stumm und schaute in den strahlend blauen Himmel hinauf, *dass du immer an mich geglaubt hast und mich hierhergeführt hast.*

Und der Wind antwortete mit der Stimme meiner Mutter, zaghaft zupfte er an meinen Haaren, und ich lächelte versonnen.

Gerne, mein Engel. Ich wusste immer, dass du deinen Weg gehen wirst, weil wir uns immer so ähnlich waren. Ich habe dich sehr lieb.

Das war die Wahrheit. Die einzige Wahrheit, die ich kannte, und ich wollte mein Leben hier in Southend so schön gestalten, wie ich konnte. Mit Arthur und Amabel an meiner Seite, denn hier war ich jetzt glücklich.

Diesen Ort wollte ich nie mehr verlassen. Diesen Ort wollte ich von nun an Heimat nennen.

Epilog

Amabel

Grafschaft der Familie Smith, September 1860

G läser klirrten, feinster Champagner wurde eingeschenkt, und das sprudelnde Geräusch ließ einen warmen Schauer über meinen Rücken rieseln. Es duftete herrlich nach frisch gebackenem Kuchen, nach Scones mit Sahne und süßen Früchten.

Die Dienerschaft im Hause Smith hatte wirklich ganze Arbeit geleistet, um den Salon wunderschön herzurichten. Um diesen Tag, an dem Lucies und Arthurs Verlobung gefeiert wurde, ansprechend zu zelebrieren.

Ich nippte an meinem Champagner und schaute zu Lucie und Arthur. Sie saßen nebeneinander, die Hände verhakt, und konnten den Blick kaum voneinander lassen. Lucies Wangen waren gerötet, und sie senkte immer wieder schüchtern den Blick, konnte jedoch nicht aufhören zu lächeln.

Seufzend stellte ich das Glas zur Seite und stibitzte mir einen Scone, in den ich herzhaft hineinbiss. Ich empfand immer noch ein wenig Neid, dass Lucie ihr Glück gefunden hatte. Bei Arthur und nicht bei mir. Aber wir hatten in den letzten Wochen immer wieder ausgiebig darüber gesprochen, und selbst meinem dummen Herzen war bewusst, dass wir beide niemals wahre Liebe füreinander empfunden hatten.

Dass diese knisternden Gefühle aus der Suche nach Liebe und freundschaftlicher Zuneigung heraus entstanden waren.

Doch ich wünschte mir immer noch, dass ich eines Tages der Frau begegnen würde, die mich wahrhaftig lieben könnte. Die mir zeigen würde, dass ich nicht kaputt war, sondern heil.

Zu meinem Verdruss war John ebenfalls zugegen, denn er war ein Studienfreund von Arthur und natürlich auch zu dieser Feier eingeladen. Ich stieß die angestaute Luft aus meinen Lungen und lauschte den Gesprächen am Tisch nur mit halbem Ohr.

Clary und Cecily hatte Lucie ebenfalls eingeladen, genau wie Susanne, und selbst unsere Lehrerin Mrs Ham hatte sich zu einem kurzen Besuch durchgerungen, doch sie war schon wieder fort. Einige weitere junge Herren aus Arthurs Studium waren da und rauchten Zigarren auf dem Balkon, sie waren auch mit John befreundet, einer sogar ziemlich gut, sein Name war Morton. Mit diesem war mein Verlobter gerade in ein angeregtes Gespräch vertieft. Mimi stand mit einem anderen Dienstmädchen nahe der Tür, und beide versorgten die Gäste mit frischen Speisen und Getränken.

Eigentlich hatte Lucie gewollt, dass Mimi in Alltagskleidung kam und sie nicht bediente, doch das hatte das Mädchen abgelehnt. Solange sie noch konnte, wollte sie Lucie dienen, denn bald würde sie ins *Magdalena's House* umziehen, um dort in Ruhe zu leben bis zur Geburt ihres Kindes.

Mrs Waring aus dem Frauenstift war auch zugegen und unterhielt sich angeregt mit Arthurs Mutter, Lucies Vater erhob sich gerade, um ebenfalls eine Zigarre zu rauchen.

Gott, ich fühlte mich hier völlig fehl am Platz. Ich wäre viel lieber in Southend bei den Stallungen gewesen, um Achilles zu streicheln und mich von seinem Blick beruhigen zu lassen.

»Kann ich dir noch etwas bringen, Amabel?«, riss mich Johns Stimme aus meinen verworrenen Gedanken, und ich schaute auf.

Er war gerade vom Balkon zurückgekehrt, und ihn umgab der herb würzige Geruch von Zigarren.

Ich zwang mich zu einem Lächeln und schüttelte den Kopf. »Lieb, dass du fragst, aber nein, ich habe alles, was ich brauche.«

Er legte die Stirn in Falten, und einige schwarze Haarsträhnen umspielten seine feinen Gesichtszüge wie Schatten. John verdiente meine Abweisung nicht, denn eigentlich war er ein guter Kerl, aber schließlich zeigte er mir auch oft genug die kalte Schulter. Hatte mich noch nie – außer beim Tanz natürlich – berührt. Er verhakte seine Finger nicht mit meinen, wie Lucie und Arthur es taten. Er lud mich nur zum Flanieren ein, weil die Gesellschaft es von ihm erwartete, und wir hatten noch nie über persönliche Dinge gesprochen, obwohl wir im Dezember heiraten sollten. Eine Winterhochzeit – wie grässlich!

»Bist du sicher? Du siehst ein wenig erschöpft aus …« John zog sich einen Stuhl zu mir heran und setzte sich neben mich.

Seine plötzliche Nähe war mir fremd, und ich schüttelte erneut den Kopf. »Es ist alles in Ordnung, ich freue mich sehr für Lucie und Arthur.«

John schaute zu ihnen hinüber und schnalzte grinsend mit der Zunge. »Das wurde auch Zeit, dass die beiden zueinanderfinden, du kannst dir nicht vorstellen, wie viel er über sie gesprochen hat an der Universität. Er ist ihr rettungslos verfallen.«

Das klang so romantisch, nach einer Liebe, nach der ich mich auch sehnte. Aber die ich niemals haben konnte mit John – oder doch? Mutig hob ich die Hand und berührte ihn vorsichtig. Doch John reagierte kaum darauf, und sein Blick glitt hinter mich.

»Bitte entschuldige mich einen Augenblick, Amabel.« Er erhob sich, ohne auf meine Erwiderung zu warten, und ich starrte ihm entsetzt nach, als er den Salon verließ.

»Was zur Hölle?«, murmelte ich entrüstet und stand ebenfalls auf.

Ohne zu zögern, folgte ich John in die Empfangshalle, aber er war wie vom Erdboden verschwunden. Ich sah mich suchend um, als ein Windstoß durch die Halle fegte und ich bemerkte, dass die Tür gegenüber dem Salon offen stand. Dort war das Herrenzimmer, wie Lucie mir erzählt hatte.

Bevor ich jedoch darauf zugehen konnte, packte mich jemand am Arm, und ich wirbelte erschrocken herum. Doch es war nur Lucie.

»Was machst du da?«, zischte sie mir zu, und ihre Augenbrauen schossen in die Höhe.

»John, er ...« Ich presste die Lippen aufeinander und senkte den Kopf.

»Was ist mit ihm?«

»Er ist einfach aufgesprungen, während wir gesprochen haben, und ist weggegangen, ohne mir zu sagen, wohin.«

»Mhm ...«, machte Lucie und fuhr sich nachdenklich über das Kinn. »Arthur und ein anderer Studienkollege sind auch plötzlich weg, nur dass Arthur durch die Küche verschwunden ist. Ein Diener hat ihm etwas zugeflüstert, und als ich mich nach dir umgeschaut habe, bist du wie eine Katze auf leisen Sohlen davongeschlichen.«

»Dein Verlobter muss wahrscheinlich nur etwas wegen des Dinners heute Abend klären.« Ich verdrehte die Augen und schaute wieder zur Tür des Herrenzimmers.

»Vermutlich, aber der andere Kerl – Morton heißt er, glaube ich – ist auch so plötzlich fortgegangen. Vielleicht haben die Männer ein Geheimnis vor uns.« Und Morton hatte zuvor noch mit meinem Verlobten auf dem Balkon gestanden.

»Lucie ...«

»Psst!« Sie legte einen Finger auf ihre Lippen und zog mich mit zur Tür. »Das werden wir schon herausfinden. Aufregend, als wären wir Detektive!«

Ich konnte mir ein Stöhnen nicht verkneifen, folgte meiner

besten Freundin jedoch zur Tür, die nur angelehnt war. Leise Stimmen drangen zu uns durch.

»Wieso sollte ich hierherkommen?« Das war John, ganz klar, diesen leichten Singsang in der Stimme erkannte ich überall wieder.

»Harri war da, aber nun ist die Kutsche doch wieder fortgefahren – anscheinend hat eine dringende Angelegenheit keinen Aufschub geduldet. Doch ich wollte dir das nicht vorenthalten.«

»Das ist Morton, der da spricht, oder?«, flüsterte ich Lucie aufgeregt zu, während ich versuchte, hinter den Sinn des Gesagten zu kommen, was mir jedoch nicht gelang.

»Ja«, wisperte sie zurück. Ihre Hand strich nervös über die Tür, und sie sah mich an. »Das ist seine Stimme, er hat vorhin mit Arthur ein paar Worte gewechselt und mich begrüßt.«

Ich nickte stumm und presste mein Ohr an die Tür, wie ein Lauscher an der Wand.

»Hast du eine Nachricht für mich?«, fragte John und klang dabei traurig und hoffnungslos zugleich.

»Ja: Du sollst dich nicht mehr vor dir selbst verstecken und endlich mit der Wahrheit herausrücken. Das hat Harri gesagt«, war von Morton zu hören.

Was folgte, war ein Schnauben, dann ein bitteres Lachen von John, und ich hörte hektische Schritte. Wahrscheinlich tigerte er durch das Zimmer wie ein wild gewordenes Tier.

»Das kann ich nicht, und das weiß Harri ganz genau. Aber wie schön, dass dir das mitgeteilt wird und Harri mir mal wieder nicht gegenübertritt.«

Nun lachte Morton, und das Klirren von Gläsern drang an mein Ohr. »Du kennst Harri doch, den Kopf in den Wolken und das Herz auf der Zunge.«

John schnaubte erneut, und ich wollte schon das Zimmer betreten, als sich eine Hand auf meine Schulter und die von Lucie legte und wir erschrocken zusammenfuhren.

»Was tut ihr beiden denn hier?«

Es war Arthur, der hinter uns stand und uns ein wenig von der Tür wegzog zur Garderobe im hinteren Teil des Flurs.

»Weißt du, wer Harri ist?«, platzte es sofort aus Lucie heraus. Sie sprach viel zu laut, und Sorge überkam mich, dass John und Morton uns hörten.

Ich schaute über die Schulter zur angelehnten Tür, doch es war nur leises Gemurmel zu hören, und Zigarrenrauch schwebte über dem Boden.

Arthur sah erst mich, dann Lucie an. Er seufzte leise und fuhr sich durch seine rotbraunen Haare.

»Nein, weiß ich nicht …«, antwortete er und strich sich über den Nacken. »Vielleicht ein alter Freund von John? Ich kann ihn fragen, wenn ihr möchtet und …«

»Auf keinen Fall«, unterbrach ich Arthur und schüttelte heftig den Kopf. »Das mache ich schon selbst zu gegebener Zeit.«

Mit diesen Worten wandte ich mich um und ließ Lucie und Arthur im Flur stehen. Ich ging zurück in den Salon und auf den Balkon. Schaute über den kleinen Garten hinweg, der sich hinter der Villa erstreckte. Auf die Felder und Wiesen, all dieses Land, welches Arthurs Familie gehörte. Es war so ruhig und friedlich hier. Nur einige Vögel zwitscherten in den Bäumen, der Wind fegte über die Felder hinweg, und meine rasenden Gedanken schienen das lauteste Geräusch zu sein.

»Hey …« Lucie trat neben mich und berührte mich sanft am Arm. »Alles in Ordnung?«

Ich zuckte unwillig mit den Schultern und starrte weiterhin auf die Natur, die sich vor mir erstreckte.

»Du weißt, dass du mit mir über alles reden kannst, oder nicht?«

Ja, das wusste ich. Ich hatte in Lucie eine Freundin fürs Leben gefunden, dessen war ich mir sicher. Sie war mir so wichtig, dass ich es kaum in Worte fassen konnte. Sie war meine

Vertraute in dieser sich viel zu schnell drehenden Welt, die mir jeden Tag mehr Kummer zu bereiten schien.

»Ich weiß …«, flüsterte ich und ergriff Lucies Hand, die sie mir hinhielt. »Danke, Lucie.«

Sie stupste mich zärtlich an und umarmte mich liebevoll.

»Wir werden schon herausfinden, wer Harri ist, das verspreche ich dir«, murmelte sie an mein Ohr und strich mir über den Rücken. »Keine Sorge, ich schwöre dir, dass du deine Liebe finden wirst, Amabel.«

Ich blinzelte die Tränen fort und genoss Lucies Nähe. Ohne dass das noch verwirrende Gefühle erzeugte. Ich spürte nun auch, dass sie meine beste Freundin war, nicht meine Geliebte. Dass ich irgendwann eine andere Liebe finden würde. Eine, die mir helfen würde, mein Herz wieder zusammenzuflicken.

Daran musste und wollte ich glauben.

»Versprochen?«, fragte ich, als ich mich von Lucie löste.

»Fest versprochen! Ich heirate doch erst im nächsten Frühjahr, bis dahin bleibe ich noch in Heygate, gehe euch auf die Nerven, und wir forschen wie Detektivinnen nach, wer dieser Harri ist und was er mit John zu schaffen hat.« Lucie hielt mir ihren kleinen Finger hin, und ich verhakte meinen mit dem ihren.

»Freundinnen fürs Leben«, wisperte ich heiser und umarmte Lucie noch einmal.

»Bis ans Ende unserer Tage!«, erwiderte Lucie, und wir setzten uns auf zwei Stühle auf dem Balkon.

Als Arthur hinaustrat und uns zwei Gläser Champagner reichte, fühlte sich mein Herz ein wenig leichter an. Ich war nicht allein auf dieser Welt. Ich hatte meine Familie, ich hatte Lucie und Arthur, Susanne und meine anderen Freundinnen. Vielleicht hatte ich sogar John.

Wenn nicht, dann würde ich auch dafür eine Lösung finden. Eine Lösung, die mich zufrieden machen würde. Eine Liebe, die mich ganz erfüllen würde.

Und ich schwor mir, dass ich unter allen Umständen heraus-finden würde, was John vor mir verheimlichte und wer zum Teufel Harri war.

Mit meiner besten Freundin Lucie an meiner Seite und der Hoffnung, dass ich irgendwann eine Frau finden würde, die mich ganz und gar liebte. So wie ich war.

Denn so war ich genau richtig.

Fortsetzung folgt in Band 2
»My Dearest Enemy – The Heygate Girls«

Danksagung

Obwohl ich schon historische Romane geschrieben und veröffentlicht habe, war »My Dearest Lovers« doch ganz anders als meine bisherigen Romane, und ich habe mich sehr in diese Geschichte verliebt, die ich auch für mich selbst geschrieben habe. Und natürlich gibt es viele Menschen, denen ich danken möchte und ohne die dieses Buch nicht das wäre, was es ist.

Mein erster Dank geht immer an meinen großartigen Agenten Dirk Meynecke und meine ebenso großartige Agentin Nina Wegscheider. Danke für euer offenes Ohr, für den Scharfsinn und den Humor, mit denen ihr meine Projekte betreut, und dass ich immer mit tausend Fragen auf euch zukommen kann!

An diesem Buch habe ich mit meiner Lektorin Anne M. Hilliges sehr eng zusammengearbeitet und viele tolle Gespräche über das Projekt und das Genre Historical Romance geführt. Liebe Anne, vielen Dank für dein schönes Feedback, den großartigen Ideenaustausch, die wunderbare Zusammenarbeit und deine ganze Leidenschaft für dieses Buch!

Vielen Dank an meine scharfsinnige Außenlektorin Frau Förster, mit der der Feinschliff am Buch wieder großen Spaß gemacht hat.

Danke an das großartige Team von Droemer Knaur für die tolle Betreuung des Buches und die Mühe, die ihr in die Titel steckt.

Regina – ohne dich wäre die Arbeit an »My Dearest Lovers« nur halb so schön gewesen. Ich freue mich immer noch jeden Tag darüber, dass wir mehr oder weniger durch Zufall zusammengefunden haben, jetzt im gleichen Genre schreiben und uns jeden Tag Nachrichten und Voices schicken – und dass wir, was Schlafen und Essen angeht, so kompatibel sind :D Ich liebe all unsere Insider, die während des gemeinsamen Schreibens unserer beiden Bücher entstanden sind, am meisten wohl den mit Amabel (Annabell), und habe immer noch ein wenig Angst vor den Puppenbildern (irgendwann erzähle ich allen die Geschichte, auch wenn's am Ende niemand versteht :D).

Kathi – immer und für alles: Danke. Ich bin so dankbar, dass du in mein Leben getreten bist und ich dich immer anschreiben kann, egal, was gerade los ist. Und ich bin unglaublich stolz auf dich. (Du weißt, wieso.)

Susanne – beste Agenturfreundin für immer, danke für all die Sprachnachrichten zwischen uns, die großartigen Gespräche und das gegenseitige Mutmachen.

Sharon – danke für die Grafiken, die du für mich bastelst, für all die Zeit, die du da hineinsteckst. Für unsere Shopping Dates und deine Freundschaft.

Meine wundervollen Testleserinnen: Kathi, Celine, noch mal Regina und Nicole. Danke für eure Anmerkungen, die wertvollen Tipps, das Hypen dieses Buches und die Zeit, die ihr euch genommen habt, um die Geschichte vorher zu lesen.

Danke an meine Eltern, Großeltern und Freunde, die meine Bücher weiterempfehlen, sie lesen und mir immer wieder sagen, wie unglaublich stolz sie auf mich sind.

Und dieses Mal gehört mein letzter Dank nicht dir, aber fast: Sascha. In jedem meiner männlichen Protagonisten steckt etwas von dir, du bist sie alle zusammen, und in Arthur steckt deine unerschöpfliche Liebe und die Sicherheit, die du mir in all unseren gemeinsamen Augenblicken gibst. Ich danke dir, dass du mir immer zuhörst, mich in den Arm nimmst, wenn die Welt zu groß für mich wird, und ich immer mit dir lachen kann – ich liebe dich von ganzem Herzen, für immer und ewig.

Denn mein letzter Dank gehört dem kleinen Mädchen, das immer schreiben wollte. Das immer tausend Geschichten in ihrem Kopf hatte, Figuren, die niemals still sein wollten. Dem immer wieder gesagt wurde, dass Schreiben nur ein Traum ist, brotlose Kunst, nicht genug zum Leben. Danke, dass du nicht aufgegeben hast, danke, dass du immer weitergemacht hast und an diesem Traum festgehalten hast – wenn ich eine Zeitmaschine hätte (wünsche mir wirklich sehr, dass eine TARDIS in meinem Garten auftaucht, allein um all die Abenteuer zu erleben, die damit möglich wären), dann würde ich zu dir reisen und dich in den Arm nehmen – dir sagen, dass es sich lohnt, alles, was du durchstehst, bis du hier an meiner Stelle stehst.

Manchmal verliebt man sich in die Person,
von der man es am wenigsten erwartet …

My Dearest Enemy
The Heygate Girls

ANNA HUSEN

Roman

England, 1861: Amabel ist mit dem attraktiven, jungen Adligen
John verlobt und freut sich auf ihre baldige Hochzeit. Doch auf
dem Sommerball zeigt er ihr nicht zum ersten Mal die kalte
Schulter. Dafür gerät Amabel heftig mit Johns bester Freundin
Harriett aneinander, die mehr über sein seltsames Verhalten zu
wissen scheint. Hat John etwa eine heimliche Geliebte? Auf der
Suche nach Antworten bemerkt Amabel, dass sie in Harriets
Nähe immer öfter weiche Knie bekommt und Schmetterlinge
in ihrem Bauch tanzen …

Für Fans von »Bridgerton«, die von romantischen Bällen und
selbstbestimmter Liebe träumen!

»My Dearest Enemy« ist der zweite Band der Academy-Dilogie
»The Heygate Girls«.

Ihre große Liebe gilt dem Fechten, ihr Herz
ist unbesiegbar – bis sie gegen ihn kämpft …

Die Duellantin
Kein Herz ist unbesiegbar

REGINA MEISSNER

Roman

Italien, 1850: Elenas Familie träumt von einer standesgemäßen
Hochzeit – doch die 24-Jährige übt sich lieber im Fechten mit
ihrem besten Freund Matteo. Sie springt sogar bei einem Duell
seiner Studentenverbindung für ihn ein. Ihr Gegner ist kein
Geringerer als der mysteriöse Valentino, der für seine Fecht-
kunst ebenso berühmt wie berüchtigt ist. Zwischen der jungen
Frau aus gutem Hause und geheimnisvollen, charismatischen
Fechter entwickelt sich eine leidenschaftliche Verbindung.
Doch kann sie ihm wirklich trauen? Und wird Elena ihren eige-
nen Weg finden?
Slow burn enemies-to-lovers Romance und aufregender Sport
im prachtvollen historischen Mailand

»Regina Meissner schafft es immer wieder, Worte zum
Leben zu erwecken und einen so sehr in die Welten hinein-
zuziehen, dass man beim Lesen jegliche Realität vergisst.«
J.K. Bloom, Autorin

Die Frauen der Villa Sommerwind-Reihe
von Anna Husen

Die mitreißende historische Saga über das beliebte
Ostsee-Urlaubsziel Timmendorfer Strand um starke
Frauen, der Bedeutung von Familie und wunderbare
Liebesgeschichten im 20.Jahrhundert.

DAS GLÜCK AM HORIZONT

DIE HOFFNUNG AM HORIZONT

DIE LIEBE AM HORIZONT

KNAUR